生命源

向延斌

——著

中国青年出版社

图书在版编目（CIP）数据

生命源 / 向延斌著 . -- 北京：中国青年出版社，
2025. 7. -- ISBN 978-7-5153-7907-4

Ⅰ . I247.5

中国国家版本馆 CIP 数据核字第 2025FH6163 号

生命源

向延斌　著

责任编辑：岳　虹

特约编辑：新美·李昌鹏

封面设计：吴梦涵

出版发行：中国青年出版社

社　　址：北京市东城区东四十二条21号

网　　址：www.cyp.com.cn

编辑中心：010-57350401

营销中心：010-57350370

经　　销：新华书店

印　　刷：三河市华东印刷有限公司

规　　格：880mm×1230mm　1/16

印　　张：20

字　　数：220千字

版　　次：2025年7月北京第1版

印　　次：2025年7月北京第1次印刷

定　　价：68.00元

本图书如有印装质量问题，请凭购书发票与质检部联系调换。联系电话：010-57350337

目 录

序　曲

不知何时，我竟身处云雾缭绕的山谷中，突然一条青龙张牙舞爪地朝我扑来，我大惊失色，转身撒腿就跑。慌乱中我掉进黑黝黝的山洞里，一股股冷飕飕的风呼啦啦地掠过耳边，身子越坠越快，我想如果以这种速度下坠，还不摔得粉身碎骨？

我闭上眼，长叹一声，哪想叹声未了，身子竟落在山谷一处深潭里，响声很大，溅起了几丈高的水花。我挣扎着爬出深潭，才发现这深潭的水不知从何而来，也不知流向何处。狭窄的山谷蛇样盘曲着，两边崖壁陡峭，枯松倒挂，怪石林立，这是什么地方？走着、走着，却发现前面山谷有一队古代的兵马在行走，队前有一面旗，上书"诸葛亮"三个字。我惊异万分，睁大眼睛，果然看见诸葛亮坐在车上，正缓缓地往山谷前行着。

我大步往前追赶，想看看究竟怎么回事，但一眨眼，什么都没了。我不甘心，加快步子，转了几个弯，前面又出现一支队伍，他们穿戴有点怪，每人背着一块藤条编织的盾牌。队前有一面旗，上书"孟获"两个字。骇然中，我估计自己误入了一个古战场。

怎么办？犹疑中，只见前面的队伍突然后队改为前队，向我冲来，我转身就跑，想冲出峡谷，狂奔了几个山谷，竟然抵达仙湖湖畔。

我仰头四处张望，突然发现银发飘飘的奶奶正坐在仙湖旁那座山的半山腰，她不停地向我招手，她身旁还有一株很大的映山红！

我举起手向奶奶示意——我来了。可我怎么也找不到上山的路，情急之下，一脚踩空，再一次跌进山谷，头撞在石壁上，醒了。

　　睁开眼一看，哪有什么仙湖？大白天中午，我正躺在家中床上，儿子拿一气球锤子在不停敲打我的头。

　　我刚想训斥这个调皮蛋，哪想电话铃响了，我拿起听筒，原来是母亲打来的电话：柱子，快回来，你奶奶不见了。

　　我不敢有半点耽搁，很快赶到家。我突然想到了那个奇怪的梦，提着奶奶喜欢吃的荞麦粉和一些零食，急忙朝后山奔去。

　　母亲诧异地望着我：去哪儿？

　　仙湖——话未应答完，我已经跨出了门。

　　到了仙湖，我望着仙湖旁那连绵起伏的山峰，期盼能看到奶奶的身影，但哪有奶奶的身影！我快步走到山脚，寻找通往山上的小径，反复查看，终于在树丛后发现有人刚踩踏过的痕迹，我沿着那踩踏的痕迹，慢慢向山上攀爬。

　　我往上攀爬了五十米左右，就见到了那株映山红。映山红后面是一面光滑的石壁，已经没前行的路了。我靠在石壁上，用手敲打着石壁，觉得自己怎么就被一个荒唐的梦引到这绝壁上来？奇异的是，不知是捶对了什么地方，石壁突然轰的一声，中间露出一扇石门，石门缓缓移动，现出一洞口。望着深邃的石洞，我有些不寒而栗。难道奶奶在这石洞里？

　　洞口不大，越往里走，越宽敞。这时，一股股凉飕飕的风从洞里往我身上扑来，偶尔几只蝙蝠，扑棱棱地往洞口飞去。在一惊一乍中，刚才还腻着一身汗的身体，遽然就凉沁沁地舒坦起来。再往里走二十多米，石洞豁然开朗，展现在眼前的是一个圆拱式的石洞，宽约九十米，高三十多米。最令人惊叹的是，拱形的石洞上方竟有一个小石洞直通山顶，那透进来的光，给这个神秘的石洞注入了生命的气息。

　　奶奶神态安详地端坐在石洞中那张石桌旁，我颤着音叫了一声"奶奶"，就扑进她的怀里。嘴里还喃喃着：奶奶您怎么一个人跑到这里来啊？我不听话地眼泪一下子就涌了出来。

　　奶奶劝慰着我：没事，我这不是好好的吗？

　　我坐在奶奶身边，仔细观察石洞，发现石洞上方竟生长着许多千奇百怪的石笋，从小石洞透进来的丝丝光照洒在石笋上，一闪一闪地发着奇异的光。那张石桌旁排列着三张石凳，正面石壁往里凹进去，形成一个壁柜的样子；石桌旁的石板凹下去，形成一个盆，一股温泉从石缝流出，刚好流进石盆里。奶奶的双脚正浸在石盆里。

奶奶吩咐我去前面那"壁柜"取一样东西。我走到"壁柜"前，并没发现什么东西。奶奶说你仔细看看，摸摸那石壁。我发现石壁上似乎有一条缝隙，便用手指轻轻抠那缝隙，原来是一扇石门。我把石门打开，一个银光闪闪的玉石坛子立即映入我的眼帘。坛子二十多厘米高，呈椭圆形；其实它又不完全像坛子，它没有坛沿，倒有点像个大鸭蛋。我把玉石坛子捧出来，轻轻地拂去它表层的尘埃，那种质地细腻光滑的感觉立即融入我的肌肤。

我把坛子捧出来放在石桌上，奶奶用手轻轻地抚摸着坛子，眼光迷蒙，浑浊着一汪泪水，两片干瘪的嘴唇颤巍巍地翕动着：我的坛子，我的玉石坛子啊！

奶奶一脸的悲戚，深邃的目光似乎已经穿越百年的历史时空，她望了我一眼，开始了她苦难的叙说……

第一章

　　玉石坛子精美，古朴。奶奶没把坛盖揭开，她沉默在那里，许久，才悠悠地说：这个坛子装着我一生苦难的经历。

　　奶奶的神情越来越悲戚，还没说话就已泪流满面。我依偎在奶奶身旁，看着极度悲伤的奶奶，静静地听她讲那玉石坛子的故事。

　　奶奶说：模糊记得是在我三岁多的一个晚上，我和寨上几个小孩玩捉迷藏游戏，大家玩得忘乎所以，都疯了似的。刚开始在寨巷里跑来跑去，后来觉得寨巷里磕磕绊绊，不好玩，就到寨子中间的场地玩。场地上有几堆刚挑回来还不及码好的稻草，稻草还散发着秋日里太阳的气息，暖烘烘的。大家争先恐后地往稻草堆里钻，用散发着香气的稻草把自己遮盖起来。这样躲藏，舒服，又不容易被寻找的同伴发现。可能是我藏得太好，或者是玩得太累的缘故，不知什么时候就睡了。待醒来，我从稻草堆里伸出自己的小脑袋，只感觉整个场地静得出奇，深不见底的天宇似乎还有几颗小星星在眨呀眨的。过了好一会儿，我才明白自己在什么地方，瞬间就感到害怕。我大声呼喊着大牙、春生、黑豆、细丫等几个玩伴的名字，四周一点回应都没有。我颤抖着爬出草堆，踉跄着往家里跑，呼喊着，妈妈——妈妈，那一声声呼唤仿佛一颗颗碎石子扔进黑沉沉的峡江一样，没一点回音！

　　我就这样一边哭喊一边趔趄着往家跑。那时我心里很怨恨母亲，以往我在外面玩过头了，她总要满寨巷地呼喊。久了，我感到自己心里就有了一个感应器——只要天黑了，只要到了吃饭时间，心里那感应器就自然回荡着母亲的呼喊声，那一声声呼喊牵肠挂肚，我纵然还想多玩一会儿，但那感应器却牵着我往家里跑。今天怎么了，难道这心灵感应器失灵了？我跑着，心里就莫名地害怕起来，父母亲哪去了？那感应器为什么没响？

我终于摸着黑歪趄着步子冲进家门，家里面黑乎乎的。难道父母亲都睡着了？我喊了几声妈妈，空寂的院落没一点回应。我心里更害怕了，只能继续摸索着往屋里走，在楼梯拐角处，我的脚似乎碰到一个软乎乎的东西，低头一看，原来是一个人。借着屋外透进的微弱星光，我发现躺在地下的人竟是父亲！父亲平时爱喝点酒，我以为他喝醉了酒，遂大声喊他，并弯下身子去拉扯他。拉拉扯扯，我突然感觉父亲身上沾满了鲜血，我的两只小手也沾满了鲜血。那一刻，我害怕极了，呼喊着母亲的名字，急忙往楼上跑。刚到堂屋，借着神龛上那盏昏黄灯的光晕，我看见母亲赫然躺在堂屋的地上，浑身鲜血。我冲上前去，用手拉扯母亲，母亲一点反应都没有。

我伏在母亲的身体上，放声大哭，我想用我的哭声，把母亲哭醒！无依无靠的我不知哭了多久，母亲没哭醒，却哭来了另一个人。他说是我的堂叔，但是我只听父母提到过我有一个姑姑，从来没有听父母提起过还有一个堂叔，也从来没见过他。他安慰我：乖侄女，不要哭，跟我走吧。那一刻，我实在是好累好累，趴在他的背上，昏昏沉沉地睡着了，连他的样子都没有看清楚。那一觉我睡了好久，待醒来，睁开眼已经不见堂叔，站在床边的是一个陌生的女人。我惊惧地瞪着眼，身体往墙边缩。

那女人见我害怕，就生硬地对我说：我是你妈，快叫妈。

你不是我妈！我仍尽力往墙壁靠，绝望地喊着：我要妈妈！我要妈妈！……

那女人瞪了我一眼，走了。

这个女人就是我当童养媳时的家婆吴氏，一个很凶蛮的女人。我的童年噩梦就是从那一刻开始的。

大一点我才知道，那个寨子叫九盘河，那家人姓韦。韦家唯一的儿子是个傻子，叫韦聪睿。

我当时身上仅存一枚玉佩，是父母亲留给我唯一的东西，我一直小心地珍藏着。

什么玉佩？我疑惑地望着奶奶，奶奶并没有说。

奶奶说：接下来先给你讲一个鸡血石小人儿的故事。这个鸡血石小人儿不是一块普通的石头，要讲它的来历，还得先从我刚被卖到韦家讲起。刚到韦家的时候，晚上他们不让我进屋睡，只能在大门外左边那个柴棚里与那只看家的狗睡在一起，狗睡在地上，我则睡在三块木板拼成的床上。就这个简易的板床，也是韦家那个放牛娃杨伣子看我可怜，帮我临时铺就的。要不我只能和那只黄狗挤睡在狗窝里了。

记得第一个晚上我蜷缩在床铺上，感觉好害怕，以前我都是依偎在妈妈的怀抱里，听着妈妈低声地为我吟唱：摇啊摇，摇啊摇，好宝宝啊，好好睡一觉，风不吹，云不飘……那催眠曲带着我漫步在一片绿茸茸的草地上，和风那么轻柔，小河歌声那么动听，我遂甜甜地睡去。而那夜，我翻来覆去总睡不着，蒙胧中，伸手想往妈妈怀里钻，可我的身边空荡荡的，睁开眼，只见四周黑洞洞的。我害怕得爬了起来，逃也似的冲出棚子。

我朝对面那个棚子走去，我知道今天帮我铺床的那个好人就睡在那里。这时，那条黄狗也醒了，它温驯地跟在我后面，见我站在杨伣子的棚子前不敢拍门，它用头把那个破门挤开，呜呜地哼叫着。很快，杨伣子就起床走了出来。

我好怕，好怕！我带着哭腔的声音虽然很小，但杨伣子还是听到了。杨伣子安慰我：你回去睡，我去陪陪你。他说着话，就向前拉着我的小手，把我送回去。杨伣子见我上床睡好后，他则坐在门槛上，望着天上一闪一闪的星星。他在想什么呢？要知道，杨伣子这个放牛娃那时也比我大不了多少，难道他也是个孤儿？我心里乱糟糟的。

黄狗很懂事，见我睡不着，则在我床边走来走去，有时，它还伸着舌头轻轻地舔着我的小手，不知什么时候我竟睡着了。

那时的我，一天到晚不停地干活儿，如果不把活儿干好，就要被责罚，甚至被打骂。当然责罚的方式多种多样，他们可以不给我饭吃，可以用竹鞭抽我，可以要我在寒冬腊月里站在门外……

记得有一天，我去赶鸭子回家，有一只鸭子藏在田间的禾苗里，我没发现，回到家才发现少了一只。那时，天差不多全黑了，我被吴氏赶出家门，她嚷叫着：如果找不到鸭子，就别回来！

我没办法，只得又返身往田野走去，我在田塍间来回走着，嘴里嘎嘎嘎不停地呼唤着，但哪有一点鸭子的回音啊。后来我才知道，鸭子掉群，天又黑了，它是不会再乱走动的，它匍匐在那里，一声不响。除非你踩着它，要不你是不可能找到它的。

但是找不到也得找呀，有什么办法呢？那一刻，我一边哭，一边叫着，那声音在田野的夜空上悲戚地回荡着。时至今日，我感觉那声音仍在我的脑际萦绕着。

我的哭声与嘎嘎嘎的呼唤声，狠毒的吴氏没听到，杨偕子却听到了。他放牛回来有点晚，当知道我去找鸭子这件事后，就急忙往田塍跑。他找到我，牵着我的手，无限怜爱地望着我：傻妹妹，天黑了，怎么找？明天哥哥帮你找。

找不到鸭子，今天晚上我吃什么呀？

有哥吃的就会有你吃的。杨偕子一边劝慰着我，一边牵着我的手走出田塍。

到了家，吴氏已经吃饱饭，她在门口站着，打着饱嗝，剔着牙。见我们两手空空回来，就凶巴巴地问：找到了吗？

那只鸭子已经睡觉了，等明天早上它起床再去找。杨偕子在一旁帮我打圆场。

吴氏横了我一眼，哼了一声，扭转身往堂屋走去。这时我的肚子已经很饿了，就跟着杨偕子往厨房走，希望还能找到一点剩饭。到了厨房，到处找都找不到饭。杨偕子转身回到堂屋问吴氏：东家，饭呢？

吃饭时你不在，我们以为你不饿，把剩饭都倒给狗吃了。吴氏漫不经心地说着。

杨偕子站在那里，心里恨恨着，你这是不拿我们当人看。他的脸一下子就变得铁青铁青的了。

这时，韦守财正从里屋走出来，看着一脸铁青的杨偕子，就打着圆场：饭在堂屋的柜子里锁着呢。说来这家人是发了一点财，但是他们那种吝啬的做法，真让人气得断肠。那个吴氏，平日里，只会在家吆五喝六，什么事都指派别人做，但对于涉及钱物的事情，都是她亲手操控。她的裤头上，那串钥匙就是她的命。能吃的东西，她总要放在那个安有锁头的碗柜里。这个吴氏，在九盘河这个寨子里，真是个家喻户晓的人物，她不管走到哪儿，人还未到，那串叮当作响的钥匙相撞的声响早已被人听到了。刚开始韦守财还不放心把家交给一个女人来管。有一天，家里来了一个客人，吴氏炒了一点黄豆，她用一个竹筒把炒好的黄豆装在里面，客人与韦守财一边饮酒，一边用黄豆送酒。要知道，用筷子伸进竹筒里夹黄豆，一次只能勉强夹到一颗，这样一餐饭下来，那竹筒里的黄豆，最多被吃了二十来颗。这个办法，既体面，又抠门到了极点。这件事，让韦守财大开眼界，从那以后，韦守财就把家里的那串管家的钥匙挂在了吴氏的裤头。

吴氏斜瞪了一眼韦守财，从裤头上解下那串钥匙，打开碗柜，取出一碗冷饭，砰的一声放在桌子上，嘴里哼了一声：想做好人，就不要吃饭。

杨倌子问：就一碗？

你要几碗？

雪花的呢？

鸭子没找回来，想吃饭，美得你们！

杨倌子捧着那碗冷饭，往大门外走。他知道再讲也是没用的。我站在大门外，吴氏的话我听得一清二楚，我转身就往棚子里走。那一刻，我觉得这房子就像阎王殿一样，住在里面，生与死没什么差别。

杨倌子去厨房要了一个小碗，把那碗饭一分为二，走进我的棚子，见我站在那里簌簌地落泪，就关切地劝慰：乖雪花，不哭啦，先吃一口冷饭垫垫肚子。说着就把那碗多一点的递给我，我想这都是我的错，还连累了杨倌子。想着想着，我的眼泪又禁不住吧嗒吧嗒地落下来，瘦弱的身体痛苦地抽搐着，我尽量把悲苦压在自己的心底。

压抑着哭了一阵，我才想到自己手中这半碗饭，这是杨倌子的心意，我要吃下去，因为我从杨倌子坚定的眼神中，看到了一片绿草，一条小溪，那是生命的气息啊，我要活下去！

我在漆黑的棚子里，吃着半碗冷饭，那又冷又硬的饭粒，滚进空落落的胃里，像沙砾扎着胃壁。尽管这样，一眨眼，半碗饭就没了。怎么就没了？我有点不大相信，就伸着舌头，反复地舔着碗。

第二天早上，我早早地往田垌跑去，我要去寻找那只彻夜未归的鸭子，我在田基上东倒西歪地走着，嘴里不停地嘎嘎嘎喊着，但始终没听见那只鸭子的回应。转了好久，我才在山脚那块田边发现了一撮鸭毛，地上还有几滴血。

完了，这该死的黄鼠狼，昨天夜里把鸭子给叼走了！我的天啊，这可怎么办啊？

我只能惶急地赶回家，家里还要喂猪、扫地、洗衣，只要一件事情做不好，就别想吃饭。

走到寨口的巷子前，杨倌子也刚好把几匹牛羊赶了出来，他见一脸愁云的我，就知道我没找见鸭子。他告诉我：如果吴氏问，你千万不要告诉她鸭子找不见，就说那只鸭子调皮得很，还在田里捉虫子吃呢。

我忐忑着回到家，吴氏站在屋前，瞪着眼审视我：鸭子呢？我哆嗦了一下：可能给黄鼠狼叼走了。话一出口，我就有些后悔，怎么就把杨倌子吩咐我的话忘到九霄云外去了呢？

黄鼠狼怎么不把你给叼走呢？吴氏阴沉着一张脸，那样子，好像死了老娘般的难受。她指着那堆刚割回家的红薯藤：不会养鸭就砍红薯藤吧，红薯藤不会有黄鼠狼来偷，今天不把这堆红薯藤砍完，你就别想吃饭！

那时我不过七八岁年纪，拿着把菜刀都还打飘，何时才能够砍完这堆红薯藤呢？

我低着头，摇晃着站在那里，惶恐地拿着刀，往那堆像山一样高的红薯藤走去。

我砍啊砍，小手掌起了几个血泡，手背也红肿起来。一连几天，这红薯藤怎么也砍不完。刚割回家的红薯藤还比较容易砍，过了几天红薯藤干了一点，很韧，这时候本来一刀就能砍断的却要几刀才能砍断。

吴氏看我速度慢了，就只给我吃红薯，不给我吃饭。吃红薯也不能白吃，她要我去洗红薯，一个大地锅能煮多少红薯，我就得洗多少红薯，煮那么多红薯干什么？拿来酿红薯酒。

煮红薯当然有红薯吃，红薯吃多了，我的小肚子胀得难受，一夜都在放屁，幸好黄狗跟我睡在一个房间，如果是跟人睡在一起，不被那红薯屁熏晕才怪。

但不管怎样说，能有红薯胀肚也是一件挺幸福的事情，总比肚子空落落地像有无数锋利的绣花针扎着胃壁好受些。我有时就想，如果一年到头，天天能有红薯填饱肚子就很幸运了。尽管那段时间自己的肚子胀得很不舒服，但是我看到吴氏时，仿佛眼前这个狠毒的女人一下子就变成了观音菩萨。

但我的这点奢望却因一个生了虫子的红薯而变成一场灾难。记得那天，我肚子胀痛，整天往茅厕跑，后来天晚了，我一忙，把一个生了虫子的红薯倒进锅里煮了，结果整锅红薯就都臭了，非但如此，发酵后熬出来的酒也会臭。就为这个臭红薯，吴氏迅即变得像厉鬼般可怕了，她拿着竹鞭，抽得我的小腿像盛开的映山红一样"灿烂"，疼得我好几个晚上在那三块木板拼成的床上不停地折腾。杨倌子看在眼里，疼在心中。

但吉人自有天相，杨倌子从一起放牛的没关门大叔那里获得了帮我缓解疼痛的药方。这个没关门大叔，名字听起来怪怪的，其实一点也不怪。他已近三十岁，仍没成家。他从小父母双亡，孤苦伶仃，有一次上树摘野果子，跌下树把门牙跌掉了两颗。就因为缺了两颗门牙，影响了他的形象。相了几次亲，女孩看见他缺了两颗大门牙，头一扭低下头就在那里窃笑。一次，一个妹崽窃笑完了，还在那里悠悠地唱起了山歌——

买屋莫买没门屋，北风吹来响呼呼。
连双莫连没门弟，张口说话像在哭。

没关门大叔一听，气得肺都要炸了，他望了那个妹崽一眼，见那个妹崽背有点驼，他随即回敬了一首山歌——

买田莫买弯弯田，难配弯耙弯犁头。
连双莫连弯弯妹，难办弯床弯枕头。

那次对歌以后，没关门大叔就出大名了，大家明里暗里都叫他"没关门"，这叫来叫去，也就忘记了他的真名。这样过了好多年，没关门大叔就彻底打消了找老婆的念头，离开了他那破房子，到外面给别人打工、放牛。

没关门大叔每天把牛赶到山坡或者山冲里，自己就坐在山坳的大枫树下乘凉。大枫树下就是他的乐园，下边有几根树条子架起的凉床，一个秋千架，荡秋千累了就爬上树吃点野果。太阳落山时，他从口袋里掏出一个小竹筒，放在嘴边一吹，就发出一阵阵悠扬的声音。这时，奇迹出现了，那些在山坡上、山谷里吃草的牛儿就会三三两两地走出来，围在他身前身后，都去亲近他。这时牛司令精神极了，待到兵马全部到齐，他就会站在枫树坳上，扬起牛鞭，高喊一声：嗨——

牛儿们听到这声号令，都摇头晃脑，轻扬着尾巴，满载着一肚子青草，蹄声清脆，在曲折的山路上，欢快地往山下奔去。

这没关门大叔通过杨佲子的嘴，知道了我的不幸遭遇，他很同情我，遂采了一大抓草药，让杨佲子拿回家煮水给我洗，叶子则焙干碾成粉末，撒在伤口上。

我的伤口很快就恢复了，没关门大叔的草药真神了。后来我大了一点，就着上山采猪菜的机会，偷偷地跑去找没关门大叔，感谢他的大恩大德。这以后的若干年，没关门大叔也是经意或不经意教会了我一些草药防病治病的方法。这些草药还真管用，在那缺医少药的时代，我还真救过一些人。没关门大叔的这些秘方，是谁秘传给他的，一直是个谜。

在当童养媳的那些岁月里，如果没有杨佲子，我真的不知道怎样过。为了照顾我，杨佲子没少受吴氏的气。

吴氏是个心胸狭窄、狠毒的小人。她对杨佲子照顾我的行为一直记恨在心，特别是我十多岁以后，她对我的看管就更严了，她不允许杨佲子干预我的生活。那次杨佲子从没关门大叔处要草药给我疗伤，不知怎的让她知道了，从那以后，她一直暗地里监视我俩的行动，不让我和杨佲子单独在一起。

记得那年天寒地冻，下了一个多月的雪。现在你们一到下雪就高兴得疯了一样，满世界玩雪、赏雪，你们的生活像雪世界一样美好。可是我那时好恨这大雪天。一到这样的天气，韦家全窝在家里，而我则要负责全家的生活。水筧里积满了雪，把水堵塞了，我要用棍子一点点捣碎那些积雪，水筧才能通水。有时候捣不通，只有到小河里去挑水，由韦家下到小河差不多有三百米的石阶路，积雪几乎把石阶铺成了斜坡，有时候我走了一半石阶就跌倒了，只能挑着一对空水桶，再到小河里重新打水。如此反复，寨上的大叔、大伯、婶婶看见了，都心疼地说：造孽呀。

有水吃还得有菜炒。菜园子里的菜这时哪还能见着呢？满世界银白银白的，菜园也不例外。大雪把菜园里的菜全掩埋了，要吃菜则要先去把雪刨开，才能见着菜。有时候，我那傻子丈夫看我可怜，就拉着我：别——别——去了，我们吃酸菜。可那吴氏却不依不饶：整天吃酸菜、吃酸菜，都一肚子酸菜了，还吃！快点去，不要在这里磨叽，看我怎么收拾你！那傻子丈夫看见吴氏凶里吧唧的样子，也会跟我一起到园子里刨菜。但是他会刨菜吗？他只能给我添乱，菜没刨出来，人早跌倒了。这时候，要是让吴氏看见了，好像伤了她的心肝，她会站在屋前扯破嗓子在那里嘶吼：你个小贱人，谁叫你把韦聪睿带去？看我怎么收拾你！

刨得菜，还要拿到冰天雪地的小河边洗，手一伸进水里，就像伸进油锅里，手指头像被千百把刀在一点点切割。

我的小手一天天、一次次地放进这冰河里炸，红肿得像个红萝卜，吃饭时连碗都拿不住了。杨倌子见状，就从没关门大叔处要了几株草药煮好，吩咐我睡前用煮好的药水来泡自己的手。哪知这件事让吴氏知道了，她竟狠心地把杨倌子煮好的药水倒掉了。

以往吴氏凶里吧唧的时候，杨倌子总不正面和她冲突，他叮嘱我：人在屋檐下，不得不低头，我们就忍着点儿吧。我自然知道这个理，一个孤苦伶仃的孩子，怎么能和这个凶恶的女人斗呢？可是这次杨倌子再也忍不住了，他找到韦守财，大声地质问：你们还是人吗？梁雪花那双手已经冻成那个样子，你们的良心都让狗吃了！

你是梁雪花什么人？

问你那狠心的老婆吧。杨倌子气愤地走了。

那次，杨倌子真走了。他也是个无家可归的孩子，这天寒地冻的日子，他能走到什么地方去呢？我想，杨倌子为了我，被韦家扫地出门，我不能见死不救，我要绝食！我要罢工！我说到做到，我躺在那小屋里，一天到晚都不出门一步，我要把他们饿死！吴氏见我不出来，冲进小屋，用竹鞭抽打我，我蒙着头，一言不发，以死抗争。吴氏打累了，只能悻悻地走出去。我第一次靠自己战胜了吴氏这个恶魔。

韦守财很清楚，冬天很快就要过去，到了开春，去哪儿寻这老实巴交的长工？他也知道，吴氏的吝啬与凶蛮是名声在外的，上村下寨，无论谁讲到吴氏，都会把脸扭过一边。大家都觉得这样的人家，就是吃龙肉，也不想去。这些年，有时候在农忙时节，韦家竟请不到做工的人。

过了两个晚上，韦守财也装模作样地走出门，说是去找杨倌子，但只到三界地转了一圈就回来了。

又过了两天。杨倌子终于回来了。

我不知道杨倌子回来是对还是错，但是当他回来的那一刻，我再也控制不了自己的情感，我蒙在那床破烂的棉被里，伤心地哭了。

奶奶——看见奶奶沉浸在深深悲苦的情境之中，我轻声地呼唤着奶奶，我不愿奶奶过于伤悲，我想把奶奶从痛苦的往事回忆中拉回来，可是奶奶并没理会我，她那紧抓着我如枯藤般的两只手似乎在微微颤抖着。我用纸巾轻轻拭去奶奶深凹在眼眶中的泪水。

奶奶用手拨开我擦拭她眼泪的手，她不想中断自己的故事：

后来我在没人的时候，偷偷问杨倌子，这几天你躲什么地方去了？杨倌子哥哥告诉我，回家了。我问他的家在哪儿。他笑着说在龙谷寺。我问龙谷寺在哪儿。他笑着说那是神仙住的地方。后来他就什么也不说了。

又过了些日子，杨倌子帮东家挑桐油去卖，收购桐油的老板在秤上做了手脚，明明一百斤油却说是九十五斤。卖油回来，他把钱交给韦守财，才知道油少了五斤。韦守财与吴氏可是个极端精细的人，杨倌子挑的每担油，他们都私下称好，暗中监视杨倌子在卖油时是不是虚报了数字。这下子可惹毛了两个细毛鬼，那还得了，少了五斤油，这不是要了他们的命吗？他们就这样扣了杨倌子一个月的工钱。杨倌子伤心得很，他感觉自己的冤屈无处申诉。我去安慰他，但我知道，自己什么忙也帮不上。那夜，杨倌子哥哥又失踪了。

我知道，杨倌子哥哥肯定是回他龙谷寺的家了。过了两天，杨倌子哥哥回来了。我悄悄问他：你又回家了？他深情关切地望了我一眼：我怎么能抛下你一人走了呢？听了杨倌子哥哥这句贴心窝的话，我心里一下子就像置了一盆炭火，暖乎乎的，那泪水像屋檐水，滴滴答答地往下掉。我含着泪望着杨倌子哥哥：哪天，你也带我去龙谷寺走走，我好想去那个地方看看。

又过了两年，一天，我背着背篓上山割猪菜。近边的猪菜已经被人们割完了，我只能往深山的小溪里走，走啊走，到了中午，就到了一个山坳，山坳群峰环绕，幽谷深邃。小溪的源头是一股巨大的泉水，泉水旁边有一座山峰，山上树林荫翳，翠竹摇曳。树荫之下，一座庙宇屹立在半山之上。

我一时竟忘了割猪菜，背着背篓，往那寺庙走去。到了寺庙前，只见寺庙大门的门额上有三个大字，问上香的人，他们告诉我这是关帝庙。我心里一阵失望，这不是杨佰子哥哥的家。

寺庙里香火旺盛，只见庙的大殿正前方那个长方形香炉中，插着一簇簇香，那燃烧的香烟随风吹拂，空气中溢满了香气。庙前方有一株菩提树，树上挂满祈福的红布条。庙右前方，则是卖香烛的一个门面，门前请香的人，三三两两，一张张脸充满虔诚。

我解下肩上的背篓，把它放在大殿前的一边，难得来这里，说什么我也要往里走走，看看里面还有些什么。

关公像威风凛凛地端坐在大殿里，前面的香炉里都插满了香，在烟雾缭绕中，一溜儿三个蒲团上跪着三个请香的人。恰在这时，一大帮香客拥了进来，几个穿戴素净的中年女人，见我一身脏兮兮的，嘴里不干不净地数落着：这种样子，也来请香，不怕弄脏了圣地。

我看看自己的身子，犹豫了一下，最终还是转身往回走，在殿门口背上背篓，离开了关帝庙，沿着刚才那条小溪往下走。刚才上来时，我已经割了一些猪菜放在溪边，现在往回走，只要一路拾捡进背篓就行了。

小溪往上走容易，往下走就有些难了，有时溪岸很陡，人只能弓着腰身，两只手抓着石壁，翘着屁股往后退。后来背篓里的猪菜越来越多，我左右摇晃着，感觉随时都有跌倒的可能。有些石块上还结着厚厚的青苔，就是因为那滑腻腻的青苔，我像溜冰一样滑进了溪中的一个水潭里。我摸摸自己的脚，捶捶自己的腰，感觉都还是原样的，但是一背篓猪菜却浸湿了。我把猪菜拖到溪岸上，用力甩那上面的水。这一切做完后，我全身也湿淋淋的了。我想何不就着这溪潭洗一洗自己的身子，就把身上的湿衣服脱下来，进到溪潭里洗濯。那一刻，我觉得这大山静极了，只有叮咚的溪水在无拘无束地流着。我望望自己，突然发现自己瘦弱的身子似乎长出了一点肉，我的小小乳房，也像两颗红葡萄似的有点鲜艳的光泽了，小腿似乎也壮实了许多。我赶快蹲在水里，用眼瞧着溪前溪后，担心会突然出现一个人，那不羞死人了。

可大山仍是那么静静地屹立在那里，只有山风悠悠地在林下、在小溪里无拘无束地吹拂着。

我准备拧干衣服上岸，突然发现水下闪过一道白光，我低头一看，原来是一块石头。我弯腰捡起拿出水面，感觉眼前一亮，这石块酷似一个小人儿！小眼翘鼻，樱桃小口，窈窕身材，浑身上下雪白银亮，在肌体下，隐隐还能看见几根细小的红色血管，它就是一个活生生的小美女！它质地油润，雪白底子上的殷红斑纹，如鸡血一般。

我赤裸着身体，手里握着这个美女石，兴奋无比地抚摸着。我感觉这鸡血石小人儿很像自己，我轻轻地亲了它一口，久久地捂在自己的胸口。那一刻，我感觉自己在孤独的生活里突然找到了一个能相依为命的伴儿。

这时，我听见两个妇女说话的声音，就急忙穿好衣服。

那天，我到家已经很晚了，挨骂自然少不了，没饭吃也是意料中的事情。但是我并不沮丧，换了一身干衣服，在厨房的角落找到一个生红薯。我把红薯洗干净，就回到我的小屋，坐在床前，一手握着鸡血石小人儿，在那里观赏；一手拿着红薯，在那里慢慢咀嚼。一天没吃什么东西，感觉红薯那甘甜甘甜的味儿很爽口。我想鸡血石小人儿此时也该饿了，我想喂它吃一口，但是鸡血石小人儿只是静静地看着我，它那樱桃小口好像想开口和我说话呢。

也不知什么时候，一声细微的叩门声惊醒了我，听那叩门声，我知道是杨倌子哥哥来了。如果是烂响靶一样的敲门声，不用猜就是那个凶恶的母夜叉吴氏来了。我走上前，轻轻把门闩拉开，房门咿呀一声打开了，果真是杨倌子！杨倌子关切地望着我：你今天怎么回来得这样晚，真把人担心死了。吴氏不但不去找你，反而在那里骂你去偷懒，晚餐还剩点饭，她全倒给狗吃了。我叫她留一点给你，她还骂我狗咬耗子多管闲事。她说就是要饿你，要不你整天玩疯了，都不知道回来。说着话，杨倌子哥哥就递给我半碗饭。

我知道，这半碗饭是杨倌子哥哥省下的，我怎么能吃得下呢？杨倌子哥哥见我呆呆地站在那里，就催促道：吃吧，就这点，对付一个晚上吧。听他这样一说，我的眼泪又簌簌地掉了下来。

后来那个鸡血石小人儿呢？我问。

奶奶没回答我的问题，她话题一转，讲起了她的启蒙老师。

奶奶说：我的启蒙老师就是杨倌子，说出来你都不会相信，他一个穷放羊的，大字不识一个，怎能当我的老师？

那时寨上有个私塾，私塾老师姓吴，戴副老花眼镜，瘦削的身子，仿佛一阵风就能把他吹倒。他人和善，有一块责罚学生的竹板，却从来不用。这情况我是不知道的，是杨倌子哥哥告诉我的。也不知从什么时候开始，杨倌子迷恋上了私塾，每天放牛经过私塾门口，杨倌子总要趴在教室门口的窗棂上痴痴地望上一眼；傍晚赶牛回来，同样也要望上一眼，这一眼两眼的，杨倌子就认识了蛮多字。

一天傍晚，杨倌子放牛归来，路过私塾门口，吴老师走出来，他和蔼地望着杨倌子，问杨倌子：想读书吗？杨倌子轻轻点了点头。吴老师从衣襟里摸出一本书递给杨倌子。杨倌子站在那里，不敢伸手接，因为他知道自己没有钱买书啊！吴老师把书塞进杨倌子手里：拿去吧，孩子，有不认识的字，晚上来问问我。

杨倌子捧着那本书，见书的扉页上写着三个字：三字经。这三个字杨倌子认识，他觉得这本书里面讲的道理很好，他好喜欢。他不敢相信眼前发生的事是真的，有点似真似幻的感觉。他连一声感谢的话都没说出来，只是深深地向吴老师鞠了一躬，转身就疯样地追赶那些回家的牛儿去了。

那天，我们没被吴氏责罚，吃罢晚饭，做完家务，杨倌子就来到我的木棚子，神秘兮兮地从怀里掏出一本书告诉我，他已经是吴老师的学生啦！我疑惑地望着杨倌子，有点不相信自己的耳朵：这是真的吗？

不信？杨倌子侧着头，望了我一眼，自嘲着：是啊，我一个放牛娃，哪来钱读书？说笑呢，你何必那么当真。来来，我们自己读书，还不行吗？杨倌子翻开那本《三字经》，轻声地教我："人之初，性本善，性相近，习相远……"

我不知道这些句子是什么意思，杨倌子也似懂非懂，他平时趴在窗棂外，刚听一点，又怕那些牛儿走丢了，就急忙去追赶牛儿。但是他已经认识了蛮多字，有些不认识的字，他就跳过不读。我咿咿呀呀地跟着杨倌子念，声音小得像蚊子哼似的，自己的小嘴巴也不知怎样张合才能发出那个音。杨偌子说：大声点。可我哪敢大声，生怕吴氏听到了，我们又会倒霉。

尽管这样，我们仍觉得很快乐，黄狗也兴奋地坐在我们身旁，时不时甩着它那毛茸茸的大尾巴，伸出舌头，也想舔舔我们的《三字经》。每当这时，天上那一弯月亮，也悄悄溜进小木棚，把它那微弱的光洒在书本上。那一刻，我们都很认真，每读一个字，就像用錾子在石板上刻字一样，永远都磨灭不了。

那以后，杨偌子晚上就偷偷到私塾去上课，其实也不算什么上课，每天晚上吴老师教他念三两个字而已。杨偌子也很懂事，到了私塾，并不缠着吴老师教书，而是像儿子一样，帮吴老师扫地，到小河里提水，每次都要把小缸灌满水。放牛回家，杨偌子肩上总要扛着一捆柴，吴老师烧的柴几乎都是杨偌子顺道捎回来的。

一来二去，吴老师就更加喜欢杨偌子了，他教授杨偌子就更加认真了。慢慢地，杨偌子就能通读《三字经》和《千家诗》了。后来，杨偌子还学会了写字，他不但能用粉笔写字，还能用毛笔歪歪扭扭地写字呢！当然这些情况我也只是听杨偌子说的，并没有亲眼看见。

杨偌子见我不信，他什么也不说。一天晚饭过后，我们又在一起念书。念了一会儿，杨偌子就从口袋里掏出一根红粉石条，在地上写了六个字：人之初，性本善。然后把那根红粉石条递给我，叫我学着他的样子写字。我不知道怎样拿那根红粉石条，手抖得厉害，怎么也无法把那字写端正。杨偌子急了，握住我的手，一笔一画地教我写。

我感觉杨偌子的手在向我传导一种力量，突然对写字就有了信心。一撇，一捺，我写成了一个"人"字。我感觉这个"人"字有两条腿，站得好稳！

杨偌子笑了。我也笑了，但我的笑声里，融着一串串的泪珠。

这件事情是瞒着吴氏悄悄进行的，但吴氏那只比狼还要警觉的耳朵还是听出了一点动静。一天晚饭后，我们又悄悄地在小木棚里读书，突然砰的一声，那扇破门被撞开了，接着吴氏像一只母老虎般地闯了进来，她二话没说，旋风般地从杨偌子手上抢走了那本珍贵的《三字经》，三下两下，把书撕得粉碎。杨偌子想拦都来不及。吴氏把碎书片子扔在地上，嘴里哼哼道：穷鬼，也想念书，做梦去吧！一句话未说完，一甩手，出了门。

看着满地的碎书片子，我伤心地哭了，真担心明天这吴氏又用什么新的法子来折磨我。杨倌子没哭，他的眼里似乎在燃烧着一团火。他弓下腰身，把那些碎书片子收捡成一堆，然后脱下自己的衣服，把碎书片子包裹好，走出了棚子。

我一夜没合眼。

第二天，吴氏省下了我的早饭，罚我跪在小木棚前，头上还顶着一碗水。我一直跪了两个时辰，吴氏方才放开我，但却要我上山挖红薯。幸好去挖红薯，我还能啃两个生红薯，如果是做其他活路，那天我能熬过去吗？

杨倌子后来才知道这件事，他说如果他在，就要跟母夜叉拼了。

又过了几天，杨倌子又悄悄来到我的小木棚子，他又神秘地从怀里掏出一本《三字经》，但是比原来那本厚了许多。我一看，原来他把那些撕碎的书片子重新排列粘在黄色的粗纸上，制造出了一本"新"书。

从那一天起，我们再读书，就安排黄狗坐在门口，只要黄狗有点动静，杨倌子就把书收藏进裤腰里。难不成你吴氏还搜身不成？

可是，不幸的事情再次发生了，吴老师被赶出了九盘河私塾。从此我们失去了老师。那么好的一位老师，谁把他赶跑了，这到底是什么世道？我首先想到的是吴氏，如果不是吴氏暗中挑拨，那么好的老师能被赶跑吗？

又过了一年，我已经长到十五岁，就像一棵小树苗，一下子就长成了一棵大树。原来瘦骨嶙峋的身子，在艰辛劳作与饥饿日子的煎熬下，反而越长越强壮，越长越俊俏。寨上的爷爷、奶奶、叔叔、婶婶见了我，没有一个不夸我长得漂亮。夸奖之余，大家都要轻轻喟叹一声：唉……

当然我也知道这一声唉——那余味无穷的意味，但我能有什么办法呢？

看着自己一天天长大，我越来越忧愁，真担心那一天的到来。也不知怎么回事，我长大了，和杨倌子的关系反而疏远了。记得在那段日子，很少听见我的小木门有轻轻的叩门声；有什么事，也只能听见门外传来一声：雪花，吴氏叫你。待我开门，人早就踪影全无。

果不其然，那一天到了。

吴氏好忙，平时那凶蛮的样子不见了，她像换了一个人似的，里里外外，吆五喝六，布置新房，贴对联，请来寨上弟兄帮忙杀猪宰羊……忙得团团转。

她还特意叫杨倌子来拆我的床铺，我说什么也不肯，死死地抓着我的床铺和被褥。杨倌子站在那里，拆也不是，不拆也不是。他只能无奈地劝我：天无绝人之路，先拆掉吧。我还是坐在那个破烂的床铺上，不肯下来。杨倌子见我这样，一脸的悲戚，走了。

不大一会儿，吴氏来了，我满以为她又要凶狠地骂我，打我，可是她却一脸的笑容挨近我，耐心地劝导：雪花，听话啊，今天是你的大喜日子，你还能住这里吗？以前都是妈的不对，行了吧。你也大了，也到了和聪睿圆房的年龄了。你要懂事，我千不好，万不好，也是我把你拉扯大的，容易吗？吴氏说着说着，竟哽咽着说不出话来。

那么在情在理的话，那么真情实意的表演，可是我总感觉好像憋着一泡尿，好难受。这个女人怎么能说变就变，我瞪着一双诧异的眼睛在想。我只是觉得，要我跟那个痴呆的韦聪睿生活一辈子，就是死也不能答应！这样一想，我就打定了主意。

吴氏见我不再哭闹，就上前牵着我的手，走出那个破烂的小棚子。

新房已经布置好，是堂屋右边那间房子。新房两张床相对摆放在那里，床上都是新蚊帐、新被褥、新枕头。柜子上面摆着两套新衣服，还有一些供新娘打扮的装饰品。吴氏吩咐用人李婶帮我梳妆打扮，之后就走了出去。这个李婶也是前几天才请来的，可能是因为我要当新娘事情多一点的缘故吧。反正这韦家，日常生活开支抠门得很，能不请人的活路，他们从来就不请人——少一人，少一份开支，他们那小算盘噼啪几下，哪样都是满打满算的。

吴氏走后，我对李婶说：您忙去吧，我自己梳妆打扮，不劳烦您了。李婶走后，我呆呆地坐在新床铺上，想着想着又伤心地哭了起来。父亲母亲啊，你们怎么能扔下女儿不管呢？你们知道我这些年是怎样活过来的吗？我哭着，哭着，感觉屋前屋后人越来越多了。这些人可能是来帮忙的，也可能是韦家的亲戚朋友。我不能再耽搁下去，我去厨房打了一盆热水，我要洗洗，然后再换衣。厨房此时已经有一些帮忙的寨上弟兄在那里忙活，我最熟悉的王大伯见我来打水，急忙上前帮忙。他说：哪能要新娘自己来打水呢？他说得很真诚，眼里满是同情的目光。

记得那次我在河边洗衣，当时正值春夏之交，小河的水很急，我洗着，洗着，吴氏的一件衣服突然被河水卷走了。我大惊失色，这还得了！我不管不顾，跳进河里，河水很急，一下子就把我冲倒了。浑浊的河水一下子呛得我睁不开眼，莫说找什么衣服了。我挣扎几下，仍站不起来，后来就放弃了挣扎，心想：生不如死，还不如趁着这个机会，让水淹死算了！但是，就在那关键时刻，王大伯刚好从山上回来到河边洗锄头，恰好看见我被湍急的河水冲走的危险境况。他便急忙扔下锄头，跳进水中，一把捞起我，把我救上岸。我吐了几口水，好一阵才缓过神来。

醒了的我，哭着说：王大伯，您为什么要救我，就让我去死吧，您救了我，那个凶恶的吴氏能放过我吗？

王大伯蹲在我身边，讲了许多安慰我的话。他见我停止了哭泣，就带着我往韦家走，一直把我送到韦家，并劝导吴氏：吴婶啊，这孩子为了去捞你那件衣服，差一点被水卷走了，你就不要为难她了，小小年纪，怪可怜的。

看在王大伯的面子上，那天晚上我逃过了一劫。从那以后，我一挨打骂，就自然想到王大伯。我常想，假如王大伯就是我父亲那该多好啊！

我提着一桶热水，往我的新房走去。

这么多年来，我还是第一次那么细心地为自己擦洗身子，我闩好门，脱掉那身满是补丁的烂衣服，第一次认真地观察自己十五岁的身体。尽管春夏秋冬风吹日晒，自己的身体仍那么光润嫩滑。开始发育的乳房坚硬圆润，小腹平展而有弹性，两条修长的腿坚实有力。可笑这些年来这样地狱般的生活并没有榨干我的身体，我竟奇迹般地活了下来。我用温水细心地擦拭着，用手痛心地抚摸着身上这些年留下的屈辱伤疤，这些伤疤与我这美丽的胴体就像一张碧绿鲜活的芭蕉叶挨虫子叮咬了几个洞眼般的不协调。

洗完澡，穿好新衣，我就静静地坐在新房里，外面闹得一团糟，都与自己无关。一连几个小时过去了，我感觉等待也是一种煎熬，仿佛熬过了几十年的光景。

也不知过了多久，我突然被人们用一块红布蒙住脸，梦游般地被他们簇拥着出了新房，来到喧嚣的堂屋。这时候木楼里到处挤满了人，我像一个木偶一样，任他们摆布。当时我并不知道他们要我做什么，若干年之后，我才知道那是拜堂。幸好我当时是蒙着脸的，要不就会看到我那痴呆的丈夫那不知所措、令人啼笑皆非的种种动作与神态。我只知道他们拉着我时而跪下，时而弯腰作揖，时而对拜，我的头还磕到了韦聪睿的头。

　　就这样闹了好一阵，我几乎要晕倒了，才被他们簇拥着回到新房。这时，新房里只剩我和韦聪睿。这傻了吧唧的丈夫，完全不知道自己该干点什么，他在房间里磨磨叽叽、哼哼哈哈的。我坐在床沿上，眼泪竟不知不觉地流了下来。

　　我懒得理他，让他一个人在那里进行着滑稽的独角戏表演，但过了不久，闹洞房的人来了。他们见我脸上还蒙着那块红布，就簇拥着聪睿前来揭开我头上的红布。聪睿说：你——你——你们——揭吧。

　　人们乱糟糟地嚷着：我们不能揭啊，我们揭，雪花就是我们的老婆了，你舍得吗？揭啊，揭啊。呼喊声一浪高过一浪。但聪睿仍不敢上前。我再也忍受不了这屈辱，猛地把头上那块红布扯下来。那一刻，房间的喧闹立马就停了下来。我听见人群发出齐刷刷的惊叹声：哇！太美了，比仙湖还要美啊！

　　静了那么一刻，不知谁带头喊道：蚊帐挂得高，明年吃酒糟；蚊帐挂得矮，明年抱个崽。其他人则应和道：讲得好呀。喊完，就把一个茶盘伸到我面前，那茶盘上贴着一张红纸。我知道他们是来要糖果的。李婶今天把一口袋糖果塞在床上的被褥下，她告诉我：本来应该叫两个伴娘陪陪我，这样晚上闹洞房也有个照应，可是吴氏说那太麻烦了。听李婶那口气，对吴氏这种吝啬行为也是嗤之以鼻的。我坐在床上，早已拿定主意，只要有人问我要糖果，便立马把糖果放在茶盘里。那些男男女女，见前面的那么容易就得了便宜，后面的就不管不顾地往前挤，有些几乎挤到我身上。挤还不算，喊的话也不堪入耳。我有点想哭，但我仍要一脸灿烂地迎合着人们的笑闹。那一刻，我不管那么多，不停地把糖果发给他们，我可不像李婶叮嘱的那样——慢慢发，让大家热闹久一点，我恨不得一下子就把所有的糖果发完。好让我将这屈辱的泪水流出来。

　　人们吃着糖，仍不甘心，还把聪睿那个傻子拉到床边，想要把聪睿塞进床里，聪睿死活不肯。人们无法，剥了一颗糖，要聪睿咬一头，我咬一头。他们拉着我们往一起凑，聪睿大喊一声，吓了大家一跳，大家这才放过他。

　　未尽兴的人们，又闹着要我帮他们点烟。点烟本来是一件很简单的事。可那些站在一边的人却故意捣乱，火柴刚划燃，不知谁噗的一口气，那火就灭了。如此反复数次，笑浪一浪高过一浪。这样闹，不知要闹到什么时候，为了打发他们快点走，我把一包包的烟发给上前要我点烟的后生们，他们得了小便宜，就不要我点烟了。如此，那几条烟，不到一刻钟，就让我发完了。

人们见没了糖和烟，那个傻子聪睿又不会配合取乐，感觉再闹下去，也没什么趣味，也就三三两两走出新房，又去堂屋闹他们的酒。

看他们那样子，有些失望。

我觉得失望也好，这本来就不是什么喜庆的事情。这哪像夫妻啊？今天晚上怎么过？以后的日子又怎么过？这时候我想到了王大伯和李婶，但王大伯不是我的父亲，李婶不是我母亲啊。

此时，杨倌子哥哥在哪儿？但杨倌子哥哥也救不了我。我该怎么办啊？那一刻我想到死，但我不甘心，自己才十五岁啊。

夜越来越深，喧闹声随着时间的推移，也慢慢静下来。我和衣蜷缩在被褥里，躺在这柔和细软的被褥里，感觉自己像被一团火包裹着，浑身火烫火烫地难受。我怀念这些年来睡的那床破棉被，尽管生活艰难，我觉得那是我一个人的天地，我可以在被褥下做自己的梦。现在则不同，床的对面还有一张床，那张床上还躺着一个傻子丈夫。他什么也不懂，他能做我的丈夫吗？他不能！但这狠心的吴氏为什么要这样做呢？

也不知什么时候，我突然感觉有人掀开我的被褥。这时房间的蜡烛也差不多燃尽了，借着微弱的光亮，我看见一个蒙面大汉站在床前，手里拿着一把手枪。他用枪指着我的头，低声命令我快起来。我用力拉扯被褥，想用被褥蒙住自己的头。他见我反抗，猛地把被褥掀过一边，一把抓住我的手，把我拉下床。我的身体撞到了蚊帐，蚊帐哗一声掉下来。我就着这声响，从枕头下迅疾摸出一把剪刀，狠命向蒙面贼人的脸刺去，蒙面贼人用手一挡，手被划了一道口子。我见没办法刺杀蒙面贼人，就拿剪刀朝自己的咽喉刺去。我的命怎么就这样苦？我在哪儿招惹了这蒙面贼人？他怎么要来劫持我啊？与其这样屈辱地活着，还不如去死。蒙面贼人见我想自杀，迅疾抓住我握剪刀的手。但剪刀已经把我的咽喉划伤了。这一打一闹，响声惊动了傻子丈夫，他睁开眼一看，见我被一个蒙面大汉刺伤，血淋淋地倒在床边，立即哇啦啦叫着扑向那个蒙面贼人，双臂把他拦腰箍住。蒙面贼人用手肘猛撞傻子的胸脯，但是傻子硬是不松手。这时，杨倌子突然从床头的窗户爬进来，手里拿着根木棍，迅疾冲上前，朝着蒙面贼人当头一棒，蒙面贼人立即瘫软在地。我挣脱蒙面贼人的手，准备开房门逃走，哪知房门被反锁了。情急之下，杨倌子拉着我，翻过窗户，攀下那架竹梯，带我没命地往村外跑。

刚跑到村口，那只黄狗也喘着气追了上来。杨倌子从路边抄起一根棍子，狠劲砸向黄狗，黄狗被砸中，汪汪地叫了几声，那叫声有些凄惨。它不敢再往前追赶我们，远远地站在那里，那样子很是不舍。

那一刻，我的心针扎一样的疼：大老黄，我要逃命啦，对不住，我不能带上你啊。

记得那天恰好是八月十五，尽管天下着小雨，雾蒙蒙的很难分辨凹凸不平的山路。我们不敢往大路跑，一直往小路跑。我想，这时韦家肯定乱成一锅粥了，那个蒙面贼人醒了吗？他醒来傻子可要遭殃了。一想到这，我就停下步子，想转回去看看，我担心傻子被蒙面贼人杀死。但是，杨倌子却紧紧抓住我，不让我往回走。他一边跑，一边关切地望着我：这十多年你在那里受的罪还少吗？刚逃出了那个狼窝，又想回去？你就不想想，那蒙面贼人醒来，能放过你吗？

跑了一夜，跑到一个山坳上。山坳上有三棵大枫树，树下有一天然的大石块，我实在跑不动了，就顺势坐在那石板上。杨倌子哥哥见我已经累得上气不接下气，就不再催我，也坐在石板上喘气。

坐了好一阵子，急速的心跳才慢慢平复下来。此时山坳很静，山间的秋风一阵阵吹来，刚才还浑身大汗的我们，突然感觉有些凉意。凉风中，几片枫叶簌簌地往下飘飞，有些枫叶恰好飘到我们的头上，我用手把它握在眼前嗅嗅，感觉山里的秋天真香！杨倌子哥哥在山坳旁采了一抓草药，用嘴嚼烂，把它敷在我脖子上的伤口，所幸伤口不深，只划破一点皮。

下山是两条路，我们走哪条呢？两个人你望望我，我望望你，都觉得很茫然。正当我们犹疑不决时，山下传来急速的脚步声。难道是劫匪追来了？这下可怎么办？杨倌子哥哥见我还在那里拿不定主意，他望了一眼山坳前的苦蕨坡，催促道：你去藏在苦蕨里，待我引开追赶的人，你再从另一条路跑，我甩脱他们后，再去找你。杨倌子哥哥说完，就不由分说地把我推到那片苦蕨旁，并从身上摸出一只小口袋递给我：你拿着，万一我们以后不能相见，就留作一个念想吧。我伤心至极，也从怀里摸出那个鸡血石小人儿递给杨偌子，哽咽着：偌子哥哥，此一别，不知还有相见的日子没有，你看着这鸡血石小人儿，就等于见到了我……杨偌子看情势很危急，接过我递给他的鸡血石小人儿，顺手把我推进苦蕨里，用力在他跑的那条小路口踩了几脚，故意把落叶踢过一边，头也不回地往山下跑。

杨偌子刚走下山坳，刚才那个蒙面贼就上来了，他的左手还滴着血，右手握着枪，东张西望的。我就奇怪了，刚才杨偌子敲他一棒，明明倒下了，怎么又活过来？即便是活过来，怎么又能预知我们跑的路线？我蛰伏在苦蕨下，一连串的疑问搞得我完全蒙了，我惊恐万状地想着。

蒙面贼在坳上东张西望了几眼，就朝着杨偌子跑的小路追赶下去。过了好一阵子，坳下的脚步声完全消失，我才由苦蕨丛里爬出来，从另一条小路往前逃命。

第二章

　　我一路拼命地往前跑，也不知跑到什么地方。那时蒙蒙细雨已完全停下来，灰蒙蒙的天宇逐渐开朗起来，圆月慢慢向西山滑下去，山谷里的树荫下，斑斑点点的树影还东一簇西一簇地晃动。我踩在这飘忽游移的树影上，心里面空荡荡的，好像刚从狼窝里逃出来的一只羊羔儿，现在我往哪儿走？但愿菩萨保佑杨倌子哥哥，保佑他逃脱那个蒙面贼的追杀。

　　再往前走，天就完全亮了。说它亮也不尽然，山区的早晨，有高山森林遮挡，阳光很难透射进来。山弄里，峡谷中，河面昨天晚上的雨雾还没完全退去，那东一簇西一簇的雾团仍自由自在地游动。那些山顶，早就被初升的太阳镀上一层金光。我朝着远处那金光走去，因为我相信，那金光下肯定会有一座寨子。我能走进那个寨子，那个寨子里的人会收留我吗？我心里七上八下的，就像挑着一担水，走在积雪的路上，摇摇晃晃的，随时都有可能跌倒。

　　太阳出来了，河谷里就有了上工的人。他们有的拿着一根两头削尖的楠竹扁担，这是要赶早到河谷两岸的荒地里割草，早上有露水，青草容易割，牛儿吃了这带露水的嫩草，才长得壮。而那些要秋收的人家，则没那么早，他们一定要等露水干了，这样收割回家的粮食，再晒它一天，就可收藏进仓库里了。

　　昨天一天没吃饭，晚上又东拐西拐跑那么远的路，我已经很累很累了。我想进寨子找个人家歇歇脚，讨口饭吃，又怕撞见熟人，特别是韦守财家的亲戚，如果他们知道我的来龙去脉，肯定还会把我抓回去的。

我觉得还应往山里走，小河沿认识韦守财的人肯定多。当然最可怕的是那个蒙面劫贼，他肯定认识我，要不然怎么能把韦守财家的进出道路以及大办喜宴的事情了解得那么具体准确。这样一想，我就不敢走进山那边的寨子，只能顺着那条小河，继续往上游走去。

走到小河源头，我又翻过了两重山，这时中午已经过了一点，秋天的阳光仍很毒，火辣辣地炙烤着我，我又累又饿，嘴唇干裂，那黏稠的痰堵得嗓子透不过气来。无奈，我只能跌坐在路边，但我连坐的力气都没有，我控制不了自己，竟软绵绵地躺倒在草地上。太阳光刺得我睁不开眼。这是什么事啊？一个姑娘家就这样躺在路边，如果有人走来，那不难堪死了。我又拼尽全力爬起来，摇摇晃晃地沿着盘山小路往前走。

又转了两个弯，晃眼看见小路边有一株野酸梅树，树上挂满青溜溜的果子。这是一种很酸的野果子，一般都要到十月份才成熟。我现在已经顾及不了它酸不酸，只是想得到一种能吃的东西，滋润一下我的喉管，填补一下我空落落的胃囊。树不高，若在平日，三两下就能爬上去，但今天我却在树干上扭捏了半天，才挨到树上。那些泛着青绿色光晕的果子，似乎都朝我的嘴里挤。我急忙摘了一颗，皮也不剥就塞进嘴里，用力一咬，一股又酸又涩的汁水就溢满我的口腔。我觉得很难下咽，但还是咬着牙，一口把含在嘴里的酸涩汁水全吞下去，这时全身心才觉得疏通了一点。我又连续咬着牙吃了几颗，觉得身体似乎有了一点能量。

忙乱中，我发现树杈上嵌着一个很大的鸟窝。这鸟窝里莫不是有鸟蛋？我从树杈上攀爬过去，伸手往鸟窝里摸。突然，我感觉手被什么东西咬了一下，就急忙把手抽回来，手刚缩回，一条干芋苗（一种毒蛇）就立马哧溜一声飙出，它昂着头，吐着毒芯子。我吓得大叫一声，急忙往后退，一脚踩空，手没抓稳，身体悬空，摔下树来。所幸树不高，下面有一层厚厚的茅草，我爬起来，感觉手、脚、腰似乎都还好，但是被毒蛇咬伤的手指却像有千万根毒针往里扎般地疼痛。

我现在该怎么办啊？在这荒山野岭，人没一个，又不懂用什么药来医治这蛇伤。我万念俱灰，真是出了虎口，又挨了蛇咬啊！

恰在这时，盘山小径上走来一个人，挑着一担工具。我急忙喊：那位大哥，我挨蛇咬了，快来救救我！

那位大哥把肩上的担子一撂，噔噔几步就跑到我面前。他抓住我那只被咬的手指，从口袋里掏出火柴，把火柴上的磷粉全掰下来撒在我的伤口上，然后划燃一根火柴点燃伤口上的火药，轰的一声燃烧起来。紧接着，他又把自己的裤腰带解下来，把我那只被咬伤的手紧紧扎住。做完这一切，他叫我爬上他的背，背着我飞也似的往山下跑。到了山下，他冲到小溪旁，把我安放在小溪旁的石块上坐好，然后把我的手浸在水里，拼命地按压，把毒液往外挤，只见那些毒液一滴滴地被溪水冲走。

就这样挤压了好一阵，我才感觉手不再那么胀痛。那位大哥见我的身体不再抽搐，就吩咐我坐在岩石上不要乱动。他则往小溪岸边走去，不一会儿，就采得一大抓草药。他把草药放在石板上用石头不停地砸，不一会儿，草药全砸烂了，遂把草药敷在我的伤口上。

这一切做好后，他又再三叮嘱我坐着不要乱动，便转回去拿担子。他上山很快，那登山的步子就像踩在弹簧上一样轻快。

看着大哥上上下下，我的思绪也像做梦一样，虽然被蛇咬的那只手仍很疼，但是我紧张的情绪得到暂时的平息。我把两只脚伸进哗哗流淌的小溪中，一股股清凉凉水的气息立即从脚下往身上漫上来，刚才那种要死的感觉遽然就消失了。

那位大哥很快就回来了：小妹子，还疼吗？

见我坐在小溪边，低着头想心事，这个陌生的救命恩人轻轻地问我。

听见询问，我才突然醒悟过来，我这个无家可归的人，现在该怎么办？眼前这位大哥，他是哪里人？千万不要和韦守财有牵连。我看了看自己一身新娘子打扮的样子，头脑里思谋着向这位大哥解释的种种理由。

你的家在哪儿？我送你回家，好吗？大哥见我坐在那里沉默无语。遂轻声问。

我能说出事情的来龙去脉吗？不能。我只能说父母全死了，自己孤身一人出来找亲戚，亲戚也外出逃荒了，我现在无依无靠，没有家了。

大哥说：我叫盘石头，也没有父母，是个四海为家的石匠。不行你先去我临时住的地方歇歇吧。说着话，他站起来，挑起担子往前走。这时，我才看清，他原来真是个石匠，他挑的两个筐里都是钢钎、石锉、铁锤等打石头的工具。

也许他真的和我一样是个孤儿，我犹疑着跟在他后面，觉得自己这样跟着他，是万分地难为情。

但是我还有其他选择吗？离开他，那蛇伤谁帮我医治？什么叫走投无路？平时在韦家忍饥挨饿，到了晚上，还有一个属于自己的狗窝。现在自己孤身一人，天下那么大，却没有一个角落是属于自己的。

沿着那条小溪往下走一袋烟工夫，就见小溪旁有一间草棚。走在前面的石头大哥停下步子，用手指着前面那间棚子对我说，那就是我现在住的地方。

孤男寡女，待在一个棚子里，这给外人看了，会怎么说呢？那一刻，我那种死的念头又无形中冒了出来。我站在那里，一言不发。

我们都是苦命的人，如果你实在没地方去，就暂时在我这里住几天吧。石头大哥见我一脸愁容，语气里满是真诚。

那一刻，我也放下了心里的戒备。

草棚不大，一张用树条子搭成的床，床边有一个火塘，火塘用三块石头竖着当三脚架子，三脚架子上有一个锅头，锅头里有两个碗。大哥很尴尬地站在那里，看他那样子，好像欠着我什么似的。那一刻，我心里忽然涌上一股甜甜的感觉。

你这个家挺好的。我讲的是心里话。我比你还要穷，你还有一个小家，我连家都没有。

石头大哥斜睨着望了我一眼，看那样子，始终没相信我说的话。他望着我转换了话题：你先到棚外那块石板上坐坐，我这几天没回家，家里乱糟糟的，我扫扫，你再进来坐。听他这样说，我又走出那个窝棚，坐在棚边那个光滑的青石板上。

这时，我才仔细观察这个与世隔绝的小棚所在的地方，其实这里很美。只见一弯小溪叮叮咚咚地从小棚子前流过。群山绵延到这里，一下子就舒缓了。小溪旁一溜儿几丛六月笋竹子，现在出笋的季节稍微过了一点，那些最后一拨的竹笋仍有几苑在竹丛里生长着。草棚边那块菜地，稀稀拉拉长着几苑菜，看来主人已经很久没有打理它了。

扫完屋里，石头大哥拿了鼎锅，到溪边清洗，看来他好多天没归家了。

棚外的山脚下有现成的柴火,石头大哥手脚麻利,不一会儿就捡了一大捧扔在棚子外的空地上。不到一袋烟工夫,小棚子里就有了袅袅炊烟。我坐在青石板上,那只被咬的手仍微微有些胀痛。看着这个陌生的男子忙里忙外的样子,自己的心一下子就被山里的秋风吹得乱乱的。

把饭煮在三脚架子上,石头大哥就拿着一把刀走出了草棚,他吩咐我看着饭别烧焦,就沿着小溪往上走。

饭刚煮好,焖在那里,石头大哥就回来了。只见他手里拿着一抓溪边的野菜、两根甜笋、一只山蚂拐、一大抓草药。

石头大哥把药放在青石板上,拿来铁锤,在那里细心地锤着。这样捣鼓了好一阵子,终于把药捣碎了。他看见我刚才用树叶包扎的伤口,说这不好。他进棚里翻出了自己的一件旧衣,把它撕烂,用它来包扎。包扎完蛇伤,他又拿出一把草药,在石板上捣烂,敷在我脖子的伤口上,还关切地问:是谁划伤了你?

我自己。说完我眼泪就刷刷地往下掉。石头大哥见我伤心,就不再问了。

敷上新药不久,我感觉两处伤口的疼痛明显减轻了。

接着,石头大哥就把切好的甜笋煮好,再加入蚂拐、野菜。看着锅里沸腾出来的水蒸气,一股股的香气直扑我的鼻翼。石头大哥帮我盛了很大一碗饭,那雪白松软的米饭,多诱人啊!别提多惬意了。我从来没有吃到过这样可口的饭菜。那一刻,我眼里盈满泪水,一口气吃了两碗饭,还渴望吃第三碗,但我抹抹嘴,违心地放下了饭碗。石头大哥看着我,硬是又给我添了一碗饭。我三下五除二又把那碗饭吃完。这时,石头大哥望望鼎锅,一脸的尴尬:小妹子,对不起,我煮的饭太少了。我说:我已经很饱了。说着,我就拿着碗到小溪边去洗,顺便喝了点清凉清凉的溪水。

山里的天,亮得慢,黑得快,天说黑就黑。四周的大山似乎都像一个个巨大的魔鬼向我包围过来,我仿佛被压缩进一个深不见底的黑色石洞里。

过了不久,月儿从山那边爬了出来,小溪里洒下一层银色的亮光。伤口好一点儿,我们就坐在青石板上说话,其实也不怎么说。石头大哥关切地问我:伤口好点了吗?我说好很多了。他说这蛇药是师父传给他的,师父说手艺好不好没关系,常年在山溪里打石头的人,学点蛇药疗伤保命要紧。我能说什么呢？我说了几次感谢石头大哥的话，再说好像就多余了。除了这句话，我还能说些什么呢？我不想把自己的一切都讲给眼前这个陌生的男子听，尽管他救过我的命。我心里还想着杨倌子，杨倌子哥哥现在在哪儿？

一对孤男寡女就这样尴尬地坐在青石板上，连月光此时也不知道我们各自心里都在想些什么。

也不知过了多久，那轮圆月也渐渐云游到了西边的山顶。我们都觉得山间的凉气很重，青石板不能再坐下去了，就走进草棚。石头大哥重新把火塘的火点燃，我们坐在火塘边，烘了一阵子火，觉得身上暖和多了。我觉得时间已经不早，就劝石头大哥：你明天还要干活儿，先去睡吧，我在这里烘火。

石头大哥低着头说：如果你不嫌弃我那脏床铺，就去躺一会儿，我熬夜惯了，没关系的。

我一天一夜都不得合眼，两片眼皮老是想打架，它们随时都可能粘在一起。他既然都这样说了，我就不再推辞，和衣躺在床上，闭上眼睛。但是我并没真睡，我的心里很乱，很担心——万一石头大哥要上床来睡，我怎么办？算了吧，我想到了那傻子丈夫，想到了蒙面劫匪，与其跟这两个男人，不如把自己给了这个救命恩人。但我又想到了杨倌子，心乱得很，久久不能真正睡去，心里恐惧地等待着。

待我醒来，天已大亮。我望望火塘边，石头大哥没了踪影。我下床走到溪边，用那只没伤的手一捧一捧地把溪水往自己的脸上扑，反复几次，感觉头脑清醒了许多，身心一下子就轻松下来，想想自己昨天晚上那些胡思乱想，脸竟一下子绯红绯红的。这时，我多想看看石头大哥。

石头大哥来了，他腰上挂着一串山蚂拐，一只只黑油油的。走近时，我发现他两只眼睛有些发红。但是他仍微笑着问我：起床了？怎么不多睡会儿？他把那一串山蚂拐解下来，说要好好款待一下我。

对不起，占了你的窝，你去睡一会儿吧，我来煮早饭。

石头大哥立即上前制止：千万不要动，小心碰到伤口。

早饭后，石头大哥说有一家要打制一副石磨，他要到小溪里看看，如果有合适的石块，就帮他打。他挑上工具，往小溪的上游走去。我觉得自己在草棚里待一天，也挺难挨的，就跟在石头大哥后面，往小溪里走。看得出，小溪里的一些石块已经被石头大哥选用过，那些敲打的碎石时而出现在我眼前。我们走了蛮远，石头大哥终于发现一块好石头。他先用尺子量好石磨直径的尺寸，然后画好石磨的圆圈。他今天要先把石磨的粗坯开采出来。说干就干，他左手握錾子，右手执锤，眼睛瞄准刚才画好圆圈的线路，看准了，锤子应声而下，锤子与錾子相互撞击，那叮当叮当的声响立即与群山相互应和起来。那时刻，群山里似乎有许多石匠在这同一时刻里劳作，我很欣赏也很振奋。若干年后，那响声仍伴随着我的生活，每当我遇到困难，我的耳际就会再次响起那叮当叮当铁锤撞击錾子的声响。

也不知什么时候，我们的身边多了一位割猪菜的大嫂，她用诧异的目光直直地盯着我：这是谁家的妹崽啊，这般俊俏。

石头大哥听见有人说话就抬起头，发现是山外鸡公岭的张嫂——去年他刚给张嫂家打制了一个碓坎。石头大哥说：这位妹子是路过这里的，她昨天不小心被蛇咬了，很危险，我帮她放了点药。

是吗？我看你还挺会找人放药的。昨天晚上在哪儿放啊，在青石板上还是在你那破床上？

石头大哥见张嫂阴阳怪气地说三道四，脸一下子就红到脖子根，他在那里嗫嚅着，半天也找不出一句应对的话。

张嫂见石头大哥那像大姑娘一样羞红的脸，语气就更损了：嫂子是过来人，做了就做了，不要遮遮掩掩。今天晚上你那床铺可得加点撑筒，要不然……

张嫂说着话又望了我两眼，那神情怪怪的。见我俩都手足无措地站在那里，张嫂就笑着打趣：不要打磨啦，磨（摸）不好玩，打个碓坎吧，碓坎好舂粑粑啊。

见我俩完全没法招架，张嫂很是兴奋，沿着小溪往前摘她的猪菜去了，留下一串嘻嘻哈哈的笑声。

张嫂走后，我觉得也不好再待下去。偷瞧石头大哥，他那錾子也再没有刚才那般流畅，我知道他在想什么。我跟他说了声我先回家煮饭，就往回走了。

我拖着步子往回走，心想不能再回那个草棚，也不能再待在这里了，这样下去，会坏了石头大哥的名声。尽管我们清清白白，可有谁能证明我们的清白啊？

我要去找杨倌子哥哥！那一刻我坚定了自己的决心。我沿着昨天的来路，一路找下去。

　　这十多年，我在韦家做童养媳，吴氏很少让我外出走动，其实这些年我跟那些坐牢的犯人没有什么区别。长期待在韦家这个牢笼里，人也呆了，走出来，我都有点不辨东西南北。前天晚上刚走过的路，现在重新去寻找，感觉眼前这些像树杈一样多的路，不知往哪条走。

　　在山里转了半天，眼见就到了中午时分，我心里十分恐惧。如果天黑了，自己迷失在这大山里，怎么办？想问个路，但是走了半天，连个鬼影都没见。

　　我只得从山上下来，远远看见前面山间盆地有一个寨子，我想只能进这个寨子找口饭吃，问问路再走。下到山脚，山脚有一片田，田里的稻谷金黄金黄地铺陈在那里。正是收割庄稼的季节，田塍上一对老年夫妇在那里打谷子，于是我朝他们走过去。

　　两个老人见我走来，都回头望我。

　　我热情地打着招呼：大爷、大娘，你们收谷子？

　　是啊。那大娘回答。这位妹崽，你从哪儿来？大娘端详着我，那眼神好像在琢磨着什么似的。

　　我想问个路，有一个山坳，那山坳上有三棵大枫树，你们知道那个地方在哪儿吗？

　　大爷思考了一会儿，才说道：那个山坳距离这里有二十多里山路，你一个妹崽，怎么走？现在已经中午了，你就进家吃点饭，再走也不迟。

　　看着两个老人慈善的目光，听着他们真诚的话语，我心里涌起一阵暖流，他们如果是我的父母亲该多好啊。我的眼睛一下子就蒙上了一层泪水，站在那里，一时间不知说点什么好，只一个劲地点头。

　　孩子，你的手怎么了？我心里揪揪的，伤心地说：被毒蛇咬的。大娘走到我面前，仔细查看我那只伤手指，怜爱地问道：还痛吗？我说差不多好了。大娘又担心地望着我的脖子：脖子怎么也划伤了？我说：上树摘野果子划的。大娘将信将疑地望着我，告诉我以后要注意，看见蛇就逃得远远的，千万不要靠近它。女孩子，不要去爬树，那样很危险的。说完，她用那粗糙的手沙啦啦地抚摸着我的头。在我模糊的记忆中，妈妈的手是细腻光滑的，柔柔的像慢慢品尝一口蜂蜜的那种感觉，我已记不起妈妈的形象了，但这柔柔的抚摸仍深深留在我的心间。我看看大娘，觉得她的手有点像妈妈的那双手。

我赶紧走到谷桶边，用一只手帮助大爷把谷桶里的谷子装进箩筐里。谷子装好后，大爷挑了一担，我抢着挑了一担。这些年，我每天都要到小河里挑水，刚开始只能挑半桶，后来年龄渐渐大了，就能挑满桶水了。大娘看我身体单薄，怕我挑不起。但我心里明白得很，这半担谷子，还没一担水重，我挑它，完全不在话下。

大娘走在我后面，连声地说：小心啊，不要碰到你那只伤手；并一个劲地夸奖我：想不到你小小年纪，还有一身力气，比我那女儿强多了。到了家，大娘淘米，我生火；大娘炒菜，我扫地。摆桌、盛饭、端菜，虽然只用一只手，但我做得干脆利落。吃饭时，我惊奇地发现，大娘端上一碟酸鱼。在韦家，我只闻过酸鱼的味道，从来不得品尝过，不知道它的味道怎样。大娘故意坐在我的身边，帮我夹了两块酸鱼，叫我多吃点。她还上下端详着我，一个劲地夸我能干、懂事，并说我很像一个人。

像谁？我问。

大娘蹙紧眉头，良久，并没回答我。她问我：妹崽，你是哪里人？

我说，我没有家，也不知道家在哪儿。

哦——大娘和大爷都停下了筷子，一齐望着我，他们那神态，似乎还想问点什么，但他们什么也没问。

也不知何时，几团乌云一下子集中到了这一带的天空上，看来要下雨了。

我知道他们担心还未收回家的稻谷，如果被雨淋湿，就麻烦了。我说：要不，下午我帮你们收稻谷，明天再赶路。

不啦，妹崽，你的手受着伤，我们就不麻烦你啦。

其实，我的心里也很焦急，杨侣子是生是死，我一点都不知道，能不急吗？我快速帮大娘收拾好碗筷，在告别大爷、大娘时，我深深地向他们鞠了一躬。大娘向前扶住我：妹崽，快别这样，这样会折煞我们的。走到门口，一个脏兮兮的小女孩拿着几根狗尾草飞快地往大娘家跑来，差一点撞着我，望了我一眼，跑进了屋里。我想：她可能是大娘的女儿吧。

那一刻，我记住了这家人，记住了这个寨子的名称——峡口寨。

沿着大爷指给我的山路，爬坡、过涧、穿林，小路时而陡，时而窄，时而盘曲而上，时而盘曲而下，我不管不顾，脚下的步子像生了风，在迷宫一样的路上游荡着，幸运的是，在太阳即将落山时，这股风把我吹到了那有三棵大枫树的山坳。

我站在枫树坳上，望着徐徐西坠的落日，一脸茫然。找到枫树坳又有什么用？几天时间都过去了，杨倌子此时不知道都走到哪里了。我去哪里寻找他啊？这连绵起伏的大山只是静静地看着我，像是一个不会言语的老人，甚至连一点暗示都没给我。

簌簌下坠的红枫叶飘落在我身上，我没有嗅到秋的香味，也没有用手去把它们拨弄开，就这样站在那里。那一刻，真想那个蒙面劫匪举起他那把驳壳枪，对准我的太阳穴。扳机一扣，砰的一声清脆的响声过后，我就永远睡在这大山里。我想这样的归宿应该是最好的。

纵使那样，我也要见杨倌子一面。

我沿着杨倌子走的那条路蹒跚着往山下走去。也不知什么时候，当我走到半山腰时，太阳好像咚的一声跳进了深潭，天立马就黑了下来。这时我见山腰的林下有一线灯光从树罅之间透出来。我想，如果再往前走，不知走到什么时候才能遇上寨子。倒不如先到这户人家住一晚，等天亮再走。

走近，才发现这不是农家，门上方大书着"静心庵"三个字，原来是一座尼姑庵。是尼姑庵就更好了，我那颗悬着的心似乎又挨着地了。

敲了许久的门，庵门才咿呀一声打开。开门的是一个年轻的尼姑，她见是一个小妹崽，紧张的神情才舒缓下来，但眉间仍挂着疑问：你找谁？

我在大山里迷了路，想借你们庵堂睡一晚上。

我们这里不方便，不留客的。

我扑通一声跪在门前，哭着哀求：菩萨，求求你啦，我一个女子，天这么黑，没地方去啊。

这时，从庵堂里走出一位四十多岁的尼姑，她径直朝我走来，走近，弯下腰扶起我：姑娘，你起来，先进屋坐坐。

小尼姑对我说：还不快谢谢静心师太。我赶紧说：师太，谢谢您啊！师太并没有回答我，继续领着我走进庵堂。庵堂正面的宝座上，观音菩萨慈善地端坐在那里，她的两边点着神灯，幽幽的香火轻轻地飘逸着。师太领着我一直往后院走，后院不宽，总共才三间房。师太对站着的四个尼姑说，你们去弄点饭给这位小妹吃，她一定饿坏了。

师太慈眉善目地坐在我对面，静静地观察我，看着我吃饭。多年以来，为了少挨骂，我练成了快吃快饱的习惯。在师太的注视下，我三下两下刨了两碗饭，就饱了。

要吃饱啊。师太有些不放心。

饱了。我抹抹嘴。

你的手怎么了？师太见我一只手拿着碗，另一只手包着一块布，就关切地问。

我望着师太，知道师太是个好人，但我还是有些犹豫，自己的命太苦了，师太远离尘世，何必用自己悲苦的人生去搅乱她的心境呢？我低着头，眼泪禁不住簌簌地往下掉。

孩子，说吧，也许说出来就会好一点。师太的眼里满是平和慈善。

我就开始讲述自己的故事。在韦家十多年的悲苦生活，与傻子丈夫圆房遇上劫匪，杨倌子带着我出逃，被蛇咬遇上盘石头……

师太和几个尼姑听完我的故事，沉思良久，一脸的悲伤，双掌合一，嘴里连声地吟诵着：罪过，罪过，阿弥陀佛。师太端详着我的手问：还疼吗？我说：还有些疼。

师太转身进禅房，不一会儿就拿出一包药粉，说这是蛇药，在这大山里，毒蛇遍地都是，我们平时都准备着以防不测。小尼姑帮我重新洗了伤口，敷上药粉。那一刻，我想，这也许就是我的家了吧。我突然跪在师太面前：菩萨师太，我是一个无家可归的人，求求您收下我吧。

你先去找杨倌子吧，也许他也在找你。你凡心未了，哪能遇到一点困苦就出家呢？

茫茫大山，泛泛人海，我去哪儿找他啊？我仍哀哀地跪在那里，不肯起来。

你们有缘分，菩萨会保佑你们的。看得出，师太有心事，几次话到嘴边，她都咽了回去。我不想为难师太，她们出家人，远离尘世，讲的是心静。

第二天早上，我准备走了。师太却坚持要我再住几天。她说我的手伤还未全好，这样走了，伤口感染会很危险的。后来我就再住了三天。那三天，我跟着几个尼姑，她们起床，我起床；她们清扫庵堂，我也跟着扫；她们去园子摘菜，我也去园子摘菜。心情畅快得像二月的春风，温暖而又酥柔。白天那些来烧香朝拜的人，看着他们一脸的虔诚，我突然就产生一个奇异的想法，如果那个吴氏和蒙面劫匪也来这里向菩萨赎罪就好了，那我就再也不用这样担惊受怕，四处亡命了。同是人，为什么心与心之间竟有那样大的差别？

临别，师太嘱咐我：如果找不见杨倌子，就转回来，这里就是你的娘家。

我的娘家，女儿何时才能报答您的大恩大德呢？我像拿着一杆陌生的秤杆，怎么找，也找不到准星一样，有点茫然地离开了尼姑庵。我一路往前走，逢人就问，你见到杨倌子没有？见被问者很茫然的样子，我就用手比画着杨倌子的身高长相，想让被问的人更清楚杨倌子的形象。一连寻找了几天，连杨倌子的影子都没发现。那几天，我的运气不那么好，再没有遇到在峡口寨大爷大娘那样的好心人，我想帮人家打一点工，问了几家人，他们看见我那样子，都把头摇得像个货郎鼓似的。在乡下，没有短工打，是很难混到一口饭的。几天过去了，我都没有吃到一餐像样的饭。晚上睡觉倒容易解决，那时大部分人家都收完稻谷，稻草都已挑回家堆放在牛栏上。晚上我钻进稻草堆里，就囫囵着睡了。

一天，我见很多人朝着一个方向走，就问一个挑着几把扫帚的大娘去哪儿。

大娘对我说：去三界地赶集啊。

我心想，赶集四面八方的人都会来，杨倌子会不会也来？这样一想，我就跟在那位卖扫帚的大娘后面，往集市走去。

三界地是湘桂黔边界的集散地，四天一圩，圩场散乱地分布在三省坡下的一条小河边。集市热闹，物产丰富，吸引着湖南、贵州、广西边境的小商贩，他们都喜欢把自己的土特产拿到圩场贩卖，每圩必到。靠近三省坡各个村寨的人，想要购置点什么家用物品，也都选择这一天到集市上购买。那时候交通不便，赶圩的人，都是半夜起床，挑着一担东西，摸着黑走几十里山路，为的是能在集市上占个好摊位。

三界地集市街道不宽，都是一色青石板铺就，沿着小河两岸很有情致地曲折着。两边次第排列着黑瓦吊脚楼，它们依山而建，远看层层叠叠，最高处似乎与云端相衔接。小河上，两座风雨桥横跨两岸，在两个寨子的高处，各耸立着一座鼓楼。在街头与街尾的大榕树旁，那凉亭下总会有人闲坐在那里，是聊天，还是贪恋那水井中泉水的清凉与甘甜，就不得而知了。

平日里，街边的小饭馆里总摆放着糯米酒、糯米粑、糯米饭、酸鱼、酸肉、酸蕨菜、酸笋果、酸豆角……我望着那五色糯米饭，一次次把自己的口水往肚里咽。

长这么大，还是第一次到三界地赶集，我被眼前的鼓楼、风雨桥、吊脚楼的奇形怪状搞得眼花缭乱，那些石墩、木廊、多角亭都雕龙画凤。我走在桥上，无心观赏，在人丛里东瞧瞧，西望望，希望在人流中发现杨倌子哥哥。我在集市里往返走了几次，始终没见到杨倌子，这时中午过了一点，赶集的人，有些已经往集市外走。我仅存的一线希望已经完全破灭了。我也随着散集的人们往外走。这时，我已饿得眼睛都昏花了，看着集市廊檐下卖的红薯，我多想抓上一个，塞进自己的嘴巴，更莫说那些诱人的糯米饭和那香气四溢的酸肉酸鱼了。我只能一次次地把从喉管里出来的口水咽下去。我沿着窄窄的石板路往前穿行，来到了街头那个水井旁，看着那青石板镶嵌而成的长方形水井里清凌凌的泉水，急忙走到井边，舀了一瓢水，一口气喝完。水井边建有一个井亭，我走到井亭下，坐在那里，想休息一下。走了大半天，两条腿酸麻酸麻的，感觉都快与自己的身体分离了。

天渐渐地黑了下来，赶集的人沿着集市两头的大路慢慢散去，原来喧闹的集市瞬间就寂静下来。我想总不能空着肚子在这凉亭下过一夜吧，总得找点什么东西填补一下这空落落的胃，于是返身往集市里走。这时集市两边的店铺都在收捡门面的东西，小吃店也开始清扫一天的锅盆碗筷了。我沿街走着，自己一个姑娘家，怎么好意思开口去向别人乞讨呢？眼看着就要走到街尾了，我再也不能犹豫了，忐忑中走进一家正准备收摊的粉店。那卖粉的大婶见我，客气地告诉我：对不起，粉已经卖完了。我仍站在那里，舍不得走，我说：大婶，求求您，拿一碗剩汤什么的给我喝吧，我已经饿得走不动了。大婶停下她手上的活计，怜爱地瞧着我，满眼的疑惑。她并没有问什么，就从锅里舀了一大碗热汤递给我。我一口气把那碗汤喝了下去，喝完，我向那位好心的大婶鞠了一躬，说了一声谢谢，依依不舍地走了。

我很茫然，天很快就要黑了，今天晚上怎么过啊？我这个样子，贸然进哪一家都不合适，我只能往街尾走去。

街尾附近有一条小河，河边一溜儿排列着几棵大榕树，中间那棵最大，起码要十五个人才能合抱，它的树干大部分都是横着生长，伸展的枝丫把小河全遮盖了。走近树墩，才看清树身贴满了红纸。树墩下有一个小石屋，石屋里端坐着一个菩萨。石屋前插满了香烛，香烟袅袅，飘在榕树下。我没钱买香，只能跪拜在菩萨前，心里默默地祈祷。我摸摸杨偌子送给我的口袋，打开口袋一看，里面是那本粘好的《三字经》和一个鸡血石小人儿。我心想，在生离死别之时，杨偌子还记挂着自己的学习，真是用心良苦啊。他怎么也有一个鸡血石小人儿？只是他的要略大一点，像个男孩。我把鸡血石小人儿捧在胸前，端详着，不知何时鸡血石小人儿的脖子上竟沾着一丝血迹。我拿着鸡血石小人儿，一遍遍地祈祷神灵保佑杨偌子逢凶化吉，平安无事。

也不知跪了多久，也不知我默默地祈祷了多少次。这大山峡谷静极了，只听到深秋的凉风簌簌地翻弄着浓墨一般的榕树叶，那沙啦啦的声响融合着小河哗哗的流水声，我想，它们也许怜惜我，在为我祈祷吧？

也不知什么时候，我爬上了大榕树的树杈。树杈离地面两米多高，它向四面伸展的枝丫，天然形成一个凹，这个凹极像一座小屋，我躺在小屋里，密密匝匝的枝叶把这小屋完全遮盖住了，透过枝叶的缝隙，几点星光在无规则地晃动。这时，香可能已完全燃尽，但那飘逸的香味仍萦绕在大榕树之间，偶尔几颗榕树籽掉进小河，溅起的细细浪花，在星月昏黄的光晕下跳跃一下，瞬间又恢复了平静。

我感觉自己躺在神的怀抱，安全极了，舒适极了。

也不知什么时候，我似乎听到一阵细微的声响。我侧身往树墩看，在昏暗的光晕里，只见一个人在往树上爬。天呀，谁？！

尽管我的质问声不是很大，但在这暗夜里，仍能产生特殊的效果与反应。

是你？正在爬树的那个人停下往上爬的动作，他伸着头，往树杈上看。

我听出这是石头大哥的声音，立即应答：是我，石头大哥，你快点上来。说着话我即翻身坐起来，把手伸给石头大哥。石头大哥抓住我的手，用力一撑，爬上了大树杈。

我扑进石头大哥怀里，伤心地哭了。

两个人就这样相互抱着坐在那大树杈上，许久，石头大哥才幽幽地说道：你走，也不告诉我一声，让我好担心啊。

你怎么知道我躺在大榕树上？

我沿街一路问，他们都说没看见你，到了街尾那家粉店，那位大婶才告诉我，说你在她家喝了一碗汤，就走出了街。我知道你无家可归，到了三界地，又没钱，极有可能在这个天然的榕树之家住一个晚上。记得那年，我刚从湖南老家逃难过来，晚上转来转去，身上的钱也用完了，没办法只得投宿在这个榕树之家。好长一段时间，这棵榕树的大树杈一直都是我的家。一直到后来遇见盘石匠，我才离开了这个能为我遮风避雨的家。

石头大哥像在讲故事，我都听得入了迷。同是天涯沦落人，我感觉两个人的心贴得更近了。

石头大哥突然停下说话的声音，从他背着的口袋里掏出一包用荷叶包的糯米饭，递给我：快吃吧，这几天你肯定都没吃东西。

我接过那包香气四溢的糯米饭，大口大口地吃起来。

石头大哥坐在一边，小声说：别急呀，慢慢吃，别噎着。

吃着香喷喷的糯米饭，想着眼前这个刚刚认识的男人，我心里突然滋生了一种无法言说的情感。他为什么要放下手头的活计来找我？他为什么要对我这样好？草棚那夜的情景，今夜大榕树树杈上的奇遇，这一切好像有神灵在暗中安排一样。

我有些迷惑，有些兴奋，也有些哀哀的伤感。

别哭，眼泪掉进饭里吃不得的。石头大哥见我还在伤心落泪，就轻声劝说着。

我把糯米饭包放在树杈上，抱着石头大哥哭了：你干吗要对我这样好？

许久许久，石头大哥无限怜爱地望着我：我们都是苦命人啊！

我们都是苦命人啊，我为什么要弃他而去呢？我再一次流泪了，你为什么就知道我是个苦命的人呢？

怎么不知道呢？你穿着一件新娘子的衣服跑出来的，明眼人一看就知道隐含着许多苦情。我有一点不大明白，这石头大哥外表看似憨厚，但他的心却像镜子一样能把人照得一清二楚，留不得半点瑕疵。既然这层窗户纸都点破了，我也就没有什么好隐瞒的了，我把自小被卖到韦家当童养媳受的种种虐待、到最后圆房被蒙面劫匪劫持、杨倌子帮助出逃的经历逐一讲了出来。说到伤心处，我哽咽着几乎讲不下去。

石头大哥则坐在一边，也为我的苦难经历轻轻地叹气。末了，他问：现在你找到你出生的家没有？我说没有：那时候还小，后来大了一点，韦家看得紧，根本就没有机会去问别人。

两人坐在树杈上，各自讲着自己伤心的往事。也不知过了多久，我们竟睡着了，待醒了，天已全亮了。我看看身边的石头大哥，正鼾声均匀地睡着，他的嘴角还挂着一丝笑容。我知道这几天石头大哥为我操碎了心，看他那脸，明显瘦了许多。我舍不得叫他醒来，悄悄爬下树，坐在榕树下那块青石板上。清晨的山峡仍很静，偶尔能听到三界地街道上的鸡鸣声，薄薄的晨雾还缠绕在山寨的瓦屋面，飘浮在峡谷中的小河上。白天那些调皮的狗儿，可能是昨天集市闹了一天的缘故，仍沉浸在睡梦中，没听见它们熟悉的汪汪声。小河哗哗的流水声，此时更清晰了，我心里感觉从来没有这样的畅快。

不知何时，石头大哥醒来了，他也悄悄爬下树，站在我身边，他看我正如醉如痴地沉浸在早晨的美景之中，不忍心惊扰我。我知道他站在我身后，我也故意佯装不知，其实我早就没看什么风景了，我的心正一次又一次地谋划着自己的终身大事。

两人就这样待了许久，我似乎有点生气了。世上只有藤缠树，这个呆子，男女情事，怎么要一个女的先开口呢？

憨子，你就不能来和我坐坐吗？

叫我？石头大哥一时间有点反应不过来。

不是叫你还有谁？我当时真有点生气了，我站起来，甩甩手就准备走。石头大哥急了，上前拉住我，我顺势依偎在他怀里，呢喃着：你不嫌弃我这个苦命的童养媳？

不嫌弃。石头大哥这三个字倒回答得很干脆。我想再听听他还有什么话要说，但等了半天，再也听不见他半句话。

你有钱吗？帮我去买套粗布衣服，买一对蜡烛，今天晚上我俩就成亲。

成亲？在我那破草棚？那怎么对得住你啊！盘石头把我从他怀里推开，那呆头摇得像货郎鼓似的。

我上前牵着他的手，转身向三界地集市走去。

傍黑，我和石头大哥回到了那草棚。我吩咐石头大哥去寨上找个比较实诚的大妈来做证婚人，我则在家里铺床打扫卫生。今天是我的大喜日子，我要好好打扮这个家，好好打扮自己。也算这个石头大哥有心计，他在去找我的当天，问几家要了点工钱，要不哪来的钱买新棉被、新衣服！我把床铺上的稻草扔掉，去附近田段上的稻草堆拿了一捆干稻草铺在上面，盖上新买的毯子。把新被子折好放在正中。做好这些后，一大鼎罐水也烧热了，我倒了一盆热水。连日来，我没洗过澡，今天我要认真洗洗，把自己身上的脏东西全洗掉。

饭菜刚做好，石头大哥就回来了，跟在他身后的是一位看上去很干练的大婶。石头大哥对我说：这是赵婶。我叫了一声赵婶，就低着头，不知说什么好，为自己这不正常的婚姻感到有点羞愧而惶恐。

赵婶仔细端详着我，向前抓住我的手很是伤感：多好的妹崽，好苦的命啊！只这一句话，我的眼泪即刷刷地往下掉。

赵婶见我伤心，把我揽进她的怀抱宽慰着：别哭，如果不嫌弃，以后我就是你妈，好吗？

我从赵婶的怀里挣出来，跪在她面前，颤着声音叫道：妈。

哎。赵婶应道，立即把我扶起来。

我终于有了一个妈。我觉得这妈来得太突然，高兴得有点手足无措了；呆站了一会儿，我才想到了把那张破旧的小桌子摆好，把炒好的一碗猪肉、一碗竹笋和一碗糖摆好。石头大哥则把两支蜡烛插在桌子正前方的地上。一切准备就绪，赵妈就吩咐我与石头大哥站在小桌子前，她则站在一边充当司仪。紧接着，在这大山深处小溪旁的草棚里立即回荡起赵妈朗朗的拜堂司仪喊话声：

一拜天地——二拜高堂——夫妻对拜……

赵妈喊着，我们拜着：赵妈喊得认真，我们拜得虔诚。末了，赵妈说：从今天晚上开始，你俩就是夫妻了。希望你们和和气气，互敬互爱，白头偕老。

仪式做完了，我们和赵妈一起围坐在小桌子旁开始了晚餐。我感谢赵妈这个证婚人，成就了我们这一对苦命人的婚姻。我更感谢赵妈对我的怜爱，把我当成她的女儿。我能说什么呢？我有很多话想要对这个从天上掉下来的妈妈说，但却不知从何说起，我只能一次次把一块块猪肉夹到赵妈的碗里，一声声劝她：妈，您多吃点，妈，您多吃点……

　　夜已经很深了，赵妈在千叮嘱万嘱咐中和我们这对小夫妻告了别，向山外走去。我和盘石头担心赵妈一个人走七八里的山路不安全，就伴随着赵妈一起往山外走去。到了寨口，我们目送着赵妈走进了寨子，才返身往山里走。

　　到了草棚前，我站在那里，迟迟没有进去。这时，月亮已经滑到了西边的山头上去了，山谷渐渐暗下来。小溪的水流并不知道这座草棚里发生的故事，仍是那么欢快地在滑溜溜的石块间相互推搡着向山外的大世界奔去。再过一刻，我就要成为石头大哥的老婆，我就要成为一个真正的女人了。一想到这儿，我的心就不由自主地慌乱起来。盘石头这个憨子，他会对我好吗？此时，我想到了赵妈，我多想赵妈留在我身边，但那是不可能的。我从内衣口袋里掏出那块玉佩，我抚摸着玉佩上的花纹，在韦家，我从来不敢把这块玉佩拿出来，生怕招惹上什么麻烦。父亲、母亲啊，女儿今天晚上要嫁人了，你们可要保佑我一生平安啊！

　　我又掏摸出那个鸡血石小人儿，把它紧贴在胸口：杨佰子哥哥，你在哪儿啊？雪花妹妹今生今世对不住你了。想着，想着，我的眼泪就流下来了。

　　石头大哥不知何时来到了我的身后，轻声说：嫁给我，委屈你啦。我转身，含着泪望着眼前这个憨厚老实的救命恩人，在心里责怪自己：你还胡思乱想什么呢？我忽然觉得自己乱糟糟的心绪骤然就平息下来。这时，我才发现石头大哥怀里抱着一个银白色的有点像坛子的东西。他迟疑地望着我：我没什么送给你，这是我师父临终前留给我的一个玉石坛子，你就当作镜箱盒放点小物件吧。我接过玉石坛子，抚摸着它光润的外表，我打开盖，伸手掏摸里面，坛子里面也像抹上一层油一样的光滑。我抱着玉石坛子，心中的喜爱之情像小溪一样欢快地流淌着，真想亲这个憨子一口。

　　我坐在青石板上，细心把玩着这个玉石坛子，又从内衣口袋掏摸出那个鸡血石小人儿、那块玉佩和那本特制的《三字经》，轻轻放进坛子里。

石头大哥也挨着我坐在青石板上，他见我喜爱玉石坛子，就告诉我，听人们说这玉石坛子是件宝物，师父为这玉石坛子，被迫从贵州逃亡到三界地避难。

石头大哥说：师父也是个石匠，原来在贵州那边帮人打制石器，他也像我们一样在一条小溪旁起座小草棚。哪想到那年天降大雪，年三十那天，大雪把小草棚压垮了。在冰天雪地里，师父快要冻成雪人了。他依稀记得小溪的源头有个石洞，石洞前有一帘小瀑布，瀑布下有一个清幽幽的深潭。他想只能去那里暂时躲避这场雪灾了。他走到石洞前，天已经擦黑了。他摸索着往石洞里走，脚下的步子趔趄着，突然被绊了一下，一头撞到石壁，哪想就撞到石壁上的一个按钮，石壁竟轰然洞开，现出一个门。他发现石洞深处有一团银白色光亮，异常惊异。他借着那光亮，摸索着往前走。近了，他摸摸口袋，掏出火柴，划燃，借着火柴微弱的亮光，他发现，那个发出银白色光亮的东西，原来是一个玉石坛子。坛子不大，也就二十多厘米高。他把玉石坛子捧在手里，感觉其光滑细腻，一股清凉舒爽的感觉直透心胸。

好不容易挨到天亮，师父捧着那玉石坛子，离开了那石洞。

不久后的一天晚上，小草棚里闯进几个蒙面大汉，嚷着要我师父交出玉石坛子。我师父心下惊异：他们是怎么知道自己得了一个玉石坛子的？

师父哪能知道呢？那个石洞就是这几个劫匪的贼窝，只是他们一开始并没发现洞里那扇暗门。直到后来元宵节那天，他们洗劫了几户人家，得了好多财物，就想着到那个石洞里暂避几天风头。当他们走进石洞里，才发现洞壁上的一扇门打开着。他们点燃火把，发现这是一道暗门，进了暗门，发现洞里很宽，里面有石桌、石凳等生活用具。在正面的石坎上方，还刻着一个古代的人像，他手里还捧着一个有点像坛子的物件。石坎平台上一圈新的痕迹，难道是有人取走坛子留下的？这个坛子很可能就是江湖上风传的价值连城的玉石坛子，如果真是这样，就是挖地三尺、就是天涯海角，也要找到这个人。

他们很快就找到了我师父，他们觉得这玉石坛子十有八九就是我师父拿走的。

我师父修好了草棚，但他多了个心眼，早就把玉石坛子藏在一座山崖绝壁的石坎里。他咬紧牙关，任由劫匪折磨，死都不开口。三个劫匪把小草棚翻了个底朝天，哪有玉石坛子的踪影，一怒之下，一把火把小草棚烧了。

我师父自知贵州已经没有他的容身之地，便连夜离开了，几经辗转来到了三界地。担惊受怕的师父，不堪身体多重伤病的折磨，没几年就离开了人世。

听完石头大哥他师父悲惨的故事，我的眼里早就盈满伤心的泪水，我紧紧抱着他师父用自己生命换来的玉石坛子，生怕那三个劫匪从天而降，抢走它。

也不知过了多久，石头大哥才轻声劝道：外面凉了，我们进屋歇息吧。

进了屋，我发现碗筷已经收拾完毕。我把鼎锅提上三脚架子，添了一把柴火。石头大哥则站在一旁，不知干点什么，一个劲地搓着手。隔了一会儿，水烧热了，我打了一盆水，吩咐石头大哥：你奔波了几天，也怪辛苦的，洗洗松松筋骨吧。说完话，我则走进房间，说是房间，也只是用竹子结成的一道篱笆而已。

坐在床沿，好一阵子我才脱去外衣，钻进新棉被里，感觉下面是厚厚的干稻草，还散发出微微的太阳与禾草的香味儿，躺在上面，软和、舒适。新被子还来不及清洗，带着点染料的味道，但我感觉这味道好闻，这美好的东西是我最先拥有的。

我竖着耳朵捕捉着竹篱笆外面的响动，我在等待着，等待着，始终没见石头大哥，也就是你爷爷进房间来。不知什么时候，我竟睡着了。醒来时，才发现你爷爷睡在我的身旁，我以为他睡着了，用手碰碰他。他轻声说：你睡吧。原来他并没睡着。

憨子。我小声嘀咕了一声，翻身紧紧抱住你爷爷，你爷爷也紧紧把我抱在他宽厚的怀中。

不知什么时候，天亮了。阳光从竹篱笆的缝隙透进来，丝丝缕缕地洒在新被子上。我发现身边却是空落落的，你爷爷不知什么时候起床走了。此时我才想起昨天晚上自己的那些举动，脸一下子就红彤彤地霞光万道了。自己才十五岁却一下子要承担起一个做妻子的责任，这个强大的男人如今变成与自己生命相融相依的亲人。

我做童养媳的那些年月，早起晚睡早已习以为常，现在突然没了韦氏大声地呵斥、恶毒地谩骂，倒反觉得有点空落落的不习惯。

我再一次摸摸床边那个玉石坛子，把那个鸡血石小人儿掏摸出来，鸡血石小人儿的脖子上有一丝血丝缠着脖颈，鲜红鲜红的，我不知道这血丝是在哪里沾上的，但我知道那上面沾的既有杨佰子的血，也有我的血。那一刻，我感觉自己的心好像泡进了一缸盐水里，僵硬了。

　　我紧紧地抱着玉石坛子，心想这破棚子终是不安全，应尽快找个地方把它藏起来。

第三章

很快，附近村寨的人都知道盘石头娶了一个美丽俊俏的老婆。大家都从山外跑进来，表面上是想叫盘石头打个碓坎、石磨什么的，目的还是想看看我。那些人没有什么好话，全是满口的脏话。

刚开始我还躲在草棚里，哪敢出来听这帮人那些比臭狗屎都还脏的话。但想想他们并没恶意，为了盘石头的石头生意，我也只能牺牲一点自己的脸皮啦。脸皮拉下来，就没事了，不就是看看嘛。人站在那里，要看就看；洞房在那里，要看就看，不就一个草窝吗？他们讲我的盘石头，难道我不会讲他们？

我连珠炮似的回击，把那些臭烘烘的男人们的荤话堵进了死胡同，他们只能涨红着脸在那里哼哼哈哈半天也说不出话来。

小溪旁瞬时就有了欢声笑语，吓得那些鱼儿都躲进了石缝，小鸟儿也喳喳地窜进树丛，不敢露出头来唱歌了。

这样一来，你爷爷的生意就出奇地好起来。为了赶活儿，他一天忙到晚。草棚旁那条小溪能用于打制碓坎、石磨的石头差不多用完了，你爷爷就带着我，拿着鼎罐锅头，到另一条小溪去找石头。

说起那段时间的生活还真不错，你爷爷在小溪里叮叮当当地挥舞着铁锤钢钎，在那些石块上显摆他的手艺；我则拿着一把捞网在小溪里捞小鱼虾，几个小时下来，就能捞到一大碗小鱼虾。菜更不成问题，小溪里的野菜遍地是，水旱菜、鸭脚菜、臭菜、苦蒿……把锅头架在石块拼成的三脚架子上，点燃火，将洗净的鱼虾倒进锅里，加点油盐，不一会儿，山峡里就能闻到一阵阵鱼虾的香味了。把煎好的鱼虾舀出来，再舀一碗溪水放进锅里，水一开，把野菜放进去捞几捞，清甜，味美。肉是没有的，在那个年代，想要吃肉，总要等到逢年过节，平时是很难吃到鸡、鸭、猪肉的。

当然，想要吃肉办法还是有的。傍晚，下了工，我拿着捞网，背着鱼笼，你爷爷则背着一大笼松明，把点燃的松明放在一个铁笼里。我们翻山越岭，找一条人很少到的小溪。沿着那条小溪去寻找我们的美好生活。山溪里山蚂拐、小鱼儿、小虾子多得很。照完一条小溪，半笼小鱼虾、一串山蚂拐肯定少不了。

我把小鱼虾焙干，把山蚂拐养在脚盆里。我喜欢细水长流的日子。

赵妈那段时间也不时来看我们。她怕我们没吃的东西，总要带点吃的东西来，有时是一篮红薯，有时是一捧豆角……

每次她来我都叫她到草棚里坐坐，就着脚盆里养的几斤山蚂拐，留赵妈吃午饭。

其实赵妈也是一个苦命人，听你爷爷讲，她儿子五岁时丈夫不幸得肝病死了，她苦爬苦累把儿子养大成人，但儿子不争气，整天东游西荡，无心做家做室。

为这事，赵妈没少操心。

我拉着赵妈把她让进草棚，煮饭、煎蚂拐，炒赵妈拿来的豆角，不一会儿饭菜就弄好了。赵妈这些年没男人，很少得吃山蚂拐，我把那些山蚂拐的大腿不停地往赵妈碗里夹。赵妈则一个劲地说够了够了。看着满脸是笑的赵妈，我的心像灌满了蜂蜜般的舒爽。

吃着饭，聊着家长里短的话题，扯着扯着，赵妈就问：盘石头对你动粗了吗？

他对我挺好的。聊到这个话题，我有些脸红。

看你这妹崽，连妈也哄。如果他敢对你动粗，看我怎么骂他。

真的，他很温柔。我低着羞红的脸，应答声小得像蚊子哼。

赵妈见我脸红得像刚从东边山坳里爬出来的太阳，就停下了追问的话头。饭也吃饱了，闲话也聊得不少，我也该去送饭给你爷爷了。我装好饭菜，用一个竹篮子提着，和赵妈走出了草棚。赵妈走到棚外，突然问道：

雪花，你就不想搬到鸡公岭去住？长期住在这里，没一个照应的人，不安全的。

怎么搬？等过几年积攒点钱，再说吧。

说得也是，等等看吧，可你要保重自己啊。赵妈有些不放心地和我告了别。

赵妈的担心不是没道理，我们就两个人，孤单地住在这个大山沟里，每当夜深人静之时，深山里的山鹰发出的叫声像老虎的吼声一样，让人浑身打战。有段时间，听说由贵州那边流窜过来一只老虎，我和你爷爷唯恐老虎半夜来袭击我们，去山上砍来很多树条子，把我们那破草棚逐一加固。这样担惊受怕了好一阵，后来又听说这些都是讹传，害得我俩虚惊一场。

其他的伤害倒没有，有时我们去远一点的地方打石头，不能看顾家，但从没掉过什么东西。你爷爷在方圆寨子的人缘好，他们到我们的草棚，从不乱拿我们的东西，当然我们也没什么好东西。一些来求你爷爷打制碓坎、石磨的人，没有遇见我们，还会在草棚面前的石板上留下一些字，叫你爷爷帮他打制。有时候他们也会从那竹篱笆的缝隙塞进一袋米、几兜菜什么的。

其实，赵妈只知道我是一个流浪的孤儿，并不知道我在韦家当童养媳后来又挨蒙面劫匪劫持这些事情。如果我走出大山，到外面起房子长期居住，这样知道我的人就会更多，那样，韦家找上门来，或者那个劫匪再次来劫持如何是好？这些，我都不想让赵妈知道，我不想让她平白无故地为我担惊受怕。我的心总是七上八下，烦躁地想着这些乌七八糟的事情。那些暂时的平和与安宁像天上的一块彩云，风一吹，乱了，散了。

过了年，我想找个地方上上香。你爷爷说那就去三界地的龙谷寺吧。我问龙谷寺在哪儿。你爷爷说去了你就知道了。他这人，就是话少，可能是他长年累月与石头打交道的缘故吧。

不过，讲到去三界地龙谷寺那里上香，他的行动倒蛮快。我们带上一些碎铜钱，就出发了。

我突然记起杨倌子的一句话，龙谷寺就是他的家。我心里忐忑着。

走小路，翻过几座大山，中午未到，就到了三界地，从三界地集市一直往山上走，约莫十里路，就到了龙谷寺。寺分左室与右室，左室是杏妮的神像，右室才是观音菩萨的神像。后院不向游人开放。寺门前面有拜台，香盘置于拜台上，拜台前是一片绿草成茵的草坪，草坪正中摆放着一张石圆桌。草坪两旁栽有一簇簇茂盛的万年青，其叶子用来发给祭拜者作吉祥物。寺旁有一条小溪，清凌凌的。

说起侗家的神灵杏妮，很多人并不知道。传说杏妮住在螺蛳寨，她的父亲叫吴睹囊，母亲叫仰香。杏妮天资聪颖，长到十五岁，就能歌悉武，纺织、耕种、打猎样样都会干。她和父亲吴睹囊为保卫侗族人民的生命财产与恶霸李昌盛、李顶郎多次恶战，最后战死。所以，乡亲就供奉她为侗寨创业保家的女神，在龙谷寺观音菩萨旁边另建了一座殿宇，供奉杏妮女神。

我拜过观音菩萨之后，就跪拜在杏妮女神面前，迟迟不愿离去，脑海里老是萦绕着女神的形象，心里一遍遍地祈求女神保佑我能逢凶化吉、顺顺当当地和盘石头生活下去，能有饭吃，有一座遮风避雨的小房子，还要保佑杨倌子好人有好报。

拜完，我默默地回头望了一眼龙谷寺，心里很是惆怅。杨倌子你不是说这是你的家吗？你在哪儿啊？

我们来到三界地集市，在街上买了一点盐、几盒火柴、一斤煤油。我还站在一个货郎担前，迷恋那色彩艳丽的各色丝线。小时候曾看着妈妈一针一线地在那里绣花，我总是瞪着好奇的一双大眼睛想看个究竟，心里想着这一块白布，怎么在穿针引线中瞬间就变成美丽的花朵了呢？刚才在集市上，有一个大婶，在她门前还挂着一幅幅鼓楼、风雨桥的刺绣，好美啊。你爷爷见我想要买那丝线，就拉着我走，我不理他，选了几种常用的彩色丝线。你爷爷见拗不过我，就付了钱。我也知道，我们想要买的东西太多了，而你爷爷口袋里的铜钱已经没几个了。看看西沉的夕阳，街道上的行人稀稀拉拉的，他们都匆匆地往家赶。我们商量着是否走夜路回家，后来还是决定不走夜路，怕路上不太平，遇上歹人就麻烦了。

我们朝梅家小客栈走去，进了客栈问梅老板：还有住宿的地方吗？梅老板说有，十个铜钱一晚。那差不多是打制一个石磨的工钱啊！我拉着你爷爷走出了客栈。

我们来到了小河边那株大榕树下，心下思忖：能省就省，就在这个榕树杈上对付一个晚上算了。这时，太阳已经完全沉入西山，山里的天说黑就黑，夜色已经完全蒙了上来。我们坐在榕树下的石凳上，从口袋里掏出用荷叶包好的糯米饭。我心里还记挂着女神，饭自然就吃得少，你爷爷可能是什么也不想，他大口大口地吞咽着糯米饭，吧嗒吧嗒地咬着干笋。

还是熟悉的榕树杈，还是相同的两人，但是我们已经没有了那个晚上的那种激情与感觉了。两人爬上树，背对着对方，和衣躺在那里，你爷爷身子一挨树杈，就沉沉睡去，那鼾声都快要把那些榕树叶震落下来。

我却无法入睡，头脑里总是盘旋着女神的形象，盘旋着我们那个风雨飘摇的小茅草棚，这往后的生活怎么过啊？继而我又想到了那个难忘的夜晚，杨倌子哥哥……那个蒙面劫匪……不知什么时候，我也迷迷糊糊地睡去。睡梦中我看见了女神身上背着弓箭，腰间挂着一把弯形的宝剑。英姿飒爽的她温和地望着我，带着我一直往山里走。后来我们就走到一条舒缓的山梁，山梁左右皆有一条小溪，清冽的溪水流到山梁上的田垌，田垌旁有一座房子，房子前后左右有菜园子和各类果树，花开时节，蜂蝶成群结队地在树间嘤嘤嗡嗡。女神走进那散发着金光的房子，就倏然不见了。我想伸手拉住她，突然就醒了。

这时，我发现三界地街道上乱糟糟地传来一阵喊叫声，几把火把胡乱地在客栈那一带晃动着。发生了什么事？我摇醒酣睡中的你爷爷。你爷爷睁开惺忪的睡眼很不耐烦地问：什么事啊？你都不让我睡个安稳觉。我说：你快看看吧，街上到底发生了什么事？你爷爷用手揉了一把眼睛，当他看清了街上发生的事情时，立即惊惧地说道：好险啊！

什么好险？我反问你爷爷。

那不明摆着是土匪在抢劫吗？如果晚上我们也在街上的客栈住，就凶多吉少了。

第二天早上，我们早早就爬起来，要赶回家。你爷爷手头上还有几副石磨没打制，他要利用这段时间完成它。

说走就走，我们也不敢上街了。这时，一个中年汉子从街上走了出来，见到我们一脸的惊惶：你们是昨天晚上想要在客栈投宿的客人吧？

是啊。我应答道。

算你们好运气啊，我今天早上起床，听人们说，昨天晚上那帮劫匪来抢劫，就是为了抢一个妹子，那个妹子莫不是你？那个中年汉子盯着我问。

不是啊。我摇着头，和你爷爷逃也似的离开了三界地。

难道是那个蒙面劫匪发现了我？

我突然明白点什么，昨晚我俩明明想要去客栈投宿，后来怎么懵懵懂懂地又走了出来，当时，我头脑里似乎萦绕着女神的形象，现在看来，冥冥中还真是杏妮女神在暗中保佑着我们。

到了家，我在那草棚子里燃上三炷香，插在火塘旁边，心里默默地向女神祈祷着。我在心里一遍遍地回忆着昨天晚上女神带我走过的那座山梁，以及山梁上那座金光闪闪的房子。我想，那应是我理想中的家。

我要用我的双手，把这个家绣出来。我拿出白布、丝线，在杏妮女神的昭示下，一针一线地在草棚子前的石板上开始了刺绣。

不知道是杏妮女神给我太多神力，还是我的血管里先天就流淌着母亲刺绣的天赋。一开始我穿针引线、一刺一扯，刺得准，扯得平，一招一式，还真像那么回事。

几天过去，我梦中那美丽的家园竟神奇般地出现在那块白布上。我手持着杏妮女神赐给我的新家，一直沿着那晚女神牵引我走过的小路往大山深处走。

还真让我找到了那座山梁！

山梁的左右两边各有一条盘盘曲曲的小溪，有活水，那就是人活、地活、财活呀；山的正前方，像一个高高昂起的狮子头，狮子头往前，群山逶迤，层层叠叠，往远处的天边延伸；后山山势雄奇峻险，中间是狮子腰，在狮子腰上建家立业，狮头狮尾相互护卫，真是居家的绝妙处所。

这就是女神赐予我建新家的地方？我在心里不断肯定否定着，最后下定决心，我要把家建在这荒无人烟的大山里。我坚信这大山里有宝，有遍地的黄金，还有我们这对苦难夫妻生存下去的希望。

你爷爷盘石头听了我的决定后，定定地望着我：你疯了！那鬼都要打得死人的地方，也敢去？

你知道什么？这是杏妮女神帮我选好的创建家业的地方，你敢说不好吗？

你爷爷嘴上拗，见我拿杏妮女神来说事，也就默认了。况且，他也知道拗不过我。

拗不过就好，拗不过就要付诸行动，山里有树木，就地取材，一座小房子终于建成了。房子虽小，但建造得结实，房子四周全用圆木拼凑而成，即便是老虎来了，也进不了我们的房子。

把房子建好了，你爷爷又去打他的碓坎、石磨。我心里明白，他如果也像我一样整天捣鼓在这荒山野岭，那我们的肚子就要挂到树干上去了。你爷爷白天外出打石头，晚上他一准回来，他不放心我一个人睡在那孤零零的小房子里。

头几年，我们很辛苦，但有你爷爷打石头换来的油、盐、米，小日子也能过得下去。能混得一口饭，我就很满足了。我把房前那条山梁开成梯田，修好水渠，从小溪里引来水。看着接近两亩的水稻，一年比一年长得茂盛，我心里乐开了花。粮食有了一点，我的信心更足了，我坚持一边开田，一边开山。建家最缺的是钱，能换钱的是什么东西？是桐子。冬天，我冒着寒冷的风雪坚持每日上山开垦荒地。那里的荒地从未有人开垦过，黑油油的泥土，几乎可以捏得出油。第一年我把桐子和玉米、旱禾同时种下去，当年就有了玉米和旱禾的收成；第二年桐子树长得有两三尺高，我还可以在树下种点芋头、木薯之类的粮食作物；第三年，一些长得快的桐子树就开始挂果了。采用这种间种方法，一举多得。一年下来，楼上的小房间，全堆满了秋收的劳动果实。那些黄澄澄的玉米、红火火的辣椒一串串地挂在屋檐下，看着就醉心。山里冬天寒冷，雪一下就是好些时日，红薯、芋头很容易冻坏，我在小房子的地下，挖了一个很大地窖，把红薯、芋头全收藏在地窖里。杂粮有了，野菜遍地是，我就养了一头猪、一群鸡。后来田多了，还养了两头牛，当然这牛是不用养的，天宽地宽的山野，春天用它来犁田耙田，冬天随它自由地在大山里吃草，吃饱了就睡在大山里，大山就是它的安乐窝。

那些年，我很少走出大山，就连赵妈那里我也很少去，只是在逢年过节时，叫你爷爷给她捎去一只鸡或一口袋红薯什么的。就连卖桐子我也不去，每年桐子收成了，都是你爷爷一担担地挑着下山去卖给收桐子的老板。山路不好走，上下几十里路，你爷爷也累得够呛，回到家，把担子摔在门前，一屁股坐在门口的青石板上，脸黑得像涂了墨似的，跟他打招呼，他爱理不理的。但几年过去了，他发现地窖中那个瓦罐里存放的银圆一点点地加高，他那张挂满乌云的脸，也逐渐开朗起来。

有点小家庭生活的样子后，我晚上又拿出针线，在那幅绣着自己心爱家

生命源

园的图上添加一些图景，我用我的双手改变自己的生活，同时也使这块白布上的家园更美丽了。

你爷爷卖桐子得了一些钱，就不大按时回家了。那段时间，他很晚才回到家，有时候甚至挨到天亮才到家，问他，他支支吾吾的。我有些不放心，一天，就捉了一只鸡，偷偷下山。我好多年没到赵妈那里，心里无时不在挂念着她，不是不想去看她，是不想在外面的世界抛头露面惹麻烦。

赵妈见了我，竟失声地哭了。家里就她一人，儿子不知浪到什么地方去了。赵妈说我如果还不来她就要进山去找我了。我说：对不起啊赵妈，这都是我们小辈的不对，那么久不来看您。您也知道，家里家外就我一人，想去哪儿，比登天还难啊。赵妈听我这样说，更急了，她说：不是这个意思。我说：那是什么意思啊？赵妈说：是盘石头出事了。

出什么事？我惊愕着。

我的预感与赵妈悄悄告诉我的信息完全一致。我当时就想骂人了。你这个狼心狗肺的盘石头，我几年都没下山半步，苦爬苦累，披星戴月，风里来雨里去为的是什么？还不是为了这个家？

原来是这么回事。鸡公岭是去三界地集市必经的一个寨子，人来人往，时聚时散，这样在那个三岔路口，就生出了一个茶铺。茶铺的老板娘叫青石花，青石花是她的绰号，真名叫什么，谁也不知道，人们习惯把这茶铺叫作青石花茶铺。青石花长得丰满结实，两个肥硕的奶子常常半遮半露地在那里颤悠悠地晃动。走起路来，屁股像两个巨大的肉桃似的诱惑着那些贪婪者的目光。也不知什么原因，那么风骚的女人就跟了老实巴交的杨哈宝。杨哈宝哪管束得住她，她越发得势，经常利用她茶铺老板娘的身份与色相，对那些走过茶铺门前的人随意地抛送媚眼。茶铺里就经常聚集着南来北往的人。那些人，有的是路过的，有的是做些小本生意的，也有那三教九流的闲杂人，整天游手好闲，总想生出点什么事来。这不，那茶铺里就聚集着一帮赌徒。她店铺屋后有一条小溪，夏天的日子，小溪里清凉，石板叠着石板，在上面睡上一觉，那种爽是不能用言语形容的。但是近几年人们再也不去那里乘凉了，因为那里太脏了。

只要是稍微平展一点的石板，上面都留下青石花与那些野男人碾压与摩擦过的痕迹。刚开始人们还不知道，一天，一个想去溪里捉山蚂拐的人，拿着火把依溪而上。突然他听见一阵哼唧哼唧的声响，遂抬头一看，原来是一对脱得赤条条的男女正疯狂地在石板上腾云驾雾。细看，原来是青石花与一个野男人绞扭在一起！青石花正玩在兴头上，见有人拿着火把照她，心里老大不爽，立即站起来，朝着那个人说：看清楚了没有，看清楚了，你也来玩玩！她这一突然举动，吓得那个捉山蚂拐的人转身就逃，差一点没跌进溪潭里。从那以后，人们再也记不起她的真名，人前人后都叫她青石花。青石花也觉得这个名字叫起来响亮，有诱惑力，也就大大方方地应答了。

也怪盘石头合该有事。赵妈说：那天，盘石头卖完桐子正巧从青石花茶铺门前过。青石花站在门前百无聊赖，见盘石头来了，就把媚眼抛了过去。但是盘石头并不是那种见了女人就走不动的男人，他对男女情事有些愚钝。青石花见媚眼不起作用，就挺着那对颤悠悠的奶子，摆着那肥大的肉桃屁股，一下就旋到了盘石头的面前。

盘哥哥，进来喝杯茶啊。那声音嗲声嗲气的，让人浑身泛着一阵阵鸡皮疙瘩。

青石花见盘石头仍呆傻地站在那里，便伸出她那双粉嘟嘟的手半牵半抱地把盘石头弄到了茶铺后面的一间小屋里。盘石头刚进那屋子，感觉光线有点暗，一股股浓重的旱烟味熏得他都快要窒息了。他想揉揉自己的眼睛，青石花则轻轻拉过盘石头的手。盘石头感觉一阵暖乎乎的气浪向他的眼睛吹来。他还没有反应过来，就有一团滑腻腻肉麻麻的东西粘上了他的嘴唇，盘石头奋力从青石花怀中挣扎着扭出来，转身就想往门外跑。这时上来一男子，一把扭住盘石头，霸蛮地说：摸完就想拍拍屁股走人？他不由分说就把盘石头拉到那张赌桌旁坐下来。可怜盘石头就这样糊里糊涂地被他们逼迫着参与了赌博。盘石头这个老实蛋子，怎么可能是那帮赌棍的对手，几个回合，就把一担卖桐子的钱输得精光。

输一担桐子的钱不要紧，要紧的是盘石头这个老实蛋子，竟还异想天开地想要把自己输掉的钱赢回来。就这样，他沉迷在赌场上，把一担担卖桐子得来的钱输了个精光。见盘石头输得惨了，有时候青石花则会来到他的身边，紧挨着他坐着，把她那蓬松的头伸到盘石头面前，暗中点拨几下，意想不到的是，有了青石花的暗中点拨，盘石头竟赢回了一点钱；但青石花离开了，他所赢的那点钱，几个回合就被那些赌徒赢回去了。

每次盘石头都是装着一大把铜钱来的，结果是空着两手灰溜溜地回去。还未走出店铺，青石花就走上前，抱住他说，盘哥哥，你还欠着我一个人情啊，明天一定要来啊；或者说，盘哥哥，想不想换点荤菜吃，想吃，明天晚上一定来啊……

　　赵妈一股脑说了这些不堪入耳的信息，我越听越气，真恨不得马上冲进赌场去扇那青石花的耳刮子。赵妈则紧紧地抓住我的手连声地劝阻：好闺女，千万不能冲动，我们斗不赢他们的，你回去好好跟盘石头说说，我见他也跟他说说，好吗？

　　那天你爷爷回家比较早，我想可能今天青石花没有现场指导，他才会输得这么快。见你爷爷垂头丧气地走回来，我真恨不得咬他一口。但是我咬他有什么用，这个家还要不要呢？

　　那天晚上你爷爷一个劲儿地保证，他要把自己全部精力放在家里，还说他以后绝不再进青石花茶铺了，卖完桐子就抄近路回家。

　　我不想听他重复啰唆的表态，我要看行动。

　　当然要看行动。我说什么，你爷爷应什么。但是我还是想了很多很多，我想到了杨佰子，这时候杨佰子在哪儿呢？我甚至认为当初自己的决定太草率了。一整夜我一直在想啊想，刚洗的被单被我的眼泪濡湿得斑斑点点的。可望着身边躺着的你爷爷，已经鼾声如雷了，他那样子似乎忘记了自己已经深陷这个龌龊的世界，进入他自由的梦的世界去了。

　　睡梦中，我见着了杨佰子，杨佰子正和一帮人在一个古镇的茶楼上喝茶。他们一边喝茶，一边小声地说着话，每人腰间还插着一把驳壳枪，一个个精神焕发。杨佰子什么时候有枪了？这下可好了，那蒙面劫匪再敢来，就一枪结果他！我急忙上前，想跟杨佰子打声招呼，可怎么也喊不出声。

　　他们几个人说了一会儿话，就下楼了，只一晃，不见了。接着，古镇的西边就响起了激烈的枪声，那枪声越响越远，不一会儿就朝东边古镇的街口散去。

　　我在黑暗中靠近，原来是一帮土匪在追赶杨佰子他们几个。杨佰子他们人少，眼看抵挡不住，我一急，就冲上前去保护杨佰子，感觉自己的肚子好像中了一枪，一惊一乍，醒了。

　　看看身边，躺着的是你爷爷，他倒清闲淡定，鼾声一声接一声。

我摸摸肚子，原来是那个鸡血石小人儿挨着自己的肚皮，我翻身坐起来，用手触摸它，感觉那圆润如玉的触感让我的心很是舒坦。我觉得这一切都是青石花使的坏，哪能全怪你爷爷呢？我走出小屋，站在黑黢黢的狮子岭上。这些年，杨偌子到底走哪儿了，他不会有什么危险吧？

第二天，你爷爷又挑着一担桐子下山，我在后山挖地，一天下来，才挖得一块小屋场那么宽的地，太阳还老高就回家了。想不到你爷爷也在太阳还未完全落下山时就回到了家。

见到你爷爷回来，我心里的一块石头落了地。但我又想到另一个问题。

我对你爷爷说：你就不要再去打那石头了，打石头收入很低，只能勉强混一口饭吃，我们想要起一座房子，只能上山挖地种桐子。今年我计划要挖五十亩地种桐子，三年以后，这五十亩地的桐子挂果了，我们就会有一笔不小的收入。以后我们每年再开垦一点，这样逐年增多，日子就会好起来的。

你爷爷刚开始并不答应，十多年来学的手艺，现在说丢就丢，他心里总是不舍。

但是我决心已下，不管他同意不同意，我把他那些錾子、钢钎等凿石头的工具全存放在床底下，用一把铜锁锁好，出门我把钥匙挂在我的裤头上。

这样，你爷爷就逐渐断了打石头的念头，也就没了吃百家饭的机会了。

世上没有不透风的墙，赵妈暗中规劝你爷爷的事情竟然被青石花知道了，这下可惹恼了青石花——断了一个专门为她送钱的门路，她能不记恨吗？她像发疯了一样，非要找个地方泄泄火。

泄火的目标选定赵大木。赵大木是谁？赵大木就是赵妈守寡的独生子。

赵大木是个不大守本分的人，读了几年私塾，父亲死后，就不读了。后来就干起了倒卖山货的买卖。一来二去几次下来，倒也赚了些钱。但他并不满足，他还想赚更多的钱。怎样才能赚大钱？他知道，如果老老实实地做生意，是很难赚到大钱的。青石花那个店铺经常聚集一些三教九流的人，他们整天东游西荡，出手大方，何等潇洒？他就去那里瞧瞧，看他们是怎样玩赚钱的鬼把式的。

这不来得正好，青石花也正想去找他呢。青石花见赵大木远远地来了，她立即亮出她的看家本领，一摇三晃地迎候上去。赵大木对青石花当然也有所了解，只是母亲总不让自己靠近青石花，这几年自己又在跑生意，这些年来他似乎是第一次那么近距离地接触这个名声在外的青石花。

赵大木觉得这个青石花还蛮好看的，人也热情，就是讲话肉麻一点，但哪个男人不喜欢听那带点刺激的话？青石花见赵大木大大咧咧地跟着她往店铺里走，心里特好笑。你个小犊子，雄什么？只怕你走得进来，却只能爬着出去。赵大木走进茶铺，没看见一个人在茶铺里玩，他觉得没什么意思，就想转身往外走。青石花见赵大木想走，就上前拦住他，嗲嗲地斜睨着他：大木老弟，那么嫌弃，难道嫂子的板凳有刺，就舍不得坐坐？

没有啊，只是怕影响嫂子做生意。

你是大老板，嫂子正要问问你，向你取经呢，你一转身就走，是嫂子什么地方得罪你了？

我这不是向嫂子取经来了吗？

笑话，我有哪门子经啊？

不怕嫂子你笑话，我跑这山货生意，钱没赚到，辛苦倒没少挨。

看你说得那么难听，赚了钱也不敢说说，难道怕嫂子抢你的不成？

看嫂子说的，你哪瞧得起我们这种出苦力赚小钱的人啊。

没有啊，我也曾动过做山货生意的念头，但实打实地做，利润太少；以假乱真来做，又觉得很费事；用"鬼手"弄点缺斤少两又担着风险。这一来二去，至今什么也没做成。

赵大木听青石花这样一说，心里似乎就明白了一点。他觉得这个青石花，鬼点子还真多，她那圆乎乎的脑袋冒出来的想法怎么就一套一套的。但是大木却不想当面领青石花这个情，他含糊其词地叨叨着：嫂子，难啊，什么都难啊。

叹什么气，我们先坐坐，喝碗油茶。青石花说着话，不停地把媚眼抛给赵大木。赵大木心想：坐坐就坐坐，难道你还能把我吃了不成。吃那肯定是不会的，青石花又不是母老虎，不会有生命危险的。

男人在风骚女人面前有时警惕性一放松，就容易出问题。要坐，就得到茶铺的后院去，后院那张赌桌正好可以摆茶具什么的。油茶是现成的，米花、糖果也是现成的，青石花扭着腰身，很快就把油茶做好了。

两人各坐在赌桌的一边，你一碗我一碗地喝着油茶，青石花则闪烁其词地扯着秤杆、秤砣、鬼手等以假乱真做山货生意的绝招。她一边讲着，一边拿媚眼瞟着赵大木。她见赵大木很感兴趣，就笑眯眯地告诉他：大木老弟，想不想知道这其中的奥秘？

想啊。赵大木傻愣愣地呆望着。

想知道，好啊。那你过来陪嫂子坐坐。

不行啊，嫂子，等下哈宝哥知道了，不活劈了我。

不想知道就算了。青石花说完这话即拿着空茶碗往厨房走去。从厨房出来后，她即扭动着腰身径直朝她的房间走去，看都不看赵大木一眼。

赵大木坐在赌桌旁，走也不是，坐也不是，有点进退两难。想想，还是准备走，他走到青石花房门口招呼道：谢谢嫂子的油茶，我走了……话还未说完，从门里突然伸出一只手来，用力一拉，赵大木就顺溜着跌进了房间。

来啊，嫂子把奥秘告诉你。赵大木还在愣神的那一刻，身后的房门嘭的一声就关上了。房间光线瞬间就暗了下来，他感觉一团肉乎乎的东西像刚打出来的糯米粑粑一样差不多把他包裹了。赵大木有些恐惧，他知道要发生一些不妙的事情，但他不能喊，青天白日的，传出去，那还得了。赵大木不敢喊，就是一种默契，有了这种默契，青石花就更加肆无忌惮了，这是她的拿手好戏。赵大木有点无所适从的样子，但这没关系，青石花总能在关键的时刻、关键的部位用她那肥嘟嘟的手，用她那热烘烘的嘴做好引导工作。

那段时间，赵大木背着自己的母亲，把一袋袋干木耳、香菇倒出来，然后倒入一些沙子，把这些掺和了沙子的木耳、香菇装在袋底，面上则用干净的木耳、香菇盖好。干笋要卖时，泡一点水。药材更好弄，比如说半边枫，谁见过？山上枫树多得是，随便要多少都可以。走马胎谁见过？山上乱挖一截树根来充数还不行吗？……

至于那秤杆、秤砣略微做点手脚，效果就有了。闲暇之时，赵大木除了馋着青石花那一口外，就躲在家里操练那"鬼手"。青石花告诉他，没有炉火纯青的"鬼手"，是无法把缺斤少两的生意做得天衣无缝的。

这些办法还真奏效。一场圩日下来，口袋里一下子就装满了黄灿灿的铜钱，或者白花花的银圆。那个爽，真的没法说！当然这没法说是针对赵妈而言，对青石花，赵大木则是佩服得五体投地的。但是，他还是留着一手，他不能告诉青石花说自己赚了钱。

但赵大木这个呆货，怎么扛得住青石花的百般挑逗呢。他一跑完生意就往青石花茶铺跑，当然青石花是欢迎的，她见赵大木上了瘾，心中暗喜。这时，青石花就想到了回报，哪能只播种而没收成呢？

要收成那还不容易吗？在他正享受的时候，去掏摸他的口袋，把那些铜钱、银圆倒进自己的木箱里，用锁锁好，然后再躺下尽情地寻欢作乐，这样收成就到手了。

但是这种现状是不能维持太久的，赵大木的短命生意终于被那些客户发现了。

众人要求赵大木赔偿损失，赵大木哪来的钱啊。他赚来的钱全都填进了青石花那个无底洞去了。众怒难犯，赵大木被那帮人追到家里，没办法，他只得撬开母亲的箱子，把母亲这些年来积攒的建房子的二十块银圆偷出来，给了那些索要赔偿的人。

赵妈从山上回来，看见自己装钱的木箱被撬烂，自己辛辛苦苦赚的那二十块银圆也不翼而飞。她还以为家里遭了贼，左等右等不见儿子回来，心里十分焦急。

无奈中，赵妈气鼓鼓地往外走，她一边走，一边向左邻右舍打听赵大木的去向。大家都说让她去青石花茶铺看看，这段时间赵大木好像都在那里。

赵妈听邻居们如是说，心里则有一种不祥的感觉。这些年，她算看清了，凡是和青石花沾上边的，没有一个占到什么便宜。进了她那个茶铺，裤子衣服输得精光，那还是幸运的；有的甚至砸锅卖田、家破人亡连冤都没处申诉。那是个魔窟，大木呀，你这个笨崽，千万不要上青石花的当啊！赵妈悻悻地想着，不期就走到了青石花茶铺门前。这时，她看见自己的儿子赵大木正被青石花从茶铺里赶出来。

赵大木一脸乌青，站在那里，用手指着青石花，嘴哆嗦着：你这个骗子，骗了我那么多钱，还我，你的良心让狗吃了。

还你，白日做梦！青石花一脸不屑地站在那里，扭着头，看都懒得看赵大木一眼。

赵妈再也忍不住了，她冲上前，质问道：青石花，你是怎样骗我儿子的钱的？今天你不讲清楚，我就跟你拼了！

拼？你也不看看这是什么地方，青石花连头都没抬。这时，从青石花身后走出一彪形大汉，一脸的络腮胡子，袒胸露臂的，腰间还插着一把驳壳枪，他凶蛮地望了一眼赵妈。

赵妈并没有被那把驳壳枪吓退，她疾步冲上前，在青石花头上、脸上、身上乱抓一气。青石花没有想到赵妈来势这样凶猛，她的头发瞬间乱了，并被一团团扯下来；她的脸一下子就被抓成了五花脸，一丝丝血痕像刚从死人堆里爬出来一样。那站在旁边的彪形大汉一时间也傻了眼，待他反应过来时，青石花已变了模样。

青石花急了，立即大叫：毛毛虫，还不快帮老娘收拾这个疯婆子！

彪形大汉毛毛虫立即上前一个飞脚踢向赵妈的腹部，赵妈惨叫一声，倒在地上。

赵大木见母亲被毛毛虫踢翻，大喊一声，也不管不顾地冲上前。与此同时，他看见毛毛虫从腰间拔出那把驳壳枪，那黑洞洞的枪口对准了自己，但是他仍毫无畏惧地冲上前，他不能失去相依为命的母亲，这二十多年他欠母亲的太多了。

突然，砰的一声枪响，赵大木倒下了。

赵妈眼睁睁地看着自己的儿子倒在自己的身旁，她趴在地上奋力大叫：乡亲们呀，你们快来看啊，土匪杀人了啊！

叫声一下子就引来了寨上的很多人。毛毛虫扔下青石花，飞也似的朝后山跑去，转瞬就不见了踪影。

青石花一时间也傻了眼，她想不到事情发展到了如此地步，她感到有些后怕。

鸡公岭原先只有几户人家，由于处在交通要道上，往右直达贵州地界，往北可直通湖南，沿江而下就是峡江，坐船可直达龙州。加之这里紧靠大山，物产丰富，水源丰沛。整个圣山延伸到这里地势稍微平缓一点。人们看准这些地理环境，逐年开垦这里的山坡，把这些山坡变成了连绵不断的梯田。最近几十年又逐渐从外地、从大山里搬来一些人家，寨子人丁越来越旺。像赵妈他们一家就是从山里面迁居出来住的。

青石花见寨上人闻声一拨拨地赶来，赶紧溜进茶铺，把门一关，再也不理外面闹哄哄的人声。

寨上的吴大爷见赵大木躺在地上，就上前去查看，原来子弹打中了他的小腿。吴大爷翻开裤子，发现子弹只穿破了小腿的外皮，没伤着骨头。赵妈挨踢的是胸口，虽疼，但她能慢慢爬起来。吴大爷吩咐几个年轻人，把赵妈母子俩搀扶回家。

赵妈母子走后，寨上的一些人仍站在青石花的茶铺前，在那里东一句西一句议论着，大家都觉得青石花这些年来也是太过分了，在这三岔路口开茶铺，本来是件好事，但是把茶铺开成个男盗女娼的黑窝，简直是有辱乡风民俗啊。现在好了，竟敢勾结土匪来这里逞凶霸道，青天白日开枪杀人，拍拍屁股就走了，简直是无法无天！

人们见青石花关着门不出来，就想到了杨哈宝。杨哈宝在哪儿？

杨哈宝来啦。

吴大爷见杨哈宝走到面前，将这里的情况简单地讲了一下。杨哈宝一时间愣在那里。他能有什么办法呢？这些年，青石花给他戴了多少顶绿帽子，他敢怒不敢言。他知道青石花结交的那些人，一个个都心狠手辣，都是吃肉不吐骨头的货色。现在好了，差一点就要闹出人命来，众怒难犯，以后还怎么在这里生活啊！

杨哈宝也想去看看赵婶，赵婶这个从大山里搬出来的外来户，平时没少受青石花的气，但他拿什么去看她呢？杨哈宝一急就往村外走了。他这个人就这样，平时青石花在家里为了一点小事，在那里撒泼骂街、摔碗砸盆，他觉得心里难受，就一走了之。但又能走到什么地方去呢？在外转了几天，还不是又觍着脸回来了，这时候青石花就更得势了。

走啊，怎么又不走了？

外面的女人好啊，怎么不带一个回来？

……

杨哈宝一时间理屈词穷，他只能埋汰着一张脸，在那里哼哼哈哈地应付着青石花的数落。

隔了些时日，杨哈宝觉得青石花的数落越发地可爱起来，他就想要亲近亲近她，但青石花却不买他的账，转过身去用她的后背对着杨哈宝。杨哈宝无奈中只能从背后把青石花抱住，他觉得紧贴着她的身体，就很知足了。

没想到青石花猛地一甩腰，杨哈宝猝不及防，一下子就摔趴在地上。见杨哈宝那个怂样，青石花则站在那里开怀大笑，浑身的肉也不停地颤动。

当然这些笑料也不是每个人都能偷窥得到的，只有那些寨上半大的调皮蛋，他们知道那个傻蛋蛋杨哈宝出走几天回来，肯定会有好戏看，就私下里跟踪，当看到杨哈宝被摔倒在地时，他们就躲在房子外，嘻嘻哈哈地喊着——

> 青石花，母夜叉。
> 翘屁股，发怒啦。
> 杨哈宝，傻瓜瓜。
> 摔地下，屁股麻。
> ……

每当这时，青石花则气汹汹地扑到门外，把门一拉，想要抓住那几个调皮蛋扇几个耳光，但只能看见他们的影子在寨巷里一晃，就了无踪影了。

也怪，这次杨哈宝出走，竟是一去不回头，一天，两天，一月，两月……

青石花这个女人，是一个离不开男人的女人。这段时间茶铺里闹出丑剧，毛毛虫不敢来了，茶铺生意也一落千丈。青石花一个人孤零零、凄惶惶的，她很不习惯这种生活，她想这一切都是姓赵这一家造成的。

她朝赵妈家走去，但走到赵妈家时，只见一把大锁把两扇门锁在那里。她感觉很意外。这一家人，难道又回大山里面去了？

那天，吴大爷趁着众人散去的时候，到了赵妈的家，他见赵妈已经好一点了，赵大木伤口的血也止住了。吴大爷见没什么大碍，也就放心了。临走，吴大爷劝道：如果方便，最好去山里避避风头，等一段时间看事情若有了转机再出山也未迟。

赵妈与儿子商量了一个晚上，一直没法定下来，两人都受伤在身，他们能去哪儿啊？

也是事有碰巧，出事后的第三天，你爷爷下山去买两把锄头，转回家顺道去看赵妈时，才知道赵妈一家的不幸遭遇。你爷爷知道了赵妈想要进山避难，当机立断，就带着赵妈母子俩连夜上了狮子岭。

没关门大叔曾经教给我一服"强盗药"。据没关门大叔说，他祖父有一次进山打柴，在山崖下见一个人跌伤在那里，伤者已经奄奄一息。祖父遂把他背回家。到家后祖父给他喝了一点温开水，伤者告诉祖父说，他是一位医生，上山采药，不小心从山崖上跌下来，幸得祖父相救，要不然他就没命了。他还告诉祖父，要祖父上山采几株药来帮他治疗。祖父依他所说，上山采得药回来，有些采得对，有些采得不对，这样反反复复好几次，祖父终于把药采齐了。祖父按照受伤男子的吩咐，有些药拿来煮水喝，有些药则放在石臼里捣烂，用酒温热敷在伤口上。经过十多天的精心护理，这个受伤男子的内伤外伤就基本好了。伤好了的男子很感激祖父，把跌打损伤、枪伤、刀伤一系列的外敷内服药都悉数告诉了祖父。临走，他竟告诉祖父，自己并不是什么医生，而是一个强盗，自己教给祖父的药，全是强盗这一行使用的特效药，从来不向外人传的。

赵妈喝了我煮的"强盗药"药水，把沉积在胸口的瘀血排了出来；赵大木敷了"强盗药"，不过十天，就能下地走动了。

伤好以后的赵妈与赵大木觉得住在我们那小屋子里也不方便，就准备在狮子岭右边的那条山梁搭一个木棚子。你爷爷和赵大木前前后后用了十多天才把木棚子建好，建好的木棚子也刚能住下赵妈母子俩。

赵妈见我们这几年开垦的山地上已经长满桐子，心里别提多高兴，她跟赵大木商量，也打算长住在山里，开山种桐子，开田种庄稼，过点自由自在的山里生活。

从那以后，我们两家就有了照应。如果得了一只竹鼠，绝不会独吞，待煮得差不多了，你爷爷就会走到山梁上一声喊：赵妈，过来啰，竹鼠炖熟了。

我们想趁着年轻再扩种几十亩桐子，等到这些桐子全挂果了，每年就可多卖一些银圆了。用这些银圆开些田，起一座房子。到那时，再养两小孩，安安静静地过日子。

你爷爷什么都好，就是有话不爱讲出来，老是闷在心里。一旦他觉得闷得难受，就会采用一种非同一般的方式，比如离家出走。他能去哪儿？我想。过了两天，他还没回来，我很担心。难道他又重操旧业去了？我翻开床底一看，果然是。他打石头的整套工具全没了。这个闷头鸡，真绝了，从此你就不要回来啦。那一刻，我的心好痛。难道我离开了你就活不成了？

赵妈知道了，急忙过来宽慰我：说这段时间是农闲，石头出去挣点钱也是好事，你晚上一个人闷了，我过来陪你说说话。我说：赵妈，您的心意我领了。这有什么，他爱去哪儿就去哪儿，我管得了他吗？况且这些年我已习惯了一个人的生活，白天有山有水有鸟有虫子伴着，晚上有月亮有星星有蛙鸣伴着，哪来的寂寞啊？

无奈中，我拿出那块绣着狮子岭景致的图，在桐油灯下，细心地一针一线刺绣着。睡时，我总要掏摸出鸡血石小人儿，把它贴在自己的胸前。每当这时，我就翻开那本特制的《三字经》，咿咿呀呀地读着：人之初，性本善……也不知何时，我在梦中攀爬上那石壁，我看那玉石坛子还在，感觉玉石坛子那玉的清凉轻轻拂去我腮边的泪水，我又梦一样地在那张刺绣图上穿针引线……

赵妈见我一时还解不开心结，只能忙着去做她的事情去了。其实赵妈她自己也活得很艰难。她的儿子赵大木跟青石花闹出丑剧，上村下寨都名声在外了，想在近处找个老婆，无异于在石板上种菜——难啊。这两年，母子俩种点田，也积攒不了几个钱。到什么时候才能娶回一个媳妇，过上安稳的生活呢？赵妈很茫然。

一天，赵大木跟我说：那边坡寨搞打锣挖地，听他们说很热闹，我们也去看看，好吗？我那段时间心里很烦，也想趁这个机会去散散心，就答应了。那坡寨离狮子岭有十多里路，也是在圣山半山腰的一个寨子，寨上住的全是瑶族弟兄。瑶族兄弟千百年来坚守一个信念：那就是住山吃山，靠水吃水。他们没有一丝一毫厌倦大山的情绪，他们觉得大山里有无穷无尽的财富。他们吃着自己开山种的玉米、小米、旱谷、红薯、芋头……他们善于狩猎，用狩猎得来的野兽换来盐巴与居家的生活用品。他们一年四季穿着单薄的衣服，夏天则打着赤膊，红铜色的肌肉外面结着一层厚厚的茧。有了这层厚茧，他们穿山过岭，如入无人之境。

他们每年都开荒种地，在开山垦地时，喜欢打倍工，就是互助组的意思。大家集结在一起，一人站在地头，其他人则排列在地脚，一人负责一片地，锣声一响，大家便倾尽全力挥舞自己的锄头，大块大块地猛挖。这种习俗我也只是听说而已，真要参与，心里紧张得七上八下，一刻也不安静。

赵大木可不像我那样，他一脸满不在乎的样子，稳操胜券似的。他跟我说：石头嫂子，等一下你要跟着我，万一你掉队了，我可以帮你。那些挖地的壮汉，见我一个女流，很不以为然。有些竟明目张胆地讥笑赵大木：你怎么把你老婆也带来凑数，坏了规矩啊！传统上说，这种打锣挖地一般都是男的，且要青壮年，没有一身蛮力，就会掉在后面，被大家嗤笑，出大丑的。

我用眼睛横着扫了他们一眼，心里暗暗下定决心：今天我要他们这帮狂妄的男人，统统败在我锋利的锄头下。

今天挖的这块地是一块宽阔的、坡度不是很陡的地，大家一溜儿排列在地脚，手持锄把，眼睛紧紧地盯着地头那个打锣的人。锣声一响，大家迅即挥舞起自己手中的锄头，只听见噗噗的锄头挖进泥土的声响。

这些年，我也挖过不少地，虽是一女流，但我挖地的功夫在那里，那是风霜雨雪、长年累月练出来的。这些他们都不知道，他们以为我只是凭着自己漂亮的脸蛋在混饭吃。我站稳马步，身体运作成一张弓，眼睛瞄准锄尖入土的部位，把力道用在手肘与腰部，在锄把起落中奋力把锋利的锄尖斩入泥土，接着手肘与腰部同时运力，只嘿一声，那块巨大的泥土就被翻了出来。

那天参加挖地的一帮青壮年，个个都不是省油的灯，他们甩掉上衣，打着赤膊，瞪眼瞧着我，心想：哪能让个女流把自己拉下，那还不把这瑶山男子汉打锣挖地的脸面丢尽了。这时候，地头上那面锣敲得更紧密了，一溜儿挖地的人，都奋力喊着，嘿——嘿——嘿，那阵势，有点风卷残云的样子。

我见他们发狠了，就对赵大木说：我们联合一下，两人同挖一块泥土——同时用力，可以翻出更大的一块泥土。我们灵活地使用这种方法，不到一袋烟工夫，我俩就冲到了那一溜人的前面。左边角那一带的几个人明显被落下了一大截，那面锣就转移到他们的面前，噔噔噔地猛敲着。

那天，我和赵大木出尽了风头，我们第一个挖到了地头。那帮一身蛮力的瑶族老表则涨红着脸，憋着一口气，慢了我们有一袋烟工夫。这块地原计划是一天挖完的，现在只用了半天时间就一扫而光。东家很高兴，把我们带到小溪边，待大家洗净手，东家打开竹箩里的糯米饭。大家都有些饿了，每人捏了一大团糯米饭，把一块腊肉夹在糯米饭中间，就坐在溪边的石板上有滋有味地吃起来。吃饱了糯米饭，大家抹一抹油腻腻的嘴，遂把我围在中间，嘴里叽叽喳喳地唠叨着：看你这漂漂亮亮的脸蛋，细皮嫩肉的身子，怎么就有那么多的蛮力？

我说：你们吃饱了撑得不耐烦，就去挖地呀，怎么拿我来穷开心？

赵大木，你怎么就舍得把这么漂亮的老婆带来挖地啊？

闭上你们那乌鸦嘴，不要乱讲啊，她是我石头嫂子。

石头嫂子？有些人在质疑。

不是？我盯着那些质疑的人问。

不是那个意思，我们是说石头嫂子，明天你还敢来吗？

来啊，只要老表们不嫌弃我一个女流，我一定来。我连眼睛都不眨一下，就爽口回应道。

当然这种打锣挖地的最终目的不是为了好玩，而是为了更高效地挖地。你帮我，我帮你，相互帮衬，有来有往，那些挖地好手按照约定，也来帮我和赵大木。这样，在那段冬闲日子，又消灭了狮子岭周边的几座荒山。

冬天山里很冷，寒风没心没肺地刮着。赵妈总喜欢站在狮子岭上，兴致满满地自言自语：还是天晴好，天晴好挖地啊。看她那一脸甜甜的笑，好像刚喝下一盅野生蜂蜜那么甜。

赵妈隔三岔五地总要拿点山货给我，我知道，那是赵大木去大山里弄来的，打猎钻山可是他最擅长的。

有来无往，不成礼数。这天又该我和赵大木去还挖山伙伴的倍工了。天刚蒙蒙亮，赵大木由那边岭过来。他告诉我，他先绕道走一条小路，顺带看看装在山谷里的几个铁锚是否有野兽踩着。他叫我走近道，然后在九龙谷山口会合。我叫他快去，我会准时赶到九龙谷山口会合的。

九龙谷那个地方可是个荒凉的大山群，在群山纵横交错中形成九个山谷，因为山谷曲里拐弯，像龙蛇舞动状，遂叫它九龙谷；另一说是有人在似晴非晴、似雾非雾的日子里看见九条龙从山谷里飞腾而起，在雾岚中嬉戏玩耍，一传十，十传百，人们就把这神奇的山谷称为九龙谷了。九龙谷连绵着无数巨峰，巨峰下又分布着无数小山峰，那些奇形怪状的山峰，形成千曲百折而又幽深的山谷。不熟悉这山谷的，走进去就很难走出来。站在山口，那从山谷喷出来的风，几乎能把人抛上天空。

这条路虽说偏僻少人行走，但这段时日我和赵大木来来去去也走了好多次，从没出现什么意外，可那天意外的事情竟发生了。我刚到九龙谷山口，就远远看见一只老虎朝坳口走来，情急之下，我往右边山沟的小路快步走去。那只老虎看见我往右边走，也不紧不慢地尾随着我。说实在，如果当时老虎猛扑上前，我就是插翅也难逃。在惊恐万状中，我仍能保持清醒的头脑，我不敢跑，一跑，老虎就会紧追上来，我怎么能跑赢老虎呢？但是我暗暗加快了脚下的步子，时而回头偷觑一眼那老虎。那老虎嗅着气味，紧紧追在后面，仍保持一定的距离。突然我发现路边有一座树条子搭成的棚子，棚子的篱笆是树条子捆绑的，我掰开树条子，闪身挤进棚子里，沿着简易的梯子爬上二楼，伏在楼上，大气都不敢出。

那只老虎走到棚子前，绕着棚子走了一圈，见没什么动静，就甩着尾巴走了。

我透了一口气，怦怦跳的心稍微平复了一些。当时我就想，我是幸运的，如果那只老虎直接扑上前，我还有命吗？想着想着，我似乎明白一个道理，老虎和人一样，只要你不伤害它，它也不会轻易伤害你的。

老虎暂时走了，就不知道它走了多远，如果它还在附近，我下去，不正好羊入虎口了吗？我不敢下楼，就这样一直待在那个木棚子上，眼看天就要黑了，棚主人为什么还不回来呢？

正当我惶惶地在木棚上胡思乱想的时候，听见有脚步声朝这个棚子走来。我把木棚子的树条子扒开一条缝，伸出半张脸，果然看见一个人从山谷中向这里走来。稍近，方看清是赵大木。我大声喊：大木，我在这儿。

赵大木立即应答：你怎么在这里呀？你让我找得好苦，下来呀，石头嫂子。大木可能只听见我的声音，没见我。我赶紧催促，你快点上来吧，这里有老虎。

没见老虎呀？

真的，你快点上来。我有点急，我怕老虎听见我们的说话声马上就扑到眼前，那赵大木就危险了。

赵大木同样从那掰开的树条子缝隙钻进来，很快就爬上木棚二楼。见我蜷缩在那里，脸上还惊魂未定的样子，遂关切地问：真见到了老虎？

真的。

我们慢慢走回去吧。

老虎出来怎么办？

我有枪，怕什么。

早上出来没见赵大木带枪，怎么现在又带着枪呢？

原来是赵大木已经赶到了打锣挖地的现场，左等右等不见我，就沿着来路寻找，就这样一直找到家，问他母亲，他母亲也说没见我回家。赵大木着急了，就从屋里拿上他的猎枪，一路小跑来寻找我，转了几个山谷，终于找到我。

我觉得还是在小木棚里过一夜比较稳妥。赵大木见我不愿走，也就作罢。

楼上有一个简易的木条床，床上散乱地铺着些稻草。我俩坐在上面，我把刚才事情发生的过程讲一遍，就不知说点什么了。平时两个人在一起劳动，说说笑笑，感觉很随意，现在什么都不做，感觉有点别扭。夜晚高山峡谷的风从那树条子的缝隙一股股地往里钻，很冷。赵大木见我那打战的样子，不知怎么办，只能把他坐的稻草全部聚拢到我身边为我抵挡一点寒冷。但我还是冷，他就把外衣脱下来，披在我身上，当他的手挨在我肩膀上时，就紧紧地黏附在我的脖颈上了。我感觉那只手刚开始是轻柔的，慢慢就变得刚劲而有力道了，那意图很明显，就是要我的身体紧紧靠近他的身体，我顺从他手的指向，把自己的身体靠紧他。我想，两个人靠得紧一点，就会暖和一点。

但我感觉赵大木那只手像一根藤蔓，竟慢慢地往我的胸前伸进来，我明显地听见赵大木的呼吸在急促地加剧。

嫂子——嫂子——

我的心，在那一刻震颤了一下。这时，我脑海里突然映现出你爷爷盘石头的影子，他在哪儿？我头脑里突然又浮现出青石花肮脏的身子，瞬间就感觉赵大木这只手很脏很脏，心里是万分地厌恶。我把赵大木的那只手从我的胸前拿开，不想让这只肮脏的手触碰我的身体！我立马挣脱开赵大木的怀抱，坐在床的另一边。

我伤心地坐在那里低声哭泣，哭自己的命，哭不在身边的你爷爷，哭赵妈这个不争气的儿子……

一个冬天很快就过去，你爷爷不知是什么原因，竟自己回来了。回来就好，回来我们又可安排新一年的生产了。

春天来了，狮子岭上又焕发了新一年的生机。那几年，赵大木也在对门岭开垦了一亩多梯田，但他没牛，我们家那头牯牛，就把两家的几块田承包了。你爷爷和赵大木轮换着犁耙田，很快就把两条山梁上的田耙好了。站在屋背山往下看，田段上水盈盈的，像无数块镜子折射着亮晃晃的光。青蛙也从山上下来了，田间瞬间就蛙鸣一片。

我则在田间修理田基，铲除杂草，堵塞鼠洞。见赵妈忙不过来，我就过那边岭帮她。

站在这狮子岭的田埂上，望着前后左右几个山岭栽种的桐子树，春风在山谷里轻拂着，桐子树在摇晃中很快就从冬天的睡梦中惊醒，它们凸出新芽，挂上花苞，不几日，一朵，两朵，三朵……瞬间几条山梁就雪白一片，蜜蜂、蝴蝶、各种不知名儿的鸟儿都来了，仿佛这就是它们的大花园。

我觉得这儿很美，这几年自己的苦与累很值得。站在田埂上，感觉圣山太宽，土地太肥沃了，但想想只凭着自己这几把锄头，到何时才能把这些荒地开垦出来呢？我又陷入新的思考。

我想到了请一些人来帮开垦，但钱从哪里来？这两年一些桐子刚挂果，每年的收成只能勉强维持生计，哪有那钱来大片开垦这荒地？

想到钱我就睡不着了，翻来覆去地在床上折腾，你爷爷还以为我想亲热一下，于是翻身摸摸我。我好烦，遂把你爷爷的手拨过一边，侧过身，用背后对着你爷爷。你爷爷不明就里，委屈地嘟哝着：又惹你什么了？我不想和他理论，只用手肘狠撞了一下你爷爷。他往后缩了一下，再也不吱声了。

这么多年，父母被害的场景反复出现在我的梦里。那夜我又梦到死去的父亲浑身血淋淋地站在我面前，眼里含着泪，然后一眨眼就不见了。醒来我已满脸泪水。

我从床头下摸出父母留给我的那块玉佩，反复摩挲着，眼泪像下雨的屋檐水一串串地往下掉。

这时，你爷爷的鼾声越来越大，我什么时候爬起来，他竟一点都不知道。我心里有点窝火，一把把他拉起来。他揉揉眼睛：天亮了？我懒得回答他。他从房子的缝隙往外面看看，说天都还黑麻麻的，你半夜喊天光啊，你不睡也不让人家睡？见你爷爷在那里唠叨埋怨，我觉得自己的火气又烟消云散了。你爷爷每天都起得很早，起床后，在水笕处抹一把脸，在鼎锅里装一碗冷饭，在陶罐里舀一瓢南瓜酱，三刨两刨，填饱肚子，就上山。干到中午，他也不回来，我把饭拿到地头，他刨完那碗饭，烧一袋旱烟，又开始劳动。他睡得死，睡得香，也是在情在理。我更多地想让他多睡一会儿。但是，今夜我非要把这个梦讲给他听。

你爷爷神情专注地听我把梦讲完，然后呆在那里，那神情似乎还想听下去。

是啊，这是一个没有做完的梦，我的家在哪儿？父母到底是怎么死的？这些疑问一直萦绕在我的脑海中，随着年龄的增长，这件事越发地清晰起来。

可是现在无根无据就去找，无异于大海里捞针。可大海里捞针我也要试试。于是忙完家里的活儿，打点好一切，我就下山了。

当然，你爷爷是不放心我一个人下山的，于是顾不了准备什么，就尾随我下山了。

其实，我下山去寻找出生的寨子，一点目标都没有。自从我从韦家逃出来后，就跟着你爷爷躲进深山，很少有走出大山的机会，即便有，也是东躲西藏、提心吊胆的。因此，我对圣山周围的村寨了解甚少，只是凭着一种感觉往前走。我在想，死去的父母一定会在冥冥中帮助我的。

我下了山，经过鸡公岭，记得往右走是去三界地集市的路，三界地我已经去过两次。在我的记忆里，应该不是那个地方。还有两条路，一条是沿着峡江边往下，那有许多的寨子，难道我的家在峡江边？还有一条路是往左沿着山腰走。记得那年我就是从这条路逃过来的。难道自己出生的寨子是在距离韦家不远的村寨？

我就这样漫无目的地转了三天，问了一些人，他们都说不知道。看那些寨子，都不是自己记忆里的寨子。

第三天，我感觉眼前这条路有点熟悉。可山洼里地势低矮，又加上山山岭岭，都是参天古树，太阳一滑溜就下了山，小路很快就跟我玩起了捉迷藏的游戏。这时，我似乎听见身后有一个声音嚓嚓地响着。我迅即回头觑了一眼，没见什么，就继续往前走，但不敢跑，只能加快脚步，两只耳朵专注地捕捉着那个声音。没错，那个声音一直在响！当时，昏黄的一弯下旬月，模糊着山沟的小路，我又回头仔细瞧一眼，仍没见什么。但那个声音却越来越响了！我用力掐自己的耳朵，感觉耳朵还有知觉。那一刻我突然觉得很害怕，全身的汗毛孔都完全张开了。在极度惊惧中，我突然感觉那声音就在头顶响，我仰头往上瞧，瞧见一个奇怪的现象：悬崖上一株苍老的枫树直逼我的眼，一根藤蔓挂着一节干树枝在来回晃动，那唰唰的响声就是从那里发出来的。

难道这个世界真有鬼，我惊恐万状地盯着那节晃动的干树枝，这时恐惧再一次袭击了我的全身，我甩开双腿，拼命往山下跑。跑啊跑，很快就到了寨子旁。在昏黄的月光中，我感觉这个寨子似乎有点熟悉。这时，我突然发现寨口的榕树下站着一个人，当我走近他，才发现竟是你爷爷。我扑进你爷爷怀里，伤心地哭了。

你爷爷轻声叫我别哭，并告诉我有人来了。我回头往来路望去，只见两个模糊的身影朝我们走来。你爷爷拉着我，侧身藏在榕树后面。那两个人并没发现我们，径直往寨子里走了。其中有一个身影似乎有些熟悉，有点像一个人，难道是他？我惊惧地蜷缩在你爷爷怀里，大气都不敢出。待那两人走进寨子，我拉着你爷爷说：不进寨了，我们赶快回家吧。

天亮时，我们终于回到了狮子岭的家。

我神情恍惚了一段时间，觉得再这样下去，会影响一年的生产。你爷爷也劝我，这件事还得从长计议，相信有一天一定会找到杀害我父母的凶手。

那年，三界地方圆几百里都遭了灾，收成都减产过半，去哪里找吃的呢？

实在不行，我还外出打石头去。你爷爷又想起了他的老本行。

就知道打石头、打石头，这个家怎么办？山上种的桐子怎么办？我呛了你爷爷一句。

又过了一段时间，大约是农历十一月吧，那天，我很晚才收工回家，没见你爷爷，去床底看，他的石匠工具箱又不见了。

第四章

　　刚开始，吃点野菜、南瓜还能将就过日子。那年，我在小溪边开荒种点菜，在菜地边种了十多蔸南瓜。那条小溪没有完全断流，土地也潮湿，田里的粮食减产，可南瓜却获得了大丰收。每一株南瓜秧都结了五六个南瓜，金黄金黄地摆满了小溪的岸边。正当我准备把南瓜摘回家收藏之时，一个晚上，不知是谁，一下子偷走我十多个南瓜。早上见南瓜一下子少了这么多，我伤心地坐在小溪边，感觉这个世界一下子就窄了许多。坐了许久，我想，偷就偷了吧，伤心也没用。那个偷南瓜的人，可能也是饿得没办法，才跑到这深山老林里来偷瓜的。

　　腊月快到了，南瓜也吃得没剩几个了。怎么办？总不能把肚皮挂在墙壁上过年吧。得想想办法。我就想到了挖蕨根，可是近处的蕨根早就被山外饥饿的人挖完了，现在要挖，得到圣山仙湖那一带去挖了。

　　这几年，为了生存，周围的大山哪个角落我都走过，要去圣山，我从狮子岭后山抄小路走，一个多钟头就到了。可是看那山上，有蕨根的山坡都有人去挖过了，那些新翻出来的坡地，凄冷地裸露着自己红色僵硬的肢体。是谁的腿那么长，那么快就跑到这荒无人烟的圣山来？

　　我朝山坡爬去，稍近，发现那些被挖掉的蕨根不是人干的，而是野猪干的！

　　我翻了几道坡，才发现一片有蕨根的坡地，就立马开始挖起来。圣山地势很高，坡上枯黄的茅草都开始冰冻了，那天没有毛风细雨，如果有，冰冻会更凶。但锄头撞击在蕨叶上，仍发出清脆的声响。刚开始挖，身体还有些冷，挖了一会儿，身体渐渐就暖和了。

这个荒坡，蕨根很肥实，我正兴致勃勃地挖着，突然见一头野猪也在我的前方猛力翻拱着蕨根。我停下手中的锄把，心里很窝火，这野猪也来欺负我。我大喊一声，试图吓跑野猪，可那野猪理都不理我，继续弓着身子在掘地。我气愤不过，冲上前，抓起一块石头猛地砸向野猪，石头正好砸到野猪的屁股，野猪抬起头，瞪着一双血红的眼睛突然向我扑来，我猝不及防，身子一歪往山下滚去。

待我醒来，发现自己躺在一个石洞里。身边坐着一个身着黑色衣服的男人，旁边燃烧着一大堆火。我惊恐地问：你是谁？

我是杨倌子呀，不认识了？

我翻身爬起来，一头扑进杨倌子怀里，放声大哭起来。

六年啊，苦苦寻找了六年，想不到这头凶恶的野猪，竟把我日夜苦思的人送到了眼前。

杨倌子见我停下了哭声，遂轻轻地扶我坐在火塘边，用棍子从火塘里拨拉出几个烧熟的大红薯，不停地吹着红薯上的火灰，小心翼翼地把皮剥了，递给我：饿了吧，快吃个红薯暖暖身子。

痛痛快快地哭了一场后，我还真感觉饿了，肚子里那肠子似乎在绞扭，空落落的胃真想一口就吞下这红薯。当时我那吃相肯定特难看，要不然，杨倌子不可能用那担忧的眼神望着我。

小心烫着。杨倌子在一旁提醒。

我吃了一个，杨倌子刚好又剥好另一个，我接过来，又继续吃。如此反复，也不知吃了多少个。再后来，杨倌子就不剥了，他关切地劝道：雪花，红薯不能吃太多，你忘了。

这时，我才发现，这个洞很大，洞的一边还有一张石床，石床上铺着一层厚厚的稻草，稻草上一床破棉被，看得出已经很久没洗了。火塘边一个锅头，一个鼎罐。石壁下一小股泉水从石缝里冒出来，还散发出暖暖的雾气。

这是什么地方？我问。

这是龙谷寺我的家呀，你忘了？

你的家？

也是，也不是……杨倌子的回答仿佛还有很多故事。

这么多年，你都去哪儿了？我无限幽怨地望着杨倌子。

他说：刚开始我一边打工，一边四处寻找你。我走遍了圣山周边的村寨，后来在峡口寨见到了吴老师。我和吴老师相依为命生活在一起，白天四处打工；晚上赶回家，吴老师每天教我认识几个字。这样生活了两年，不幸的是，有一天我回到家，吴老师竟气息奄奄地躺在那里。我想马上去找没关门大叔来医治。吴老师却拉住我说：孩子，我不行了，你别走。我听从吴老师的话，守候在他身边，他是躺在我的怀里含着微笑走的。为了吴老师能有一口棺木，我把自己卖给了姓杨的大户人家，在他家白打了一年工。

听到吴老师已经不在人世了，我长叹一声，感觉心里那点想要回报恩师的想法一瞬间就成为一种梦幻，心里很是悲苦。

杨倌子见我在那里感叹唏嘘，他也无奈地喃喃着：东耽搁、西耽搁，后来我在峡江上遇到了一个好人，认他做了干爸，我们又相依为命地生活了几年……但我仍四处打听你，都说没看见你，哪里知道你躲到深山老林里去了。

你成家了吗？

我这个人，哪有资格谈什么家。说到家，杨倌子神色一下子就黯淡下去。又隔了许久，他低着头说：你挖了一天蕨根，也累了，去我那破床铺睡一会儿吧。

我们一起去睡吧。我低着头依偎进杨倌子怀里，幽幽地说着。

那一刻，我看不见杨倌子的脸，但我能感觉到他剧烈的心跳。那么多年他一直在找我，他的心里还装着我。想想自己亏欠杨倌子的太多太多了，恐怕这一辈子都无法偿还。

杨倌子顿了一下，旋即果断地伸出他有力的手，紧紧地把我抱在怀中。

第二天早上我醒来时，杨倌子已经走了，没有告诉我他去哪儿。

他为什么走得那么急？我不得而知。

我背着一背篓蕨根，第二天傍晚才挨到家。刚一到家，赵妈就从对门岭过来看我，她一脸担心，说：你去挖蕨根到晚也该回家呀，这深山老林，歹人、老虎在暗处，你在明处，难道你忘记前次在九龙谷被老虎追的事情了吗？我担心得一个晚上没睡着。

赵妈，对不起，我贪挖蕨根，天黑回不来了，就在一个石洞里凑合了一晚。

能不担心吗？一个女人家。大木一早就出去找你，现在都还没回来。

听说赵大木还没回来，我很担心，进屋放下背篓，就准备出去找找。赵妈说：快别去了，他一个大男人，没事的。你还是把家收拾一下吧，看这个家都乱成什么样子了。这个盘石头，也舍得扔下你这个年轻的老婆，去外面打什么石头。

赵妈一边唠叨，一边着手帮我收捡乱糟糟的屋子。幸好那几只鸡赵妈过来帮着关好，要不然那些黄鼠狼、狐狸昨天晚上就要狠下毒口了。

我立马生火做饭，要留赵妈在家吃晚饭。吃点什么呢？米缸里还有半缸米，这点米，要对付到明年六月，我好长一段时间都舍不得煮上一餐纯粹的白米饭吃了。今天晚上就算我大难不死，就算我遇上杨倌子，就算我感谢赵妈对我种种的好，也应该饱餐一顿白米饭！

赵妈见我端着一瓢米走出来，立即按住我的手，把米瓢拿过一边放好：石头又不在家，煮那么多饭干什么？细水长流啊，以后日子还长着呢。我回家去了，明天再来看你。

赵妈一走，我也无心做晚饭了，吃了几个煮熟的干红薯，洗了个热水澡，就上床睡了。

说是上床睡，其实哪睡得着，杨倌子的身影总是在头脑里晃来晃去。但转念马上就想到了你爷爷盘石头，在自己危难之际，是他把自己救下来，给了自己一个家，自己怎么能在一夜间就背叛他呢？为了这个家，这件事无论如何都不能透露半点口风给这个憨子知道，他要知道了，这个家就没了。

我想到了玉石坛子，就一遍遍地拷问自己：为什么自己的心里要藏着这些乱七八糟的想法，难道就不能像玉石坛子那样晶莹透亮吗？

突然，我听见楼下传来敲门声，我立即从枕头下摸出那根木条子，这木条子是你爷爷为我准备的武器。但侧耳细听那声音，均匀地敲了三声，稍停，又均匀地敲了三声。我知道是谁回来了，旋即起床，连外衣都来不及穿，就下了楼，打开门，果然是你爷爷。你爷爷见我没穿外衣，很惊讶，一时间竟呆在那里。我见他那憨样，万千悲愁与思念一齐涌上心头，一头扑进你爷爷怀里，他那工具箱哐的一声就掉在了门口。

你爷爷怕我冻着，一把牵着我向楼上走去，把我塞进被窝里，我一把拉住你爷爷，把他拖进被窝里，我现在多么需要一个人来温暖温暖自己啊！

冷冰冰的被子下逐渐有了温度，两个人身体发出的热量好像要生出一团火，这团火从来没有这么旺盛。

你爷爷出去几个月，人虽瘦了一点，但却赚了一点钱，还得了一大口袋米回来。我说：这些时日多亏赵妈里里外外帮看顾这个家，要不我顾得了外面，就顾不了家。你爷爷说：那我们就匀半口袋米给他们过年。

赵妈知道盘石头回来了，立即过来看顾，看见你爷爷瘦了一大圈，心疼得什么似的，只是一个劲地叹气：这是什么世道啊，看把人都折磨成什么样子了。

你爷爷提着半口袋米，递给赵妈：您拿这点米，熬点粥喝吧。

赵妈说什么也不要，临出门她是跑着走的，你爷爷只得提着半袋米跟在赵妈后面，往对面岭走去。

晚餐，赵妈叫我们过去吃饭，晚饭是红薯粥，又甜又香。更吸引人的是，不知道赵大木去哪里弄得一只山鸡，赵妈一锅炖在那里，我们还未进屋，阵阵香味就扑鼻而来。要知道，在那灾荒之年，能吃到这样丰盛的饭菜，连做梦都不敢想的。

自从那件事后，赵大木就很少和我们来往，也不知道他都做些什么。看屋里到处都堆放着一些药材什么的。赵大木说：我想重操旧业，搞点土特产去卖，但卖不脱，那些买药的只认人，不认药，见是我的药，连问都不爱问，扭身就走开了。

你爷爷见赵大木一脸愁苦，就说：我帮你去卖，好不好？

赵妈见你爷爷愿意出面帮忙，连声说好。事情就这样定下来了。

第二天，你爷爷和赵大木各挑着一担药材下山了。你爷爷憨厚，在街上憨憨地叫卖着，人们冲着你爷爷的憨厚样，争相购买自己想要的药材，没几天，就把两担药材全都卖完了。想不到你爷爷这个老实蛋，还真能办事，这下可帮了赵大木一个大忙。看来熬过年是没什么问题了，到了开年，春暖花开，又会有新的生活门路。

眼看年关将到，我晚上又开始翻来覆去地睡不着，我又想到了仙湖边那个不为人知的石洞。我想象不出，杨倌子一个人怎么过年。

腊月二十八那天，我心里记挂着杨倌子，就买了一点香烛、年糕径直往仙湖走去，在半山找到了那个石洞。石洞里已经很久没人住了，我急忙清理一下石洞，把那床脏兮兮的被单拆下来，拿到湖畔去洗。临走，插上三炷香，跪在那里，双手合一，心里默默祈祷神灵保佑杨倌子平安地度过这个孤独的春节。

当我重新回到三界地集市时，很多店铺都关门了。只有一家梁记的大店铺还开着门，我心里一喜，这里也有一家本姓的人家，进去看看。店铺的梁掌柜坐在一张太师椅上，啪嗒啪嗒地抽着烟，见我进来，怪模怪样地盯着我看。我避开那像老鹰一样的眼光，问那店小二，那黑色的布料怎么卖。听了店小二的报价，我感觉好贵。再问其他年货商品，都贵得离谱。我想大灾之年，这些做生意的，总想趁这机会狠狠地捞一把，可他们不想想，穷苦百姓的口袋里能有几个钱呢？见我东挑西拣半天没要一样东西，那梁掌柜从太师椅上站起来，走到我面前问：哪里人？

听着这像审问犯人的问话，我很奇怪，这和买东西有关系吗？

看他那一脸蛮横的样子，我转身走出了梁记店铺。没走几步，身后就传来一声冷飕飕的话语，没钱就不要在这里晃悠了，碍我的眼。

我怎么就碍你的眼了。这人，有几个钱，讲出来的话却像饿狼一样地想要咬人。

我扭头狠狠地瞪了梁掌柜一眼。

我找到了刚才买年糕的那家店铺，买了几样年货，就急忙往家赶。走到街口，我想进那家粉店吃碗粉，可是没见当年拿了一碗热汤给我喝的那位好心大婶，我有点失落，就没了食欲。走到街尾，望望那几株大榕树，我又想到了和你爷爷初次相见的情形，感觉那时真好，大家没有猜忌，没有心墙，哪像现在，各自心里总有些话不愿说出来，两个人都在有意无意地回避着什么。这生活怎么越过越复杂起来？我的脑子有点犯糊涂，就像那些山上被冲烂的泥田，人走进里面，只会越陷越深。我有点想在榕树杈露宿一个晚上，但是又怕你爷爷不放心。再说，腊月天气，在那树杈上蹲一晚上，身体也吃不消，冻病了，这个穷年还不雪上加霜。

紧走慢走了十多里路，天就黑了下来。夜对我来说，并不可怕，自己就一贱命，没什么珍贵的。我在路边拾拣了一根木棍子，往怀里揣了两块石头，一路快步往家赶。

想想也没有什么可怕的，快过年了，那些拦路抢劫的土匪也该回家过年了吧，在这风雪交加的晚上，他能在路上拦到什么呢？他不会想到这时还有一个苦命的人正走在回家的路上吧？

可是世界上总有那些意料不到的事情，正当我登上一个山坳想要休息片刻的时候，一个黑色的大布袋从天而降，把我整个人罩住了。我还来不及挣扎，就被从黑暗中窜出的两个人一左一右扭住了，他们用一根绳子像捆粽子一样地把我牢牢捆住了。在黑暗中，我被他们牵着，跌跌撞撞地往山上走。

小心驶得万年船，我这无谓的大胆害苦了自己。在这深山老林里，在这风雪交加的腊月二十八的晚上，有谁会知道我现在已经身陷非常危险的境地？我不敢想象，等一下会遭受怎样的凌辱。

我暗暗下定决心，与其被凌辱，倒不如一死了之。

不知何时，布袋打开了，我被一道刺眼的火光照得睁不开眼。耳畔传来一阵阵惊叹声：这是仙女下凡啊！抱着这样的美人睡上一觉，死了也值得！

龚大公子来了，不要吵。不知是谁嚷了一句，乱糟糟的声音立即停了下来。来的那个人并没有靠近我，却听见一个人自言自语地说了一句：梁雪花，怎么是梁雪花？一帮匪徒惊愕在那里。不知谁问：公子，你的人？也就那么几秒钟时间吧，只听那公子低声呵斥，谁这么大胆，快把人放了！那些围攻我的人都悄悄地溜了，门被反锁在那里，我不知他们葫芦里卖的什么药，心里像塞进一条毛毛虫，难受而恐惧。

我瞪着眼，盯着门外，时刻准备和撞进来的匪徒拼命。过了好一阵子，进来俩匪徒，他们径直朝我走来。我缩着身子一直往后退，一直退到墙根，才被两个匪徒抓住。我拼命挣扎，一口咬住其中一个匪徒的手，那个匪徒大喊一声，把手挣开。接着又走进一个女人来，端着一个茶盘，上面放着一大碗饭，一碗猪肉。那女人说：妹子，不要闹，他们是来帮你解开捆绑的绳子的，解开绳子你才能吃饭呀。我想横竖是个死，做个饿鬼太不值。我就停止了反抗，让他们解开绳子。

解开绳子，我也不问青红皂白，端起饭碗就刨饭，不一会儿，那碗饭和那碗肉，都被我吃了个精光。

吃饱了饭，那两个匪徒对我说：对不起，刚才我们抓错人了，你现在可以走了。

我望望他们，刚才他们一脸的淫相已经没了踪影，那样子很谦恭。我一下子就坠入云山雾海里，不明白他们的用意。不管怎样，我还是抬起脚往门外走。

走出门外，刚开始我还是试探着往前走，生怕半路又杀出一个匪徒拦截自己，但是下到山脚，走上大路，始终没见一个匪徒拦截我。可是，我似乎感觉有个黑色的影子一直跟着自己，我几次回头窥视那黑影，却没看到什么。

到家时，天已快亮了。我长长地吁了一口气，但始终不明白这帮劫匪绑自己又放自己的缘由，他们为什么要这样做？

大门虚掩着，推开门，没见你爷爷。我猜想，你爷爷肯定去找我了。他和我在哪里走岔了？

将近中午，你爷爷一身疲惫地回到家。见了我，他只说道：回来就好，回来就好。

我不想把昨天晚上被劫匪劫持上山的事情说给你爷爷听，不想让你爷爷也跟着我担惊受怕。

那年养了十多只鸡，由于没有粮食给它们吃，有的饿死了，剩下几只，又被那些凶恶的老鹰和黄鼠狼叼走了几只，笼里只剩三只鸡了。这可是开年生计的根本啊，但不管怎样说，这个年还真不易，就杀一只吧。

幸运的是，腊月三十早上，你爷爷上山看铁夹，还夹住了一只拱田猪，有两三斤重。煮好鸡和拱田猪，敬了祖宗和土地神。我切了一大碗肉送给赵妈。

赵妈客气了一番，知道你爷爷喜欢喝红薯酒，她送了一竹筒红薯酒给我带回来。

经过了那么多折腾，这个年终于在一种祥和的气氛下开始了。年夜饭吃得很饱，一年来，从来没有哪一餐吃得这样温馨与幸福。

二月十五这一天，按照当地习俗，要到龙谷寺上香。你爷爷一早起来，就对我说要去龙谷寺上香。我觉得有点怪怪的，你爷爷平时对到寺庙上香从来都不感兴趣，他认为命里有时终须有，命里无时莫强求；他还说自己就这苦命，再怎么跪拜，难道天上会掉下一袋米？我问你爷爷：你今天是怎么了？

不怎么，只是觉得去年发生了那么多事情，去上上香，祈个福，图个心安。你爷爷轻描淡写地对我说，并催我快点。

其实你爷爷有心事。我这段时间整天去翻那酸坛，一坛酸菜都差不多吃完了，吃东西的口味也不像以前那么生猛，三下五除二就把那点饭菜吃完了，脸色也没以前那么红润。他看在眼里，忧在心头。

我没钱，只带了点香纸，那只母鸡下了三个蛋，我把它们煮熟当作祈福的祭品。你爷爷从来没上过香，不懂得上香的程序和规矩，我懒得理他，随他爱怎样做就怎样做。心诚则灵嘛。我在观音菩萨和杏妮神像前都上了香，心中暗暗祈求他们保佑自己肚子里的孩子平平安安，保佑今年生产顺顺利利……

你爷爷也跪在那里，他的嘴蠕动着，像在祈祷什么。我从来没看见过你爷爷那种专注的神情。那一刻，我的眼里贮满了泪水，心像泡在酸坛里，五味杂陈。

我肚子里那个小生命像阳春三月里的禾苗一样勃勃地生长起来。你爷爷每天晚上都要轻轻地摸一摸我那稍稍隆起的肚子，有时还侧着头倾听一下，那样子，像小孩般可爱。

为了这小生命，你爷爷简直累翻了天。那段时间，家里已经接近断粮了，大人饿一点不要紧，可怎么也不能饿了这还未出世的孩子。怎么办呢？上山挖蕨根是不行了，因为蕨根已经长苗了。只能挖野菜，春天里，漫山遍野各种野菜疯一样生长。但野菜不是粮食呀，它怎么能把肚子里的宝宝养大呢？

你爷爷每天上山劳动，那双眼总是骨碌碌地不停转动，他总能发现点什么，要么是山腰上的一只竹鼠，要么是灌木林下的一株野淮山……特别是挖那竹鼠，有时候竟要挖掉半边山，再打一米多深的地洞，才能抓住它。每每这种时刻，我都心疼得要命，就劝你爷爷：算了吧，吃这竹鼠，你身上要瘦掉几斤肉，不值得。可你爷爷总是憨笑着说：瘦一个，胖两人，值得啊！

吃完竹鼠，又吃些什么呢？你爷爷在门口望望天，如果是北风转南风天，晚上，你爷爷就背着一箩松明，拿着一个铁笼子上山。当然，我知道你爷爷去干什么，我在家等着。有时候你爷爷回来得早一点，这时候，他腰间那串山蚂拐就那么几只；有时晚上，夜很深他才回来，我那个担心啊。能不急吗？老虎、毒蛇、山溪陡滑……哪样都是要命的啊！可是这个担心的夜晚不白挨，你爷爷回来了，他腰间一定会挂着一大串沉甸甸、活蹦乱跳的山蚂拐！有了这几斤山蚂拐，肚子里的宝宝生活就有了一点着落。

　　赵妈也时不时过来看看我，她看我仍扛着锄头上山，一刻也没停下劳动，就埋怨你爷爷，说你爷爷不懂得做女人的辛苦，肚子里装着一个小人儿，怎么劳动？万一伤着孩子，怎么办？你爷爷有口难辩，其实，你爷爷比赵妈还着急，你爷爷不让我上山劳动，等他前头到了地里，我后脚就跟到了地里。一年之计在于春，春天是播种的季节，多种一点，年尾就多一点收成，能在家待着吗？我觉得自己这童养媳的身子骨本来就是苦水里泡大的，哪有那么娇嫩，经不起折腾。田里、山上的工夫，风里来雨里去我该做什么还做什么，春头水冷，我照样挽起裤脚，在田里劳作，在小溪里洗衣。春头下种施肥，总要担点肥料什么的，百十来斤的担子我照样挑在肩上。有时候，可能会挤压肚子里的小宝宝，他会踢我一脚，意见大着呢。那时候，我会暂时坐下来歇息一会儿，轻轻抚摸一下小宝宝，告诉他，自己要种好多好多粮食，养好多好多鸡鸭，给自己的小宝宝吃呢。小宝宝好像能听懂我的话，又乖乖地睡着了。

　　那段时间很累，但我和你爷爷过得很温馨，虽然青黄不接，日子清苦，但每一天却充满了快乐与幸福。时间一天天地流逝，我不但没瘦下去，反而在风吹日晒里把自己晒黑了，晒结实了。

　　那段时间，狮子岭发生了两件事情。

　　一件是赵大木带回了一个女人。这是一个北方女人，她是大灾之年流浪到三界地的。那天，恰好赵大木在三界地卖土特产，这个女人走到摊前，就昏倒了。这可把赵大木吓了一跳，人命关天，赵大木立即上前，把她扶起来，拿着自己携带的水葫芦慢慢喂她喝了一口水。女人醒转过来，见自己躺在一个陌生男人的怀抱里，她只说了两个字：我饿。赵大木见状，安顿女人坐好，在街上的粉店里打了一碗粉，那女子吃完那碗粉，精神好多了。

吃了粉的女人并没走。赵大木说：你走呀，你不走，我怎么做生意？

大哥，我一个女人家，往哪儿走？你就行行好，收下我吧。那女人扑通一声跪在赵大木的面前，大街上，惹得很多人前来围观，大家叽叽喳喳地乱说一通。

赵大木一时间就六神无主了，只能先应承道：你快起来，我答应你。

赵大木不愿在街上闹笑话，就捡起土特产，准备脚底抹油——开溜。但那女子乖巧得很，不管赵大木走到哪儿，她都紧紧跟在后面。

赵大木看甩不掉女人，就往家里走，那女人也紧跟着他。赵大木见这情势，就说：姑娘呀，我家里一个老娘，大灾之年，我们也是吃上顿没下顿的，你就不要跟着我了，我连自己都养不活怎么养得了你，你还是找能养活你的人家去吧！

我会劳动，我帮你服侍老娘，我要跟你一辈子。那女人低声嘀咕着，仍紧紧跟在赵大木身后。

到了家，赵妈见赵大木带回一个女人，待问明缘由，赵妈心里就暗自高兴，自己正到处找媳妇，现在媳妇送上门，这不正好吗？

那个女人见了赵妈，站在赵妈面前，低垂着眼帘，哽咽着喊了一声"妈"，眼泪就刷刷地往下掉。赵妈立即上前，拉着她往屋里走。看着她一身脏兮兮的样子，赵妈立即热了一大鼎罐水，让她洗了一个热水澡。赵妈过这边岭来问我要了一套衣服，这的确是件好事，赵大木也该到了娶老婆的年龄啦，要不然还不急死赵妈。赵妈为这件事，平时没少唠叨，但住在大山里，又穷得叮当响，谁肯嫁到这大山里来？我跑到赵妈那里，进屋一看，那女人已经把我的衣服换上，全身上下很利索，脸瓜子也招人喜欢，想不到这个赵大木还真走桃花运，领回这么一个俊俏可心的媳妇。

我想，以后自己就有一个伴了。

这女人倒很乖巧，见面不到一会儿，就告诉大家，她是陕西人，家里人都叫她臭鸭子，都不喜欢她。原因是家里有两个哥哥，母亲早死，父亲重男轻女，偏爱两个哥哥，对她则不管不顾。去年大灾，粮食没收多少，她在家很少吃到饭，没办法就外出逃荒，一路乞讨，有零工打就打点零工。就这样一直往南走，越走离家越远，她已经没办法回去了，家里也不想她回去。

臭鸭子讲着讲着，眼泪就禁不住流下来。

我上前牵着臭鸭子的手，想想总不能再叫她臭鸭子吧，便灵机一动说：为了留个念想，以后就叫你边妹子吧。边妹子含着眼泪点了点头。赵妈也觉得这名字贴切，起得好。

当天晚上，我和你爷爷一起到赵妈那里，两家人吃了一餐饭。赵妈匆忙中也没什么准备，好在赵大木卖药时刚好买了两斤肉，我则拿了一大捧野淮山过去，两样一起一锅煮。菜倒蛮多样的，豆角、黄瓜、辣椒各炒了一大碗。把那小小的饭桌都摆满了。大家喝着红薯稀饭，嘻嘻哈哈地聊着轻松的话题，感觉一家人似的。

那天晚上，赵大木和边妹子就算正式结为夫妻了。

第二件事是狮子岭旁边那个山岭又多了一个草棚，也算是一家人吧。

那家人就是鸡公岭的吴大爷和他两个孙子。为起那草棚，我们大家一起去帮了几天忙。想不到，短短几年时间里，在这个深山老林竟然有了三户人家！

吴大爷是个勤劳本分的人，他说他也不想搬进山里来住，只是山外是个交通要道，兵荒马乱的，人又多，好的年成还过得去，到了灾年，就难活了。加上那青石花，专门勾结那些游手好闲的土匪流氓在那里聚赌，半夜睡着都心惊胆战。另外家里那几块烂田都在狮子岭附近的山冲里，耕种起来也方便。

有了吴大爷他们两家在一起，晚上我和你爷爷就睡得更踏实了。

那年，田间、地里的粮食刚抢收完，更大的喜事终于降临狮子岭这个小寨子。我顺利生下了肚子里的宝宝，也就是你父亲。那是农历十二月初八，一个好日子。你爷爷笑得合不拢嘴，他能不笑吗？一个流浪儿，现在居然有了自己的家、自己的儿子。晚上，沉沉睡着的他，有时竟嘻嘻地笑着。

第五章

　　那年桐子挂果很多，一直忙碌了二十多天，才把全部桐子收捡完。剩下的事情就是把桐子挑下山去卖，如果能卖个好价钱，累积几年，起座像样的房子就有了希望。

　　我带着你父亲，挑桐子下山自然不方便。那天你爷爷约了赵大木挑着桐子下山，很晚才回来。见你爷爷无精打采的样子，我问：价钱怎样？你爷爷只说了一个字——黑。

　　赵大木在旁边补充，今年三界地集市只有梁记店铺和龚记店铺收桐子，两家收购的价钱很低，比往年的价钱要低三成。其他几家店铺不知为什么不开了。我们到那几家店铺一问，刚开始他们都支支吾吾不肯说，见我们都是老实人，才悄悄告诉我们，他们收到了一封恐吓信，信上的内容大体是今年不准他们再收购桐子，如果谁私下收，就拿小命来换。

　　谁这么大胆？

　　还有谁？山上的土匪呗。你爷爷一肚子的火。

　　那几家做小本生意的店铺，哪敢得罪山上的土匪？他们只能眼睁睁地看着梁记店铺和龚记店铺任意压低桐子的价格，在那里发黑心财。

　　桐子价格低，也得卖呀。如果挨到开春，人家结束了榨季，堆在田里的桐子不发芽也会烂掉的，我们小老百姓，他们匪商一家，我们怎么斗得赢他们。万般无奈，你爷爷仍早出晚归，一天挑一担桐子下山，卖得几个铜钱，天擦黑才回到家。

满以为今年要发点小财，哪知道猫咬尿泡空欢喜一场。你爷爷那段时间劳累加上烦躁，人都瘦了一大圈。

我很担心你爷爷的身体。一天，我对你爷爷说：今天你在家带孩子，我去卖桐子。你爷爷初始不同意，但拗不过我，最终还是答应了。

我挑着一担桐子，在三界地集市上走，先看梁记店铺，他的收购价的确很低。再往前走不到五十米，就到了龚记店铺，这龚记店铺以前没有，不知何时冒出来的。我挑着一担桐子走进店铺，看那柜台后面的老板，竟是个白面书生，很精明的样子，感觉在哪儿见过。我来不及细看，就问：龚老板，收桐子吗？龚老板听见问话声，才抬起头，他看了我一眼，又看了一眼。我有些奇怪，难道自己脸上粘了什么东西，便用手摸了一下，并没什么东西。

你要卖桐子？龚老板那问话好像我不是来卖桐子似的。

是的，只是价钱太低了。

是吗？如果你想卖给我，就给去年的价钱。龚老板那眼光并没有望桐子，那双眼睛仍紧紧盯着我。

我心里厌恶那怪异的眼光，为了一年的收成，我无奈地放下担子，淡然道：那好，称桐子吧。

龚老板即吩咐店小二称桐子，称完桐子，我领了钱，就走出了龚记店铺。桐子卖得好价钱，我心里却忐忑着，感觉好像有块石头沉甸甸地压在心里。

回到家，我把桐子卖得好价钱的事说给大家听，大家都很兴奋，只有你爷爷在那里一言不发。

接下来几天，我把你父亲放在赵妈那里，和你爷爷、赵大木、边妹子一起每天一担桐子挑到三界地龚家店铺卖。尽管每天大家都提心吊胆的，担心龚老板会变卦，降低收购价，但是一天天过去，价钱一直没变。

大家看着用辛勤汗水赚来的银圆，兴奋得什么似的，都舍不得在街上花掉一块银圆，都想用这点钱办点大事。

桐子卖完了，人也快累垮了。晚上，你爷爷身体一挨床铺，鼾声如打雷一样。我老是睡不着，心里谋划着这点钱，觉得用在哪儿都紧巴巴的。就这样折腾着，半夜过了仍没点睡意。突然，我听见一个声音叫我：雪花，快逃，土匪来了！声音很小，但是在暗夜里，那细小的声音却像一块尖利的石块直插进我的心脏！

我知道，那是赵妈的声音。我来不及细想，立即摇醒了你爷爷，背着你父亲，急忙走后门往后山跑。你爷爷见情况紧急，就干脆不跑了，他从容地下楼，门刚打开，脑门就被一根生硬的枪管顶着。

跑呀，怎么不跑了？一声冷笑像阴风一样刮了过来。

我一个穷光蛋跑什么呀。你爷爷很冷静。

劫匪把你爷爷绑在门口那根木柱子上，头上套上一个黑色口袋，就冲进家翻箱倒柜地折腾，只在火塘底下挖得二十块银圆。

他们并不罢手，仍不停拷问你爷爷：玉石坛子你藏在什么地方了？

什么玉石坛子？我可从来没听说过啊。

别装傻了，就是你师父从贵州带过来的那个，我们找了那么久，原来你们躲到这大山里，快交出来，要不然别怪我们不客气。

劫匪问了几次，见没问出什么，就用绳子把你爷爷的手指紧紧地捆绑起来。

你爷爷咬着牙，硬是不承认有玉石坛子这件事。劫匪就开始拳打脚踢起来。最后，他们用竹签插进你爷爷的指甲缝里，你爷爷大喊一声，随即昏死过去。这时，一个劫匪从地窖里搜出一包银圆，洋洋得意地在那里翻弄。

突然，只听一个劫匪大喊一声，噗的倒在地上。众劫匪大惊失色，拥上前，见倒地劫匪的右眼被一飞镖击中，血流如注，疼痛难忍。劫匪们对着黑黝黝的山野胡乱地放了几枪，大喊着：有种的你就出来，看我怎么收拾你！但是回应他们的只有从山坳上刮来的一阵阵寒风。劫匪们瞎喊了几声，窜下山坳，逃走了。

见劫匪们逃走了，我才急忙跑上前，把捆绑你爷爷的绳子解下来。只见你爷爷的手指还在不停地滴血。

这时赵妈和吴大爷他们也来了。大家把你爷爷扶进屋里坐好，我到菜园里拿了刀口药捣烂，敷在你爷爷的手指上。赵妈站在一旁不停地宽慰我。我扑通一声跪在赵妈面前，一个劲地磕头，感谢赵妈的救命之恩。赵妈扶起我，连说都是一家人，说什么谢。我望着大家问，是谁发的飞镖救了石头的命？大家都摇着头，都说自己是被枪声惊醒了，才赶出来的。那是谁？大家都有些云里雾里，觉得这好像是山神帮的忙。

赵妈说：这的确是山神帮的忙，如果不是这样，哪有那么机巧的事情？我睡了一阵子，想起忘记关鸡笼了，就急忙爬起来。这时候，我突然发现黑蒙蒙的枫树坳上窜上来几个人，我估摸着是土匪，就跑过来叫你们。

我想，土匪是怎样知道自己刚卖了桐子，家里面藏有几十块银圆的？他们又怎么知道我们有一个玉石坛子？难道是我搬家时，给谁暗中窥见了？

我最先想到的就是青石花。那天我们搬家时，青石花也幽灵一样晃到了那里，阴阳怪气地说着风凉话，难道是她发现了这个秘密。

那天我和你爷爷卖桐子回家，路过青石花茶铺前，青石花身上穿着一件大红棉衣，像一团火球，耀得人都不敢正眼看她。她正和毛毛虫在那里调情，见了我和你爷爷，立即一摇三摆地晃了出来。

啊，石头老弟，发财了也不进茶铺喝口茶？

你爷爷呆在那里，不知怎样应答，一脸的窘相。我看着就来气，忍不住就说：我们穷人，你那茶我们喝不起。

几十块银圆啊，还说穷。怕我跟你借？

谁说的？

梁老板说的，还有错？

这个梁老板，桐子不卖给他，就在那里乱嚼舌头。青石花话未说完，我就来气。

毛毛虫站在她身后，双手横抱在胸前，阴阳怪气地哼了一声：听说你们还有个玉石坛子，拿出来我们开开眼界啊。

我觉得，这些人的鼻子怎么像狼一样，玉石坛子收得好好的，怎么也给他们嗅到了。看来这个家很不安全。

我估计这次抢劫，就是他们干的。

但危难中，却有一个人在暗中护卫着我们。你想想，在这远离村寨的山野，有谁知道有土匪来抢劫，暗中发飞镖救了我们全家？

我想到了杨倌子，不可能。我否定着，杨倌子连我住在什么地方都不知道，怎么会是他呢？

余下的，我再也想不起什么人了。

那次和杨倌子匆匆话别后，我就觉得杨倌子还有很多事情瞒着自己。但他似乎又一直生活在自己身边。

杨倌子那段时间遇到两个和他一样家破人亡的流浪汉。一个叫铁蛋。铁蛋在流浪中遇到一位好心的打铁师傅，打铁师傅见他可怜，就收留了他。遗憾的是，那位打铁师傅得了痨病，咳嗽两年就走了。最后两年里，师傅拖着个病怏怏的身体，手把手把打铁的真功夫全传授给了铁蛋，师傅死后，铁蛋就开始执掌火候了。另一个叫白捡得。白捡得不知道自己的父母是谁，他养父在三界地榕树下捡到他，含辛茹苦把他养大。乡亲们在他养父前都说他白捡得一个儿子，一来二去，人们就叫他白捡得。不幸的是，在他十五岁的时候，乡里发大水，东家却让养父去山谷里放木头，结果被洪水冲走了。养母也因伤心过度，不久就死了。

有一天，他们三人恰巧来三界地集市找东西吃。白捡得走着走着，一不小心把梁通天铺子前摆放的杂物撞翻，梁通天借机说撞坏了他的东西，白捡得怎么辩解也不管用，梁通天就是要他赔偿两块银圆才放他走。街上的人都不敢出来说句公道话。当时杨倌子从街尾走上来，铁蛋从街头走过来，见梁通天如此霸道，就立即冲上前，拉上白捡得转身就走。梁通天见两个不知从哪里冒出来的穷小子挡了他的财路，哪肯罢休，喝令几个家丁向前追打。杨倌子见他们手中拿着棍棒，来势汹汹，挥手一石块，刚好击中梁记店铺的门牌，噗的一声门牌被打穿个洞。那帮家丁顿时大惊失色，遂定身在那里，不敢再往前追赶。三人一阵风似的离开了三界地集市，待集市上的人出来观看时，他们已经跑得了无踪影。

三人离开三界地不久天就黑了，肚子也饿了，本来可以在街上吃点东西的，现在挨这梁通天一闹，饿着肚子就跑了。在这荒山野地里，去哪找吃的，还不如杀个回马枪，神不知鬼不觉转回三界地吃点东西再走。

回到三界地，街上店铺都关门了。世道不太平，天一黑，街上家家户户都争相把自己的大门关上，生怕招惹麻烦。三人在三界地走了个来回，在这人地两生的地方，看来要找到点吃的东西的确很难。白捡得说：要不我们去梁通天店铺“借”点东西吃。铁蛋和杨倌子都觉得合适。

梁通天全家正在堂屋吃饭，铁蛋和白捡得翻进后院，把挂在厨房的十多块腊肉全装进口袋，白捡得还不满足，轻轻摸上楼，在梁通天的房间里，把他几十块银圆也“借”走了。

三人得手后，投奔哪儿可是个问题。铁蛋遂热情邀请：如二位不嫌弃，去我那十里盘铁匠铺好吗？杨倌子和白捡得早就知道十里盘有个铁匠铺，只是不知道主人就是这个黑不溜秋的弟兄。

到了铁匠铺，天已快亮了。看看米缸，还有一点米，只能熬稀饭了。铁蛋很快就熬好稀饭，炒好腊肉。三人来不及多说话，哧溜哧溜地喝着稀饭，大块吃着腊肉。狼吞虎咽了好一会儿，他们的速度才慢下来。三人才记得自我介绍，遂互报了家门，才知道，三人全是孤寒崽。唏嘘了好一阵，杨倌子建议：既然在这个世界上我们已经没一个亲人，何不结拜为兄弟，以后有福共享，有难同当，两位弟兄说好吗？

铁蛋和白捡得都说好。铁蛋去里屋翻出几根香点燃插在火塘前，三人跪拜了天地，发誓一辈子做弟兄，福祸同担，生死与共，永不分离。

以后的日子，他们时散时聚，打打工，如果哪个弟兄受欺负，他们会想尽办法为他主持正义。如果欺负人的是恶霸地主，他们主持正义的手段就是在暗夜的保护下，身着黑风衣，潜入他们的住所，洗劫他们的财物。因了身手矫健，来无踪去无影，久而久之社会上就风传他们三人为"黑三飞"。

后来他们三人流浪到了贵州边境，相约一个月在关帝庙里相聚一次，就分手了。

一天，杨倌子正行走在一个山坳上，发现两只狼正凶猛地扑向一个赶集回家的姑娘，那姑娘手里还提着一挂猪肉。杨倌子冲上前，一块飞石击中其中一只狼的嘴巴，那只狼大叫一声，落荒而逃，另一只狼害怕，跟着跑了。那姑娘哭着求杨倌子送她回家，杨倌子见姑娘可怜，就答应了她的请求。

翻了四座山，蹚过两条小河，到了姑娘的寨子，寨口一块巨石，上面刻有三个字：白云寨。这是个偏僻的小山寨，翻过山寨后面几座山，就可看见圣山。刚到家，太阳晃一晃就掉下西山，天刷地一下子就黑了。

姑娘叫李冬冬，她一到家门口，就快步往屋里走，嘴里轻声呼唤着妈妈。原来她母亲害大痧躺在家里，女儿看过母亲后，立即把抓来的药用砂罐煮好。母亲喝了一大碗药汤后，高烧稍微退了一点。李冬冬才把她路上遇到两只狼追赶，被一个后生救命的经过讲给母亲听。母亲问：后生在哪儿？李冬冬说在堂屋。母亲立即颤巍巍地从房间走出来，对着杨倌子作了一个揖：后生哥呀，你救了我女儿的命，你是我们的恩人呀！

伯妈，您叫我杨倌子吧，我们都是苦命人，相帮一下，应该的。

伯妈姓林，在后来的谈话中，杨偌子还从林伯妈口中了解到李冬冬的父亲在大灾那年挨饿死了，家里就她母女俩，万不得已，才让李冬冬跑那么远去抓药，结果差一点被恶狼伤了性命。

林伯妈身体仍很不舒服，如果不刮点痧，单靠吃药，很难好。杨偌子以前放牛那些年跟没关门大叔学过刮痧的土办法。他先去后山采得一大捧草药，用鼎罐煮好，然后把火烧得旺旺的，让李冬冬用茶油抹在她妈身体的各个部位，从头到脚一路刮下来，刮好后，用草药水熏洗，最后让林伯妈躺在床上用棉被捂，待全身出大汗后，再用草药水洗一次。

林伯妈经过这样的治疗，人一下子就好多了，精神好，话就多了。见杨偌子那么能干，心下十分喜欢。杨偌子也简要地把自己从小死了父母的苦难经历说给了林伯妈听。林伯妈听着听着，眼里就盈满泪水。她一边流泪，一边就想，何不把李冬冬许配给杨偌子，这样李冬冬一辈子就有了依靠，而杨偌子也不用过那种四处漂泊打工的生活了。

杨偌子当然也听出林伯妈话语中的弦外之音，但他心里还记挂着一个人。他觉得自己不能耽误李冬冬的幸福，就走了。

林伯妈和李冬冬站在门前望着这个渐行渐远的后生，望着远处云缠雾绕的圣山，心里满是遗憾。她们想，杨偌子还会回来吗？

一个月后的约定时日，杨偌子到了关帝庙，他心下记挂着铁蛋和白捡得。但哪里有铁蛋和白捡得的影子，杨偌子有些沮丧，坐在关帝庙前的石阶上，顺手从地上抓起一块石块，猛力甩向前方的那棵红锥树，只听见嚓的一声，石块砸进树身里。哪知这一砸，却砸出一个人来。杨偌子吓了一跳，仔细一看，发现是铁蛋。

铁蛋做着鬼脸：哥哥，你要拿我当靶子练呀？

看你那鬼鬼祟祟的样子，不吓唬吓唬你，你能现身？

铁蛋没来得及应答，上前一把把杨偌子从石阶上拽起来，拉着他就走。杨偌子看铁蛋那架势，觉得还真有事，就跟随他往前走。

两人快步前行着，铁蛋则断断续续地说着，他说他近段时间在古崖寨大地主赖昌盛家打工。这个赖昌盛是个好色之徒，人送外号赖公猪。现在他已经有俩老婆了。前天，他去白云寨收租，刚好看见一个姑娘在菜园里种菜，那个姑娘叫李冬冬，他一下子就被李冬冬的美色迷住了，他吩咐手下前去，不问青红皂白地把李冬冬绑架带回家。

待寨上邻居告诉林妈妈时，他们一行人连影子都看不见了。

晚餐，李冬冬一点东西都吃不下，她心里还记挂着自己的母亲，也记挂着杨倌子。铁蛋说：李冬冬在房间念叨时，我恰好从窗前经过，听见念叨杨倌子哥哥你的名字，我就猜想这个女人和哥哥有关系，这才跑回来告诉你。

杨倌子一听，就着急地冲了出去。

李冬冬在新房里待了一天。第二天晚上，她突然听见房门咿呀一声打开了，一个五十来岁的老头走了进来。难道这就是经常下乡欺压百姓的赖公猪？她不由打了个寒战。

帮我解衣服！赖公猪见李冬冬还坐在那里，心里就不由得来气。

李冬冬哆嗦着，站起来为赖公猪脱衣。赖公猪穿的衣服也真多，一件件脱下来，脱到最后只剩下一条裤衩，李冬冬犹豫了，她不敢睁开眼睛看眼前的情景。

脱！李冬冬吓得大叫一声，急忙往床上躲藏。

只见赖公猪那双眼正燃烧着两团狼一样的欲火，那两团欲火直射李冬冬的胸前。李冬冬本能地用自己的双手护住胸脯。

赖公猪一把把李冬冬的两只手拨开，几下就把她身上的衣裤撕了下来。那一刻李冬冬想到了死，她挣开赖公猪的手，一头往梳妆桌撞去，赖公猪一把抱住她，把她扔在床上。李冬冬那一刻绝望了。

其实，杨倌子和铁蛋已经到了古崖寨口。铁蛋这段时间在赖公猪家打工，住在赖家的下房，就是堆放杂物的偏房，转三个弯即可到赖公猪正房。此时赖家都已休息。铁蛋悄悄走到赖公猪窗前，用手指捅破窗纸，在红烛的光照下，他看见赖公猪正在床上与李冬冬厮打。

铁蛋一脚踢破房门，冲上前去，抓住赖公猪的后颈，猛地摔在墙角，赖公猪哼了一声，头一歪就瘫软在那里。

李冬冬蜷缩在那里，浑身颤抖着。铁蛋低声说：快穿衣！李冬冬胡乱穿好衣，跟着铁蛋飞奔出屋。这时，赖公猪家中的狗腿子也听到了响动，都走出了房间。

铁蛋把李冬冬交给杨倌子，黑暗中，又悄悄潜回赖家，他觉得自己不能就这样走了，总还得要这个月的工钱吧。赖家这时乱哄哄的，赖公猪昏了一阵子，才慢慢苏醒过来。大家都手忙脚乱地扶着赖公猪。铁蛋趁着空当，潜入赖公猪的房间，把他存放在柜子里的六十来块银圆提走了。

三人半夜过一点就赶到了白云寨，林妈妈已经哭哑了嗓子。她见李冬冬与杨倌子一起回来，简直不敢相信自己的眼睛。杨倌子指着铁蛋对林伯妈说：这是我兄弟，叫铁蛋，就是他潜进赖公猪家把李冬冬救出来的。林伯妈扑通一声跪在铁蛋面前。铁蛋慌成什么似的，急忙躬下身子，扶起林伯妈，使不得，有话以后我们再说吧，天快亮了，赖家的人很快就会追来，还是先逃命吧。

母女俩仍抱成一团，伤心地痛哭。

杨倌子见情况紧急，催促道：再不走，就来不及了。

林伯妈把女儿从自己怀里推开，催促着：快跟他们二人逃命去吧。

要逃，我们一起逃。

我一个老太婆，他们能把我怎样？

林伯妈说着话起身把三人推出屋外，把门关上。李冬冬伏在门上哭喊了一会儿，她母亲再也不应她一声。这时，寨子的狗叫声突然凶猛起来，杨倌子上前拉着李冬冬飞快地往寨外跑去。

他们三人前脚刚踏进关帝庙，白捡得后脚就跟了进来，他手里还拿着一个泥巴团。

铁蛋一脸的狐疑：拿着个泥巴团，你神经病呀？

白捡得嬉笑着：老铁呀，你还磨叽什么，还不拿去敬敬关老爷，等他老人家吃饱了，我们好填填这瘪瘪的肚囊。

铁蛋接过泥团，掰开泥土，居然看见荷叶包着一只焖熟了的鸡。他乐癫癫把鸡摆在关老爷神像前，嘴里念叨着：关老爷，感谢您保佑我们平安无事地回到这里，今天先孝敬您一只鸡，哪天我们再弄一只全羊来……

哪儿弄的？杨倌子问。

白捡得嬉笑着：他们不给工钱，鸡总要给一只吧？

铁蛋也洋洋得意地从胸前摸出一包银圆，递给杨倌子：这是赖公猪给我的工钱。

杨倌子接过那包银圆，思忖了一下，才叮嘱铁蛋：你和李冬冬先回十里盘铁匠铺，我和白捡得去看看林伯妈。

生命源

铁蛋见杨倌子眉头一锁，就知道他决心已下，没有更改的可能，他转身把那只鸡撕成两半，塞给白捡得一半。这时，杨倌子已经走出了关帝庙。

待杨倌子和白捡得赶到林家时，林妈妈已经不行了，她只是断断续续地嘱咐：杨倌子——冬冬——就交给你了——话没说完，就咽了气。

这时，寨上弟兄也一起来了，大家议论纷纷，说这赖公猪也太霸道了，这人命关天啊！他们怎么就把人往死里整呢？这世道还让人活不？

杨倌子把那包银圆交给寨上的族老，说麻烦族老和乡亲处理一下林伯妈的后事，他们还要去找赖公猪办点事。

乡亲们都很同情林家的不幸，都很痛恨赖公猪，他们早就听说三界地方圆百里有三个行侠仗义的好汉，人们习惯称他们"黑三飞"。看眼前这两个人，有点像。

赖公猪晚上睡得很晚，他有点心神不宁，眼皮老是不停地跳，无奈就邀约那俩黄脸婆在房间喝茶，想消磨一点心下的惶恐。

老爷，您今天又杀人了？我们好怕啊。两个老婆哆嗦着。

真是妇人之见，怕什么？他们如果敢来，就叫他们有来无回！

正在这时，窗外飞来一把飞刀，直奔赖公猪的咽喉，赖公猪来不及哼一声就倒在了大老婆的怀里。两个女人吓得魂飞魄散，声嘶力竭地喊：杀人啦，快来人呀！院里院外守卫的家丁狗腿子不下十来个，众人都大惊失色，大家都瞪着一双眼睛，连鬼影都没看见一个，怎么可能有人撞进屋里杀人？

一伙人冲进屋子，见两个女人颤抖着缩成一团，赖公猪则倒在地上，他的脖子上插着一把刀。大家都张着嘴在那里，倒抽了一口冷气。

许久众人才回过神来，大家都在心里惊骇着，这不就是方圆几百里风传的"黑三飞"的手段吗？

众人立即战战兢兢地院里院外搜寻，连一片刚落下的树叶都不放过，哪还有"黑三飞"的踪影？

第二天，赖公猪的两个老婆也不敢报官，把尸体装入棺木，拉上山埋了，整天关门闭户，不敢走出家门半步。

社会不太平，青石花茶铺的生意也是一落千丈，自从丈夫出走后，她就公开和毛毛虫那些不务正业的人混在一起。上村下寨的人都深知青石花茶铺的深浅，大家远远瞥上一眼，没有哪个正经人敢走进她那茶铺。过往客商大多做的小本生意，也深知江湖的险恶，他们看情况不对劲，就悄悄地溜了。

这样一来二去的，青石花茶铺生意就只剩下清汤寡水了，这种清汤寡水的生活怎么能满足青石花这种人呢？以前杨哈宝在家时，有个人种种田，种种地，一年四季，瓜果蔬菜，日常生活开销虽没大户人家气派，但还能有板有眼地应付，现在可不行。

好多天，毛毛虫也不见来，青石花觉得烦闷到了极点，就决定去三界地集市逛逛。那天天气晴朗，三省交界四乡八弄赶集的人塞满了窄窄的街道。青石花想起集市里的几个老相识，已经好久没有去会他们，到底去谁那里呢？

她想去梁通天那里，但她觉得，梁通天阴险狡诈，前次他撺掇去抢劫梁雪花的钱，看来是另有图谋的。为这，自己差点让伍鼠宰了。这笔账，看来要找个机会和他清算一下。去泥鳅那里吧，泥鳅开着家客栈，自己去那里投宿，正好合适。她一想到泥鳅，春心就禁不住摇荡起来。泥鳅是青石花给起的名字，原因是他的身体滑溜溜的，不像毛毛虫全身毛茸茸的，像头人熊似的。

在三界地鬼混了几天，青石花又回到了鸡公岭那茶铺，推开茶铺，毛毛虫正睡在床上。毛毛虫的脸像刚烧过的牛坡一样，黑乎乎的有点怕人。他语气阴沉得像阎罗王：去哪儿浪荡了？

你瞎胡说什么？我自己待着没意思，就去三界地逛了逛，青石花上前用自己的脸腮轻轻地摩挲着毛毛虫毛茸茸的络腮胡子。她知道男人都是贪嘴的馋猫，只要你掐住了他的软肋，他自然会乖乖地躺进自己的怀中。

强悍粗野的毛毛虫，在青石花面前不到几个回合，就败下阵来。青石花躺在毛毛虫的怀里说：我们总不能这样干等着喝西北风，去哪儿找点钱吧？

要不，去梁雪花那里借点钱？青石花见毛毛虫半天撅不出个冷屁，就有点来气。怎么不来气呢？这个梁雪花，就是她使的坏，要不然怎么会有那个赵疯婆大闹茶铺的事情出来，这个事情不出来，也不会引起寨上人的公愤，那杨哈宝也不至于离家出走，自己的丑事也不会那么快就张扬出去。

你说梁雪花有什么玉石坛子，泥坛子都没看见一个。你听信梁通天那个老贼的馊主意，去梁雪花那里借钱，钱没捞到半文，害得蛇头弟兄眼睛瞎了一只，现在都还怨着我呢。

　　　　　　　　　　　　　　　　　　　　　　生命源

那次有高人助她，这次她还有那样的运气？

今年梁雪花的茶子也有收成了，加上桐子，比去年收成要翻番。青石花在一旁狠狠地盘算着。她这个人，就是见不着别人比她好。这几年，她见梁雪花和盘石头夫妻俩白手起家，由一个穷光蛋一下子就变成家有余粮的小户头生活，半夜醒来都要狠狠地琢磨一下，怎样才能让他们累死累活到头来也竹篮打水一场空，那才叫好。

不说则罢，说到这件事，毛毛虫没少挨老大伍鼠的骂。伍鼠生在青舟，因母亲生他那年恰好发大水，遂取名伍水得。后来父亲被抓壮丁，母亲气死。无人管束的伍水得，不屑于打工过日子，遂干起了偷鸡摸狗的营生。有时被抓了，就被打得皮开肉绽，身上旧伤疤未好，新伤疤又来。但后来他逐渐成了精，人们很难抓到他，一来二去，方圆几十里都小有名气起来，大家觉得他和老鼠精没什么区别，就干脆叫他伍鼠。如果有谁知道伍鼠到了某个寨子，知道内情的人就会提醒，小心啊，今晚老鼠精到你们寨了。

有了点名气的伍鼠，手下也逐渐搜罗了一帮游手好闲的人，毛毛虫就是其中一个。狡兔三窟，当然伍鼠的窟就是那个不为人知的石洞了。在那个大雪的夜晚，那个窟洞突然被另一人发现了，非但如此，连自己都不知道的那道暗门都给他破了，而且还拿走了洞里的玉石坛子。这还得了，一番追踪，伍鼠就锁定是盘石匠干的。但这个盘石匠，死都不承认到过那个石洞，更莫说拿走什么玉石坛子。伍鼠一怒之下，把那个草棚烧了。哪想到，一夜之间，盘石匠就从青舟消失得踪影全无。伍鼠哪肯罢休，四处打听，一路查找，就从青舟流窜到了三界地。

果不其然，盘石匠藏在三界地，但他不常在他租住的房子里，大多数时间都在四乡八弄里打石头。一个晚上，伍鼠带着毛毛虫窜进了那个出租屋，但哪有玉石坛子的踪影。

正想着怎样算计那盘石匠，哪知他不经折腾，不久就死了。他死了，极有可能把那个玉石坛子交给了他的徒弟。

哪曾想，这个盘石头比他师傅还要硬骨头，更为可怕的是，还有一个高人在暗中发飞镖伤了蛇头一只眼睛，看来这仇是结大了。这一年来，他一一排查三界地方圆的人，除了龚大雷以外，并没发现有谁有如此手段。他一时间竟没了主意。

伍鼠觉得，这毛毛虫似乎也讲得有点道理，玉石坛子找不到，去捞点银圆总可以吧。至于那个暗夜里的高手，他不会老盯着我们吧。

时间还是选在年前，这个时候桐子茶子都卖了，银圆都该藏在家里。这个时候出手，十有八九不会落空。

在一个晴和的冬日，伍鼠带着毛毛虫几个手下，沿着狮子岭下的那条小溪悄无声息往上走，青石花则屁颠屁颠跟在后面。中午刚过，狮子岭的人全都上山劳动去了。伍鼠和毛毛虫观察了一会儿，不见有人的影子，毛毛虫正准备撬开木棚子的门，斜刺里突然窜出一只狗，一口咬住他的后腿，他觉得疼痛难忍，回身一枪把狗打死。伍鼠一挥手，大家拥进小屋，四处搜寻，翻遍楼上楼下，挖开火塘，连一块银圆都找不见，更莫说那玉石坛子了。青石花站在屋檐下望风，一个劲地催他们快点。

最后，他们只能捉住正在孵蛋的母鸡，狼狈地窜出了小木屋。青石花想：难道就这样便宜了梁雪花，这不给她看笑话吗？她从毛毛虫手中要来火柴，把小木屋前的柴火点燃了，几个人才窜进小溪，一溜烟滚回鸡公岭。

那天，狮子岭的人恰好都在后山劳动，听到一声枪响，大家正在惊疑之际，又看见狮子岭上火光冲天，才意识到大事不好了，土匪青天白日烧房子了！

待我背着你父亲和你爷爷一口气跑回家时，小木屋已经烧得只剩下几根大一点的木柱。只见那只黄狗也被打死在屋前，它瞪着一双仇恨的眼睛，嘴里还咬着一块沾着血的布。我伤心地俯下身子，轻轻地抚摸着黄狗，眼里仿佛要生出一团火来。你爷爷抱着你父亲，哭了。

赵妈、吴大爷等一帮人赶来时，火已经差不多熄灭。大家都劝慰我和你爷爷，要放宽心，留得青山在，不怕没柴烧。房子被烧了，可以再建一座。

赵妈说，你们一家三口就暂时住在我那里。说着话，她就回家煮饭去了。

我在小房子前后仔细观察，突然，在地坪上看见了一面铜镜。赵大木见我手上拿着面铜镜左右端详，他感觉似乎在什么地方见过这面小铜镜，过了好一会儿，赵大木才说：这面铜镜就是那个卖弄风情的青石花的，当初就是她从口袋里掏出这面铜镜，一次次挑逗我，我才中了她的魔圈。赵大木刚说完，我也记起来了，那是几年前八月十五在三界地会歌时候看见的：那天三省坡上几个乡镇的青年男女都会聚在三界地集市，大家兴致勃勃地对歌，我看见青石花在歌圩上拿着这面小铜镜在卖弄风情，她不但在镜子里翘首弄姿，还时不时用镜子照别人。那面她不离身的小铜镜怎么会掉在这里？

经我和赵大木一说，你爷爷也说：是的，这面小铜镜就是青石花的。你爷爷一跺脚，大骂一声：好你个挨千刀的青石花，我犯你哪样了？怎么就下得这样的毒手！说着就想往山下冲。

我劝你爷爷：慢着先，你看看屋前这么多脚印，看来事情并不像我们想得那样简单。你知道青石花的背后是谁，毛毛虫的背后又是谁？不知道了？不知道就不要拿自己的命去乱撞。

接下来的几天时间里，你爷爷和赵大木几个人，从山上砍来树木，在小木屋旁边搭建了一个临时的木棚。我则到三界地集市买锅碗瓢盆等一些简单的生活用具。幸好我接受了前次被抢劫的教训，家里一块银圆都没收藏，全部收藏在山上几个很隐蔽的地方，玉石坛子也悄悄拿到圣山旁那个石洞收藏起来。

巧合的是，我在赶集回家的路上见到了杨倌子。杨倌子见到我挑着锅瓢碗盏，觉得很诧异，就问我为何要买这些炊具。我遂将房子被土匪烧掉的事情告诉了他，杨倌子听后很气愤，他一句话也不说，扭头就走了。

伍鼠见烧了我们的小木房，觉得把事情闹大了，他拉长着一张老鼠精的脸，狠狠把毛毛虫训了一顿。他想这三界地可能不好待了。去哪儿？转回青舟那边混日子吧。可是毛毛虫却还在那里狗扯羊肠般地和青石花卿卿我我，好像屎壳郎离不开一泡屎一样的纠缠不清。伍鼠看见毛毛虫那个熊样，他觉得一个男人如果整天黏在一个女人身上，那他的气数也不会很久了。他一气，带着几个人，悄无声息地离开了鸡公岭。

养女人是要钱的，特别是养那种只会卖弄风情、掏男人腰包的女人更是要钱。青石花茶铺的生意是越来越惨淡了，幸好毛毛虫往日还有点积蓄，要不然两个人就要喝西北风了。

当然，毛毛虫是不会把自己的金库告诉青石花的，他会在青石花面前唉声叹气哭穷；青石花对于毛毛虫的拙劣表演也是心知肚明，懒得去捅破它。她知道，毛毛虫也是个贪吃鬼，他不但想大酒大肉，还想着自己的身子。你牛，我碰都不给你碰一下，看你能熬多久。

毛毛虫果然扛不住了，无奈中，他头脑里突然浮现出一个人——梁通天。这个人家底子厚，如果利用他投资，在青石花茶铺开个分店，笼络四方客商，生意说不定就会好起来。

　　这样一想，他就觍着一张脸，无事找事和青石花闲聊，把一些梁通天做生意的故事讲给她听。青石花能听不出毛毛虫的弦外之音？她觉得，这种又能捞钱又得快活，还可顺带收拾一下梁通天这条老狗的事情，不做白不做。

　　毛毛虫了解到，梁通天这个人，自知罪孽深重，每月十五这一天，他一定准确无误地去龙谷寺上香。这一天就是毛毛虫等待的那一天。他约上青石花一起出门，两个人一起往龙谷寺走去。

　　眼见着青石花和梁通天搭上了手，毛毛虫就悄悄地溜了，这一出戏，他完成了开头，下面怎么演，得由青石花这条美女蛇去完成了。

　　梁通天是一个人来上香的，青石花也是一个人来上香的，当然这是指毛毛虫离开的那个时间段。这时，龙谷寺很静，就梁通天和青石花。青石花觉得很奇怪，今天这上香的人为何这样少？人都哪儿去了？她不知道，这都是毛毛虫从中捣的鬼。毛毛虫一闪身从龙谷寺出来后，下到半山，见有香客往龙谷寺去，就拔出驳壳枪，指着他们一瞪眼，老大在龙谷寺上香，谁也不准上去，如果把老大的神灵撞跑，看我怎么收拾你们！

　　那些香客，哪见过这种事情，赶紧回头下山，再没心思去上什么香了。

　　这个中内情，梁通天和青石花自然不知道。他们只知道这是一种巧合。你不要小看这梁通天，他虽然一把年纪，仗着有几个臭钱，就张狂得很，不但娶了个二姨太，扬言还要娶三姨太，也不怕折腾垮了身子。这不，当他第一眼看到青石花，他的魂就被青石花勾去了。家花哪有野花香，这野花散发出来的香味差不多就要把他熏晕了。

　　他想，不管这朵野花是谁的，他都要！他这个人，为了自己占有的目的，从来都不择手段的，但这里是龙谷寺呀。尽管梁通天内心燃起来的欲火都差不多把他烤煳了，但是他的头脑还是清醒的，他要上香，因为他有一块不能为外人道明的心病，他要祈求杏妮神姑和观音菩萨保佑他平安。

　　梁通天说：青妹子，我们去后山坐坐，那里有个很大很宽的草坪，草坪的草茸茸的，像铺着一块地毯。

　　青石花听见一声青妹子的呼唤，感觉牙齿都酥酥地难受，如果她不是这行人，只这一声娇滴滴的称呼，不把她吓跑才怪呢？可这是青石花呀，正好投桃报李。

没走多久，果真看到一个茸茸的草坪。若干年来，三省坡上四村八寨的青年男女在四月初八这一天，都要到这个草坪上吹芦笙，跳多耶舞，在欢愉中寻找适合自己的心上人。可今天，在这片美丽的草地上，却要迎来一对龌龊的人来上演一幕肮脏的闹剧。

梁通天有点控制不住自己，刚到草坪，就像一只饿虎一样扑上去，把青石花紧紧压在自己身下，那张臭烘烘的嘴，拼命地往前乱拱。青石花左右躲闪着，就是不让那个毛茸茸的嘴抵住自己的脸。几个回合下来，青石花利用自己肉嘟嘟的身体猛地一弹，就把梁通天弹过了一边：看你，老都老了，还想吃嫩草。

梁通天又扑上来，拼命地撕扯青石花的衣服，青石花怕梁通天撕坏自己的衣服，在这荒郊野岭上，去哪儿找衣服换？她干脆伸出双手一把把梁通天那瘦猴样的身子抱住，倒在地上，用自己性感的部位不停地袭击梁通天，在地上滚来滚去，一直滚得梁通天精疲力尽方才罢手。

软成一摊烂泥的梁通天，躺在草地上，有气无力地在那里喘气。青石花柔声地叫了一声：梁老板，怎么了？

你玩我？梁通天觉得自己一辈子没干过这样窝囊的事情，有点恼羞成怒。

我青妹子哪敢玩你梁老板啊，刚才你不是挺美的吗？

梁通天对于青石花茶铺早有耳闻，想不到眼前这个风流浪荡的婆娘有如此手段，他想，跟我玩虚的，你还嫩点。

青石花见梁通天还在那里慵懒地躺着，就拍拍身子，下山去了。

几天后的傍晚，夕阳已经完全滑下了鸡公岭，高山看落日，夜很快就笼罩了鸡公岭寨子。寨口那几条狗，也拖着尾巴，慢慢往寨巷里走。青石花站在茶铺前，望一眼夜色沉沉的山寨，有些沮丧，她已经这样等了三天。

她转身进了茶铺，自从那天以后，毛毛虫也不知浪到什么地方去了。她不习惯孤独，她喜欢有个男人陪着，如果孤身一人，她会发疯的。

她并不回身闩好门，她还留有一线希望。

她想做点什么东西吃呢？喝酒？酒倒有，但一个人喝酒有什么意思，酒是煽情的东西，情煽起来，那更难受；煮点油茶喝吧，油茶又是醒脑的东西，一晚上都不睡，那不难受死；那就热点冷饭吧，她第一次感到心灰意冷。

正在这时，虚掩的门咿呀一声打开了，青石花闻到一阵香味，好香好香的香味！她知道是谁来了，立即迎上去，扑进那个人的怀里，哭了。

你这个死鬼，怎么那么狠心，挨了那么多天才来。青石花依偎在来人怀里，喽喽地轻声诉说着。

你认错人了吧，我是过路的客商啊。

还记恨我呀，梁老板，那天我只是和你闹着玩的，在那山野上，天气又冷，我怕伤着你的身子……都是我的错，你就原谅我吧。

原谅啊，哪个敢不原谅你啊。你看看，这是什么？

青石花从梁通天的怀里站直身子，原来香味是从梁通天手上提的那桶糯米饭中飘出来的。打开桶盖，糯米饭上还有酸鸭、酸鱼、腊肉，难怪这么香。

尽管有那么诱人的美食，但两人的心全不在这美食上，他们草草地吃了几口糯米饭，就相拥着走上了青石花那张床。许久，两人都累了，像两条喝了药水的鱼儿一样，躺在那里，微微喘气。

青石花觉得似乎离她的计划又近了一步，只不过有点亏欠毛毛虫。

毛毛虫现在在哪儿？毛毛虫现在可有了点麻烦，他藏在九龙谷石洞里的那两百来块银圆不知被谁取走了，他要去找找，打听打听。他心里一股股火气不知往哪儿发，他想谁吃了豹子胆，敢在太岁头上动土，我的东西你也敢吃，叫你吐的时候，你就死定了。他恶狼般地在那里干号着，觉得有点累了，就一屁股跌坐在地上，那样子像一堆破棉絮。

毛毛虫突然就想到一个问题，青石花也曾跟他来过这个石洞，难道是她？不可能。他站起来，在石洞里转悠着，试图发现点蛛丝马迹。还真让他看见了一样东西，一块浅黄色的小手帕，那不是青石花常用的那块小手帕吗？

毛毛虫弯腰拾拣起那块小手帕，拿到鼻子底下嗅嗅，上面还散发出淡淡的青石花的体味，真是青石花掉的小手帕！他不敢相信这是真的，他望着那块小手帕，百思不得其解。

他哪能想到啊，在他离开的这段时间，青石花茶铺的生意竟奇迹般地红火起来，青石花摇身一变，一下子变成了一个收购桐子、茶子、各种山货的老板。山里人懒得出门，零零碎碎的那点东西，要挑到几十里外的三界地去卖，还不如在家门口卖了，多少得几个碎铜钱，买点盐巴过日子。

赚了钱的梁通天，逐渐厌倦了青石花那些打情骂俏的伎俩。这时候的青石花就想到了毛毛虫。毛毛虫这段时间死哪儿去了，干吗不来看看？他这个馋嘴猫，想吃肉就来，饱了就连影子都看不见，真是岂有此理！青石花在那里不停地发泄自己的邪火。哪曾想到，毛毛虫那杆枪正阴森森地顶着她的后脑勺。

青石花并不知道是毛毛虫回来了，她以为又是哪个冤家和她开玩笑，就用手把枪管拨弄过一边，头都没抬，阴阳怪气地斥责：把你那劳什子收起来吧，要不，等到老娘发飙，你后悔都来不及。

可是那枪管却把青石花的头顶得歪过了一边，她觉得太阳穴疼得厉害，这不像开玩笑。她斜着脸往身后看，发现身后站着的竟然是毛毛虫。她强硬地转过身，抱怨道：死鬼，玩笑开过头了吧？你都把我的头搞痛了。

谁跟你开玩笑，你把我的银圆弄哪儿去了？毛毛虫大声吼叫着，那杆枪一伸一缩，顶在青石花的心窝上。

银圆，什么银圆？

我藏在石洞里的两百来块银圆！

我哪知道你的什么银圆？

不知道？你看看这是什么？

我的小手帕，难怪这段时间我找不见它，原来是你拿去了。一个大老爷们，有脸拿女人的手帕，脸皮真厚！

放你娘的狗屁，这是我在石洞地上捡到的，那个石洞除了我只有你一个人知道，不是你偷的银子，还能是谁？

天杀的，你这个没良心的，你吃我的喝我的，到头来反而诬陷我偷你的银子？你告诉我银子藏在那个石洞了吗？我怎么知道我的手帕为什么会在那里？

青石花一闹，毛毛虫就糊涂了，那杆顶在青石花胸前的枪有点进退两难。

青石花则一把抓过枪管用力顶住自己的胸口，发起了疯：你今天不把我打死，你就不是人！

毛毛虫晕乎了一阵，突然就有点醒悟，是啊，虽说这死婆娘贪钱，可她也没这个胆，敢把自己积攒的银圆全捞光。他收起了枪，觍着张熊脸劝慰青石花：我错怪你啦，还不行？

毛毛虫知道自己闯下大祸了，他知道青石花的脾气，她要闹起来，天王老子也不怕的。毛毛虫不知道此时自己该做什么、自己能做点什么，他现在两手空空，拿什么来哄这个发了飙的母夜叉呢？

毛毛虫感到有点为难，但是再难也得哄呀，这里毕竟是自己的一个容身之所。他弯下腰，费了很大劲才把青石花整个身子抱起来，一步步往那个熟悉的地方走去。

我怎么也不能理解，我收藏在圣山仙湖旁石洞里的那个玉石坛子，几天没见，怎么就多出了两百多块银圆。我把银圆倒出来，发现一张字条，字条上写着一行字：拿上这些钱，起座砖房。

我知道一定是杨偳子送给我的银圆，杨偳子去哪儿生出这么多银圆？

我也想起座砖房子，这种木房子，实在不安全，但是要起砖房，谈何容易。自己再困难也不能用杨偳子的钱，杨偳子那么大年纪了，他也要成家立室。我把他的钱用一个口袋装好，放上杨偳子送给我的那块手帕，并在手帕上用粉红石头写了一个"不"字。

我想把玉石坛子藏起来，但看着石洞到处光溜溜的，没什么地方好收藏。我沿着洞壁细心观察，用手触摸着，当我触摸到那个石槽上方时，发现有一条裂缝，我用手扣动那裂缝，原来是一扇小小的石门，我拉开石门，里面是个石柜，摆放着一个小石人儿。小石人儿左手执錾，右手执锤，酷似一个石匠。我联想到你爷爷，心下十分惊异，我和你爷爷的结合竟是天意！我把小石人儿收进玉石坛子，把玉石坛子收进石柜里。

过了正月元宵节，我还是迟迟没有把建砖房的事情定下来。你爷爷想利用这段空闲时间，帮赵妈和吴大爷他们两家打副石磨，好方便生活。我也同意你爷爷的想法，去年房子被烧后，两家几口人没少帮我们的忙，你爷爷和我经常说到这件事，总想找个机会还个人情给他们。我还说幸好那段时间石匠工具寄存在一个需要打磨的东家家里，如果挑回家，就烧坏了。

我心里很乱，想再去圣山石洞看看，看看杨佰子拿走那些银圆没有。我也想和杨佰子说说话。这些日子，飞镖救人，那两百多块银圆……我感觉这些事情似乎都和杨佰子有关联，我想找到杨佰子问问究竟。

二月初八，那天天气晴和，我告诉你爷爷，开春了，想去三界地买点生产工具，就走了。

我选择小路走，其实小路也不小，上山下山的山径都是青石块砌就的，可能也有几百年光景了吧，那些青石板上都留下人们往来行走的斑斑痕迹。

我在小溪前喝了一口水，我知道翻过这个有名的樟树坡，就快到三界地了。我弓着身子，沿着青石板石阶，一步步往上走，到了山坳上，我想歇歇脚，可想不到的是，山坳那凉亭上正坐着静心师太与一个尼姑。静心师太并没注意从山下走上来的我，直到我走到她面前，并叫了一声静心师太时，她才抬起头，端详了一阵，方认出眼前这个一身粗布衣服的妇女就是几年前在自己尼姑庵里住了几个晚上的小姑娘。

我跪伏在静心师太面前，哽咽着。静心师太也伤心地流下了眼泪。

唏嘘了好一阵，静心师太才站起来，拉着我的手，往三界地集市走。

我们一路走，一路聊着别后的种种话题。我说自己已经成家了，丈夫是个石匠，有了一个四岁多的孩子。

静心师太问我去三界地买什么的时候，我隔了好久，才伤心地告诉她，去买点日常生产工具。

静心师太有点奇怪地瞧着我。我知道静心师太的疑虑是什么，遂迟疑着将自己房子被土匪烧掉了的事情简要地讲了出来。

静心师太听后站在那里，好久没有往前走一步，她的眼里噙着泪。她突然想到一个问题，就问：小妹，你今年多大年纪了？

我说，不知道多少岁，只是模糊记得三岁多就被卖到韦家做童养媳，算起来，今年可能二十六岁多了吧。

静心师太嘴里喃喃地说着：难道真是她？

哪个？我见静心师太嘴里叨念着一个人，就轻声问。

没有。静心师太闪烁其词地否认。

到了三界地，我就和静心师太告了别，并说有时间一定再去静心庵烧香，祈求神灵保佑。

我在街上转了一圈，觉得应先上圣山看看，假如遇到杨倌子就好了。

哪知这时静心师太却急匆匆地找到我，她看见我，就把买下的镰刀、锄头、柴刀、斧头等常用生产工具交给了我。我说什么也不肯让静心师太出钱。静心师太说：我如果再推让，她可要生气了。我见静心师太那么真情实意，遂收下了她的这份情意，千恩万谢地和她告了别。

我在三界地没什么熟人，只得把东西寄放在梅家客栈里，如果天黑了，就在客栈里住。

好久没上圣山，圣山仍那么美，春天的圣山似乎更加美丽，无数的鸟儿盘旋在仙湖水面上，雾霭在春风的拂动下，远远地升到天宇之上，碧绿的湖水，闪着翡翠般的光泽，它们在群峰中任意地往山峡深处铺陈。沉睡一冬的鱼儿，也三三两两地浮出水面，轻啄着水面的小虫，初春的阳光也不甘寂寞，卖弄着温柔的唇吻与那些浮出水面的鱼儿嬉戏。满山的映山红也焕发了新一年生命的活力，它们贪婪地吸纳着这片神奇土地上的甘露，枝叶之间悄然冒出一丁点鲜红的花苞。

我从那神秘的石洞里走出来，颓然跌坐在仙湖边的草地上，无心欣赏这仙湖的美景，我有些抱怨：杨倌子，你为什么不在石洞里等等我，你留下那几个字顶什么用呢？那些字会说话吗？有些事情我想当面和你说说，你在暗处发那飞镖救了盘石头一命，我感谢你，现在你暗中送我银圆，你如果是我，能用得心安吗？有些事情暗中做好，有些事情要当面说清，你为什么不肯出来和我说说话呢？

心情不好，就耽搁了时间，待赶到三界地时，太阳已快要落山了。我急忙到梅家客栈取存放的东西，梅三老板说：天黑了，你还赶路？我说：是啊。说着话，我就准备往门外走。

梅老板，你也太不仁义，天都快黑了，还要赶一个女人家走，就不怕报应？话音未落，龚书磊走进了店。

天地良心，我哪敢赶她，是她不愿住的。梅老板见龚书磊走进来，笑着分辩。

龚书磊拦住我，劝道：天黑了，你不要走，就在梅家客栈住一晚上，明早再回去，你一个女人家，摸黑走几十里山路，安全吗？难道你忘了前次被土匪抢劫上山的事了？

什么？谁被土匪抢劫上山？

啊，我是想说，听说有一个女人被土匪抢劫上山，没说你。

我望了一眼龚书磊，想起那天晚上我听到的那个叫自己名字的声音，我觉得那个声音和龚书磊的声音很像。龚书磊为什么在那种地方？他为什么要救自己？卖桐子他为什么要给自己好价钱？……我觉得自己头脑里的一篮麻线全乱了……今年还要卖桐子啊，我又想到了现实，一时间就僵在了那里。

我从来没住过客栈，当然不知道价钱，我摸摸口袋，还有两块银圆和十多个铜钱。我想住就住吧，走夜路如果遇上劫匪，钱没了，人也没了。

梅老板刚想应答。龚书磊却对梅老板说：这是我表妹，你安排好一点，费用我全包了。

梅老板说：住二楼靠街的那间吧，那间房当街，通风透光。

住后面那间吧，我表妹想住清静一点的地方。龚书磊说完这句话，仍站在那里，脸上像三月开放的罂粟花，好鲜亮地笑着。

我望着那朵"罂粟花"，很厌恶，自己什么时候成了他的表妹了？真不知廉耻。

但事已至此，我无奈地上了二楼，打开后面那间房，感觉还可以。一张床整洁干净、一张梳妆桌，上面还有一面圆镜子、一张小八仙桌放在房间中央，桌面还有一盒骨牌。

我有点傻愣愣地站在房间里，都不知道自己该怎么办。踌躇了好一阵，我才局促地坐在床沿。

这时，房门咿呀一声打开了，店小二端着晚餐进了房间。一碟香菇炒腊肉、一碟烤酸鱼、一碟麻竹笋焖辣子、一碗太阳鱼、一壶酒、一碗糯米饭摆在四方桌子上。只一瞬间，小房间里立即漫溢着诱人的香味。

我觉得自己挣的那点血汗钱不容易，哪能这样大吃大喝，也很不合时宜。我摇着手阻止店小二：我不要这样多东西，只要一碗糯米饭就行了。

店小二说：钱龚老板已经付过了，你尽管吃吧。

我心里厌恶到了极点，你龚书磊要什么阴谋？我想到此时你爷爷带着你父亲正窝在那个小小的窝棚里烟熏火燎地吃着寒碜的晚餐，而自己却在这里……我胡乱地吃了一点东西，就上床睡了，心想明天早上再把这饭钱还给龚书磊。

那天晚上，我睡得很沉，天都大亮了，我还觉得头脑昏沉沉地难受，摸摸自己的身子，竟然一丝不挂，这是怎么了？我急忙爬起来，穿好衣服，这时，发现床上有一支钢笔，我拿起来一看，竟是龚书磊经常用来记账的那支钢笔。我把钢笔握在手中，恨不得一下子就把它拗断。

我用力捶打自己的头脑，似乎记起昨天晚上龚书磊一直坐在我的床边，一直醉心地望着我，对着我说他的故事：

十多年前，我与几个同伴打赌，能在一个小时内从九盘河出发到关帝庙要一件供品回来。同伴们知道，沿大路走到关帝庙至少也要两个小时，现在来回只一个小时，就是飞天也不能这样快！赌什么，赌一桌酒菜。我之所以敢跟同伴赌，就是知道沿着你割猪菜的那条小溪上去到关帝庙要比走山路近一半。可是，当我快步沿着小溪往前跳跃的时候，却看见了一个美丽的图景，那就是你在溪潭里静心擦洗身子的图景。那年我刚刚从省城读书回来。自从那天遇见了你，我就神魂颠倒了。

经过一番周折，才知道你原来是韦家的童养媳。我觉得那么美丽的一个姑娘，怎么说也不应该嫁给一个弱智的男人。那段时日，我隔三岔五在九盘河寨子闲逛，希望能跟你见上一面，但是，很少见到你出来，你偶尔出来挑挑水，到菜园割兜菜，或者到货郎担前望望，总是来去匆匆，等我知道了，你早就回家去了。

我下定决心要把你搞到手，但是一直没有想出一个好办法。一直到了你圆房的那天，我才下定决心，觉得不能再等了。

可事情并没有我想象得那么顺利，半路又杀出了一个杨倌子，我也差一点把命丢在了那里。

几年后的一天晚上，我偶然上山，刚好遇见你被土匪劫持上山，我本来想当晚就向你表白，但我知道你的性情。欲速则不达，我明白这个道理，就一路跟踪你到了狮子岭，才知道你已经嫁给了盘石头做老婆。我心里那个气，就想一枪把盘石头干掉。但是那样一来，还不是竹篮打水一场空了吗？后来你要卖桐子，我觉得机会来了。

雪花啊，为了你，我输了一桌酒菜；为了你，我把你从土匪窝里救出来；为了你，我绞尽脑汁设计了卖桐子事件……

龚书磊的故事时断时续，我头脑胀痛得要炸裂般难受，难道这一切都是真的？我感觉自己的精神快要崩溃了。难道……我手握着那支肮脏的钢笔，不敢往下想了，我要赶快回家。

我迅即起床，下了楼，跟梅老板结账，梅老板说：还要你结账吗？龚老板昨天晚上已经付过了。

我发现柜台后自己昨天买的东西不见了，就问梅老板，梅老板说：龚掌柜拿走了。我觉得有点怪异，就往龚书磊的店铺走。

见了龚书磊，我把一块银圆掏了出来，递给龚书磊。龚书磊说：你这是怎么了？哪家没有个三灾六难的，你也是我的亲人，帮你一点，就那么见外？说着话，就把店小二叫出来，吩咐道：你送送雪花姐姐。

我不管龚书磊怎样说，坚决把那块银圆搁在柜台上，挑着东西，走出了龚记店铺。

中午过了一点，我回到了狮子岭。

在小窝棚前，我见到一个陌生人。交谈后才知道他姓刘，是个砖瓦匠师傅，带着个一岁多的女儿。他说是杨倌子叫他来帮烧砖的。

后来我才知道，这个刘瓦匠家住在湖南湘西，就在他外出烧瓦时，自己的老婆在家挨当地的恶霸欺负，羞愤得上吊死了。幸好那次刘瓦匠出门，他的女儿被寨上的吴婶带去玩，才幸免于难。当他听到噩耗赶回家时，看到的是已经死去的老婆。那一刻，他没有哭一声，请了寨上弟兄把老婆埋了。晚上他背上女儿，悄悄摸到那个恶霸的屋子旁，把他的柴棚点燃，大火一下子就把整座房子烧了。他背着女儿背井离乡一路乞讨，找不到东西吃，刘瓦匠就饿得昏了过去，他的女儿趴在父亲的身上大声地哭喊。这哭喊声恰好被路过的杨倌子听到了，杨倌子就救了他们父女二人的命。

傍晚，你爷爷领着你父亲回到了小窝棚，见了刘师傅，高兴得话都讲不出来。

那段时间你爷爷很忙，打柴、挖窑、烧砖、出砖，一环扣一环，忙得他屁股都冒火烟。幸好赵家、吴家时不时也抽空来帮忙，大家配合刘师傅，半年多就把建房的砖备办好了。

那个刘师傅真是个人才，不但砖烧得好，砌墙也是把好手，这种山寨版砖房，他根本就不需要图纸，一把直尺、一个墨斗、一把砖刀，就开工了。我初始不信，偷偷问刘师傅：起砖房你也在行？

刘师傅说：若不是杨倌子救了我父女俩，我会从湖南找到你们这个山旮旯来造这小房子？如果你不信，就去问问杨倌子。

我是不能去了，我已经有几个月身孕了。我很烦恼，感觉这孩子来得不是时候。正当我犹豫不决的时候，杨倌子来了，而且同行的还有铁蛋和白捡得。在你爷爷面前，杨倌子说他们三人是刘师傅请来砌房的。我见事已至此，就不好多说，任由杨倌子去设计铺排。我只是做做主人的样子罢了。

杨倌子看了狮子岭的地形，决定把房子建在狮子岭的后腰下，他认为在这战乱的年代，房子建在那里，如果有土匪袭击，就可退到狮子岭后的山上，居高临下，或者退入深山，避免遭受土匪的残害。

你爷爷和我都非常赞成这个意见，春节前，一座两层楼的砖房就建成了。房子不大，远看，像个碉堡。

搬进新房的那天晚上，我们的第二个孩子出生了，也就是你的叔叔盘石武。

双喜临门，当然得庆贺，你爷爷高兴之余，喝得烂醉。杨倌子悲喜交加，也喝得烂醉。

第二天早上你爷爷起来，杨倌子一行三人已经不知去向。找遍狮子岭，哪还有他们的身影。这可怎么办呢，他们做了那么久的工，工钱没拿，就走了。我心里很是不好受，杨倌子他们这份情，到哪时才能还上啊。

我见你爷爷还在那里连声责怪自己，怪自己怠慢了杨倌子他们。我什么也没说，只是抱着你叔叔盘石武躺在床上伤心地落泪。你父亲从口袋里掏出一筒用纸包的银圆，递给我说：这是杨伯伯昨天给的。

我把银圆收进被子底下，拉着你父亲的手说：乖孩子，你要听杨伯伯的话，长大一定要到大学堂去读书，好吗？

好。你父亲回答得很干脆。

那一刻，我真欣慰，感觉你父亲也像我一样，小小年纪，就很懂事。

刘瓦匠觉得狮子岭是个好地方，就决定不走了，他在那个砖瓦棚里住了下来。过了些时日，我又筹措了一些银圆，就把建房的工钱递给刘瓦匠，刘瓦匠说：工钱杨倌子已经付给他了。

那一刻，我有点恨杨倌子，看来今生今世，杨倌子是非要让我欠他一辈子的情了，我的眼泪又簌簌地往下掉。

毛毛虫还在为那两百多块银圆痛心不已。那是他十多年积攒下来的钱，一夜之间被人劫了，能不上蹿下跳吗？但那有什么用呢？究竟是谁拿的他一点线索都没有。

但毛毛虫不甘心，只好去求助他师父伍鼠，反而挨伍鼠一通臭骂。毛毛虫在伍鼠一通臭骂声中，只能灰溜溜地又回到青石花茶铺。可是到了青石花茶铺，他却看见三界地的梁通天坐在那里招呼伙计收购土特产，门口堆了好几个装满麻包的山货。青石花则屁颠屁颠地跟在伙计屁股后面，指手画脚地像个老板娘似的。

毛毛虫看着心里就来气，真是引狼入室啊，他在心里感叹着。他走到梁通天面前质问：这是我坐的地方，谁叫你坐这里？

梁通天眼睛都懒得抬，不爱搭理毛毛虫。

毛毛虫感觉一股火气立即从五脏六腑里蹿了出来，他上前一把把梁通天推开。瘦猴般的梁通天不经推，趔趄几步，竟然扑通一声，狗啃在地，把那刚镶的两颗闪亮闪亮的金牙也磕掉了。缺了两颗门牙的梁通天，火气瞬间蹿了上来。他知道青石花有个相好的，是个土匪流氓，上村下寨哪个不怕他，今天他梁通天也算领教了。但是别人怕他，难道我梁通天也怕他？

梁通天气哼哼地从地上爬了起来，一个饿"猴"扑食，向毛毛虫扑去。毛毛虫猝不及防，被那颗"猴头"撞在胸口上，往后倒退了几步，幸好背后茶铺的前檐柱子挡住他的后背，身子才没有倒地。他唰地拔出驳壳枪，一枪往梁通天的头上射去，梁通天的那顶狗皮帽子就应声落地了，那"猴头"上几根稀稀拉拉枯干的头发像被一阵狂风刮过，不停地抖动。

你不要命了？来真的。梁通天颤抖起来，几乎要尿裤子了。

哪敢和你梁老板来真的，我这不是开玩笑吗？还玩吗？会玩吗？

毛毛虫把驳壳枪放在嘴边吹吹，乜斜了一眼梁通天，很不屑地嘲讽：充什么大头菜，你不靠霸占别人的家产，凭你那点本事，一点狗屎都抢不到的。

梁通天见毛毛虫揭了他的老底，心想君子报仇十年不晚，就暂时咽下这口恶气。他招呼伙计，把收购来的东西分为几担，全挑走了。

青石花见状，急忙上前阻拦，梁通天知道，她想要点提成。梁通天黑着一张脸，夹着一个瘦屁股，走了。

望着消失在鸡公岭山坳上的几个人，青石花恨恨地在那里骂：土匪！

　　骂谁呢？你这里不是一个土匪窝吗？毛毛虫站在一边阴阳怪气地嘲讽着。

　　说我这是土匪窝，那你是什么？

　　我当然是土匪啦。

　　还土匪呢，自己的那点破钱都保不了。

　　谁说保不了？兴许那天我找错了地方。

　　找错？青石花思谋了一会儿，她想，完全有这种可能。她立即上前拉住毛毛虫，媚媚地觑着毛毛虫，好像毛毛虫身上粘着一堆银圆，她对着这堆银圆嗲嗲地说：去看看——再去看看嘛。

　　毛毛虫经青石花一提醒，也觉得有这种可能。他一拍额头，甩开大步就往九龙谷方向走。害得青石花跟在后边连声地喊：等等我，你这个挨千刀的短命鬼……

　　九龙谷是湖南到广西的必经之路，峡谷深处有很多神秘莫测的石洞，那里是土匪经常出没的地方，普通老百姓想要经过那里，总要邀上几个人，而且要在大白天才敢经过。

　　有一次，毛毛虫与师父在那里与湖南的一伙土匪火拼。对方人多，火力凶猛，师徒俩被打散了。毛毛虫往峡谷的一座山峰没命地跑，哪曾想到，一不小心就掉下悬崖，幸好被一棵松树挂住身子。朦胧中，他发现松树旁有个小洞。他强忍疼痛，慢慢爬进石洞。石洞不是很深，看样子从来没人到过，他在石洞里待了一个晚上，第二天，才爬出石洞。

　　从那以后，这个神秘的石洞就成了毛毛虫的一个家。

　　很快就到了那个石洞，两人忙不迭地在石洞里翻找。石洞的石壁上有很多石缝，青石花在翻找中，竟然发现一个秘密，她忙不迭声地喊道：这里有几筒银圆。

　　毛毛虫听见喊叫，立即朝青石花走来，待走到那个石缝前，那支点燃的蜡烛突然就灭了。凭着洞口透进来的微弱的光亮，毛毛虫仍能看到那个石缝里的几筒银圆，他把手往石缝里掏摸，突然，他觉得手指被什么东西咬了一口。他迅即把手抽出来，一条蛇也跟了出来，他用力一甩，把蛇甩脱。毛毛虫大惊失色，知道自己被蛇咬了，惊叫道：快点蜡烛。可是，青石花却已经逃到洞口。她说：我怕。

快帮我找火柴，不然就没命了。毛毛虫哀号着。

可青石花早就跑得没了影子。

毛毛虫拼命地在洞里摸索着，哪里有火柴的影子，火柴已被青石花拿走了。就这样折腾了好一阵子，蛇毒迅即传遍毛毛虫全身，他在石洞里翻滚，声嘶力竭地呼喊青石花，叫她来救命。过了许久，石洞里开始慢慢静了下来。

青石花找来一把干柴，点燃，手里拿着一根棍子，她也害怕那条毒蛇。走进石洞，只见毛毛虫已经气绝身亡，惨死在地上，那条毒蛇已经不知去向。青石花径自走到那个石缝前，用火把照那石缝，石缝里的确有几筒用纸包裹的银圆。她想，为什么银圆上面会有一条蛇呢？她仔细观察，发现银圆上面有一根绳子，难道是有人事先把蛇捆绑在银圆上的？青石花有些不寒而栗，再仔细看看，发现没什么异样的东西了，她才小心翼翼地把手伸进石缝里，把银圆掏了出来。但哪是什么银圆，而是几根用纸包裹的木棍。是哪个挨千刀设下的陷阱？青石花惊惧得浑身战栗，没命地逃出了石洞。

第六章

又过了两年，狮子岭方圆的山山岭岭都种上了各类粮食，种上了茶子、桐子，还有一些竹木，到处呈现出勃勃的生机。

人气旺了，生活安定了，继我们建房以后，赵妈与吴大爷也起了房子。三条山梁都建有房子，如果遇上下雨天，我站在屋前招呼一声，山左、山右的几户人就会应约而来，煮上一锅红薯芋头，一边打油茶，一边喝着油茶聊天，大家嘻嘻哈哈就过了一天。

你父亲早就到了读书的年龄，他已经到青舟县去读书了。他去那么远的地方读书，我心下不舍，你爷爷不言声，一切由我做主。其实我哪知道青舟县的什么学堂，这一切都是杨倌子联系的。

这些年我始终有一件心事没放下，杨倌子至今还没个落脚点，没个家。当然我是不知道十里盘铁匠铺、不知道李冬冬的。

四月初八坡会那天，我想去三省坡坡会看看，便约上边妹子和石梅花做伴去赶会。边妹子自从嫁给赵大木后，还没走出过这大山。不知什么原因，一直没生养。去年起了房子，哪想到又有了一个儿子，一家四口，生活紧巴巴的。石梅花是吴大爷的孙媳妇。石梅花父母双亡，正当她准备纵身跳进峡江之时，我救下了她，把她带回狮子岭。我觉得石梅花比吴大爷大孙子吴根大几岁，就跟吴大爷说：女大三，抱金砖，石梅花与吴根正好是一对。吴大爷也正有这个意思，就把狮子岭的几家人请到家里，大家高高兴兴吃了一餐饭，把吴根和石梅花塞进洞房，就算成婚了。边妹子和石梅花见我约她们去赶坡会，心里高兴得不得了。

我们都穿上干净的衣服，一早就出发了。

三省坡坐落在湘桂黔交界处，在圣山主峰的一旁。每年坡会，三省边界苗、侗、瑶、汉、壮等民族的青年男女都会聚到这里相亲、交友、商贸等。

我们抄近路走，出了狮子岭，越往前走，小路上行走的人越多，大家一路说说笑笑，脚下的步子像生了风。四月的天气，山山野野树木葱茏，野草繁盛，大自然一派生机盎然。很快大家就到了三省坡。

我们都是第一次参加这样的节日活动，看什么都觉得新鲜。边妹子一张嘴更是叽叽喳喳地胡乱叫着：那里在做什么？快去看那表演……

那是"敬牛节"活动。我虽然没看过，但听说过。我们三人遂急忙跑到坡旁的几株大松树下，那里一溜儿拴着好几头水牛，水牛肥硕壮实，皮毛闪着黑绸缎般的光泽。那些牛主人，提着一篮黑糯米饭，用手捏成一小团一小团来喂自己心爱的牛，间或还给一盅酒，一招一式，就像喂养自己的儿子一般，可能喂养自己的儿子都没有这样耐心细致过。

我这时自然就想到了你爷爷，你爷爷也是个爱牛如命的人。有时农忙，你爷爷也舍不得把牛赶得快一点，他与牛的关系，有点像弟兄的关系，牛走得慢，他从来不用竹鞭抽打它，只用商量的口气说：走快点啊，老黄，要不，我们这块田要耙到什么时候啊？如果是你，耐烦吗？

接着，我们又看了惊心动魄的斗牛。我想，既然是敬牛节，干吗要牛拼着命在那里打斗，心里就有点怜惜那牛儿。离开斗牛场，我们继续朝坡上走去。

一条舒缓的山坡熙熙攘攘的全是身着民族盛装的男女青年，大家两三人一堆，四五人一簇，嘻嘻哈哈，游玩嬉戏，对歌谈情，但更重要的是暗地里寻找自己的意中人。一旦相中自己的意中人，他们就会相邀到坡地的一侧，找个稍微僻静的地方，男的会拿出从家里装来的黑糯米饭、酸肉、酸鱼，跟他的意中人共进午餐。他们一边吃着一边聊着天宽地阔的话题，慢慢地，那无边无际的话题就拉近了，那试探着的谈婚论嫁就像小鸭子第一次下水般的，有点犹豫不决。那些找不到自己意中人的，也不甘寂寞，他们会厚着脸皮在人群中用各种搞笑的话语，为节日的喜庆增添欢乐的气氛。

傍晚，小伙子买糖送给姑娘，姑娘收到哪位小伙子的糖果，当晚就邀请他到自己家里做客。

我们三人只能羡慕地看着那些青年男女在坡上享受着他们青春的快乐。我看着看着一丝忧伤便袭上了心头，转过身偷偷抹了一把眼泪，带着边妹子和石梅花往左边山坡走去。

左边山坡上在进行"嘎勾"表演。"嘎勾"，即侗话里的"乞丐"。在活动中，一支衣衫褴褛、形象各异、幽默可亲的"嘎勾"队出现时，立马吸住了青年男女的目光。"嘎勾"们做着各自不同又怪异的动作，不时引起无数观众发出尖叫声。相传侗族飞山公威远大将军，小时家境贫穷，讨饭度日，成名后为了不忘过去的苦难，每到四月初八这一天，叫人扮成"嘎勾"挨家挨户去讨饭。侗家人则奉上香喷喷的黑糯米饭、好酒、酸肉招待"嘎勾"。从此，侗家人便以"嘎勾"光临为荣，视"嘎勾"为吉祥之人。

我们看着"嘎勾"出神入化的表演，差一点就笑断了气。可我笑着笑着，眼泪就滴了下来。我又想到了自己的童年连个"嘎勾"都比不上，能不伤心吗？

伤心之余，我转而又高兴了，因为坡地的正中正在表演芦笙踩堂，青年男女身着民族盛装，围成一圆圈，吹着芦笙，跳着欢快的舞步，唱着传统的歌曲。那种欢乐的场景，让人终生难忘。我从来没有看到过如此欢乐的场景，一时间忘了过往一桩桩悲苦的往事。看看太阳已偏西，我觉得应该吃点东西，好早点赶回家。

可是有一件事是我想不到的，有一个人的目光却紧紧盯着我。这个人就是伍鼠。

伍鼠远远地窥视着我，他始终没弄明白，我这样一个平常的农村妇女，难道真的会飞檐走壁，飞刀百发百中？还是这一切都是"黑三飞"所为？

我带着边妹子和石梅花向那卖糯米饭的老大娘走去。花了两个铜钱，买了三团黑糯米饭，我们坐在松树下，准备吃完糯米饭就下山回家。

这时，眼前发生了一件事，我立即把糯米饭递给边妹子，朝那个人走去。

那个人是谁？那个人是峡口寨好心人石大娘和她的女儿杏花。她们母女俩正准备下山，哪知正好被梁通天的儿子梁三天撞见。梁三天见杨杏花长得如花似玉似的，就上前拦住她。石大娘见一个陌生的男人拉扯自己的女儿，即上前说理，哪曾想到，却被梁三天推了一把，跌在地上。

杏花大叫一声，想冲上前去救护自己的母亲，却被梁三天一把拉住，揽进自己的怀里。杏花拼命撕扯，想从梁三天怀里挣脱出来。石大娘挣扎着站起来，歪趔着步子扑向梁三天。

这时候，我突然冲上前，一把抓住梁三天的手猛力一拉，然后又用力一推，梁三天被这突如其来的袭击搞蒙了，一个仰八叉跌倒在地上。

我上前扶起杏花，拉起石大娘飞也似的往山下跑。

梁三天晕了一下子，见到手的美人儿又被一个女人夺走了，他今天竟然栽在一个女人手里！那还得了，以后自己怎么再在三界地混？想着自己平时仗着有几个钱，经常凶里吧唧地叫嚣，这三界地的天，就是我的天。看来今天，这天要变了！

不能变。梁三天一骨碌爬起来，狠狠扇了两个家丁一记耳光，甩开那双猴腿，啪嗒啪嗒往山下追去。

你莫看梁三天瘦鸡猴似的，跑起来倒还像模像样的，没转两个弯，就追上了我和石大娘母女俩。

正当这个瘦鸡猴想把自己的那只淫爪伸向杏花姑娘时，突然他的手像被人用一把钳子夹住了。他扭动了一下，疼得杀猪似的号叫起来。梁三天的两个家丁举起一根木棒，没头没脑地砸向这个胆敢侵犯三界地这块天的人。可是不知从哪里飞来一颗石子，正好砸在家丁持木棒的手腕上，木棒当的一声掉在了地上。

你是谁？敢跟我梁三天叫板。

青天白日，调戏妇女，你还是不是个人？那个人一用力，梁三天又杀猪似的号叫起来。那个人顺手一推，把梁三天推下山坡，梁三天和他那几个喽啰觉得今天是彻底栽了，他们的对手一招一式，都是狠招。况且坡上那些玩乐的青年男女也纷纷从山上追下来，梁三天觉得再斗下去，胜算太少，就灰溜溜地往山下逃走了。

我对杏花说：快谢谢这位杨大哥。杏花立即跪在杨倌子面前深深磕了一个头说：杨大哥，感谢救命之恩。

那年我落难到石大娘家，杏花还小，她对我印象不深，见我拼死救她们母女，觉得很是奇怪，现在又见我认识这位救命恩人，更如坠云里雾里，摸不着边际。

还不快叫雪花姐。石大娘站在一旁说。

杏花姑娘含着泪花紧紧抓住我的手，嘴里喃喃着：雪花姐，谢谢你啊，雪花姐，谢谢你啊……

这位救命恩人杨大哥，你是？石大娘望着这素未谋面的救命恩人，她有很多疑惑怎么也理不清。

杨倌子说：不要耽搁了，快离开这个是非之地。

我这时才发现，奔跑之中，我的一只绣花鞋跑掉了。

但我没有发现，那树丛后正有几双眼睛在盯着我们。那几双眼睛后面是一张张惊惧的面孔。伍鼠亲眼看见那颗飞石，他揣摩着，感觉那颗飞石和那柄飞刀的手法非常相似，这一比较，他几乎惊出一身冷汗。

听杨倌子这样一说，大家都有些紧张。我把那只绣花鞋脱下来，放进口袋，望望山上，心想边妹子她俩也该下山了，就决定走到三界地集市再等她们。

到了三界地街口，我要等等边妹子和石梅花，石大娘母女又很害怕回家，怎么办？我对杨倌子说：你送送她们母女俩吧。这样我们就分了手。

到了峡口寨，太阳往西山滑下去了。

其实，峡口寨杨倌子十多年前跟自己的老师在那里住过，这几年也常到那里走动。

这几年，狮子岭发生了很多奇怪的事情，杨倌子兄弟三人一查一访，大体也知道了事情的来龙去脉，知道了就要想办法慢慢收拾他们。首先收拾的是毛毛虫，接着就要收拾梁通天。听说梁通天这个老淫棍，是靠霸占别人财产发财的，有了几个钱，就张狂得很，在三界地坑蒙拐骗，胡作非为。更为可恨的是，还明里暗里算计梁雪花，看来，不给他点颜色看看，他还不知道自己姓什么。

那天晚上梁通天吓个半死，但是他死猪不怕开水烫，硬没说出银圆的收藏处所，杨倌子见时候不早，就趁着夜色走了。

当然这些故事石大娘她们是不知道的。

把她们母女俩送到家，杨倌子一转身就准备走。石大娘见状，上前一把拉住他：这位杨大哥，你能坐坐吗？

杏花姑娘则站在旁边低着头小声地嘟哝：他嫌弃我们家穷啊——

这时，杨老山大爷也走出了屋，当他知道了眼前这个中年男子就是自己女儿的救命恩人，一句话也不说，向前一把拉住杨倌子就往屋里走。

走进小院落，眼前就是一排地屋，三间房，中间是火炉房，杏花住左边那间，两个老人住右边那间。

杏花姑娘招呼杨倌子进了火炉房，火炉房很窄，火炕上一根竹棍穿着几只老鼠，火炉旁边一个鼎罐，那里面正煮着一锅凉茶。杏花舀了一碗递给杨倌子：杨大哥，喝碗茶。

跑了那么多路，的确口干了，杨倌子也不谦让，一口气就把那碗茶水喝干了。

杏花见杨倌子那么直爽，就难为情地说：屋子窄，不方便，你将就着坐一下。说着话，杏花早就把水鼎罐端上三脚架子。

石大娘在院子里早就把那只报晓的公鸡杀了，杨大爷到菜园里摘了一把豆角，割了一抓韭菜。杏花见水还没开，拿着扫帚把各间房子清扫了一遍，她还特意收拾了自己的房间。她想，如果杨大哥不嫌弃的话，今天晚上就让他睡自己的房间，自己到寨上姐妹那里去搭铺。

不一会儿，水开了，杏花就开始在院子里烫鸡了。她做得很麻利，三把两把就把鸡毛拔得干干净净。

杨倌子看见他们一家三口忙里忙外的，那么客气，觉得很过意不去，他想上前帮帮杏花，但怎么也插不上手。火炉房里烟熏火燎的，杏花把那张破旧小四方桌摆到院子里。这时，一弯月亮刚好云游到有点雾蒙蒙的天空上，几颗星星眨着眼睛，忙碌了一天的山村现在悄悄地在进行着自己的晚餐。远处田野蛙鸣声时断时续，寨巷里蛐蛐杂乱地鸣叫着。突然爆发了一连声狗叫，那狗叫声一直往寨口方向而去，可能是狗们看见狐狸什么的窜进寨子。这些狐狸肯定又想来偷鸡了，但它们很难斗赢狗，一进寨，那股狐骚味立即就被狗嗅到了，这就暴露了身份，狗们一呼百应，把这偷鸡贼追得屁滚尿流，逃回了深山。

很快一大盆伏地香蒸鸡肉就端上来了，外加一碟素炒豆角。杨倌子知道，在农家只有过年才能吃到这样的美味。嗅着扑面而来的香味，感受着主人的热情招呼，杨倌子立即感受到了家的温暖。是啊，若干年来，他们"黑三飞"行踪漂泊，居无定所，生活饱一餐饿一餐，只可怜李冬冬自从跟了自己，东躲西藏，担惊受怕，根本没有家的温暖。

今天在三界地街口，杨偣子看见我和石大娘在那里嘀嘀咕咕，当时他没有细想。现在他有些明白了。一张桌子，杨大爷夫妇坐在一边，他和杏花姑娘坐在一边，这是什么意思？是为了杏花姑娘一次次帮自己把那些鸡肉夹给自己？是，又不全是。

大家都是爽快人，很快就吃好了。吃好了的杨偣子就准备走，可是发现自己的随身背袋不见了。杏花姑娘见杨偣子在那里满地里找，就忍不住偷偷地笑。

杨大哥，夜深了，你还要去哪儿？住一晚上吧。

我还有事啊。

有事明天再说吧。

真的，你把口袋给我吧，我很急的。

那你自己去拿，在我房间。

你房间？还是你去拿。

我的房间没有老虎，你怕什么？

我知道，还是你去帮我拿吧。

杏花姑娘眼里闪过一丝失望的神情，她走进了房间。

杨大爷和石大娘也上前挽留，杨偣子还是执意要走，看杨偣子那么坚决，二老只能叫杏花送送杨偣子。临别，杨偣子把口袋里的几块银圆塞进杨大爷手里，转身就走了。

杏花姑娘走在前面，她走得很慢，两人都不说话。走到寨口，杏花姑娘一转身，突然扑进杨偣子的怀里，紧紧地抱住杨偣子。她控制不了自己的感情，轻声地抽泣着。

杨偣子站在那里，心里乱极了。

哭了好一阵子，杏花姑娘才说：听雪花姐说，你也是个无家可归的人，我们都是苦命人，要不我们在一起吧？

杨偣子是有苦说不出，他只是说：我会经常来看你们的。感觉杏花姑娘那两只杏眼正满含伤悲地盯着自己看，他不敢和那两只眼睛对视与交流。

杨偣子走不远，就停在了寨口的路旁，躲在暗处，他要亲眼看着杏花姑娘回到家中他才放心。

我们三人在天擦黑时也回到了家，一到家，大家就集中在我家。边妹子嘴巴快，噼里啪啦地描述着我在坡会上遇到的事情。我几次使眼色想要阻止她不要说下去，可是边妹子说顺了嘴，并没有看到我的暗示。

你爷爷蹲在那里，脸色像五月的梅雨天气，雾蒙蒙一片。

边妹子讲完了，一拍石梅花，意思是想让石梅花也说几句。可是石梅花瞧瞧这个，望望那个，两只手只管绞扭她那衣角，扭了一下身子，算作回答了吧。

你爷爷听得明白，他站起来，长叹了一声：惹那阎罗王，又有麻烦啰。就进火炉房炒菜去了。

是啊，惹了梁三天那个王八蛋，能不麻烦吗？

赵妈，石大娘可是我的救命恩人啊，当时情况紧急，我也没多想，就冲上前去了。

杨倌子呢？赵妈问。

他去了峡口寨。

如果他能来我们这里安家，那就好了。赵妈在那里自言自语。说者无心，听者有意，我突然想，这是个好主意，只可惜这只是一个无法实现的梦。我又想到了峡口寨，不知道杏花姑娘和杨倌子两个人今天谈得怎样。

晚上，你爷爷好久都没睡着，他在数着窗外的星星，后来干脆就披了一件衣服，走到廊前。你爷爷总是这样，遇到什么上火的事情，他总是喜欢一个人孤独地站一会儿，他就这样站呀站，心中的那点烦闷就化掉了。和我生活那么多年，他从来不发火，要发火，他也是一个人跑到一个僻静的角落，把火气发泄出来。这时候主要看他遇到什么，如果遇到石头，石头就碎了；如果遇到木头，木头就断了；如果遇到人，他只会大喊一声，不要来烦我，仅此而已。

我知道今天自己这样做，太冲动了。你爷爷讲得没错，结下这个冤仇，麻烦事就多了。我见你爷爷睡不着，也悄悄来到走廊，站在你爷爷身旁。一对多灾多难、相依为命的夫妻，久久地站在廊前，一句话也不说，还能说什么呢？我们没日没夜地干活儿，就是为了活命，可不知为什么，这世界总是和我们过不去，总有这样那样的事情冲着我们来，硬是要往死的深渊里逼我们。

狮子岭地势高，似乎伸手可摘星辰，可是你真想要摘，天空一下子又变得那么高远与浩渺。

我想，杨倌子现在在哪儿？我望了一眼你爷爷，你爷爷还在那里想他的心事，没有注意到我。我突然觉得亏欠你爷爷太多了，就伸手扯扯你爷爷的后衣襟：天凉啦，去睡吧。

你爷爷回身一把抱住我，他突然就哭了起来，身子不停颤抖着。我也紧紧抱住你爷爷。你爷爷哭了一阵，才无限伤感地说：如果你有个三长两短，我们爷三个怎么活啊？

我把你爷爷抱得更紧了。是啊，你爷爷讲得在理啊。以后自己尽量少出门，少惹事，为了这个家。

铁蛋和白捡得本来想和杨倌子大哥在三界地填填肚子，哪知杨倌子却要做护花使者送那个被他救下来的姑娘回家。铁蛋说：这个多事佬，你怎么就忘了那几块银圆全都在你身上，你这一走，不是让我们的肚子做腊猪肚吧？

两人在三界地转了几圈，本来想到梁三天家看看那个倒霉蛋在干什么，也可顺手牵羊搞点什么东西慰劳一下自己。但是想想，整天和这种人斗，真没劲。

不知不觉中，两人就走出了三界地。这时，圣山上只留下一抹夕阳的残红，时间不早了，两人岔进小路，快速往他们的狗窝——十里盘铁匠铺走去。他们走着走着，突然听见路边那株大树上有鸟儿扇翅的声响，白捡得抬头一看，只见三只寒鸡正在移动身子，想要一起站在一根树枝上。那只白羽毛的，起码有七八斤重。

两人立即停下了，轻轻挪动步子，最终找到了一个最佳位置。这种活路，本该是铁蛋的拿手好戏，只见他抬手一飞镖，那只白羽毛的寒鸡就应声落下，在树丛中扑腾着。

白捡得像一只山猫，立马窜进树丛，一番折腾终于将寒鸡捉住。

见白捡得在那里洋洋得意，铁蛋嘲笑道：你这个笨蛋，只知道捡，把我那两只寒鸡给吓跑了。

看你贪的，放在这里养着，哪天再来取不更好。

臭美什么，就你那两下功夫，还取呢？

两人一路斗着嘴，走得更快了。只是辛苦了白捡得，提着只七八斤重的寒鸡，跟在铁蛋背后，还被铁蛋讥笑。铁蛋笑他：小脚婆，哪个耐烦等你，你就等着嫁个老财主当小老婆得了。

白捡得噗的一声就把那只寒鸡甩在路边的草丛中，飞也似的窜到铁蛋面前，那样子很是得意。铁蛋无奈，只得弯腰捡起寒鸡，步子自然就慢了下来。

突然对面山上传来老虎的吼叫声，两人再也不敢嘻嘻哈哈、打打闹闹了，因为那杆唯一的驳壳枪在大哥杨倌子的腰上别着，没有那真家伙，还真不敢与这山大王叫板。尽管黑麻麻的小路影影绰绰，两人的步子还是轻飘飘地脚不沾地地飞速前行着。

很快就到了他们的狗窝——十里盘铁匠铺。

李冬冬早就熬了一锅红薯稀饭，没见杨倌子回来，她立即问白捡得：你大哥哪儿去了？

大哥——他刚想往下说，铁蛋就接着说：大哥去办点事，很快就会回来的，您放心好了。

放心——李冬冬拉长着语调，接过白捡得手中提着的寒鸡，在火塘边忙活开了。只一会儿，破旧的屋子里就溢满诱人心魄的香味。

铁蛋望望黑麻麻的屋外：大哥怎么还不回来？

这时，门咿呀一声推开了，杨倌子闪身走了进来。

大哥。铁蛋惊讶地叫道。

只见杨倌子从口袋里掏出葫芦，炫耀着：这是什么？

白捡得嘴巴快，立即回答：定情酒。

看你这缺德的嘴巴，别人一个小姑娘，你想哪儿去了？

我看不小，般配得很。白捡得嚎笑着在那里调侃。

还不招呼大哥吃饭，尽讲这些没油没盐的话。铁蛋斜眼看了看白捡得。白捡得也感觉饿得快不行了，立即闭上了自己的臭嘴巴。这时候，他才发现李冬冬嫂子正一脸悲戚地站在火塘边，他扇了自己一巴掌：嫂子，你莫当真，我们弟兄向来口无遮拦惯了。其实，大哥走到哪儿，心里都叨念着你，这不，他还给你带回一包糯米饭呢。

李冬冬绷住的脸一下子就开朗了，她把脸撇过一边：谁稀罕他记着啦？

不稀罕，不稀罕。来吧，我们还是吃晚饭吧。

四人围坐在火塘边，杨偌子把葫芦塞扯开，喝了一口酒，他咂咂嘴，觉得这是正宗的重阳酒。他把酒递给铁蛋，铁蛋也喝了一口，连说：好酒，好酒。轮到白捡得喝了，他连喝了三口，气都舍不得透一口，那酒的汁液顺着他的薄嘴唇渗出来，黏糊糊的，乐得他嘴都合不拢。

接着，几双筷子齐刷刷伸向锅里，每人夹住一块寒鸡肉，迫不及待地咬一口，烫得嘴都歪过了一边。

那一刻，他们觉得，这十里盘铁匠铺就是他们的天堂。

吃饱，铁蛋和白捡得钻进他们的狗窝，杨偌子和李冬冬进了他们的房间。说是房间，其实也就是用树条子并排竖在那里，再绑上一层稻草。杨偌子没睡意，他想着隔壁的两兄弟，他在想，他们也应该有个伴，整天这样东游西荡也不是个办法，还是应该谋划谋划铁匠铺的生意。

李冬冬也睡不着，她蜷伏在杨偌子怀里，只要杨偌子在身边，她就觉得安全与舒心。

杨偌子睁着眼，望着棚顶那个被风吹开的洞口，看见黑漆漆的天宇上居然有几颗星星在眨呀眨。他早几天就想把这个洞口盖好，幸好没盖好，要不然今晚就没了看星星的机会了。看着，看着，他觉得那颗最大的星星就是我，旁边小一点的那两颗小星星，一颗是李冬冬，一颗是杨杏花。她们的嘴巴不断地张合，不知她们在说些什么。

天太高、太远了。杨偌子什么也听不见。他觉得，她们都有活下去的权利，但是她们都似乎被一些人剥夺了活下去的权利。她们都不够强大，怎样才能让她们强大一点呢？杨偌子觉得自己应该做点什么，但不知从何做起。

也不知什么时候，杨偌子感觉有个人在叫。杨偌子睁开眼，发现天亮了，一缕清晨的亮光从棚顶那个小洞里射进来，那股亮光还把山里的雾气丝丝缕缕地带了进来。

他听见棚外有个人在轻轻叩门：师傅，在吗？我是来修锄头的，师傅，在吗？我是来修锄头的……

杨偌子是很警醒的，门外第二句还没说完，杨偌子已经打开了那扇破门。见门外站着一位四十来岁的中年人，身材结实，穿着一身粗布衣服，背着一个口袋，提着一把用旧了的锄头。

师傅，我叫范南雨。打扰你的美梦了。对不起。

啊，范大哥，是来修锄头的吧。

是的。

那就在门口这里坐坐，我去叫师傅。

铁蛋听说有人来叫他修锄头，有些奇怪，自从师傅走后，他就无心打铁，来叫他做活的人很少。今天这个人算运气好，撞着他在家，要不，连他影子都找不见，莫说打制什么东西了。

铁蛋接过范大哥递过来的锄头：你怎么找到这里来，我已经好久没开炉了。

范大哥一脸的实诚：我是湖南出来打工的，东家这把锄头哪能用，一路问问就到了这里。辛苦你了，师傅。

同是打工的，没事。铁蛋爽快地说。

杨佰子已经把炉子点燃了，他拿着撮箕到那堆木炭前，撮了一大撮箕木炭倒进炉膛，前俯后仰地在那里有模有样地拉起了风箱。不一会儿，炉膛里的火苗子就一窜一窜的，一股股热浪迎面扑来。

铁蛋把那把锄头在泥水里沾了一些黄泥，用铁钳夹着锄头把它插进炉膛里。

这时，睡眼惺忪的白捡得才懒洋洋地从棚子里走出来。他在水笕下捧了一大捧凉水，往脸上扑，然后抓起那柄八磅槌，一个马步站在铁墩前，一反刚才慵懒的状态，活像个威力无比的金刚。

铁蛋把烧红的锄头夹出来，平稳地放在铁墩上，那柄小铁锤随即不停地在锄头上击打。白捡得也不示弱，他那柄大锤，紧跟着小铁锤的落点，瞄准部位，轻重有度，叮当作响。那些飞溅的火星子粘在他俩身上，他们浑然不知，只是专注着自己手中的活儿。

锤声把沉睡的十里盘山峡都吵醒了。

范大哥站在旁边，看得眼花缭乱，一个劲地夸赞，好手段，好手段。

一眨眼，锄头就修好了，就只剩下淬火一个环节了。

这可是一个技术活儿，它包括眼功、水温、淬火的渐进速度，太复杂了。白捡得和杨佰子学徒那么久，仍是丈二和尚摸不着头脑。在打铁这个行当，两人从来不敢在铁蛋面前显摆，只能唯唯诺诺，打点下手。

淬完火，铁蛋把那柄锄头扔在地上，擦擦汗，一副志得意满的神色。

范大哥见锄头修好了，感激地说：谢谢三位师傅啊。

铁蛋憨厚地笑了：谢什么，这好比吃一根黄瓜那么容易。

三位师傅，打扰了，你们还没吃早饭吧？

红薯粥熬好了。李冬冬在棚门口笑微微地说道。

范南雨见门口一个利索的女人站在那里，心下有点诧异，他望望杨倌子，杨倌子的脸瞬间就抹上了一层早上的红霞。白捡得在一旁快言快语地介绍道：她叫李冬冬，我大哥的老婆。

啊，弟妹，你也起这么早，我来蹭早饭了，不见怪吧？

请都请不来的贵客，哪敢说见外。李冬冬说这话时，早就把铺子前那块石板擦干净，摆上五碗红薯稀饭和昨天晚上吃剩的寒鸡肉，外加一碗酸辣椒。平时兄弟几个，全靠这酸辣椒送饭。

范南雨则从挎包里掏出一大包用荷叶包着的糯米饭，摆在石板上。白捡得嗅到糯米饭香味，口水早就流了出来。

范南雨见了那碗酸辣椒立即把筷子伸过去，夹了一个红彤彤的酸辣子放进了嘴里，连声赞道：好味道，好味道。

吃着，吃着，范南雨就转换了话题：听说昨天有个什么梁三天的在三省坡集会上调戏妇女，有这事？

有啊。白捡得总是心直口快的，杨倌子在旁边使眼色他都没注意。

这种欺男霸女的人真可恶，他家住哪儿？

峡口寨，三界地，两个家。铁蛋答道。

幸好有几位仗义的兄弟救了那位姑娘，要不然那位姑娘就遭殃了。说着话，范南雨顺手捡起一块小石头，猛力扔出去，那块石头竟狠狠砸向铺前那棵枫树上的喜鹊窝，那个喜鹊窝应声散落，里面那条被砸伤的蛇也滴着血从窝里滚了出来。

真该打，像这条偷吃喜鹊蛋的蛇一样。范南雨有些愤然。

这位仗义的兄弟就是我大哥呀。白捡得指了指杨倌子，有些得意。

其实，那天我就记住了你，特别佩服你。范南雨向前抓住杨倌子的手，激动地说。

这有什么，兄弟姐妹挨欺负了，不出手相助，还是个男人吗？杨倌子说着，脸上就有了一抹怒容。

是吗？我真没看错人。

我也没看错人，你不是一个简单的修锄头的人。

那我是什么人？

不知道，但我敢断定，你是那个组织中的人。

杨倌子这几年早就听说在湘桂黔三省份的边界有一个组织，这个组织的人是专门为穷人撑腰，打抱不平的。他们个个都知晓天下事，身怀绝技。他早就想找到这个组织，可是几年来，他始终没碰到。今天这位范南雨大哥，跟人们私下传说的极为相似，他猜想，这个人应该就是那个组织的人。

杨倌子猜得一点都不错，范南雨的确是共产党派到湘桂黔边境组织地下游击队的党员。他一边打零工，一边私下调查，逐渐掌握了这一地区流氓土匪、恶霸地主、反动势力的大致情况。同时他也明白，这一地区的群众思想还相对封闭，并不清楚当前国内外的斗争形势。要做好他们的思想工作，难度很大。

但他却意外地发现一个专门为穷人打抱不平、杀富济贫的小组织。这个组织有三个人，神出鬼没，飞檐走壁，个个身怀绝技，飞镖、飞石，百步穿杨，是个老百姓爱戴、恶人痛恨的组织。昨天在三省坡会上，他目睹了杨倌子的见义勇为，他猜想，费了那么些时日寻找的人，就在眼前。可是一眨眼，就不知他们的去向了。

懊恼中的他，只能在三界地集市上东转西转，希望能够看到杨倌子他们，但哪还有他们的身影呢？

也是机缘巧合，问来问去，一个长者告诉他：你不妨去十里盘铁匠铺看看，兴许能遇上他们。

这不，他就连夜往十里盘铁匠铺赶，哪知半道上又走岔了路，他只能在路边的牛棚子里将就了一夜，天亮时才赶来。

杨倌子听了范南雨大哥的介绍，也将自己和铁蛋、白捡得、李冬冬的情况简单讲了一下。

范南雨听了，不停地点头，对几人的不幸遭遇深表同情。他对大家讲，只有穷人团结起来和这些恶霸土匪斗，才有自己的活路……范南雨讲了很多，最后他问：那天和梁三天搏斗的中年妇女你们认识吗？

认识呀。杨大哥和她还是生死之交呢。

狗嘴里吐不出象牙，一派胡言。杨倌子瞪了一眼白捡得。白捡得伸了伸舌头，不吭声了。

她叫梁雪花，从做童养媳的韦家逃出来的，现住在狮子岭。你想见她吗？

想啊。范南雨说。

等哪天你想去，就跟我打声招呼，我立即带你去。

梁三天那天在三省坡会上出尽洋相，吃了大亏。回到家，还被梁通天狠狠地骂了一通，骂他是猪脑子，是败家子，青天白日做出这种事情，就不怕惹下骂名？一个人你能斗得赢，一百个、一千个你能斗得赢吗？动动你那猪脑子吧。

梁通天骂累了，就歪倒在靠椅上上气不接下气地喘息。他怎么也想不明白，那么阴险狡诈的龚书磊，怎么也被梁雪花整得服服帖帖，看着胜算的事情，到头来白花花的银圆还是流进了梁雪花的口袋；更要命的是，这半路杀出来的"黑三飞"，不赶快想想办法，自己这霸占得来的家产就不保了。

后来我才知道，这个梁通天就是当初把我送给韦家的那个堂叔。他年轻的时候游手好闲，吃喝嫖赌无所不为，父亲经常教训他，要他学好，做家做室，讲多了，兄弟情分就生疏了。后来我们两家就闹到了互不来往的地步。怪不得我小时候对他一点印象也没有。我家那件不幸的事发生后，他不但没有报官，为我们家报仇雪恨，反而落井下石，悄无声息地让我从这个世界消失，霸占了我们全部的家产。他连夜把我送给韦姓这家人，并告诉寨上人，当天夜里，土匪残杀了我们全家。所以，当他后来知道我从韦家逃出来，并且过得还可以时，就几次三番地找我麻烦，恨不得置我于死地。

梁三天挨了一通骂，刚开始觉得这个老不死的胳膊往外拐，向着外人。但是梁通天越骂，梁三天就越觉得骂得对。

父子俩一阵兵戎相见后，都逐渐冷静下来，觉得不能乱了阵脚，要一致对外。

两人突然想到"朝中有人好做官"这个说法，但又苦于没什么门路。这时，门咿呀推开了，龚书磊走了进来。

父子俩抬头望望龚书磊，觉得龚书磊此时此刻来串门，目的只有一个——取笑他们。

想做官就多动点脑子，县城有熟人吗？

经龚书磊这一提醒，梁三天才记得自己在县里读书时，班上的同学王子豪，其父是县长，他想去那里走走，或许能找到点门路。梁通天叼着那杆旱烟袋，还在那里吧嗒吧嗒，眉头紧皱。

龚书磊上前拍拍梁通天的肩膀：还犹豫什么？放点血吧。县长我认识，过几天我帮你们敲点边鼓，弄个三界地最高行政长官当当，没问题。说完，龚书磊倒背着双手，悠然走了。

梁三天看父亲那老财迷的样子就来气。这种嗜钱如命的人，没办法跟他讲道理。梁三天觉得与其在这里白费口舌，倒不如离家出走，来得痛快。

回来！梁通天在那里吼了一声。梁三天吓了一跳，摇晃着乖乖地站在那里，像一只犯错的猴子在等待着主人的皮鞭。

梁三天愣了一下，他在想，难道这个铁公鸡真的准备拔毛了？他刚想转身，突然听到柜台上啪的响了一声，他转身看到了一个反常的现象，梁通天把一个装满银圆的红布口袋拍在柜台上。那起码是上百块银圆！

是给我的吗？梁三天战战兢兢地哆嗦着。

不是给你，难道还能送给那帮穷鬼？

天啊，父亲是不是脑中风了，他甚至怀疑，那不是银圆，只是半口袋石块。

这一百块大洋你搞不回三界地的最高行政长官来当，就别回来！

那是自然，那是自然。梁三天应答着，就想上前拿那红口袋。

慢着，就这样拿走，你不是想让我这一百块大洋打水漂了吧？

那还要怎样？

怎样？我们要好好谋划谋划。

那一刻，梁三天怎么也想不明白，父亲怎么一下子就变得老谋深算起来了，他百思不得其解。其实，梁三天怎么能知道呢？

善于谋划的梁通天也有一点他并不知道，那就是儿子在三界地还玩了一个金屋藏娇的鬼把戏。这金屋藏的叫来娇，在街尾开个小店，卖点丝线糖果什么的。其实，那个小店大部分时间是她母亲经营，来娇整天做的是那招蜂引蝶的事情。自从梁三天惹上了这个来娇以后，有一天没一天泡在那里，人都瘦成个精猴了，还乐不思蜀。

当梁三天想到要把自己的来娇献出去时，心下确实痛了一下，但他想如果自己成了三界地的霸主，莫说一个来娇，十个来娇都还嫌少呢？哪个敢不随叫随到？这样一想，他就往来娇那小屋走去。

来娇听梁三天说要让自己去实施美人计，扭捏了一阵，嗲嗲地躺在梁三天的怀里不肯出来，梁三天把两块银圆塞进来娇的手里，并许诺事成后还重重有赏。

算数？

放心吧，英雄难过美人关。

梁三天说着，把来娇紧紧抱住，来娇生气地一把把他推开。

第二天，梁三天怀揣着那一红布袋银圆，带着来娇去了县城。

梁三天很少到林川县城玩，感觉街道宽、商铺大、人也多，那些人身上五花八门的衣服，快要把眼睛刺伤了。来娇娇声娇气地跟在梁三天后面，咿咿呀呀地瞎咋呼。

梁三天看见前面走着一个人，那不就是龚书磊吗？他正和一个男子在说什么。梁三天知道龚书磊县城里的熟人多，他快步走上去。但刚走近，龚书磊已经拐进小巷里不见了。

哟，这不是梁公子吗？正当梁三天在那里东瞧西望时，刚才那个和龚书磊说话的人猛地拍了梁三天的肩膀一下。

梁三天转身一看，原来是他的同学王子豪。士别三日，今日的王子豪已经是林川县一个不小的官儿了。他带着两个手下刚刚办事回来，恰好在这十字街口遇见了龚书磊。龚书磊和他父亲关系非同一般，两人在一起说话，从来不让外人在旁掺和，龚书磊刚才就是从他父亲那里出来的。龚书磊告诉王子豪，有个老乡想要找他办点事，希望他帮引荐一下。王子豪一看，要帮忙的原来是老同学梁三天。

王局长，好久没见你，我们去哪儿坐坐？

好啊。你还带着娇妻，算美了。

我表妹，听说我进城，死磨硬缠着要跟来。山里人，让老同学见笑了。

哪里哪里，高山出美女啊，那么漂亮的表妹，哪敢见笑。

你在县城熟门熟路，你说去哪儿就去哪儿。梁三天像捧着一尊菩萨般地小心翼翼。

王子豪望着十字街前的环江酒店说：就去那里吧。梁三天看看那酒店，如果是平日，看那豪华的样子，自己连走到酒店门口的勇气都没有。但今天他觉得自己就是一个名副其实的土豪，不就是吃一餐饭吗？他挺了挺瘦猴般的胸脯，引领着王子豪走进了酒店。酒店的人都认识王子豪，一个劲地向他打招呼，那些声音像放在蜜糖里泡过一样，让外人听了，感觉黏腻腻、肉麻麻的，身上好像爬上了一群蚂蚁。

梁三天趁着他们在相互亲密期间，在前台开了一间房，吩咐掌柜几句，就带着王子豪上了二楼的包间。跑堂的店小二立即端着一壶仙人茶上来。

来娇轻轻地端着茶壶，把三杯茶斟满，然后双手端起一杯递给王子豪：王局长，请喝茶。

王子豪接过那杯茶，又端详了一眼来娇。近看这姑娘，那眉毛，那鼻子，那嘴唇，怎么看都觉得赏心悦目，尤其是嘴唇旁那两个喷泉样起伏的小酒窝，简直就是男人的克星。

只一会儿，酒菜就上来了。一打开酒瓶，整个包间立即漫起一抹抹的香气。

王子豪心里暗喜：看你老同学，还这么客气，喝这么好的酒。

只要你高兴，这机会难得啊。

接下来，梁三天与来娇就采用车轮战术，轮番和王子豪喝酒。在王子豪的记忆里，梁三天是一个文弱的书生，毕业那天晚上，他喝了几杯酒，就醉得倒在草地上，翻江倒海地吐得一塌糊涂，睡到半夜才醒来。王子豪觉得，梁三天也想玩酒，真有点不自量力，他想，先收拾这个窝囊废，然后……想着，想着，他就有点云里雾里，兴奋得血管都快要撑破了。

当然，现在王子豪只能感受到一杯杯火辣辣的酒直往他的咽喉里窜，但他必须挺住。梁三天今天可有点奸猾，他和表妹轮流着上。这样也好，他能间或摸摸来娇那只伸过来的娇嫩的手，趁机把她往自己怀里拉拉，碰碰挨挨，感觉好酥，好柔，那种感觉让他想起了一朵花、一掬甘甜的泉水。他很想嗅嗅这花的香味，他也很想尝尝这水的清甜。

知道战术又怎样，王子豪今天还是败下阵来，他有些扛不住了，歪歪咧咧地有些把持不了自己的身子。

把持不住肯定得有人上前保护。梁三天与来娇一左一右全方位保护着这位林川县的第一酒侠。他们往哪儿去？他们往那间房走去。到了房间，梁三天把王子豪放在床铺上，对来娇使了个眼色，就退出了房间。他站在房门口，有些舍不得离开，侧着身子，把一只耳朵贴在房门上，他感觉这时房间里，似乎发出一些响动了。他心里很矛盾，希望王子豪醉死过去，永远不会醒来，但是那行吗？自己的钱不是白花了？他突然觉得心很痛，很痛。

有一点他是永远也预料不到的，那就是王子豪根本就没大醉。当梁三天刚退出房门口，王子豪便从床上跳起来，一把抱住来娇，把来娇压在床上，飞也似的剥开来娇的衣服。那一刻，来娇一下子就蒙了，她感觉事情不应该是这样发生的，本来主动权是在自己手里的，哪曾想到，现在风云突变，这头色狼倒成了事件发展的主角。来娇有些想不明白，但现在不是想的时候，现在的关键点是把主动权夺过来。来娇左躲右闪，娇态无限，感觉自己若即若离的战术收到了奇效。

也不知两人闹腾了多久，王子豪才一头躺在床上，一动也不动。这次，他绝对不是伪装的，他是真累了。

第二天，王子豪对梁三天说：你这窝囊废，整得我够惨，这次算我栽了，快说要我办什么事？

梁三天把五十块银圆递给王子豪，你收下这五十块银圆我就说。

王子豪伸手接过梁三天递过来的银圆掂了掂：现在可以说了吧？

听完梁三天的诉求后，王子豪哈哈哈大笑三声：唉，你这个窝囊废，这点小事，只要跟老同学打一声招呼就行了，费那么大的周折干什么？我去跟我父亲说一声，叫他下一张委任状不就得了。

那就代我谢谢你父亲了，啊，应该说谢谢王县长了。梁三天有点受宠若惊的样子。

慢点言谢，你还得答应我一个条件。

什么条件？

一个月得让你表妹进一趟城，费用我全包。

得亏你抬举我表妹，真是她哪辈子修的德，哪还要你全包，我来支付所有费用。梁三天说完这句话，真想一刀把这个色狼劈了，哪能这样，得寸进尺，不知廉耻的家伙！心里骂着，表面还要装着阳光灿烂的样子，那样子，

　　　　　　　　　　　　　　　　　　　　　　　　生命源

恨不得自己有一箩筐的表妹，这样，办起事来，还不像九龙谷山坳口的风一样，一刮到底。

第二天晚上，王子豪说要在独岛风味楼回请梁三天，尽尽地主之谊。梁三天就爽快地答应了。当然吃饭喝酒是次要的，饭毕，王子豪就依偎着来娇走进了他们的"独岛"。梁三天觉得不是味儿，他也想找一个"独岛"销魂销魂，一个浓妆艳抹的女子果真来到他的身旁，牵着他向那"独岛"走去。

第三天、第四天，梁三天都快撑不住了。这时，他又见到了龚书磊。龚书磊问：委任状下来了没有？

梁三天摇了摇头，一脸的苦瓜相。

龚书磊说：我去问问。

见龚书磊说得那么轻松，梁三天将信将疑，他想，他龚书磊难道真有那么大的本事？他只能满口应诺，事情办成后，一定不会忘了他的大恩大德。

第五天，梁三天终于盼来了那张委任状。他接过龚书磊递给他的那张委任状，有一种想哭的感觉，他很激动，虽然搞不清楚这个中的来龙去脉，但他觉得龚书磊就是自己的亲爹。

事情办成了，龚书磊连影子都没见，倒是王子豪很大方地接见了梁三天。梁三天觉得王子豪办事有点像纺棉婆一样拖拖拉拉的，但是他不能得罪这个纺棉婆。他觉得王子豪也是自己的亲爹。这几天，来娇真有点乐不思蜀了，看那样子，她真想把这头色狼当情郎了。

梁三天想，回三界地，第一个要收拾的就是来娇。

人要倒霉的时候，喝水都会塞牙。赵妈去屋当头摘南瓜，不知怎么扭了一下腰，一口气提不上来，就跌坐在地上，挨了好半天也不见缓过来。赵大木刚好回家，见母亲坐在地上，惊问：妈，您怎么啦？

赵妈说：不知什么原因，只是扭了一下，坐了那么久，腰还那么疼。

赵大木扶着母亲往家走，他安慰母亲：没关系的，躺一下，晚上就会好的。

可赵妈这一躺就是两天，非但没好，反而是越来越疼了。她感觉自己的体内好像有一条毒蛇在钻着、咬着，那种疼痛是没办法用言语来描述的。

我知道情况后，就急忙上山挖了几兜草药，在石板上捣碎，用酒把药炒热，然后拿给赵妈敷。赵妈感觉似乎舒服了一点。可是第二天，那疼痛又跑到小腿那里去了。

这就怪了，这疼痛就像小孩捉迷藏一样，哪里好藏就跑到哪里，这病就难治了。

赵大木说：去县医院看看，听说那里的医生会打针，那针的药水很神奇，钻进血管里，一下子就流遍全身，兴许能好。

赵妈听儿子说要带自己去县医院看病，就坚决反对：那种地方是我们穷人去的吗？我们哪来的钱？

赵大木说：不能因为没钱就不治病，我们没钱，跟别人借一点不就得了。

借？你起房子时，雪花姐他们给你的钱，你还了？你能去哪里借？

我恰好这时过来，在门外听了他们母子的争吵声，就立即转身回家，把这个情况跟你爷爷一说。你爷爷知道我想说什么，他二话没说，就去厨房的夹墙里把那十块银圆取了出来。这是他这几天卖桐子得的，那些银圆似乎都还带着他身上的体温。

你爷爷拿银圆的手抖颤颤的，我的心像有把刀剐了一下，很疼，但我还是接过你爷爷递过来的银圆。我觉得这一辈子最对不住的是你爷爷，我欠你爷爷的实在是太多太多了，甚至罪孽深重。

我想把自己的良心绑在狮子岭前那株红枫树上，让这株历尽几百年风雨的大树来惩罚自己，那样或许能让自己的良心得到片刻的安宁。

可是我现在不能，我觉得自己还有一种责任。赵妈虽然不是自己的亲妈，但是她是这个世界上我最亲最亲的人。她生了病，遇到坎，我不能不管。对于怎样医治，我一时还想不出好办法，难道非得去医院吗？赵妈说得对，那是我们穷人去的地方吗？那是一个烧钱的无底洞，你有多少钱投进去，它都会烧得踪影全无。

先去试试吧。

你爷爷和赵大木做了一副土担架，抬着赵妈往湖南边界的通林县医院走去。

我在医院里看护赵妈两天，针打了，赵妈浑身的疼痛仍没减轻。情急之下，我转回了狮子岭。

连日的奔波，烦愁，我都瘦了一圈。一到家，你爷爷一句话不说，立马

生命源

煮饭。他见火炕上还有一块腊肉，就取下来，洗去火烟，拌上姜丝、辣椒焖在锅里。可是我哪还吃得下饭？

你爷爷上楼，看见我一脸愁容，就劝慰：愁什么，钱不够，我们还有点桐子，一起挑下山拿去卖，再筹点钱，不就行了吗？

我想去找没关门大叔。我答非所问，岔开了话题。

哪个没关门大叔？你爷爷从来没听我提过这个名字，他有点理不清头绪。

以前救过我命的一个放牛老人，他懂得很多草药，我想去问问他。

去吧。你爷爷很支持我。

第二天，我就出了门。近二十年没见没关门大叔，他还活着吗？就是活着，他现在在哪儿？是否还在九盘河寨子附近那几个寨子？我很茫然。

找了两天，问了很多人。有的说，去年还见他给杨老财放牛，今年没见了；有的说，没听说过这个人……

那天，天又快黑了，我不想进寨子，那样会麻烦人的。我想到了那个以前到过的关帝庙，去那里躲一个晚上，明天再想办法吧。

这几年兵匪猖獗，年成又不好，关帝庙冷冷清清的，只剩下一个老人在那里。

我上了香，对那位老人说：老人家，天黑了，我今晚在你这里借宿，行吗？

那位老人望望我，说：行倒行，就是没地方啊，只有两张床，前段时间有个放牛的孤寡老人生病了，住在这里。

他叫什么名字？

好像别人都叫他没关门大叔。

能引我去看看他吗？

可以。

老人引着我进了那个房间，躺在床上的果然是没关门大叔！我上前紧紧抓住没关门大叔的双手，感觉他的手很烫，他在发高烧。见没关门大叔气息奄奄，似乎一伸脚就要踏进鬼门关的样子，我伤心极了。

大叔，怪雪花不孝顺，没来看你。我哽咽着。

我不敢耽搁时间，趁着天还未黑，急忙往关帝庙后山跑去。在树林下、草坡前，我找到了一大捧草药。这些治疗痧气的药方都是当年没关门大叔亲口传授给我的。这些年自己每每头痛发热，就煨上一大罐草药水，喝上几碗，痧气自然就消除了。

现在，没关门大叔再也没能力上山放牛，更莫说采药，他能治好很多穷苦人的病，现在他却没有能力医治自己的病了。我想着这些伤心的事，无形中就加快了熬药的动作，熬了一罐喝的，又熬了一锅洗的。

先刮痧，后洗药水，再喝下一碗熬好的药汤，最后蒙在被子里发汗。经过一大夜的治疗，没关门大叔的烧居然退了。

那夜，我一直坐在没关门大叔的床前，陪他说着话，这些年他很少与人交流，也没有谁愿意跟他说话，一来二去，他几乎就成了哑巴。经过我一番打理，他觉得好多了，尽管还疲倦，他仍断断续续地回忆着这些年来的生活。我听到伤心处，眼泪像断了线的珠子往下掉。

我见没关门大叔说累了，扼要地说着自己这些年生活的大致情况，说自己已经有了两个孩子，起了一座砖房，比在韦家做童养媳好多了。末了，我说：大叔，你已经老了，没有能力帮别人看牛了，如果不嫌弃，就去狮子岭和我们一起住，大家相互有个照应。

没关门大叔摇着头，说他就不去了，都已经是快死的人了，再去麻烦我们很不合适。

我说：狮子岭有个赵妈，现在病重住在通林县医院，医治了好多天，还未见好。

什么病啊？没关门大叔问。

有点像以前你曾说过的风湿骨痛病，全身疼痛。我来找你，就是想叫你去看看，她这病还有救吗？

应该有办法，但要慢慢来，急不得。

第二天，我继续熬药给没关门大叔喝，他基本能下地走动了，下午我扶着他到前后山走走。他一边走，一边耐心地告诉我，这株草药做什么用的，那株草药又是做什么用的。他讲得很用心，我听得也很专心。以前我在韦家时，一天到晚担惊受怕，生怕把事情做砸了，挨责罚，哪有心思学这些草药，哪知这些看来不起眼的草呀、树呀、虫子呀还能派上大用场。

第三天早上一起来，没关门大叔就对我说：我跟你回狮子岭吧，看看赵妈的病还能有什么方法可治。

没关门大叔走得很慢，走走歇歇，傍晚才到狮子岭。

你爷爷很焦急，看见我带着一个老人回到家，就知道是没关门大叔，他一颗提着的心才放下来。你爷爷急忙倒了一杯茶递给没关门大叔，他告诉我，赵妈他们已经回家——钱用完了，赵大木找不到钱，医院就把他们赶了出来。说完这句话，你爷爷就转进厨房去煮饭。

没关门大叔喝了一碗茶，看着坚固的砖房，连声地夸奖，说我找对了老公，夸你爷爷勤劳，说真不容易……嘴里唠唠叨叨的，一脸的高兴劲儿。

没关门大叔喝完茶，把碗放在八仙桌子上，要我带他去看看赵妈。

几天没见，赵妈又瘦了一圈。她躺在床上，连自己翻身都有些困难。见我带着一个老人来看他，就知道来的是没关门大叔，因为我曾多次讲过他。她也知道这大叔懂得用草药治病，但是自己这病连通林县医院都拿不下，那几苑草药能管用吗？

没关门大叔看了赵妈的病情，又听了赵妈关于发病前后情况的介绍，他心中已有数了。

第二天天刚亮，没关门大叔就把我叫醒，两个人拿着锄头勾刀上了山。中午刚过，我们就采得一背篓草药。没关门大叔把药分为熏蒸的、泡酒的、煮水喝的三类，吩咐我立即去赵妈那里熬药。

赵妈按照没关门大叔的吩咐，每天喝三大碗草药汤。我也按照没关门大叔的要求，准备了一个大木桶，木桶里有一高一矮两个板凳，高的用来坐，矮的用来踩。我把草药放在一个大地锅里熬煮，待药味熬出来后，把它全部舀进大木桶，然后才扶着赵妈坐进大木桶里，桶面盖上一张毯子。熏蒸了一会儿，待赵妈全身大汗淋漓之时，才叫她露出一个头来透气，颈子以下身体部位一直在熏蒸。一直熏蒸到桶里面水的温度比较低时，才把两个板凳取出，让整个身子泡在桶里，让药水漫过身子。

经过几天的治疗，赵妈全身的疼痛竟奇迹般地消失了。半个月后，赵妈身体基本上恢复原样，又能屋前屋后地忙活家务了。

赵大木看着母亲渐渐好转，心里别提多高兴了。前次我带着边妹子她们去赶坡会，差一点出了事，赵大木心里一直在埋怨我，觉得我做什么事情不考虑后果，几个女人也敢去那种是非之地。那梁三天是好惹的吗？

这次，他根本就不相信这没关门大叔能治好自己母亲的病，刚开始只是被动地配合，到了后来，发现情况真的有所好转，遂觉得很难为情。他想要犒劳犒劳我与没关门大叔，可是家里鸡也杀完了，没有一样吃的东西，怎么办呢？

无奈之下，赵大木就想到了九龙谷那儿装着的几个铁锚，如果运气来了，夹得一只野兔、竹鼠什么的，款待师傅就有了下酒菜了。

哪知那天运气还真来了，赵大木竟背回一只二十多斤的黑山羊。

赵大木知道没关门大叔可能要走了。他不想让没关门大叔走，就趁着这个机会，把狮子岭上新老住户，全请到家里来。大家都觉得这个没关门大叔真神，通林县医院没医治好的病，他居然用几苑草药就医好了。

吴大爷提来一罐红薯酒，我捧来一桶香喷喷的糯米饭，赵大木则把炖好的羊肉端上来。男人们都捧着一碗酒，兴致勃勃地敬没关门大叔。

大叔，你跟哪个学得这门医术？医院都没奈何的病，你怎么就手到病除了？

没关门大叔喝了酒，讲话有些吃力。我来帮没关门大叔回答这个问题。

那时没关门大叔在九盘河吴家放牛，牛棚的楼上装草，热天他就睡在竹搭上，冬天他把稻草堆在四周当屏风，下面垫着稻草就是棉被。有一天来了一位乞丐，乞丐走到牛棚前就走不动了。没关门大叔见他可怜，就叫他上牛棚歇歇脚，哪知他一歇脚就病倒了。怎么办呢？总不能眼睁睁地看着他病死吧？没关门大叔想去哪里要点药给他吃，但他又不知道吃点什么药。正当他急得团团转的时候，那个乞丐哼唧唧地告诉他：你沿着这条山梁上去，那里有很多草药，快去，要不我就没命了。

没关门大叔赶紧沿着山梁一路小跑上去，山梁上到处是花草树木，到底哪一朵花，哪一株草，哪一苑树能治乞丐的病，他不知道，乞丐也没说。这可怎么办啊？正当没关门大叔进退两难之时，迎面走来个牧童，他骑着一头金黄色的牛，吹着短笛，见没关门大叔一头大汗地在树丛下转悠，就上前问他干什么。没关门大叔说明了缘由。牧童就下了牛背，带着他去采药，采得一大抓草药交给没关门大叔后，一晃眼就不见了。没关门大叔看看手里，明明白白还抓着一大把草药。

没关门大叔急忙下山，到了牛棚，用它那半边鼎罐把药煮好。乞丐喝了两碗药水，就爬起来，好了。

这以后，不知道谁说的，方圆几个寨子的就有人知道没关门大叔懂得草药治病，且手到病除。一天，一个寨子有个小孩发高烧了，邻居告诉他：快到牛棚里请没关门大叔采药治病吧，要不然孩子就烧坏了。

百草医百病，没关门大叔哪里知道这其中的奥妙啊？但他怎样解释来人也不相信，都说他是神医，要他发发善心，可怜可怜病人，辛苦上山一趟，千万不要推辞啊。

没办法，没关门大叔就往后山梁走去。他会采什么药呢？他心里一片茫然，他只是希望那个神奇的牧童再次出现，帮他采得草药，好下山治病救人。

没关门大叔在山梁上走呀走，走呀走……他觉得这百草真难辨认，采哪一株呢，都不敢确定。看看天都快黑了，这时才发现那个骑着金黄色牛的牧童出现了。

没关门大叔兴奋极了，他急忙奔上前，站在牧童前，求他快帮病人采药。牧童笑着说：跟我来吧。一会儿，就采得一大抓草药。没关门大叔很高兴，谢过牧童，马上下山。

那人拿到草药回家煮了，给孩子喝了一碗，高烧就退了。

这样的故事在穷苦的老百姓中传递着，大家都把没关门大叔当作救命恩人一样，到哪家都能喝上一碗粥，吃上一个红薯、芋头什么的。

后来呢？边妹子见我停下了话头，就追问。

后来没关门大叔就失业了，那些地主老财都不请他放牛了。

为什么？

没关门大叔有个习惯，他不帮有钱人家的人抓药看病，他们就都不要他放牛。没关门大叔就只能走村串寨找点吃的，最终病倒在关帝庙里。

听了我的故事，大家感觉香喷喷的羊肉似乎也寡味了，都停下筷子，望着没关门大叔，仿佛想从他的脸上重新找到更多离奇而又悲凄的故事。

吴大爷站起来走到没关门大叔身旁，握着他的手，说：你就不要走了，住在我们狮子岭，只要有我们吃的，就有你吃的。

赵妈也站起来说：没关门大叔，您就不要走了，您走了，我们有个大病小病，去哪儿找您啊？

今天晚上，是没关门大叔最最快乐幸福的一个晚上，他从来没有受到过那么多人的尊重。他那两只深凹下去的眼眶里贮满了浑浊的泪水。他声音有些哽咽：感谢你们的深情厚谊，我这几节骨头不值钱，能走到哪儿，就到哪儿，随命吧。

你爷爷是个心肠很软的人，他不忍心听没关门大叔讲下去了，他说：您救了雪花的命，雪花就是您的女儿，现在您又救了赵妈的命，您和赵妈就是一家人了。

大家都齐声说着：没关门大叔，您就不要走了吧。

没关门大叔望着大家，那贮藏在眼里的泪水终于经不住情感的冲击，啪嗒啪嗒地往下掉。他颤抖着声音：我答应你们，不走了，狮子岭就是我的家。

大家听没关门大叔答应了，都很高兴。赵大木深切地望着没关门大叔：雪花姐是您徒弟了，我呢？

你呀，明天再上山要只山羊回来，我就收你做徒弟。没关门大叔可能是第一次开玩笑吧，没讲完，自己倒先笑了。

没关门大叔见大家也在笑，又接着笑道：你们可能还不知道，我还是放牛的高手呢，不信，过一段时间，你们就可看到，你们家的牛到了回家的时间，就会乖乖地回家，不会赖在山上东躲西藏地找不到的。

大家又笑了，觉得这没关门大叔也很逗，牛就是牛，它能听你的，说回家就回家？

但是大家只是笑笑，都说：那你可要教教我们啊。

第二天，没关门大叔真的把狮子岭几家的牛集中在一起放养。他好像年轻了好几岁，吹着多年没用的短笛，吆喝着牛上山了。

大家见没关门大叔高兴，也就随他。

从那时起，没关门大叔就住在我们家，大部分时间在我们家吃饭。有时候，赵大木打得猎物，他会乐哈哈过这边岭来，甜甜地叫上一声：师父，徒弟搞得点下酒菜，过去喝杯红薯酒啊。有时候，吴大爷的孙子在山上找到一些野生香菇，也会请没关门大叔过去尝尝鲜……

自从没关门大叔来到我们家，我们家就越来越像个家了。我和你爷爷整天忙里忙外，一回到家，饭煮了，菜炒了，屋里屋外扫干净了。

生命源

有时候下雨，没关门大叔就偷懒了，他把牛栏门一打开，吆喝着牛，叫它们自己上山吃草，他则在家把牛栏铺上一层干草，雨天的草牛儿容易吃饱，还未天黑，牛儿就自己回到家，因为它们知道，有个暖和的家在等它们。

大家都奇怪，这没关门大叔到底使用了什么法术，把这牛调教得如此服服帖帖的。

闲暇之时，大家也爱拿没关门大叔新收的徒弟赵大木来说事。

大家不相信笨笨的赵大木，也能当神医治病救人。他们要出题目考考他。一天，吴根上山脚崴了，他故意不去喊没关门大叔，把赵大木叫来。吴根哼唧唧地说：赵神医，你就行行好，采点药帮我敷敷啊。

赵大木不跟他们嬉皮笑脸，蹲下身子，伸手摸摸脚踝关节，发现脚踝关节没有完全复位，就抓住脚掌用力一扯——吴根大喊一声"痛"时，脚已经完好如初了。他转到山后，挖了几苑草药，捣碎敷在扭伤处，过了两天，吴根就能上山劳动了。

那以后，大家就再也不敢取笑赵大木了。

深秋的一天，赵板栗和刘心儿上气不接下气地从板栗坡回来告诉我，盘石武不见了。

刘心儿比赵板栗大几岁，她很快就稳定了情绪，告诉我，盘石武是在板栗坡不见的。刘心儿说：那个板栗坡有十来株大板栗树散布在几个山坡上，盘石武自己上一面山坡，我和赵板栗上一面山坡。我们在树下捡着、捡着，看着太阳慢慢滑下山，就立即往盘石武摘板栗的那面坡跑去，可是我们找遍整个板栗坡，连盘石武的影子都没看见。看看天色已晚，我俩很害怕，就回来了。

我想，难道是老虎豺狼？总要留下些许痕迹，不像；难道是跌下沟坎？记得那道坡是舒缓的，没什么沟坎；难道是遇到歹人？一个小孩子，与歹人无冤无仇，不可能吧。我一边想着，一边招呼你爷爷拿上灯笼、火把。你爷爷急忙上楼拿上那杆赵大木帮搞到的鸟枪，赵大木也拿着一杆鸟枪和吴根来了，大家跟着我和你爷爷一起往山下疾行而去。

很快就到了板栗坡，大家分头把相连的几面板栗坡前前后后、上上下下都找了个遍，始终没发现盘石武的踪影。这是怎么回事啊？那一刻，我跌坐在板栗坡上，觉得自己的头脑像灌了一桶泥浆，一时间分辨不出头绪了。你爷爷陪伴在我身边，连声地宽慰我：不要急，会找到的，不要急，会找到的。赵大木坐在那里陷入深深的沉思，他觉得从整个现场看，不是老虎豺狼伤害，因为现场没有留下任何血迹和打斗的痕迹，也没有留下它们的足迹。排除这个可能，很可能是人。如果是人，那是谁呢？

赵大木把他的分析一讲，大家都觉得很有道理。但是谁干这绑票小孩断子绝孙的事情呢？

是梁通天吗？他一把年纪，有这能力吗？

是青石花吧？她最有可能。她没这能力，但她有手腕，翻手为云，覆手为雨，最不可能的事情，她也能办成。但是她利用谁的黑手来办这件事情呢？毛毛虫的可能性最大，但这几年，毛毛虫都没出现，他已经从三界地消失了。

是梁三天吧？也有可能，听说他买了一个三界地乡长的官，整天招摇过市，张狂得很，况且，他还无缘无故地跟我们狮子岭过不去，总不想让我们狮子岭的人活下去。

大家你一言我一语在那里分析，最终仍得不出一个定论。我知道，再分析下去，也没什么用，还是先回狮子岭，明天再说。

到了家，我打开大门，见门槛底下有一张纸，我立即拿起来，见上面写着几行字：两天内，把玉石坛子和三百块银圆放在九龙谷左边山腰那个石头人脚下。延误时间，就等着收你儿子的尸体吧！那一刻，我倚着门框，身体摇晃了几下，勉强站立住。我知道自己不能倒下，自己倒下了，你爷爷就更没了主意。

我没进屋，回头对你爷爷说：你在家等着，我去三界地问问。

你爷爷有点不放心，说：还是明天去吧，现在都快半夜了。

我说：都火烧房子的时候了，还等什么明天。说着话，我一转身就下了狮子岭。

天刚麻麻亮，我就到了三界地，接着来到了仙湖边，我已经很久没到这里了。今天天气出奇得好，平日里山顶的浓雾都不知溜到什么地方去了，整个仙湖都洒满暖洋洋的阳光，湖水涟漪的褶皱之间，偶尔也会看见那些鱼儿晾晒自己，鱼鳞一闪一闪的，像无数细小的多棱小镜在向我炫耀。

这样的美景，我好像都没感受到，自己的眼前似乎笼罩着一层层迷雾，我在这迷雾的后面似乎在等着、思考着什么。我觉得自己不能再等下去了，我要走进那个属于自己生命最隐秘的地方。

我来到了那个隐秘的洞口，发现洞口石门已经蒙上一层灰尘。我坐在石洞口，已经没有心思进洞了，因为进去也不会有什么收获，反而会睹物伤心。坐了一会儿，我快步离开了洞口，迅即下山，我知道时间不等人。

我径直走进了三界地乡公所，守门乡丁拦住我。我拨开他们的手急切地说：我找梁三天乡长。乡丁见说找乡长，就让我往里走。我径直走进乡公所办公室，梁三天正和花枝招展的来娇在那里卿卿我我。

明天你又要去县城和那王子豪鬼混了，真舍不得你走。

都怨你，把我给卖了。

你可不能来真的啊。

哪个来真的啦？那个王子豪不是人。他整夜整夜变着花样折磨我，我好命苦啊。

就好了，就好了。让我想想……

哪个是梁三天？我见这两个不知羞耻的人没完没了，就直接大声喊道。

梁三天是你叫的吗？梁三天猛听见一声喊，立即把来娇推出自己的怀抱，一脸怒气地抬头质问。见是我，他心里更是来火，大概是想起几年前圣山那一个倒八叉。他冷笑了几声：你梁雪花牛啦，今天你干吗还要来找我，你算找对人了。梁三天脑子晃了几下，他骂了一声来娇：大白天，我要办公，你来这里干什么？来娇瞪了一眼梁三天，扭着屁股颠出了办公室。

梁三天头都懒得抬，爱理不理地问我：有事啊？

没有事，谁有工夫看你们的西洋镜。

有事快说，有屁快放，我还有事要办呢。

昨天，我的二儿子盘石武被人绑架了。

有这事？梁三天有点惊讶，但眉宇间明显地掠过一阵狂喜。他大概在想：好啊，你梁雪花不是背景深得很嘛，你就慢慢折腾吧。搞不好弄个人财两空，那才叫双喜临门呢？但是他表面仍装着一副极度关注的情态：什么情况？说说看。

我简要地把盘石武被绑架的过程讲了一下，梁三天也装模作样地在纸上乱写着。其实他一句都没有听进耳朵，他在纸上写着一行给来娇的字：亲亲娇娇，刚才来了个母夜叉，好凶的，我只好做点样子给她看。今夜我设宴赔礼道歉，这总行了吧？

梁三天见我讲完了，即拉长了声调说：我一定派人下去调查，查实是谁，一定严办。

记得，期限就明天。

明天，没关系，谅他们也没三头六臂，还斗得赢我？梁三天说完这句话，就高声喊道，送客。

那个干柴似的乡丁应声走了进来，带着我离开了办公室。

我早就听人们议论，这个梁三天是个贪婪的家伙，你求他办事，事情没办，他就像穿山甲似的伸出贪婪的舌头，任多少蚂蚁爬上去，它只要把舌尖一卷，再多的蚂蚁也会悉数吞进肚子。

我摸摸怀里的十多块银圆，生怕梁三天那条贪婪的舌头会把它卷走。我快步走出了这个三界地最高行政长官的大门，狠狠地踩了一脚大门外的石阶，快步往街尾走去。这时我清楚地听见身后传来梁三天的骂声：你这个没用的笨猪，什么人也放进办公室，第二次再敢这样，立马给我滚蛋！

自从梁三天做了三界地的乡长以后，梁通天就有事没事地在街上闲逛。他倒背着手，东瞧瞧，西望望，无聊地打着哈哈。街上的人，都知道梁通天的德行，见他迎面走来，隔老远就闪过一边，生怕沾惹上这只老狐狸难闻的骚味。可巧就在我刚走出乡公所大门的时候，梁通天也刚好出了门。他见我朝他走来，就直接迎上来，稍近，皮笑肉不笑地问：雪花，来办事？

我定定地盯着梁通天的脸，试图从梁通天的脸上看到点什么，可我并没发现这张脸有什么异样。

梁通天用手摸摸自己的那张脸，以为自己脸上沾上了什么东西，发现什么也没有，就讥讽：望什么望，我脸上又不生花。

我没有理他，头也不回地走了。

我现在最想见的是杨倌子，但是我又下不了决心。记得前不久杨倌子还带了个叫范南雨的陌生男子到狮子岭。范南雨说要组织一支穷苦人的队伍，专门和地主恶霸作斗争，他邀请我参加。我当时就想，自己一大家子，怎么参加？再者，一个苦命人，求什么，只求能有个家，好好过几天安生日子。

　　　　　　　　　　　　　　　　　　　　　生命源

范南雨和杨倌子见我有顾虑，就走了。当初自己拒绝了他们，现在出事了才想到他们，这算是哪门子事啊？但不去找他们，又去哪儿要这三百块银圆去赎人呢？思来想去，我决定还是去找杨倌子。

我知道，杨倌子不在仙湖那个石洞留宿，就会在十里盘铁匠铺，我不止一次听杨倌子提到过十里盘铁匠铺这个地方，只是从来没去过，只知道那是广西贵州交界的一个山坳口。

我正急切地往街尾走，听见街旁一个女人跪在那里啼哭，身上插着一根草。我明白那根草的意思，那是要自己卖自己啊！我立即停下步子，朝那女人走去。

妹子，你这是怎么了？

那女人抬起头望着我，悲凄地说道：丈夫被土匪打死了，没钱埋葬丈夫，想来没什么办法，就把自己卖了，得点钱把丈夫埋了……话没说完，就哽咽着说不下去了。

我踌躇了一下，还是从怀里摸出两块银圆，递给那个女人。

女人接过银圆，跪在我面前，一个劲地磕头。我躬身扶起她：快别这样，我们都是苦命的女人，以后如果有缘再相见，你就叫我雪花姐姐吧。

那个妹子说：我叫苦妹子，从小就死了父母，无依无靠，后来跟了个外地来的长工，搭了个草棚，成了家，哪想到这土匪那么凶残……以后我怎么办啊？

我心里还记挂着自己的事情，就说：你把丈夫埋葬后，就到十里盘铁匠铺找铁蛋，他会收留你的。

大山里的岔道特别多，我无法分辨，走岔了几次路，这样一来二去，待找到十里盘铁匠铺时，天色也差不多黑了。天黑倒不要紧，要紧的是铁匠铺那扇门竟紧紧锁着，连个人影都没有。

我呆立在铁匠铺前，差不多整个人都要崩溃了。跑了一天，身上的汁也差不多流干了，此时我像一个风干的女人，只要有一阵大风刮来，就会颓然倒下。但是我想到了盘石武，就觉得心下又有了一点生命的活力。此时，我才感到口渴得厉害，两片嘴唇干裂得快要冒火。我听到了竹笕水溅下的声音，立即跑到竹笕下，伸着嘴，大口大口地喝着这清凉的山泉水。喝饱水，一抹嘴，又上路了。

铁蛋按照范南雨的吩咐，去峡口寨找他的玩伴鸭蛋。鸭蛋也是一个苦命的孩子，母亲生下他时，只有两个鸭蛋，吃完那两个鸭蛋，再也没有什么吃了的。母亲也没有奶水，饿得鸭蛋哇哇直哭。不久父亲病死了，后来，在那大灾之年，母亲也饿死了，从此鸭蛋就成了无依无靠的孤儿。一个偶然的机会，铁蛋遇上他，两个苦命的孩子就成了好朋友。为了能活下去，鸭蛋也打打工，混口饭吃，他也出没无常，在那些地主老财家里"借"点钱用。鸭蛋听铁蛋说有一个为穷苦人撑腰说话的组织，就乐意地参加了。

事情定下来后，铁蛋就准备回十里盘铁匠铺汇报，路过鸡公岭，刚好见青石花从茶铺里走出来。一种好奇心，拖着铁蛋往青石花茶铺门前走去。

铁蛋经常听人提到鸡公岭的青石花茶铺，都说这个茶铺的老板青石花是个不同寻常的女人，她是十里八村极度风骚的女人。迷惑男人时，她会像水一样温柔，花一样美丽；陷害人时，她摇身一变，成为一条毒蛇，在你的命脉处，咬上一口，然后溜进石洞，眨着眼睛，看你慢慢地死去，然后三摇四摆地晃出石洞，吐着猩红的蛇芯子，最后摇身一变，变成一个风流迷人的少妇。

青石花出来了，头发梳得晶亮，仿如泼了一层油，紧身的兰士林衣服，显然是刚换的，两只手戴着玉石手镯，扭着冬瓜腰，故弄着姿态，果然风骚。但今天的青石花向谁风骚呢？铁蛋左看右看，没发现目标出现，难道她是冲着自己来的？铁蛋有些紧张，但他立即推翻了自己的判断，因为，他在行进中，时刻让自己看得见别人，别人却很难看见他。当然，眼前的青石花是看不见他的。只见青石花诡秘地左看看，右瞧瞧，发现什么人也没有了，才回身把铺门关上，锁好，一溜烟往后山那条通往九龙谷的路快步走去。

铁蛋猜想：这个风骚的女人又要去勾引什么男人了。铁蛋看看天色还早，就决定尾随后面去看看，看这风骚的女人到底想干点什么。

一路上，青石花一直快步走着，一点都没停下来，走累了，也只是用那块手绢擦擦汗。一个女人，孤身一人，去九龙谷干什么？那个地方是一般女人敢去的地方吗？铁蛋怎么想都想不出一个合理的答案，这就更激起了他跟踪的兴趣。

到了九龙谷，青石花很快就消失在一个石洞的洞口。铁蛋也悄悄摸到石洞的洞口，他听见洞里传出一个男人的声音：有人跟踪吗？

没人发现，我出门都仔细看了，一个人都没发现。

明天，你藏在山口那个石像后面的树丛里，看见有人放玉石坛子和三百块银圆在那石像下，等他离开了，你就出来取货。得货后迅即藏起来，我们会把小孩绑在坳口那株大枫树下，等天黑了你再出来，我们会接应你的。

铁蛋借着洞里微弱的灯光，看见了一个被绑着的小孩，再仔细瞧，他觉得那个小孩有点像盘石武——去年他跟杨偌子去过狮子岭，曾经看见过他。他再仔细辨认，觉得就是盘石武。

铁蛋不知洞里有多少人，他不敢贸然进洞，迅速离开了洞口，一路狂奔下山。他要尽快找到杨偌子，找到范南雨，将这个情况报告给他们。跑着跑着，突然想到他不清楚这时杨偌子和范南雨在哪儿。他们也是分头到各个寨子开展活动，看来一时很难找到他们。无奈中，铁蛋折转身，一路往三界地狂奔而去。

不想在半道上竟然撞见了杨偌子，杨偌子见铁蛋跑得上气不接下气，就问：你跑什么，有强盗追呀？

有强盗追我犯得着跑吗？

那是老虎？

比强盗老虎还要紧急的事情。

快说呀，别在这卖关子了，都快急死我了。

铁蛋就一五一十把他跟踪青石花看到的情况讲了出来。末了，杨偌子问：你看清、听清了？

铁蛋一脸的自信：我什么时候误过事？

杨偌子站在那里，心里反复地斟酌着。硬抢，怕伤了孩子；不硬抢，难道真把那玉石坛子和三百块银圆送给这帮土匪？

铁蛋说：钱我们可以去三界地跟那些有钱的老板借，但玉石坛子就没办法了。

杨偌子说：先借钱，再想玉石坛子的事吧。两人加快步子朝三界地奔走而去。半道上恰巧又遇上白捡得，三人一边快速前行，一边谋划着借钱的注意事项。

那天晚上，三人蒙着脸，手里握着枪，说是借，其实有点像抢。他们先跟梅三和吴天仁两个小老板各借得五十块银圆，两个小老板战战兢兢地把银圆交给了杨倌子。接着又到了龚书磊家。他们知道龚书磊也是个不好惹的角色，他的父亲也是个杀人不眨眼的恶霸土匪，哪个敢惹他？但是"黑三飞"就敢老虎屁股拔毛。当然龚书磊早就知道名扬三界地一带的"黑三飞"，在黑洞洞枪口下，他觉得，好汉不吃眼前亏，很爽快就把一百块银圆交给了他们。后来又到了梁通天家。梁通天老奸巨猾，磨磨蹭蹭半天也没把银子筹齐。铁蛋知道他想干什么，他想等儿子来救他。铁蛋拿出一把刀子，一下子顶在他的腰上，刀子戳破了梁通天的两层衣服。梁通天见"黑三飞"这么凶悍，觉得老命更重要，遂垂头丧气地把一百块银圆交给了杨倌子。

筹齐了钱，三人就连夜赶往九龙谷。

铁蛋把三百两银圆和一个用口袋装着的坛子放在九龙谷右边那个石像下，就转身下山了。可谁曾想到，铁蛋会飞檐走壁，刚下山就闪身进了路边的丛林，攀上悬崖，转眼就摸到石像的后山上，居高临下，观察着石像下的动静。只见青石花从树丛里爬出来，翻弄那三百块银圆，她见银圆是真的，便想翻看那个装着坛子的口袋。这时铁蛋把一个酸梅果扔过去，正好砸中青石花的手。她吓了一跳，望望身后，没发现什么，再看看头上，正好有一棵酸梅树，树上结满了酸梅果。她顿了一下，觉得没事，立即嘟着嘴，学着斑鸠咕咕咕的叫了三声。对面山坳迅疾也传来三声斑鸠咕咕咕的叫声。青石花心下一阵窃喜，提着银圆和那个装着坛子的口袋飞快地往后山的树丛里钻。哪曾想到，铁蛋正在那里候着她。

把东西放下。铁蛋命令道。

青石花不敢怠慢，乖乖把银圆和口袋放在铁蛋的面前。

把裤带脱下来！铁蛋低声吼道。

青石花脱下裤带，递给铁蛋，铁蛋三下两下就把青石花的双手绑住，并绑在一个树干上。青石花求饶道：好汉，求求你，别这样，以后我做牛做马也会报答你的。铁蛋见她话还挺多的，就扯了一把树叶塞进她的嘴里。青石花从来没有受到过这样的礼遇，身体不停地扭动着，哪曾想到，那条没了裤带的长裤就扭了下来，幸好她里面还穿着一条花短裤，要不然会把铁蛋吓落魂的。

杨倌子和白捡得本来想把那三个牵着盘石武的蒙面大汉解决掉，但怕伤及盘石武，就没动手。

三个蒙面大汉把盘石武绑在坳口那株大枫树下，就径直朝石像后面那座山走去。

杨倌子和白捡得迅即上前解下盘石武，杨倌子背着盘石武快速往山下走去。

三个蒙面大汉在石像后面的那座山转了半天，没见青石花，轻声地呼喊，也没听见回音，后来似乎听见一块巨石后面的树丛里有响动，就摸到树丛后，才发现青石花被绑在树干上。

三个蒙面大汉急忙上前帮青石花解开捆绑她的裤带，松了手的青石花，急忙把塞在嘴里的树叶掏出去。这时，她才哇的一声哭起来。她一边哭，一边穿那掉下来的裤子。以往她脱裤子总能实现某种目的，今天，什么目的都没实现，反而出了大丑。

三个蒙面大汉也无心欣赏青石花雪白的大腿，狠着劲一把把蒙面的布条撕下来，原来是伍鼠和他手下的蛇头、虎尾。他们打开那个布袋，发现里面装的是一个瓦罐。气得快断气的伍鼠，一脚把那瓦罐踢下了悬崖。

伍鼠低声吼道：谁干的？

不……不……不清楚。青石花瞪着极度惊恐的双眼回答道。

追！伍鼠掏出驳壳枪，拔腿往山下冲去。蛇头、虎尾紧随其后，一下子就没了影子。剩下青石花跌坐在乱石丛中瑟瑟地发抖。

铁蛋很快赶上了杨倌子，三人加快步子，飞一般往山下跑去。他们知道，劫匪很快就会追上来的。

果然，伍鼠和蛇头、虎尾很快追上了他们，杨倌子叫白捡得背着盘石武先撤，自己和铁蛋会会这个名扬三界地的老鼠精，看他是不是真有三头六臂。

只听砰的一声，杨倌子和铁蛋迅即闪身到路边的巨石后面。

还来真的。杨倌子骂了一声。他迅即一甩手，子弹飞出去，伍鼠的帽子应声飞走了。就在伍鼠一愣神的当儿，铁蛋的铁球同时飞出去，伍鼠的手枪也应声掉在了地上。伍鼠也算有点身手，一个鲤鱼大翻身滚进路边的草丛，再也不敢贸然爬起来。他知道，自己撞着鬼了，这是三界地神出鬼没的"黑三飞"呀。他们无家无室，行踪飘忽，那把枪神出鬼没，百发百中；那铁球像流星一样，饭碗般粗大的树干被击中，也能应声折断；飞镖更是可怕，专盯眼睛发射，前次在狮子岭蛇头那只眼睛就永远废了。这次想来点暗的，哪知还是撞上这凶神恶煞。伍鼠想，今天这"黑三飞"是故意手下留情，要不我这条老命恐怕早就上西天如来佛那里去报到了。

伍鼠知趣地退回山里，他懒得去理青石花，他觉得青石花是个丧门星，哪个沾上她，哪个就要倒霉。

杨倌子和铁蛋见伍鼠的枪被打掉了，躲在草丛中再也不敢伸出头来，相视一笑，遽然转身，飞一样去追赶白捡得。

此时，我脸色惨白，神情疲惫地回到狮子岭。赵妈、吴大爷、没关门大叔等一大帮人上前问我：有办法吗？我大口大口地喘气，只是向大家摆摆手，无奈地走进了家门。

大家聚集在屋前，感觉很无助，都声长声短地叹着气，去哪里筹集三百块银圆啊？时间很快就到了，还有那玉石坛子，这世道，还让人活吗？唉——

你爷爷从家里走出来，手里提着那杆鸟枪，他一句话都没说。赵大木也回家拿了自己那杆鸟枪，紧跟着你爷爷往九龙谷走去。吴大爷急忙上前拉住你爷爷，说：我们再合计合计，就你们这两杆鸟枪，去和这狡诈凶残的劫匪斗，那不是白白送死吗？赵妈也上前劝说。正当大家很难决断的时候，吴根高声说：你们快看，盘石武回来了！

大家立即停下争执，回头往狮子岭的山坳口望去。只见盘石武从杨倌子背上滑了下来，甩着小腿，嘴里叫着妈妈妈妈，一路向前跑来。

大家见盘石武被解救回来，心头那块石头咚的一声落地了。我抱着盘石武，放声大哭，大家见状，都喑哑在那里，低声地啜泣。

隔了许久，杨倌子才高声说：这件事是伍鼠这伙匪徒与青石花干的，我们一定要找他们清算这笔账。

大家都说：对，要找他们算账！

可眼前我们三界地游击队人数还很少，土匪的势力还很猖獗，希望大家团结起来，我们一起来清除匪患。

赵大木说：我愿意和你们一起干。

吴根、吴基见赵大木敢于参加，也说要参加。

杨倌子说：好吧，我会把你们的情况汇报给范南雨的。你们目前要做的就是提高警惕，严密防范土匪来抢劫你们的财物，几个小孩尽量不要外出。

　　之后，杨倌子又说了一些防范土匪应注意的细节，就和铁蛋、白捡得下山了。杨倌子觉得，应尽快把这借来的银子还给三界地的几个借主。可是走到半道，白捡得就说自己肚子痛走不动，坐在路边的石块上不愿起来，铁蛋也说自己的头有点晕，想休息一下。

　　杨倌子觉得有点莫名其妙，这两个家伙身体强壮得像花果山上的精猴，哪里会头痛、肚子痛？一定是他们想打那三百块银圆的主意。他也觉得这到手的三百块银圆对于刚刚建立起来的游击队很重要。见铁蛋和白捡得还在那里磨磨蹭蹭，杨倌子就直截了当地对他们说：装什么装，你们以为我想还掉这银圆呀？当初我们说的是借，如果不还，会产生什么样的后果？

　　最起码梁通天和龚书磊的那两百块银圆我们不应该还。铁蛋说。

　　杨倌子也觉得铁蛋说得有点道理，梁通天手上的银圆，有哪一块是用自己的血汗挣来的，他的黑心钱不要白不要。

　　一路上三个人你一句我一句地说着，再翻过一道坡就到了三界地。刚走到坡顶，就看见范南雨坐在坳口的那株樟树下。稍近，大家发现他的脸色有点严峻，有点像关帝庙里的关老爷，眼里容不得半粒沙子。

　　范指导，你怎么在这儿？白捡得嘴快，话也来得快。

　　我不在这里，怎么能找到你们？

　　你知道我们要经过这里？铁蛋问。

　　你们这两天都干了什么？快把钱还给人家。哪能这样干呢？我们现在是共产党领导的游击队队员，再不是什么"黑三飞"了。哪些事情能做，哪些事情不能做，我已经跟你们讲了多次，怎么一离开我就又干起自己的老本行来。

　　救人要紧，我们也没办法。铁蛋说。

　　你们不想想你们在救人的同时，又毁了自己的信誉。你们去三界地街上听听那些议论，就知道这样做带来的负面影响有多大。

　　我就想不通，恶霸地主的钱，我们为什么就不能要？白捡得嘴里还在嘟哝着。

　　要没收恶霸地主的财产，得由政府来执行，不是我们想怎样做就怎样做的。况且现在日本鬼子的铁蹄已经逐渐向南方几省践踏而来，这时，我们要联合一切抗日力量，共同对付小日本。你们先把借来的钱归还，其他的事情往后再说吧。

到了三界地，杨倌子他们三人先到了梅三家，梅三不敢接那递给他的五十块银圆，他瑟瑟缩缩地戳在那里，一个劲地推辞。杨倌子就把钱放在了桌子上。后来到了吴天仁家，也遇到同样的情况，杨倌子没说什么，也把银圆放在桌子上，甩手走出他家。

他们又来到龚书磊的家。龚书磊接过银圆，把银圆放在桌子上，双手抱拳向杨倌子三人作了一个揖：佩服，佩服。

夸张了吧，这有什么值得佩服的？

就冲你们这一点，这一百块银圆就是你们的了。龚书磊说着，就把一百块银圆递给站在一边的白捡得。

那就谢谢了。白捡得双手一揖，心安理得把钱捧在手里。

杨倌子急忙从白捡得手里夺过银圆，放在桌子上，摇了一下手：感谢你的厚意，我们心领了，但这钱我们不能要。

怎么不能要？龚书磊接过钱，眉宇间闪过一丝不易察觉的冷笑，他心想，如果你们敢要，就有好戏看了。

最后杨倌子他们三人才到梁通天的家，梁通天接过那一百块银圆，阴沉着脸：如果今天你们不来还钱，我就要报官了。

是吗？那你报呀。铁蛋愤然说道。

梁通天懒得理铁蛋，倒背着双手就走进了里屋。铁蛋黑着一张脸，横了一眼梁通天，跟在杨倌子身后，走出了梁家店铺。

走到三界地街尾，他们和等候的范南雨一起往十里盘铁匠铺走去。一路上，他们向范南雨讲了他们怎样救盘石武的前后经过。范南雨说：看来我们还要加大发动群众的力度，要尽快把群众组织起来，和土匪恶霸作斗争。

晚饭过了一点，四人就到了十里盘铁匠铺。他们已经好多天没到铁匠铺了，铺子里被老鼠破坏得一片狼藉，幸好那点米和油是装在坛子里的，要不就惨了。他们觉得事情不对，李冬冬答应在家守着铁匠铺子的，她跑哪儿去了？

幸好范南雨在三界地买了些肉菜，大家急忙煮饭炒菜，很快晚餐就做好了。大家几天来都没吃过一餐像样的饭菜，都觉得空落落的，肠子里像灌进了一股股冷风，刮得肠胃钻心地疼痛。

吃完饭，杨侉子很快就收拾完碗筷，铁蛋和白捡得倒在床上就睡了。

范南雨还硬撑着没合眼，他在过滤着到三界地开展工作的点点滴滴。他觉得狮子岭的赵大木、吴根、吴基，峡口寨的鸭蛋这些穷苦人家的孩子都应是重点发展的对象。他觉得应该利用杨侉子这次成功解救盘石武做做我的思想工作，让我参加游击队，暗里仍在狮子岭监视土匪的活动。这样狮子岭、鸡公岭等周边的寨子就有了一个联系的中心点。

不知什么时候，范南雨也睡着了。

杨侉子一夜都没合眼，他担心着李冬冬。她到底去了哪儿？

第二天早上，突然听见棚子外发出一阵叮当的响声。大家急忙爬起来看，是铁蛋在修整旧锄头。

原来铁蛋跟上村下寨的人约定，如果他不在家，就把拿来修整的农具写上名字，放在棚外的一个木桶里，他回来就帮忙修整。没想到几天没回铺子，木桶里已经放着几把旧锄头和两把斧头等着他修整。

白捡得见铁蛋忙活，立即到水筧下冲了一把脸，清醒了许多，随即在铁蛋小锤的指点下，也抡起大锤狠命地击打。一时间，棚子内外就有了生气。

也就在这个时候，李冬冬回来了，她的身边还多了一位女子。这女子就是苦妹子。李冬冬走到铁蛋面前，把苦妹子交给铁蛋，说：这是你的女人，以后你们就相依为命过生活吧。

铁蛋愣在那里，一个不知道从哪里冒出来的女人，怎么就突然成了我的老婆？这玩笑开大了。

哪个跟你嬉皮笑脸，这是雪花姐姐保的大媒，还有错？

苦妹子咚的一声跪在铁蛋面前哀求道：是雪花姐姐救的我，她叫我来找你，你就收下我这个苦命的人吧。

铁蛋觉得自己像在做梦，他一个孤儿，对娶妻生子连想都不敢想，现在突然有一个女人主动说愿意当自己的老婆，这是哪辈子修的德？铁蛋相信雪花姐，他不想再去追寻那些来龙去脉了，他伸出那双打铁有力的臂膀，扶起了苦妹子。

第七章

　　龚书磊凭着自己特殊的身份，生活已经很土豪了。可天高不如人心高，他还不满足，一个偶然的机会，他发现了一个能赚大钱的门路。

　　那天，他在灵州独角峰山下的一家餐馆里遇到了两个神秘的灰衣男子，一个微瘦，一个略胖。他们坐在那里用餐，但很少说话，帽檐下的眼睛，时不时向周围闪过一束电光，偷偷地窥视着餐馆用餐者脸上的蛛丝马迹。但大多数用餐者只管自己眼前的几盘菜、一壶酒，他们思维的频率与饥肠辘辘的肚子都在一个跑道上。龚书磊一看这俩人，就知道他们有来头。

　　龚书磊拣了一个较为僻静的座位，点了一盘牛肉、一碟油炸花生、一壶酒。龚书磊不动声色地坐在那里。他今天来灵州，目的和前几次一样，他手中还有点货，他想探探风，要个好价钱。

　　最近，日本鬼子已经攻陷灵州了。山里人都惶惶的，太阳刚下山，就把门户紧紧地关闭起来，生怕鬼子杀进山来。龚书磊觉得这帮人胆子像老鼠一样小，实在可笑。他可不信这个邪，他觉得这大山就是一个迷宫，那些小日本，他们进山来，找死吗？况且，这大山能有什么？哪一样都是不值钱的货。他自己却打着如意算盘。最近他听一个北方朋友说，这些小日本，暗地里在疯狂地寻找古董、文物，这可是天赐的好机会啊。但是他的朋友说，跟小日本打交道，胜算很小，没有几个人能斗得赢他们。

　　龚书磊那个发财念头像一条蛇芯子，刚伸出嘴巴一点点，就觉得很危险，倏地收了回去。是啊，小日本的钱是不好赚的。

　　　　　　　　　　　　　　　　　　　　　　　　　　　　　生命源

眼前这两人，听他们说话不够流利，龚书磊心想，难道他们是日本人？他们为什么要像南方人一样打扮？刺探军情？奸商活动？都有可能。他想到了自己手中的那些古董……仿佛眼前突然耸立起一座金山，黄灿灿的，他兴奋得几乎晕眩过去，他也不知道是祸还是福，但是前面就是一个魔窟，也要去探探深浅。

两个灰衣男子也注意到了这个坐在餐馆一角精悍的山里人。他们眼里的那束光与龚书磊的眼光一对接，他们就知道，今天的重点目标应该就是眼前这个人。他们仿佛已经窥见了龚书磊挎包里的那个宝物。

龚书磊觉得要吊吊这两个人的胃口，他不能这样轻易地暴露自己，亮出自己的底牌。他吃好饭菜，喝了几杯酒，跟店小二结完账，就信步走出了餐馆。他觉得今天应该到独角峰上看看。可能是战争的气氛越来越紧张的缘故吧，今天登山的人寥寥无几，龚书磊在前，两个灰衣男子在后，都不急不缓地往上挪动着步子。

山不高，很快就到了山顶的那个凉亭，龚书磊坐在凉亭的长凳上，心里有点紧张，偷偷摸了摸口袋里的那把手枪。这把手枪，没有谁看见过，在三界地，人们都把他当作一个只会做生意的小商人，没有谁知道他怀里还揣着一把能置人于死地的铁家伙！

不一刻，两个灰衣男子也到了凉亭，他们礼貌地向龚书磊鞠了一躬，就坐在龚书磊的对面。

年轻人，你有货？瘦灰衣男子单刀直入。

没有。龚书磊心里一震，眼前这两个人难道有透视镜，能看穿他的口袋？

没有，你叫我俩上这儿来干吗？

谁叫你们上来啦？

你的脚步，你的眼光。

龚书磊浑身惊怵了一下，冷静下来，他的一只手像狡猾的狐狸爪子往前伸了伸：你们想要什么货？

什么货都想要，越古越好。

价钱？

看货。

至此，龚书磊已经完全可以断定眼前这两个人的来路了，他知道今天在这里自己占不到便宜，只有把他们引到自己的地盘再跟他们讨价还价，胜算才大。

　　请问尊姓大名？

　　瘦灰衣说他叫王本郎，胖灰衣说他叫杨井郎。听他两个人报的姓名，龚书磊心里一阵冷笑，但是他装着木讷的样子，说：我叫龚书郎，名字与你们有缘，都有一个郎字。我是个读书人，现在书读不成了，就赋闲在家。如果两位先生不嫌弃，到湘桂黔交界的三界地走走，也许会获得自己喜爱的玩物。

　　王本郎与杨井郎听龚书磊如是说，正中下怀，这几天，他俩正受命于上级，要去三界地秘密执行一项任务，这是军事目的，现在又碰上一单古董生意，岂不一箭双雕？这些时日，他们早就把湘桂黔的三界地研究了个透。他们知道三界地不但是湘桂黔的商贸中心，也有悠久的发展历史，还有非同一般的军事隘意义。上级交代，要把九龙谷的地形图绘出来。两人接下这个任务时心下就不停地打着小算盘。

　　九龙谷山高林密，溪河纵横交错，各种奇形怪状的洞穴在大山下演绎着它们的神奇。这一带留下了历代少数民族部落生活的痕迹，同时也遗留下他们生活的用具。但那些用具湮没在大山与洞穴之中，想要得到它们，没有当地人的帮助，无异于乞丐想吃天鹅肉。另外，他俩到这儿已经有一段时日了，他们观察眼前这个每次背着一个口袋，口袋里装着古董的山里人已经不是一天两天的事情了。这个山里人，像只警觉的狐狸，灵性得很，他从来不轻易出手，他似乎在等待着什么。

　　王本郎主动说他俩是北方人，北方战事太多，做不了生意，只有到南方找点活路。

　　龚书磊也说自己只懂得一点古董常识，希望交个朋友，向两位先生学习学习。

　　其实，龚书磊迷上玩古董是源于一个偶然的机会。

　　父亲龚大雷不让儿子继承自己为匪的家业，逼着龚书磊外出读书。在省城读书的那段经历，他倒也学到一点真本事。也就是在那段时间，龚书磊接触到几个卖古董的商贩，转手倒腾了几次古董，尝到了甜头。后来龚大雷觉得时局乱乱的，再读下去，也读不到什么，就让他回到了林川县，在三界地帮他盘了一家店铺，让他打理经营。但龚书磊从小大手大脚地花钱惯了，对于这种毫厘必争的小打小闹一点都不感兴趣。他把门面交给两个店小二看管，自己则四处转悠，干他捞钱的勾当。

一天，他上山，见龚大雷桌上摆着一个铜碗，光滑锃亮。他仔细看那碗底，见刻着两个字，看了半天，才认出是孟获的字样。他浑浑噩噩地记得，这孟获可是一位很古很古的人，那这个碗可是一件价值不菲的古玩。他没有告诉龚大雷，拿着铜碗就下了山。

把玩了这个铜碗一段时间，他就背着这个碗上了灵州，他想看看这件古玩到底能卖多少钱。不想，那次初出茅庐，就让他赚了九百八十块银圆。九百八十块银圆啊，自己要经营多久才能挣到啊？从此，他有空就去父亲龚大雷处偷窥，见有古玩，就偷偷拿走。多次后，龚大雷发现了，就责问龚书磊：那么多古玩你都弄什么地方去了？龚书磊瞪着一双狡黠的眼睛，回答说：生意不好，我拿去换几个钱，来维持小店的生意。龚大雷想想也是，在这战乱的年代，生意的确难做。他很为难，如果不让龚书磊开这小店，他又能做点什么呢？况且，他也不是玩古董的行家，这些古董都是抢劫时顺手牵羊得来的，卖就卖了，下次再顺手要几件就行了。这件事就这样敷衍过去了。

这样，龚书磊就有了一点存货。他想，这些货民间可能还会有，山洞里可能也会有。从那以后，他有时间总往村寨里窜。十里八寨有知道龚书磊背景的，见他来了，就远远地避开他，他们都不敢惹这个匪首的公子。龚书磊看在民间捞不到什么古玩，就到圣山周边的山洞里转悠，经过几年的探险寻宝，圣山周边的山洞几乎都给他寻了个遍。你别说，还真给他找到了一些玉石刀、玉手镯、古钱币等小物件，只是没见大一点的古玩。在九龙谷，他还看见洞壁上刻着一些字，那些字弯弯曲曲的，他不大认识。由此他断定，九龙谷应该还有什么古玩，只是不知道藏在什么地方而已。

王本郎与杨井郎见龚书磊遮遮掩掩的，心里已经证实了自己的判断。他们知道，应该抛点诱饵了，就拿出一条金条递给了龚书磊。

龚书磊望着眼前的金条，他觉得这金条上面燃烧着一团火，很烫手。他踌躇着，不敢伸手去接。

王本郎把金条塞进龚书磊的口袋说：一回生，二回熟，以后我们就是生意上的伙伴了，这点小钱就权当我们的见面礼吧。也就是那一瞬间，王本郎摸到了龚书磊口袋里的小玉石刀，他心下暗喜。

王本郎和杨井郎见这个三面环山的三界地，地理环境很是险要。出入三界地，就街头与街尾两个出山口，这样的地理环境，也莫怪中原的统治鞭长莫及了。看来此行一切都得小心行事才是。

晚餐就在龚书磊的铺子里将就着吃一点。龚书磊从坛子里掏出酸鸭、酸鱼直接切了，摆在桌子上。王本郎与杨井郎见那样子，不敢吃，他们只吃了一团糯米饭，就饱了。

住了一个晚上，龚书磊并没有拿出一件古董给王本郎与杨井郎看。王本郎说想看看龚书磊的宝贝，龚书磊则说有几件，都放在父亲处。王本郎笑笑，又不经意提起龚书磊的父亲，龚书磊说他父亲做的是无本生意。王本郎又笑笑，就不再问了。

早上他们喝了点油茶。王本郎觉得这油茶倒很合口味，他觉得中国的饮食实在五花八门。喝过三碗，三人就往圣山走，刚开始走的是大路，后来就拐进小路，再后来连小路也没有了，山越来越陡，树林越来越幽深。

王本郎觉得这龚书磊在搞鬼，他突然拔出短枪，指着龚书磊质问：你想带我们去哪儿？

龚书磊见黑洞洞的枪口对着自己，笑笑说：你这是干吗？昨天晚上都讲清楚了，去九龙谷呀。

这是人走的路吗？

是啊，这是鬼走的路，如果是人走的路，还能有宝物轮到你们来取吗？你俩也是走江湖的人，连这点都不懂？其实两个小日本的猜疑并没错，平时的确也不是走这条小道，但今天龚书磊就是要试探一下两个"古董商"，看他们是哪一路人。

王本郎想想也是，就收起了手枪。

龚书磊说：没有谁知道圣山通往九龙谷还有这样一条秘密通道，你俩是第一个知道这个秘密的人，还不满足？其实龚书磊这个大炮筒也只能骗骗两个小日本，说只有他一人知道这条秘密通道，也未尽然。

说是秘密通道，一点也不确切。这哪是路？完全是在悬崖峭壁上攀上

　　　　　　　　　　　　　　　　　　　　　　生命源

攀下，有时甚至要抓着绳索飞下悬崖。当然这点困难也难不倒王本郎和杨井郎。

看着身手矫健的两个"古董商"，龚书磊心下吃了一惊，他甚至有点后悔自己的盘算了。

龚书磊说：这些年，他没少到九龙谷探寻，虽然碰巧也给他在石缝里捡到几件玉器，但钻来钻去，仍没完全搞清楚这九龙谷百曲千折的洞穴，有时走着走着，就迷路了。有一次，他被困在洞里，转了两天才找到出口。

王本郎与杨井郎听龚书磊这样一描述，脚下的步子就立马缓了下来，他们一边前行，一边做着记号。看两人那熊样，龚书磊就觉得好笑，还装什么高手！两句话就把你们吓得像个小脚婆似的畏畏缩缩，半天也不敢迈出一步了。龚书磊故意加快了脚下的步伐，他跳跃腾挪着，在千奇百怪的洞穴里钻来钻去。

转了一天，只转得王本郎与杨井郎晕头转向，早上吃的是油茶，几泡尿后，肚子早就贴后背了。

这时，洞穴深处传来鬼哭狼嚎般的叫声，三人浑身都泛起鸡皮疙瘩，汗毛一根根倒竖起来，心几乎提到嗓子眼。

龚书磊是第一次听到这种奇怪的声音，他竖起耳朵，那声音仿如又消失了，当他不注意的时候，那声音又怪声怪气地从洞穴里钻出来。

王本郎与杨井郎也是见过世面的，但是今天这种险恶的环境、阴森恐怖的声音，他们还是第一次领略。他们踌躇了一阵，又继续前行，心下鬼鬼祟祟地盘算，那么远，来一趟不容易，况且勘察九龙谷地形这是上级的命令，再难、再险也要搏命上前。

龚书磊这时候倒很被动，因为他头脑里突然浮现出"黑三飞"的身影。他知道这九龙谷也是"黑三飞"经常出没的地方，但他不能说。他想，如果遇上"黑三飞"那敢情好，就让"黑三飞"去对付这两个"古董商"，自己神不知鬼不觉地捞一把横财，那岂不更好？

可是一直走到洞外，连"黑三飞"的影子都没见。龚书磊有点失望，他望望两个"古董商"灰灰的脸色，刚才他俩那气势汹汹的狰狞面目已经消失殆尽了。

龚书磊心下思忖，凭一根金条就想把三界地的宝物都捞走，做梦吧。

回到家，已经是半夜过一点。龚书磊说：我们去找个地方吃饭，好吗？王本郎听龚书磊说有美食，心下甚是乐意。

龚书磊先找了梁三天来。梁三天听了龚书磊的说道，才知道三界地来了两个"古董商"。他想，这两个"古董商"也忒胆大了，敢孤身到三界地来。龚书磊说：他们背景深得很，我们可惹不起。

梁三天把宴席定在梅家饭铺。酒过三巡，梁三天醉眼蒙眬地说：你们来三界地寻宝，可知道三界地有什么宝物吗？王本郎与杨井郎都装模作样地摇着头，说：我们两个外地商人，哪知道这里有什么宝物？王本郎从口袋里掏出一根金条来摆在梁三天面前。梁三天见是金条，很兴奋，他说：你们听说过伍鼠这个人吗？没听说过吧，他老家在青舟，为了寻找一个玉石坛子，一路追踪到了三界地。可那玉石坛子竟然落到鸡公岭梁雪花手里，伍鼠几次抢劫搜找，都无功而返。王本郎和杨井郎心下暗喜，如果此行能把玉石坛子掳走，那真是走了狗屎运。但两人仍装作漫不经心的样子，举起酒杯说：喝酒、喝酒！

两个小日本喝得酩酊大醉，睡到太阳都快晒屁股了才慵懒地爬起来。

龚书磊早就把饭菜准备好了，吃完早饭，王本郎说：今天去仙湖玩玩，明天就回灵州。龚书磊心想，今天说是看风景，谁知道他们心里打的什么鬼主意。

未到仙湖，却看到在几株巨大的红锥树掩映下，有几座影影绰绰的庙宇。王本郎说：先到龙谷寺上炷香吧。龙谷寺可是湘桂黔边陲香火鼎盛的寺庙，龚书磊心下又一惊：这两个魔头，什么都知道得这样清楚。

进了龙谷寺，里面已经有一些香客在上香。王本郎与杨井郎两人一副虔诚的样子，他们上完香，看见观音菩萨旁边有个功德箱，就掏出十多块银圆，投了进去。

这些年来，兵匪作乱，人民的生活难以为继，来寺庙上香的香客是越来越少了。寺庙的主持悟静已经好久没见这么虔诚、出手又如此阔绰的香客上山了。他走上前，热情地邀约他们一行三人到后院佛堂喝茶。

王本郎、杨井郎两人也不谦让，跟随悟静往后堂走。后院佛堂环境更幽深宁静。佛堂正中还是观音菩萨的佛像，和外面没什么区别。唯一不同的是那个三鼎青铜香炉。王本郎眼睛射出一股绿光，有那么几秒钟竟忘了回答悟

生命源

静主持的问话。

龚书磊虽是本地人，可从来没进过这个佛堂。他也觉得那个香炉很不一般。他看王本郎那神色，就有预感，龙谷寺有麻烦了，自己可能要亏大了。

喝了几杯茶，大家相互客气了几句，就走出了龙谷寺。

不消一刻，就上到仙湖。站在仙湖旁，大家嘴上说着仙湖的美景，心里却想着那个香炉，各个都在筹划着自己的小算盘。

如此美景都不上心，那就下山吧。

到了三界地，王本郎把龚书磊请进梅家饭铺，他说：辛苦了两天，明天就要走了，怎么着也得请龚先生喝杯酒。

龚书磊不知王本郎两个人葫芦里卖的什么药，但他觉得，这是自己的地盘，难道这两个人还能翻了天？如果他们真敢惹毛自己，大不了叫老爸龚大雷来灭了他们。他们要喝酒，就喝酒。

只几个来回，大家都有些醉了。一个个回到家，也不洗漱，就上床睡了。

我是个劳碌命，总是忙这忙那，尽管这样，每年到了五月初三这一天，我总要到龙谷寺上香还愿。我认为，钱多钱少、供品厚薄都没关系，关键是自己的诚心。这些年来，杏妮女神与观音菩萨保佑着自己逢灾破灾，有了饭吃，有了屋住。我在心里时时记挂着菩萨的好处。今年桐子开花时节，下了一阵冰雹，桐子挂果很少，年成不好，我和你爷爷仍像往常一样带着香纸来上香还愿。上香还愿完毕，天色渐晚，悟静主持盛情挽留我和你爷爷吃罢斋饭再下山。

我见悟静主持那么热情，就答应下来，几个人在后院斋堂，先喝了一壶圣山上特有的仙人茶，然后再进斋饭。我正对着窗口，吃到半餐，似乎感觉有一个黑影晃过窗前。我揉揉眼睛，却什么也没看见。

我觉得很是蹊跷，隐约觉得寺庙今天晚上可能会有事，旋即放下饭碗，走出斋堂。

这时，只见一个人影飞行在寺庙的屋檐上，我叫了一声：有强盗！

声音未了，那个黑影就消失在暗夜中，我觉得那个黑影似乎有些眼熟。

大家都觉得我可能看花了眼，这寺庙有什么值得强盗半夜三更飞檐走壁冒这风险？

经过一番查看，一个和尚才发现后堂那个三鼎青铜香炉不见了。大家四处寻找，没见香炉的踪影，都叹着气，说这件东西可是龙谷寺的镇寺宝贝啊，这下可怎么办啊？

我和你爷爷见如是说，都替他们着急。

悟静主持倒背着手，一言不发地在佛堂里踱着步，大家都不知道他心里在想些什么。

其实，我看到的那个黑影，是跟踪盗贼的黑影，我错把他当作盗贼了。那盗贼早已得手，飞快地往山下跑去，后面这黑影则紧紧盯着，瞬间就消失在圣山的夜幕之中。

隔了好一会儿，悟静主持才缓缓说道：该去的就由他去吧，该留下的就留下，阿弥陀佛。说完，叹了一口气。

我不明白，出了那么大的事情，这悟静主持怎么还沉得住气。我不想再说什么，也不知道自己能说什么，心里自然想到了"黑三飞"，我知道，对付这种人，只有他们才行。

我拉着你爷爷下山了。悟静主持怎么挽留，我都不答应。

那天晚上，我和你爷爷赶到了十里盘铁匠铺，那时天已微露曙色。

范南雨刚好起床，见我和你爷爷一身雨露地从山道上走来，就含着笑问：有急事？

我简要地把龙谷寺的镇寺宝物三鼎青铜香炉被盗的情况讲了一下，并说盗贼是个会飞檐走壁的家伙。

范南雨思谋了一下，他觉得这应该是那两个小日本干的。他相信杨倌子他们已经盯上了两个小日本。铁蛋听见外面有人说话，也起床了。范南雨吩咐铁蛋：准备一下，马上出发。

这时，李冬冬和苦妹子从后山走了下来。这段时间，斗争越来越复杂，为了安全起见，李冬冬与苦妹子晚上都不睡在棚子里，她们睡在后山一个石洞里。那个石洞洞口很隐蔽，若不是白捡得追赶一只野兔，那只野兔窜进那个石洞里，至今他们也不会发现这个洞口的。为了这石洞，他们几个人在洞里转悠了几天，才搞清了石洞四通八达的路径。大家都很高兴，觉得这十里盘铁匠铺又多了一道天险。

我见范南雨有了安排，心里一块石头就落了地，我也想跟着去帮帮忙。范南雨让我先赶回狮子岭，看看两个小日本是否经九龙谷往湖南潜逃。去九龙谷得经过狮子岭，我的心又提起来了，和你爷爷急着往家赶。

铁蛋听范南雨说什么要到峡江口拦截那两个小日本，就质疑：为什么不直接去三界地？他们从龙谷寺下来，可能还在三界地歇脚，何不在那里把三鼎青铜香炉夺回来？

范南雨思谋了一会儿，解释道：杨倌子与白捡得已经在那里了，我们在峡江口，前后夹击，看他往哪儿逃。

李冬冬、苦妹子也要求去。范南雨笑着劝道：十里盘铁匠铺不能离开人，你们看家的任务也很重要。

说着话，范南雨和铁蛋就快步往峡江口走。

我和你爷爷回到家，见家中并无异样，也就放心了。你爷爷遂上楼拿着那杆鸟枪，一句话也不说，就往山下冲去。我不放心，叮嘱没关门大叔两句，也急忙去追赶你爷爷，往峡江口走去。

杨倌子和白捡得这两天也累得够呛，他们不明白龚书磊把两个灰衣人领到三界地来干什么。据灵州地下党传来的信息，这两个灰衣人是日本特务，像瘦猴一样的叫山本太郎，像肥猪一样的叫井上太郎。他们来三界地一定有什么阴谋活动。为了不打草惊蛇，范南雨吩咐他和白捡得悄悄地跟踪他们，不到万不得已，不下手。

可没想到他们竟把龙谷寺的三鼎青铜香炉盗走了。这三鼎青铜香炉可是龙谷寺的镇寺宝物，岂能让小日本盗走？杨倌子尾随那个在暗夜掩护下的行窃黑影，一路来到龚书磊的店铺前。那两个黑影一晃就不见了。

白捡得提着驳壳枪就想冲进去，杨倌子拉住他说：何必硬来？以其人之道还治其人之身岂不更好？

白捡得听不懂杨倌子说什么。杨倌子告诉他：很简单，你悄悄进去，把宝物取出来就行了。白捡得想想也是，就一跃飞进了龚书磊的铺子里。经过反复查找，他发现那宝物装在口袋里，放在盗贼睡的床底下。

见两个小日本睡熟了，白捡得就偷偷爬进床底，取走了那包宝物。杨倌子见白捡得得手，招招手，飞快地往龙谷寺山上走。

到了龙谷寺，他们叫醒了悟静主持，把宝物递给悟静主持。悟静主持打开布袋，从布袋里拿出一个鼎罐。杨佰子和白捡得均大吃一惊，两人相互望了一眼，倏地转身，转眼就消失在夜幕之中。悟静主持对他们说：算了，就让他们去吧。

转到三界地时，天已麻麻亮，整个小镇还沉浸在浓浓白雾笼罩之中。杨佰子和白捡得蹲守在龚书磊的店铺外，天已快亮了，还不见屋里有响动，两人提着枪，冲进屋里。店小二惊恐地告诉他们，两个客商半夜没过就走了。不久龚书磊也出了门。

他们能去哪儿？日本攻陷灵州后，大部队已经开始往龙州方向移动，估计他们已经不会再转回灵州了。

下龙州，最便利的就是乘船。

杨佰子与白捡得飞步往鸡公岭渡口跑去。到了渡口，已经没了日本鬼子的踪影。渡口上静悄悄的，一艘船都没有，这可怎么办？杨佰子和白捡得只得沿着江边的大路快速追下去。

正如杨佰子所分析的，这时，奸诈的王本郎与杨井郎正驾着一只船往峡江下游逃窜。王本郎把三鼎青铜香炉翻出来轻轻抚摸了一下，又把龚书磊藏在家中地窖的全部古董打开看了一眼，那些玉佩、玉刀、玉马……最重要的是，他们悄悄记录了九龙谷险要的地理位置。王本郎一脸的狂傲神色，连那额头也显出贼亮贼亮的光，他阴笑着说：几个山里的笨猪，也想跟我斗，真是不自量力。杨井郎则站在船尾，拼命地摇桨，但那艘船好像故意和他作对似的，总在那里团团转。王本郎见杨井郎那个熊样，心下着急，这黑黢黢的峡谷眼看就要放亮了，待天一亮，自己不就成了他们的活靶了？王本郎蹿上去，夺过杨井郎手中的桨，用尽力气划，但是那艘船仍像一个陀螺一样，你越摇得猛，船则越转得快。气得王本郎像一只疯狗，恨不得把那船桨咬上一口。

就在这个时候，龚书磊划着船追了上来。龚书磊想不到这俩小日本竟敢和他玩阴的，他捎信给他父亲龚大雷，让他迅速赶往峡江口，拦截两个小日本，自己就急忙窜出三界地。他想，两个小日本还回自己的宝物就算了，不给，那就休想走出这峡江。

哪想到，这两个小日本见他追上来，一句话没说，就开枪了。

范南雨和铁蛋很快就赶到了峡口寨的码头，码头上正好有一艘船。铁蛋快步上前，对船舱里的三个人说：老乡，我们想借你们的船用用。

那三人连正眼都没看铁蛋一眼，拿着竹篙一点码头就准备开船走。铁蛋眼疾手快，抓着船头的绳子，把船拉住。

船上一个黧黑的矮个子窜上前，横了铁蛋一眼：你吃错药了吧？

范南雨赶上来道歉：对不起，老乡，我们要在这个江面执行任务，情况紧急，马上就要打仗了，这里很危险，你们还是赶快上岸吧。

你们是谁？站在船尾那个中年男子问。

我们是谁不重要，重要的是你们得赶快离开这里。铁蛋很是不耐烦。

这是什么话，要我说，你们得赶快离开这里，等下子弹飞来可不长眼睛的。矮个子阴阳怪气地说着，一副满不在乎的样子。

你小子说什么？铁蛋猛地从腰间拔出驳壳枪，还没有谁敢在我铁蛋眼前叽叽呱呱地斗嘴。

铁蛋？你是——铁蛋？

铁蛋从怀里掏出一颗铁球，要不要尝尝这颗铁球的滋味？

船上的三人见铁蛋手里攥着的铁球，都齐刷刷地抱拳在胸，齐声道歉：对不起，铁蛋兄，我们有眼不识泰山，还望海涵。

范南雨上前劝道：既然这样，你们还请上岸，我们要在这里执行任务。

什么任务？

日本鬼子偷走了龙谷寺的镇寺之宝，我们要在这里拦截他们，夺回宝物。

是三鼎青铜香炉？

是的。

只是听说龙谷寺有这样一个镇寺之宝，我们从来还没看见过，他们倒想得美，说拿走就拿走。我们一起来对付这狗娘养的小日本强盗！

顿了一下，那中年男子继续说道：我叫雪孩儿，这矮个子兄弟叫黑螃蟹，那高个子叫蓝刀鱼。他们水上水下的功夫都是一流的，子弹是打不着他们的。

铁蛋早就听说这峡江一带有一个因生活所迫当了土匪的雪孩儿，想不到在这样的一个情势下见了面。他悄悄对范南雨说：看来这个雪孩儿和其他土匪不完全一样，心中还是有一些民族大义的，让他参加拦截，多一份力量。

范南雨看这三人，觉得铁蛋讲得有道理，但更为重要的是，他想借此机会争取一下雪孩儿，壮大游击队的力量。范南雨立即应承。

铁蛋望着雪孩儿：你们要参加这次夺宝战斗，一切行动得听这位范南雨指导员的指挥，做得到就留下，做不到就走人。

雪孩儿爽口答道：只要能夺回宝物，你们叫我们干什么都行。

江面很静，一点都不像要有一场生死的战斗在这里打响。范南雨吩咐雪孩儿把船撑到江中，把船篷撑起来，一人在船尾掌舵，一人在船头放网。

在江面等了好一会儿，仍未见上游有什么行船下来，范南雨心下有点担忧，难道他们走旱路？是自己判断失误了？杨偣子他们现在在哪儿？

杨偣子和白捡得沿江飞奔没多远，瞧见江边有一只打鱼的小竹筏，两人飞身上了竹筏，撑着竹筏飞快地向下游追去。追了两个滩，瞧见前方不远处有两艘小船。杨偣子想，小日本再怎么也不能坐两艘船，这是怎么了？此时风急浪大，也容不得杨偣子多想，他和白捡得一前一后奋力撑那竹筏，竹筏乘着风浪像一支箭一样向那两艘船冲去。

很快，杨偣子就看清了后面那艘船上站着的竟是龚书磊。龚书磊怎么也在这儿？难道他要和小日本一起潜逃？不可能，那又是为什么呢？

这时，突然一声枪响，只见站在船头的龚书磊身子一歪就跌进江里。

小日本见射中了龚书磊，又拼命划着船向下游窜去，但是那小船很不听话，东歪西斜的像个醉汉。这小日本什么都学，就是没学划船，这下可给杨偣子他们赢得了时间。他们撑的竹筏很快就靠近了小日本乘坐的小船。

接连两声枪响，杨偣子和白捡得先后应声倒进了江里。

两个小日本见追击他们的人都被击落水中，冷笑一声：几个土包子，也不想想，日本的特工可不是你们中国的水豆腐，想咬我们，可要小心崩断你们的门牙。两个小日本很是得意，一个站在船头，一个站在船尾，他们甚至放下了船桨，面目狰狞地望着峡江两岸连绵起伏的险峻山岭，觉得自己似乎成了这险峻山峡的主人，觉得日本的国旗似乎已经高高飘扬在峡江两岸的山顶上。

正当两个小日本在做着美梦的时候，江面冒出两颗人头，紧跟着两声枪响，杨井郎摔进了江里，王本郎倒在船舱里。那个倒在船舱里的王本郎，挣扎着把船舱里的一包物件扔进江里。正当他准备扔第二包物件时，杨倌子和白捡得一前一后飞身跃上船，双枪齐发。王本郎人一歪，跌进江里，一股浪花一卷，旋即没了踪影，那包物件嘭的一声掉在舱里。

杨倌子打开布袋，发现正是那三鼎青铜香炉，心里一块石头落了地。但他不明白，刚才王本郎扔进江里的是什么东西。

范南雨和雪孩儿听见上游响起枪声，立即划船往上游挺进，行不多远，就看见杨倌子和白捡得站在小船上。范南雨问：得了？

得了。白捡得一脸的自豪。

在江面上，他们见过雪孩儿、黑螃蟹和蓝刀鱼。杨倌子简要地说了刚才战斗的经过。

蓝刀鱼对小日本扔进江里的那包东西很感兴趣，他问杨倌子：小日本扔的那包东西是什么？

杨倌子说：没看清。

范南雨也觉得这一连串的事很蹊跷。那个龚书磊怎么一下子就和日本鬼子勾搭在一起了？小日本为什么要杀死龚书磊？龚书磊到底死了没有？这时，突然从下游方向传来了几声枪响。

不好，有情况。几个人划着船，劈波斩浪驶往下游。

很快就到了江中那个小岛。范南雨看见小岛前的石崖边躺着几个人。近前一看，才发现是我和你爷爷，还有龚书磊和一个日本鬼子。

杨倌子上前仔细查看，发现除了那小日本杨井郎死了，我、你爷爷、龚书磊都还活着。

我和你爷爷追到鸡公岭渡口，就见两个小日本上了渡船，摆渡的老大爷以为是过渡的客商，就说：夜晚是不开渡的。话未说完，就被王本郎一刀捅进了江里。我和你爷爷惊得差一点喊起来。我前后观察，没见一个游击队员。无奈，我和你爷爷沿着江岸的路往下游追去。我们猜想，范南雨可能在下游伏击吧。走到峡口寨，只见江心一艘船正在那里下网打鱼，那不像是范南雨他们呀，这可怎么办啊？我们只得继续往前走，很快就到峡江中那个小岛。方圆上下，就是那个岛上有追风藤和英雄草两种药，我曾多次上岛去采药。你爷爷说：到岛上去阻击那两个小日本。我觉得也只能这样了。那时，江边恰好有一艘船，我们上了船，划船上了小岛。

在小岛上，我们一直望着峡江的上游，始终没见一艘船出现。突然，从峡江的上游方向传来几声枪响，我和你爷爷立即隐蔽在小岛的礁石后，紧张地观察着江面。这时，一个湿漉漉的人爬上了沙滩，他的身后留下一抹血迹。难道是那挨千刀的小日本？我抄起一根棍棒，冲上前去。这时，那小日本的枪响了，我倒在沙滩上。你爷爷见状，提着鸟枪，大吼一声从我身后冲上来，朝那小日本开枪。小日本的身上多处被铁砂击中，但他仍举枪向你爷爷开了一枪，你爷爷并没有倒下，提着鸟枪直逼小日本。小日本很是恐慌，正准备再向你爷爷射击时，他身后突然飞来一颗子弹，那是从江里刚爬上岸的龚书磊放的枪。小日本歪倒在礁石后，再也爬不起来了。

被龚书磊击毙的是杨井郎。

范南雨见情势危急，叫大家把我和你爷爷、龚书磊往船上抬。这一抬，我就醒了。我问：你们这是要把我们往哪里弄？

林川县城。范南雨说。

不去县城，去狮子岭。我声音很小，却很坚决。

杨倌子也觉得去县城风险很大，自从游击队成立以来，县长王庭奎与警察局局长魏朝安多次密谋要清剿三界地的游击队。我们现在却自己往那狼窝里送，这不恰好遂了他们的心意？

范南雨说：听说狮子岭有个没关门大叔，草药治病的功夫了得，但这枪伤他能治吗？

能。我点了点头。

范南雨见还有龚书磊没有抬上船，示意大家快点。白捡得说：抬他？补一枪得了。

铁蛋也说：就是这狗娘养的把这小日本引来的，害得我们没日没夜地跟着他们瞎转。

正当几个人在那里争论之时，江岸突然冒出几个人，为首的那人在那里大声吼叫：你们敢把我的儿子怎么样，我跟你们拼个鱼死网破！

范南雨说：龚大雷来了，他的儿子就留给他吧。我们赶快走。

铁蛋也朝着龚大雷喊：我们不把你的儿子怎么样，是小日本把你的宝贝儿子怎么样了。那时江岸恰巧没船只，龚大雷无奈地在那里蹿上蹿下，好像一条疯狗。

　　　　　　　　　　　　　　　　　　　　　　生命源

范南雨他们撑着两只船沿着江边，逆流而上。铁蛋把剩下的那条船推进激流，朝着岸边的龚大雷喊：要救你的儿子，就赶快去捞这只船吧。龚大雷手下的几个喽啰，还未等龚大雷发话，就跳进江里。

我张了张嘴，想要说句什么。范南雨说：嫂子，你想说什么就说吧。我说：救救龚书磊吧，是他开枪杀死那个日本鬼子的，要不，我们就没命了。

范南雨回头望了一下江面。此时，龚大雷的喽啰已经捞得了船，正准备接应龚大雷上船，此时转回去，很多误会一时难以说清。况且这个龚大雷是游击队的死敌，还是小心为上。

算了吧，龚大雷去救他了。范南雨说。

到了峡口寨，范南雨想叫雪孩儿他们一起上山，大家再聊聊，但怎么挽留，雪孩儿都执意要走，范南雨也就随他去了。

一路上大家都不敢耽搁，太阳还未落山就到了狮子岭。

没关门大叔见状立即想办法医治我和你爷爷的伤口。还好，子弹只击中我的肩胛外部，穿了一个洞，问题不是很大，敷上药就行了。可你爷爷被击中的是大腿，子弹还在大腿里，没关门大叔用土办法取出了子弹。你爷爷咬牙挺着，我坐在你爷爷身边，用那只没伤着的手抓住你爷爷，你爷爷哼都不哼一声。大家都说：你爷爷是个神人，不是神人，怎么用刀割他的肉连哼都不哼一声。

没关门大叔处理完伤口还在那里懊恼，连声地怒骂那阴毒残暴的小日本，小日本不除，我们就不得过安宁的日子。大家劝慰着没关门大叔，也一起愤恨地骂着小日本。

说了一阵话，游击队就离开了狮子岭。

悟静主持见杨倌子几人重新把三鼎青铜香炉夺回来，心里很是过意不去，他连声说：不就一个三鼎青铜香炉吗？犯得着拿性命去拼？

值得。这是我们湘桂黔边界老百姓心中的吉祥物，也是圣山的镇山宝物，岂能让小日本夺走！

悟静主持接过三鼎青铜香炉，又把它安放在原来的位置上。

范南雨说：悟静主持啊，这宝物放在这里，太扎眼了，是不是藏在一个隐蔽的地方，这样可能要保险一点。

悟静主持笑笑：菩萨会保佑这个香炉，没事的。

又过了十来天，我和你爷爷的伤口在没关门大叔的精心照料下，已基本好转。那天刚好是八月十五，我很犯愁，这节怎么过啊？一只母鸡正在孵蛋，一只报晓的公鸡怎么也得留着，没有公鸡报晓，整个寨子就会死气沉沉的。栏里刚捉来不久的小猪，那要留着过年用的。想想也只能磨点米浆，蒸点千层米粉吃了。

我刚把米粉磨好，准备要蒸的时候，杨偌子、铁蛋、白捡得一溜儿走进了家门，他们身后还跟着李冬冬、苦妹子，还有一个不认识的姑娘。

杨偌子跟大家介绍：这位新来的姑娘叫杨秀妹，也是个苦命的人，受尽土匪恶霸的残害，走投无路的她欲投江自尽，白捡得恰好路过救下了她。

我见杨秀妹脸上还有伤痕，眼角还挂着泪珠，就走到她的身边，紧紧抓住她的手。那双手全是累累的伤痕，我轻轻抚摸着，眼泪禁不住往下掉，这是什么世道啊！

望着这三对苦命的人儿，我的心揪揪地难受，立即招呼大家坐下，每人端上一碗千层粉。这时，赵大木、吴根也来了，大家很快就吃好，跟着杨偌子往九龙谷走去。队伍里多了赵大木和吴根。

龚书磊觉得，在三界地，没有谁能比自己精明，该得的自己得了，不该得的自己也得了。可哪曾想到自己这次却赔了夫人又折兵，是彻底地栽了。那些古董赚的钱自己几辈子都用不完，这下好了，被小日本扔进了峡江，那又急又深的峡江，想去打捞，无异于大海里捞针。龚书磊用双手狠命地撕扯着头发，心里像突然灌进一个苦胆，苦得他差一点就咽了气。

可是更难受的是，龚大雷这个老不死的，竟还劈头盖脸地一顿臭骂：什么败家子，不知天高地厚，日本人你也想和他斗，找死啊！想想也是，要不是自己眼疾身快，闪了那么一下，那子弹还不穿过胸膛了？

小岛上龚书磊救了我们，我们也想救他，当时情况太复杂，救不成。为这事，龚书磊一直耿耿于怀，那自是后话。

龚书磊的怨气还未消，他又面临着一场新的劫难。那天，天气阴沉沉的，空落落的三界地街道全被厚重的雾霾笼罩着，这种天气，连狗都懒得出门。突然街尾传来几声枪声，接着，就听见有人惊慌失措地大喊：日本鬼子来啦！日本鬼子来啦！整条街立即就乱了。有些人忙着关门，大多数人则忙着冲出家门往后山跑。这些年，土匪时不时下山来抢劫，大家都懂得，躲在

生命源

家里等于笼子里的鸡，任人宰杀。只有跑进大山里躲起来，才有一线生机。当然，龚书磊每次也装模作样地跟着左邻右舍的人往山上跑，好像他不是他土匪爸爸的儿子似的。

莫说，这种伪装还真起了点作用，街坊邻居看他的眼光都温和中透着一丝丝同情。平时的这些操练，今天可就帮了龚书磊的大忙。他知道，今天不像往时，跟着一大帮人往山里逃目标太大，很容易被小日本发现。想想前段时间那老不死的一顿臭骂，还真骂对了。

这龚书磊像只三脚猫，跑得真快，他很快就跑到了圣山通往九龙谷的那条小路。他想，只有到九龙谷暂避一下风头，等这帮小日本走了，再下山不迟。

小日本果真是冲着龚书磊来的，他们在街头恰好碰着梅三店主打开饭铺的大门，就一把揪住他，逼问龚书磊的住处。梅店主心里十二分的不乐意，他哪敢惹龚书磊，谁不知道他有个杀人不眨眼的父亲？但日本鬼子哪管这些，用刺刀逼着梅三店主，梅三店主被逼无奈，只好带着鬼子走到了龚书磊的店铺前。鬼子很快就把店铺围得铁桶似的，冲进屋里。店小二慌慌张张往后屋跑，被小日本开枪打死在后院。日本鬼子的小队长问梅三店主：这是龚书磊吗？梅三店主颤抖着说：不是。气得那个日本鬼子小队长像一头公猪似的在那里干号着，满嘴唾沫横飞。

据当时山本太郎留下的通信资料看，龚书磊可能又逃亡到九龙谷去了。

日本鬼子临出屋，放了一把火，很快房子就燃起了冲天大火。小日本对着大火，狂笑了几声，用枪逼着梅三店主，往九龙谷走。

在附近逃命的人见三界地街道突然浓烟滚滚，立即呼喊着往山下冲。这房子可是他们的命根子啊，不能就这样被小日本一把火烧了，他们要和这小日本拼命。

所幸龚书磊的房子在街头，还有一堵砖墙圈着，暂时阻挡了一点火势。

也就是在这关键的时刻，范南雨和杨偤子率领游击队赶到了三界地。看着熊熊燃烧的大火，范南雨有点自责，如果一接到日本鬼子要来侵犯三界地的消息，就立即出发，也不至于让群众受如此大的损失。

范南雨带领游击队和群众很快就把大火扑灭了。他告诫大家：这段时间要保持高度警惕，小日本很有可能再次来犯，让大家把钱物收藏好，不让小日本带走一点东西。他们敢来，我们坚决把他们消灭掉！

范南雨和杨倌子交换了意见，他和两个游击队员留下，组织三界地以及周边村寨群众做好防范。杨倌子则带领其余游击队潜入九龙谷，在那里伏击小日本。

中午刚过，我把鼎锅架在三脚架子上，正准备去菜园里摘些菜，刚走出大门，就被几把明晃晃的刺刀逼住了。穿着一身黄呢子衣服的士兵，一个个荷枪实弹，嘴里叽里呱啦的，一看就知道是日本鬼子来了。梅三店主见我出来，吓出一身冷汗，他告诉我说小日本要吃饭。

我转身进屋做饭，偷偷把你爷爷摁在楼上。你爷爷瞪着眼，手里握着那杆鸟枪，想冲下楼撂倒那些猪狗不如的小日本。我伏在你爷爷的耳朵旁说了几句，你爷爷的火气方消。我把饭菜端到桌子上，装着热情的样子招呼小日本吃。已经一天一夜没进食的小日本像狗抢屎一样，不消一刻，就把桌上的饭菜一扫而光。吃完了，他们抹抹嘴说：良民大大的。一行人，往九龙谷走去。

我站在一旁，心里冷笑着，等下你们就知道我的厉害了。

龚大雷听说小日本把他的店铺烧了，心中不觉腾起一股怒火。他带着二十多个弟兄，飞速从圣山下来。当赶到三界地时，他的店铺已经被烧得只剩下一堆灰，还冒着丝丝缕缕的烟气。龚大雷一顿脚，问旁边的人：小日本往哪个方向走了？有人告诉他，往九龙谷方向走了。

龚大雷带着人，也沿着山路，快速往九龙谷方向追赶。

日本鬼子过了独木桥，看了独木桥下的万丈深渊，都觉得后脊梁突然腾起一股凉气。日本小队长留下两个士兵把守桥头，其余的继续往九龙谷深处进发。这次他们来，不仅是找龚书磊算账，更重要的是要把九龙谷的地形地貌绘制成一张图。随着战争的发展，这里将是一个不可估量的战略要地。

正沾沾自喜的时候，都觉得肚子痛得厉害，一个个手忙脚乱地解裤子往峡谷里跑，搞得峡谷里臭气熏天。

正在这时，我和你爷爷抄小路追上了小日本。你爷爷端着那杆鸟枪，从石缝后瞄准那些正在拉屎的小日本放了一枪，那些飞散的铁砂，刚好射中几个小日本的屁股，他们咿哟咿哟地在峡谷中乱窜。我则把那些大石头从山腰上推下峡谷，砸得那些小日本哭爹喊娘。他们顾不了扎裤子，就端着枪向我们猛射过来。我们躲在石缝后，你爷爷脸色铁青，牙齿咬得嘣嘣响，他突然站起来，伸出枪扣动了扳机，枪响处，又听见几个小日本在那里杀猪样地号叫。可就在这时，你爷爷的手被小日本射中，那杆鸟枪掉在石缝里。

情况万分危急，就在这时，杨倌子带领游击队刚好赶到，他们立即在山峰与洞穴之间，布置好队伍，开枪射杀小日本。小日本突然听见四面八方的洞穴石缝里都同时响起了枪声，慌乱地滚到岩石后负隅顽抗。有动作慢一点的，早就被杨倌子他们的冷枪打死了。

日本小队长见地形复杂，也不知遇上什么人，只是对方的枪声，不响则罢，一响则有一个士兵应声倒地，觉得再耗下去，吃亏的肯定是自己。他挥了一下手，指挥士兵一边还击，一边往山谷里退。梅三店主听见枪声，飞快藏在一块石头后，可巧，那块石头后就是一个洞穴，他迅即钻进洞穴，溜了。

龚大雷听见山里响起了激烈的枪声，放缓了脚步。他想，自己这点家当，犯不着拿去和小日本拼。当他们快接近独木桥时，突然从独木桥头射来一枪，一个土匪应声倒地。龚大雷大吃一惊，心想，这小日本也太狡诈了。他们趴伏在小路边，和对方僵持着。

杨倌子见你爷爷负伤，准备派人送你爷爷下山。我说：你们抓紧追杀小日本，我们这点伤不要紧。杨倌子望了我一眼，一转身又投入追杀小日本的战斗中。游击队利用熟悉有利的地形，在峡谷里和小日本周旋着。小日本凶猛地扑上来，游击队则退进复杂的洞穴里藏起来，瞧准机会，那些子弹、飞镖、石块、铁球都不知道从什么地方飞出来，直打得小日本没了藏身之处。日本小队长也分辨不出往外突围的方向了。他实在想不明白，在这样的深山老林里，也有功夫如此了得的人。这里的每一块石头，每一个石洞，都隐藏着一双锐利的眼睛，都藏着黑洞洞的枪口，甚至遍地的石头子儿都是武器，只要一露头，就很难保证那头不变形。想想自己从北打到南，经历了多少生死战事，都能化险为夷，今天却栽在这样几个土包子面前，他感觉很不服气。

后来，他们就退守到一个比较狭窄的石洞，越往里走，越黑暗，也越狭窄。他们躬着腰身，摸索着前进，也不知转了多久，似乎看见了一丝亮光，再往前走，走出了石洞，看石洞下方，是一个深不见底的山峡，小日本拿出地图，方知这个山峡叫黑风峡，出了黑风峡，再往东北方向走不远，就可直达湖南的通林县。小日本心下很是张皇，望望身后，生怕那些像猿猴一样灵敏的人又追杀出来，他们急忙攀下悬崖，仓皇从黑风峡往外逃窜。

逃窜了好远，他们发现后面已没了追兵，才窜进小河，把裹了很多屎的裤子脱下来，在小河里清洗，搞得一条小河臭气熏天。

剩下那两个看守独木桥的日本鬼子，等杨倌子回转过来，两枪就把他们解决掉了。

看见杨倌子几个人从九龙谷往下突，龚大雷带着自己的手下，窜进深山里，往圣山方向逃窜了。

其实龚书磊早就到了九龙谷，他看见杨倌子与小日本交上火，心下暗暗高兴。他一直躲在一个石缝里，不敢出来。后来枪声慢慢稀少下来，他才发现，杨倌子他们已经下山去了。他想小日本被打跑，自己也该回家了。

到了家，他才发现，自己的家只剩下一堆黑乎乎的灰。那一刻，他恨得咬牙切齿，恨恨地骂了一句。

正当龚书磊走投无路的时候，龚大雷来了，他懒得看这不争气的儿子，嘴里阴阳怪气地骂着：小日本的钱是这样好赚的吗？这下好了，连个狗窝都没了。

骂归骂，最后他还是扔给龚书磊一袋银圆，要他起座砖房。说完，带着几个喽啰上山去了。

可龚书磊并没起砖房，他只是找来一些树木，搭了个简易的木棚。

过往的人看到龚书磊的破棚子，都很同情他。大家都觉得他很了不起，敢一枪撂倒小日本，像个三界地的男人！

那段时间，龚书磊很少去县城，瘸着一条腿，在三界地街上漫无目的地溜达。

往后几天，范南雨和杨倌子召集当地几个寨子的群众开会，要求大家轻易不要出远门，每个村口的山头，都轮流派人暗中查看，只要发现日本鬼子来了，就立即发出警报。

大家紧张了好一段时间，连日本鬼子的影子都没看见。有的笑着说，这小日本哪敢来啊，他们怕梁雪花的巴豆，更怕"黑三飞"的神枪、飞镖、铁球……有的则讥讽，不来也好，他们来了，搞得九龙谷和黑风峡现在都还臭

生命源

气冲天。

据说，小日本这头被割了喉管的狼快要咽气了，蹦跶不了几天了。他们早往龙州方向逃窜了。

小日本跑了，可是他们扔进江里的那袋宝物还沉在江里，龚书磊几次到江里打捞，都无功而返，十分懊恼。

这件事情，也让黑螃蟹与蓝刀鱼知道了，他们告诉了雪孩儿。雪孩儿说，不要去惹那个龚书磊，他的金银财宝你也想打主意，不要命了？可黑螃蟹和蓝刀鱼经不住那袋宝物的诱惑，竟在晚上背着雪孩儿，拿着手电筒，潜入江底摸捞。也不知他们捞得没有，却有人发现，两个人被杀死在峡江边。有人向雪孩儿报告，雪孩儿还不相信，亲自跑到峡江边，见自己的两个干将血肉模糊地躺在江边的沙滩上，才相信这是真的。

雪孩儿很气愤，朝天放了一枪。他知道这是谁干的。

第八章

　　没了小日本的侵袭，生活暂时安定了一点，我就想到了你父亲盘石文。他在外读了那么些年书，年龄也快十七岁，也到了该成家立业的年龄了。

　　对象我早就帮他找好，是峡口寨杏花妹妹牵线介绍的。去年我去看望杨大爷和石大娘，那天恰好是石大娘的生日，杏花妹妹也提着一只鸡回家看望她娘。我好久没见杏花妹妹，她穿着破旧的衣裳，脸上也没了往日光鲜的气色，我觉得很亏欠她。杨倌子没有答应杏花妹妹的求婚，她很伤心，就胡乱地跟一个来峡口寨打短工的贵州崽走了。这一来，就苦了杨大爷和石大娘，二老想要见她一面都好难。

　　杏花妹妹见了我很高兴，两人无话不谈。当说到孩子时，我就说自己的大儿子盘石文现在在青舟县城读书，这年月，外面世道不太平，想让他回家娶个老婆过日子，可是一时半会又找不到合适的媳妇。

　　杏花妹妹想了想说道：她们寨倒有一个比盘石文大三四岁的姑娘，叫庞焕弟，就是远一点，年龄又大一点，盘石文可能不会同意的。

　　我觉得蛮合适的，就问：她家里多少人？

　　家里就她和爷爷庞树青。

　　姑娘嫁过来了，她爷爷怎么办？

　　如果你不嫌弃拖累，把她爷爷接过来一起住不就得了。

　　我说这倒是个办法，只是不知道他们是否愿意。

　　要不明天你跟我一起去看看，如果大家都没意见，就把这门婚事定下来，以后我来去也有个伴。

第二天，我和杏花妹妹到了贵州的那亚寨，一说，庞树青爷爷与庞焕弟立马就同意了。

事情办得顺风顺水，就差你父亲了。

你父亲盘石文突然接到我病重的信，心下很急，第二天中午就赶到了家，一进屋，就高声喊：妈，您怎么啦？

没关门大叔从楼上下来，告诉盘石文，说我们去三界地买东西去了。你父亲只是"啊"了一声，心下很纳闷：不是说生病了吗？怎么又去买东西？但他当着没关门大叔的面不便问。他从小就喜欢没关门大叔，喜欢听他讲那些离奇古怪的传说故事，也喜欢跟没关门大叔上山采药。在学校读书期间，同学们打球伤着了，他找来草药捣烂敷在伤痛处，几个小时伤痛就消失了。大家都觉得这个由三界地大山里走出来的山包佬有点本事，又讲义气，都很敬重他。

你父亲盘石文拉着没关门大叔的手，亲热地说：那我们上楼吧。到了楼上，你父亲看见一位老人坐在那里，遂问：这位老人贵姓？没关门大叔急忙抢过话头：啊，忘了介绍，这位是庞树青老人，你就叫他庞爷爷吧。

你父亲有点诧异，他可从来没听说家里有这样一门亲戚，可能是来找没关门大叔看病的吧。他觉得，这次回来，没关门大叔的神情有点怪怪的，讲话总是遮遮掩掩地，好像有点什么事瞒着自己。但你父亲仍微笑着没说什么，只是从口袋里拿出一把糖果，分发给二老。

正在这时，盘石武和赵板栗、刘心儿从外面回来了，他们见了盘石文，一个劲地缠着要糖吃。盘石文把一包糖果分发给他们。三个调皮蛋拿着糖在屋里窜着跳着，吧嗒着嘴巴，那个馋样，真令人羡慕。

闹了一会儿，盘石武又窜到盘石文面前讨要糖果，盘石文摇着手，说还有一点要留给上山劳动的人。

盘石武立即应答道：哥哥偏心，要把糖留给嫂嫂。

什么嫂嫂？盘石文一脸的疑惑。

哥哥你就别瞒我们了，晚上可要向你讨喜糖吃的啊。三个小孩缠着盘石文，盘石文见他们不停地瞎说，就说：哥哥说没嫂子，你们偏说有，那你们给我变一个出来，我就有糖给你们吃了。

没关门大叔只是坐在那儿，笑眯眯地看着他们疯闹。

庞树青爷爷眼里似乎闪过一丝丝忧虑的神情。

恰好这时，我和你爷爷从狮子岭前那个山坳口走上来，肩膀上还挑着东西。盘石文见了，就说：快别闹了，去接爸爸妈妈吧。一帮孩子闹哄哄地往楼下走去。盘石文接过我肩膀上的担子问：妈，什么东西，那么重？

吃的东西。

买那么多？

你难得回家，大家高兴高兴，就多买一点。

盘石文觉得母亲讲得在情在理，自己好久没回家了。

母子俩刚走到家门口，庞焕弟提着满满一篮菜从小溪里走上来。

这个庞焕弟就是你的母亲。奶奶告诉我。

奶奶接着说：我们几个人刚好在家门口相遇。你父亲问我：她是谁？

我没回答，只是说，等下我再告诉你。

你母亲庞焕弟见了你父亲，立即羞红了脸，低着头走进了屋子。

进了屋，你母亲即上楼。我对盘石武几个调皮鬼说：去玩吧，等下饭熟再回来。盘石武见我有点忙，不敢再疯闹，跟在赵板栗和刘心儿后面屁颠屁颠溜出屋子。我见几个贪玩鬼走了，才笑着告诉你父亲：你看我帮你选的媳妇怎么样？

哪个叫你帮我选媳妇了？

我呀，我是母亲，还要哪个吩咐吗？

你爷爷站在一边也说道：这庞焕弟很不错的，前天我们才去接她来，一到家就手脚不停帮你母亲楼上楼下、里里外外地忙活，是个好媳妇啊。

今天是你大喜的日子，其他多余的话我不爱听，你如果不善待你媳妇，就不是我的儿子。我说完，立即忙事情去了。

你父亲盘石文站在那里，一脸茫然。天呀，这叫什么事呢？他脑子乱得很，觉得这道题目比任何考试题都难做。

就那么一会儿，狮子岭几家人都过来了，赵妈提着一只鸡，吴大爷拿着一包腊干的花鱼，刘瓦匠提着一竹筒红薯酒……大家嘻嘻哈哈，都向我们说着喜庆的话儿。吴根和赵大木刚好来鸡公岭办事，顺道回趟家，大家都过来热闹。吴基则把你父亲拉到没人的地方，嬉皮笑脸地说那些听了教人脸红心跳的话儿。

赵大木、边妹子等几个人，则成为你爷爷和我的得力帮手。也就几袋烟工夫，餐桌上就摆上了猪肉、鸡肉、腊鱼仔、白菜、炖萝卜等丰盛的菜肴。

楼上楼下，摆了三大桌。大家有坐着的，有站着的，高兴地围在一起。吴基等几个人，拉上你父亲坐在楼底左边那桌。每人都满上一碗酒，唯独不给你父亲。你父亲觉得心里憋屈，想要喝酒，就抢过酒壶自己倒，哪知刚倒满酒，就被吴基抢过去，一口倒进自己的喉咙。

为什么不给我喝？你父亲感觉这吴基有点过分。

今天晚上你不能喝。吴基说。

为什么？

我不知道为什么，我在执行你妈的命令。

吴根见你父亲讲话那个样子，知道他心里有点难受，就说：石文弟弟，你就偷偷喝一碗吧。说着话，吴根倒满一碗酒递给你父亲。你父亲一口把那碗酒喝了下去。

吴基想拦也拦不住了。他望一眼吴根，说：千万不能再让他喝了，今天晚上我们的石文老弟还有挖山的任务，不能因酒误事。

边妹子等几个中年妇女，则在楼上和你母亲庞焕弟同坐一桌。一桌的人都瞧着她，连声夸奖她贤惠、漂亮，都说这盘石文不知哪辈子修的德、修的福分啊！她们不喝酒，几双筷子不停地夹着肉，往你母亲碗里塞。你母亲本来不想客气的，哪想到大家这么客气，反倒不好意思起来。见自己碗里堆着满满的肉，她笑了：各位姐姐，大家一起吃，你们看看，我这碗，都快堆成小山了。这样一说，大家都笑了。

我和你爷爷、赵妈、刘瓦匠邀约庞树青和没关门大叔两位老人坐在一起。大家都把庞树青老人让在上座，都尊敬地称呼他为爷爷。老人激动地应答着，后来声音就有点颤抖，那双凹陷下去的眼睛就有了一层浑浊的泪水。

别难过，以后我们就是一家人了。赵妈劝慰着。

是啊。我也说道，这里是您孙女的家，也是您的家。

大家都说着宽心话，相互谦让着吃着香喷喷的肉菜。那气氛很和谐温馨。

你父亲很少喝酒，只那么一碗酒，就被闹得脸蛋绯红绯红的，像红脸的关公一样，只可惜他没有那飘飘的长髯，也缺了美髯公那股子英雄气概。酒宴还没结束，他就被吴基、吴根几个人搀扶着上楼进了洞房。说是洞房，其实也只是换了一床新棉被，房门上贴了一张红喜字而已。

　　很快，大家都吃好了。我感觉你父亲好像醉酒了，就让你母亲庞焕弟拿碗黄糖水上去，给他醒醒酒。要不然，等下大家去闹洞房他还醉着，就闹不起来了。

　　你母亲庞焕弟站在房门前，看着那红喜字，心怦怦地跳着，犹疑了几秒钟，才推门进了房间。见你父亲穿着衣服鞋子躺在床上，她走到床边，轻声地叫着：石文，你转过身子，喝碗黄糖水，醒醒酒。

　　你父亲背朝着你母亲，一动也不动。你母亲坐在床边，想扶你父亲坐起来，这样好喂他。你父亲突然一翻身，把你母亲手中那碗糖水撞翻了。你母亲吓了一跳，急忙站起来，找条毛巾擦拭被糖水濡湿的床边。

　　这时，吴根和几个男男女女嘻嘻哈哈进了房间。大家喊着彩话，蚊帐挂得高，明年吃酒糟；蚊帐挂得矮，明年有个崽……

　　你母亲尴尬地站在那里，不知怎样应对，红着一张脸，羞涩万分地摆弄着自己的衣角。

　　吴根走到床边，一把把你父亲翻转过来，但你父亲全身软塌塌得像个刚从娘胎里生出来的婴儿，但这个婴儿并不啼哭，只是大口大口地吐着难闻的酒气。

　　看这样子，洞房是闹不起来了。大家精心谋划的一些闹剧，也只能纸上谈兵了。喊了几句，没有人应和，大家就没了兴致。你母亲见状，急忙拿出糖果分发给盘石武、刘心儿等几个小孩，拿出香烟来分发给几个喊哑了嗓子的后生。

　　只一会儿，喧闹就结束了。人们陆陆续续回家了，狮子岭又渐渐恢复了平静。寒风从岭下的山坳口一阵阵吹来，天空黑蒙蒙的，看不见一颗星星。

　　其实你父亲并没真醉，他只是觉得这酒喝得有点荒唐。他本来想一走了之，但是他这次回来也是有任务的，组织上安排，要他配合范南雨的地方游击队开展工作，配合南下的解放军把三界地一带的土匪剿灭。他必须以狮子岭这个偏僻的家与特殊的地理优势作掩护，开展地下工作。在这个节骨眼上，他能走吗？他不走，就意味着必须承认这门婚事。他似乎有很多话想对我说，但是我没给他时间。有什么办法？新娘子都进家门了！

闹洞房的人走了。只剩下你母亲庞焕弟一个人孤零零地站在房间里，她很茫然，不知道自己现在该做点什么。这个陌生的男人回家这半天，还没听他跟自己讲过一句完整的话，楼上楼下见了面，也只是点了点头。他好像一点都不喜欢自己。

她犹疑了一会儿，就转身走出房间，到楼下打了一盆热水，准备帮你父亲脱掉衣服鞋子，帮他洗洗。刚走到床边，你父亲就坐了起来拦住你母亲，说：不用客气，我自己来。

你母亲吓了一跳，站在那里，更加茫然了。这盘石文八成是没醉酒，但是他为什么又装成大醉的样子呢？她不明白这读书人的葫芦里卖的什么药。

你父亲并没看你母亲，语气淡淡地说：你辛苦一天，先休息吧，我下楼洗个澡。说着就下楼去了。

你母亲见你父亲下楼去，就急忙找出换洗衣服，拿下楼，放在洗澡房前的凳子上，并轻轻地拍了一声门说：衣服放在门口的凳子上。说完就转身上楼进房间休息。

你父亲洗完澡打开门，果然见板凳上有一叠自己的干净衣服。他穿好衣服，走到堂屋，坐在那盆炭火前。这时候大家都睡了，他想一个人坐坐，他需要重新理理思路。

但是他屁股都还未坐暖，我就从房间里走出来。我有些疲倦，也有些不悦，只说了两个字：去睡。

你父亲知道拗不过我。我白手起家，那些过往的苦不能用三言两语讲清楚，在那么艰难的情况下，还供他上学读书，做父母的，想儿子成个家，有错吗？

你父亲看了我一眼，惭愧地低下头，他轻声应了一句：哦，我这就去。又关切地望了我一眼：母亲，您也休息吧。我执拗地站在那里，没有动。你父亲知道，我并没有相信他，就站起身上楼进了房间。当他回身关门的那一瞬，发现我仍站在楼梯口期待地望着他。

这个房间一直是你父亲住，刚开始房间里一样都没有，只有一张床。他是多么想要一张读书的桌子啊。他用两块木板在房间里搭了一张简易的书桌，放假回家，白天他就下到溪里读书，晚上点上一盏桐油灯，就在他那张自制的书桌前看书。

你爷爷看在眼里，急在心里。他发现狮子岭后面大山里有一株很大的楠木，如果把它砍倒锯成板，做成书桌，那该多好。于是你爷爷就拿上一把斧头，上山把那株大楠木砍倒。到了冬闲的日子，他约上赵大木，拿上一把大锯子，两人用了几天时间，锯出一堆厚厚的木板。你爷爷和赵大木各分了几块，都拿它来做板凳桌子。你爷爷买了一长一短两把刨子和几把凿子。他连续干了几天，一张结实的书桌就做好了。书桌宽大光滑，金黄细腻的木纹，显得大气而又有文化气息。他想，等你父亲回来，一定会高兴的。

可你父亲回家还来不及高兴，就莫名其妙地变成了一个新郎。他再次走进房间，这次他发现了那张金黄色光滑晶亮的楠木书桌。

劳累了一天的庞焕弟已经睡着。你父亲悄悄地打开床头那个四方柜子，发现原来他回家睡的那床旧棉被还在柜子里，就取出来，铺在书桌上。

第二天早上你父亲起得很早，他扒了一碗昨晚剩的冷饭，就急匆匆地下山了。我问他去哪儿，他说去找一个朋友。

难道他俩昨天晚上吵架了，要不，怎么新婚后的第一天，新郎就急着去找什么朋友，难道这朋友比自己的新婚老婆还重要？我上楼去，想问问你母亲。

其实，你母亲早就起床了，只是一个人坐在床边，默默地流泪。她听见外面响起了脚步声，立即站起来，把书桌上那床棉被折叠起来，收进柜子里，擦干眼泪，才打开房门。

我见你母亲眼睛红红的，就问：石文骂你了？

没有。

没有？那你为什么那么伤心？

妈，不是这样的，我只是想他，怕他事情多，没时间回来，才这样的。

是这样吗？我还有点疑惑，就走下楼去生火煮早饭。你母亲也随着我下了楼。

中午过了一点，你父亲就找到十里盘铁匠铺。正好杨倌子和范南雨都在。相互介绍完后，他们开了一个短会。范南雨说：当前全国已基本上解放，解放军正一步步向南推进，但国民党反动派的残余势力也逐渐向湘桂黔边界集结，三界地一带的斗争越来越复杂。梁三天在县长的支持下，手下的武装兵丁已经扩大到三十多人。他凭借这些势力，在三界地为所欲为，气焰越来越嚣张。另外，龚大雷也纠合南窜的国民党反动派兵痞、顽匪，队伍扩大到二百多人。而我们的队伍才二十来人，敌我力量悬殊。这主要是我们的宣传还不到位，对敌人的打击力度还不够。下一步我们要消灭三界地梁三天的自卫队，扩大我们的影响，夺取敌人的武器，建立我们的武装队伍。

杨偌子说：早就应该这样干了，这段时间，我们都感觉很憋屈，总是偷偷摸摸做地下工作，总是躲着梁三天，最令人气恼的是，群众说我们是老鼠，说梁三天是猫。

要不是你们拦着，我早就收了他的妖。铁蛋很是愤然。

范南雨见大家意见统一了，就和大家研究作战方案。铁蛋和白捡得可有点不耐烦。白捡得撇了撇嘴，说：打这样一个草包哪要费那么多口舌，直接冲进乡公所，把梁三天控制住，看哪个还敢动。

白捡得这个急性子的一句话，倒提醒了范南雨，他决定就采用这个擒贼先擒王的办法。但具体执行，还需谋划谋划。

又经过一番精细的谋划，他们确定了作战方案。

梁三天自从当了三界地的乡长后，很少回家吃饭。他把乡公所后院改造成一个行宫，里面吃喝拉撒一应俱全。梁通天说：凡事不要太过，过了就不好收场。这是他的亲身感受，自己的暴发就是太过了，现在虽家财万贯，但仍像喉管里卡着一根鱼刺，有一天东窗事发，这钱财还有什么用？梁三天不听。见自己的话像投进河里的石头，连水纹都不皱一点，梁通天也懒得再理他了。

梁三天新近不知从什么地方弄来两美女，一个叫野娇，一个叫花娇。有了这两朵野花，他就淡薄了来娇。来娇一气，就跑了。梁三天想：这样也好，反正也玩腻了，她爱去哪儿去哪儿。过了一段时间，他才知道来娇跑到了王子豪那里。他觉得这样更好，还了王子豪一个人情。

那天晚上，梁三天照样喝得醉醺醺的，还要强迫两美女陪侍在他左右。

在迷糊中，他感觉有一根硬邦邦的东西顶着自己的脑门。他以为又是野娇与花娇在作弄他，就半闭着眼睛哼哼着：让我裸睡会儿吧，我投降了。

对，投降。梁三天感觉这语气像一把刺刀向他扎来，他摸向枕头下，自己的那把枪也被人抽走了。他惊出了一身冷汗：你们是谁？

亮光刺得眼睛都睁不开，在一把明晃晃的火把中，他发现眼前站着几个人，一把驳壳枪正顶着自己的脑门。身旁的野娇和花娇吓得大气不敢喘，蜷伏在被窝里瑟瑟地发抖。

梁三天在黑洞洞的枪口下，颤巍巍地穿好衣裤。他斜眼望了一眼杨佶子和范南雨。他知道眼前这两人是谁。前次他去县里开会，县长已经给他看了这两人的通缉令。他觉得就这几个穷鬼，犹如田中的泥鳅，还能翻得起大浪？现在好了，反倒被这几条泥鳅咬住了。但是他还哼唧唧地说：你们别太张狂，你们能进来，但是未必能出去。

是吗？杨佶子轻蔑地哼了一声，狠劲把梁三天揪起来，推出前院。

在前院的场地上，火把把场院映照得像早上红彤彤的太阳那样晃眼。张皇中的梁三天瞧见了自己的贴身卫队，他们衣衫不整，垂头丧气，手里空荡荡地站在那里，平素手中的那些武器，全挂在了前后站着的二十来个土包子肩上。梁三天死都不敢相信，就眼前这几杆驳壳枪、几杆鸟枪、几根木棒就把他的"正规军"整得这样狼狈不堪。梁三天心里暗暗骂着：你们这帮无用的东西，三十多条枪啊，真是白养了一帮狗。但是他表面仍装着哼哼哈哈地听从发落的样子。

怎么样，你不是说我们进得来，出不去吗？杨佶子说。

你看我这破嘴巴，自不量力。梁三天一边说着一边扇自己的耳光。

你父亲盘石文也站在台阶上，这种武装斗争他还是第一次参加。学校各类集会活动，他不知参加过多少次，作为学生代表，面对面和反动政府斗争，他从没畏惧过。范南雨担心他武装斗争经验少，想要安排他在外围负责救援工作，但你父亲坚决要求参加突击队。战斗一打响，他和突击队员飞快地冲进敌人的宿舍，熟睡的敌人在梦里就全部被缴了械。大家都觉得，这梁三天是三界地的一个败类。日本鬼子进犯三界地时，他是日本鬼子的一条狗。日本鬼子走后，他摇身一变，又成了三界地的乡长，更加威风八面了。今天他又摇身一变，变成了一条哈巴狗，大家都懒得看他的拙劣表演。范南雨对你父亲说：你训导训导这帮乌合之众吧。

你父亲点点头，站在楼前的台阶上，对着那帮被缴了械的乡丁，大声训导：现在全国大部分地区都已解放了，你们怎么还跟国民党反动派残余势力为非作歹呢？我劝你们看清革命形势，解放军已经打过长江了。你们如果继续为虎作伥，欺压百姓，就想想自己的出路吧。

范南雨接过你父亲的话头说：你们大部分人也是穷苦出身的，被梁三天误导，现在回头还来得及，摆在你们眼前的有三条路：第一条是回家种地，过你们原来的农家生活；第二条是参加革命队伍，和我们一起和地主恶霸斗争；第三条路是继续与人民为敌，如果有谁想走第三条路的，那我就要奉劝你们，这条路是走不通的，这条路是一条死路。

白捡得对于这种说教，早就有点不耐烦了。他一蹦就跳到台阶前，大声喊道：愿意参加革命队伍的，站到左边。

下面的队列骚动了一阵，有十来个人站到了左边。

范南雨说：这十多个弟兄愿意参加革命队伍，我们表示热烈欢迎，等下你们留下来，我们立即登记，你们就是我们这支游击队的成员了。

范南雨转过头对着余下的那帮人说：你们中间，还有谁想继续跟着梁三天为非作歹的？

不愿啦，我们只想回家种地。

那就好，我们现在就放你们走，但有一条，如果第二次再让我们抓到了，那就不能像今天这样轻松放了你们。

知道。回答得倒很齐整。

遣散了这帮乌合之众，范南雨吩咐你父亲召集那帮愿意留下的人，重新安排住宿，登记造册。他则和杨偌子负责审问梁三天，要让他把这几年搜刮的民脂民膏全部交出来。

梁三天则在那里哼哼哈哈地拖着，你问东，他答西，你说他搜刮民财，他说取之于民用之于民，征收的钱物已经发放救济去了……一副死猪不怕开水烫的样子，企图蒙混过关。

范南雨觉得再这样审下去，也不会有什么结果。他吩咐铁蛋和鸭蛋，把梁三天关押在后院的"行宫"里，那行宫是梁三天寻欢作乐的地方，坚固安全，万无一失。

余下的人，清理各个房间，特别是梁三天的住房，但反复搜查，只发现十来块银圆，没什么有价值的东西。杨偤子想，这个家伙平时跟他父亲梁通天貌合神离，他绝不会把钱放在梁通天那里。难道他把那些抢劫得来的钱拿去县城银号存放了？那么远的路程，世道又不安宁，他不会做这种张扬的事情的，肯定是藏起来了。那么最有可能藏在什么地方呢？

　　找出藏钱的秘密处所，干这一行是白捡得的看家本领。他想，这是一座砖房，砖房最容易设计夹层，他的钱有可能就藏在他房间墙壁的夹层里。白捡得在梁三天的房间一块一块砖头地观察和敲打。通过观察，他发现有一块砖有点光滑，很明显是经常摸动过留下的痕迹。他用手指轻轻敲那砖，发现里面是空的。轻轻摇动，那块砖竟然松动了，他轻轻取下来，发现里面一排有三个木盒，把木盒取出来，有两盒白灿灿的银圆，一盒形状各异的金银首饰。稍微清点一下，价值超过五千块银圆。

　　看着起获那么多的银圆和各种珠宝，大家都惊得目瞪口呆了。

　　清点钱物结束后，范南雨召集杨偤子、铁蛋、白捡得、你父亲盘石文等骨干开会，商讨下一步的工作。大家一致决定，要在三界地展开一场清匪反霸的斗争。

　　自从你父亲盘石文回家的那一刻，我就希望你父亲可以借新婚这段时间培养点夫妻感情。从古至今哪对夫妻不是媒人介绍，婚后相扶相牵、相互体贴、日久生情，从而生儿育女过来的？但你父亲住了一个晚上，就决绝地走了。我一连伤心了好几天，伤心之余，我自然就想到你爷爷盘石头，你爷爷活了半辈子，年年岁岁，含辛茹苦……一想起这伤心的事情，我心里像刀割般地难受。

　　我又想到了龚书磊，我好恨好恨龚书磊……好多好多的事情，我怎么也理不清个子丑寅卯来。

　　范南雨和杨偤子一大帮人清理梁三天这个烂摊子以及登记造册，忙活了一个晚上。他们才上床眯了一会儿，就听铁蛋撞了进来大声喊：梁三天跑了！

　　梁三天跑了？大家立即就醒了。

　　跑了。铁蛋又强调了一次。

　　怎么跑的？

从暗道跑的。

去看看。范南雨和杨佰子迅速跑到梁三天的行宫，一看，原来他的行宫后面有个柜子，柜子后面有道暗门，不仔细看很难发现。

看来，以后工作我们还要做细一点。范南雨说。

这主要是我的责任。铁蛋说。

不是某一个人的问题，我们大家都有责任。现在不是讨论责任问题的时候。我们想想，这梁三天最有可能跑去哪儿？

白捡得说：他最有可能跑到县城去搬救兵了。

杨佰子在那里琢磨，听说龚大雷和梁通天的关系非同一般。但是奇怪的是，龚书磊又经常发牢骚，没人关注他这个敢和小日本真刀真枪干的英雄，他很失望。他还多次打报告申请救济，说不救济，就住在那个破棚子里。可是梁三天却不买他的账，两人闹得很僵。看样子梁三天不可能去匪首龚大雷处。

范南雨听了大家的分析，就说：现在我们分两拨，一队由杨佰子带队去梁三天的行宫查查，看看从那里能发现点什么；另一队由我带领，直接去梁通天那个店铺，看看梁三天是否还躲在家里。

梁通天见自己儿子被抓住了，三十多人的武装队伍也全部被缴械了，觉得再不走自己可能也走不脱了。他把店内的银圆收捡成一包带在身上，一溜烟跑了。

他要上圣山去找龚大雷。养兵千日，用兵一时，你龚大雷到了这关键时刻，也该下山了。当初和龚大雷密谋杀了堂兄全家，把他的房屋田产悉数夺了过来，从那以后，全部田产由梁通天经营管理，每年将收成的三成交给龚大雷。几十年来，龚大雷坐收渔利。其实梁通天只知其一，不知其二、其三……龚大雷能在圣山上称王称霸，如果就靠梁通天这点提成，不饿死才怪。

龚大雷心狠手辣，它不像伍鼠那些小股土匪，专干那些偷鸡摸狗的勾当，他不干则已，干就干大票的生意。单这种分成生意就有好几宗。另外，到外地去抢钱庄、抢过往大客商也是他发财的门路，干一票就遁进圣山很久不出来，官府根本就无法寻找到他的踪迹。当人们有些淡忘他时，他又像幽灵般地出现了。那些大户人家以及过往商人，无不谈"雷"变色。

找龚大雷也不是那么容易的，绵延百多里的圣山，你知道他藏在哪儿？他行踪飘忽，狡兔三窟，从来不在一个固定的地方住上十天。

　　走过仙湖，再往前走二十多里，山坳上有一株巨大的树，梁通天围着树转了两三圈，并没发现什么异常。他又抬起头，往大树半腰看去，他似乎发现树半腰分杈的地方有个洞。他想，就是这株树了。但是怎样才能爬上去呢？梁通天这样一把年纪，想要爬上这样一株大树太难了。他在树墩旁眯着眼想对策，突然他发现大树旁边有一株小一点的树，树身上有一根大藤刚好伸到这株大树杈那里。他挽挽袖子，往手掌上吐一口唾沫，就慢慢沿着那株小树往上爬。他发现，这根藤已经被无数人抓过，看来他们也是从这里爬上去的。

　　爬到大树杈那里，梁通天已然出了一身汗，他抹了一把汗，发现那个洞口刚好能钻进一个人，他把自己的脚伸进去，用脚试探着前进，感觉树洞的两边都有可以踩的地方。就这样，他试探着一点点往里钻，进了树洞，发现树洞下面又是一个石洞。沿着石洞往下走不到三十米，石洞突然宽敞起来。梁通天张眼四处观看，凭着洞外透进来的丝丝光亮，他发现石洞里有床，有锅头碗盏、油盐柴米等简单的生活用品。看来龚大雷并没骗自己，他告诉自己，如果有急事就到这个地方来找他。看来这里真是一个避难所，一个联络站。

　　梁通天急忙沿着石洞往外走，不到十米，就到了洞口。他在洞口烧了一把火，这也是龚大雷告诉他的联络暗号。看着这青烟从石洞里袅袅地飘到森林的上空，梁通天有点茫然，偌大的森林，龚大雷真能看见这点烟火吗？

　　他站在洞口，伸头往下看，下面是一百多米高的悬崖峭壁，令人不寒而栗。梁通天想，龚大雷这个老狐狸，人们怎么能找到他呢？可是匪还是匪，干吗要找这样一个有进无退的绝洞呢？这时，由洞口吹进来一股凉风，梁通天觉得背脊一阵阵发冷。这时他才想到自己那儿子，梁三天经过公审可能会没命。看来自己当初支持他做这狗屁乡长，是发了疯了。县里面发的那点俸禄，还不够一个盐碟，蘸两下子就没了。没有钱，又要养那么一大帮兵丁，不下乡征收，能有什么办法？可是抢多了，结怨也多了。现在这帮泥腿子，越闹越凶了，以后可怎么收场。惹了这帮死对头穷冤家，他们一起哄，不把梁三天拉到长蛇谷一枪崩了才怪，那留下这万贯家财又有什么用呢？

梁三天现在最担心是父亲的钱没藏好，他知道那帮游击队员肯定也在找那些钱。他很沮丧，那个白捡得，居然那么火眼金睛，把他藏在夹墙的积蓄一扫而光。

梁三天清楚，这帮游击队员天一亮就会追来。自己那点跑的功夫，哪能和那些爬坡过岭的飞毛腿比。本来他也想投奔龚大雷，但龚大雷老奸巨猾，况且他和龚书磊还有过节，龚大雷不一定肯帮忙。只能去县城搬救兵了。

去县城两条路——一条大道，一条小路，他觉得还是走小路安全些。他半点也不敢耽搁，在小路上跌跌撞撞，一路狂奔。只可怜他这几年在女人身上狠下了功夫，只留下一副空皮囊，蹿上一个坡，就只剩下一丝丝气息，他生怕在哪一刻就断了气。他什么也不顾，往路边的草丛里一蹿，就倒在那里哼哼唧唧的，好像被人剥了皮似的难受。

最令他感到窝囊的是，路边不时窜出一只野兔什么的，他也以为是追赶他的人来了，吓得跪在那里浑身哆嗦。这还不算，他最害怕的是杨梅岭那个地方，那个地方有吊颈鬼。那还是前几年的事情，那年恰逢大旱，收成减半。他们家一个佃户，因交不上租子，又被他们催得紧，就一根绳子吊死在杨梅岭上那株最大的杨梅树上。从那以后，他就不敢一个人走这条路了，他怕那个人阴魂不散来纠缠他。

他想绕道走，但要绕很远，只能硬着头皮往上走。战战兢兢地走着走着，突然森林里传来一声似老虎的吼声，他想，完了，跑了那么一夜，到头来却为这只老虎送来一顿美食。正当他沮丧万分地瘫软在地的时候，一只巨大的老鹰从天而降，一下子把他的帽子叼走了。后来他一直想这件事，为什么那只老鹰要叼走他的帽子？他不断地给出答案，又不断地否定。是啊，老鹰为什么要叼走他的帽子？这是个悬案。

也亏了梁三天那点身板骨，撑着他在一夜间从三界地鼠窜到林川县。林川县四面环山，一条碧绿的河水从东西南三面环绕着县城，只有北面紧紧依傍着圣山的山脚，要进县城都得坐渡船。梁三天见山峡里河流的上空那些白雾还缠缠绵绵地没有散开，河里依稀几艘渔船，咿咿呀呀地收着网。那条摆渡的渡船还孤独地守在渡口，在水岸的微波中轻轻地颠簸。河对岸的县城静悄悄的，连那卖豆浆老头的吆喝声都还没听到，整个山城似乎还在沉睡。

他很狼狈，身上沾满泥浆草屑脏兮兮的，里面的衣服都被汗濡湿了，水面上一阵风刮来，他打了个寒战。他在想，自己这副落魄样，怎么去见王县长？他走上渡船，弯下腰，把头贴近水面，用手撩拨着河水打扮自己。这时，他才记得口袋里还有半袋银圆，心想，幸好自己在暗道中藏着这点救命东西，要不，可惨了。

大难不死，他就有点沾沾自喜，觉得自己就是诸葛亮，如果没点先知先觉，防患于未然，自己没准就到阎王爷那里去报到了。现在这咕噜咕噜叫着的肚子像闯进一头疯了的狼在胃里横冲直撞。他已经一天一夜没进食了，饥饿得眼往四处望，发现渡口岸上有一座木皮盖的小棚子，估计是摆渡师傅住的。他朝那里走去。棚子的门虚掩着，他轻轻一推就开了。

摆渡的老大爷刚好在喝粥，见一个陌生男子推门进来，就说：我就来，你等等。

先打碗粥给我喝！梁三天是真饿了，要不打死他也不会到这种地方求一碗粥喝的。

哦。老大爷抬头望望梁三天，觉得这个人不像个饿饭的人，又低下头喝他的粥。

梁三天有点不耐烦了，他真想上去给他一拳，但想想此时不是自己张狂的时候，还是忍忍吧。

大爷又一次抬起头看看梁三天，说：进街去喝吧，我这里没有了。梁三天看看那鼎罐，的确没有了。

过了渡，他急忙下船进街，渡船老人在后面喊：你还没交摆渡钱呢？

摆渡钱？哪天我一把火把你那破棚子烧了，我看你还问我要摆渡钱？梁三天回过头恶狠狠地瞪了一眼摆渡老人，很快就进了街。

刚进街，迎面走来一个卖豆腐脑的中年妇女。梁三天最爱喝豆腐脑。

于是迎了上去，要了一碗豆腐脑，喝完，抹抹嘴，就准备走。那位大嫂说：这位老弟，你还没给钱呢？

给钱？我喝是看得起你。他忘了这是在县城，不是他的辖区。在三界

生命源

地，他每天早上起得很早，起早的目的就是想混一碗豆腐脑喝，他喝豆腐脑从来都不交钱的。

我们小本生意，你就行行好吧。

这时，来喝豆腐脑的人越来越多，大家见一个无赖喝豆腐脑不给钱还耍横，都上前为店家打抱不平：一个男人，也不害臊，一碗豆腐脑也想赖账，少见。梁三天见势不妙就想溜。这时，一个人发现梁三天手上的金戒指，就讥讽道：还戴着金戒指，真荒唐。

脱下来，脱下来。大家喊着。

那位卖豆腐脑的大嫂，见事情闹大了，连说：算了，算了，就挑着豆腐脑担子走了。

人们望着一脸窘相的梁三天，都吐了一口唾沫，散了。

梁三天的脸由红变紫，由紫变青，他习惯地摸摸腰间——那杆驳壳枪已经被游击队缴械去了。他心里恨恨着，一转身，朝王子豪的家走去。

想不到来开门的竟是来娇。来娇见是梁三天，一脸的梅雨天气：你找谁？

我找王子豪。梁三天觉得来娇那样子怪怪的，好像不认识自己似的。

王子豪去省城开会去了。来娇说完这句话，把门一关，转身进屋去了。

梁三天把嘴张了张，最终那句多余的话没有说出来，他知道说出来也没用。那一刻他似乎有点沮丧。

梁三天在街上闲逛了半天，他想，如果没有王子豪的引荐，自己可就惨了，自己丢失了那么多的人和枪，怎么跟王庭奎县长说，王县长能放过自己吗？但不管怎样，现在只能冒险前行了。他咬咬牙，心想，死猪不怕开水烫，事已至此，躲得过初一，躲不过十五。正当他准备豁出去的时候，竟发现野娇和花娇朝着他走来。

野娇和花娇见了梁三天，很吃惊：你怎么在这里？

我怎么不能在这里？

你不是被他们抓住了吗？

他们怎能抓住我？梁三天才懒得告诉她们自己是从暗道里跑出来的。

你俩怎么在这里？

当时他们遣散了闲杂人等，我俩无处去，便跑到三界地游荡，碰见龚书磊，他告诉我们你后来逃跑了，有可能来林川县城了，让我们在这里碰碰运气找找你。

这个冤家对头，怎么是他？梁三天有点蒙了，他宁愿自己的耳朵塞进了一团猪毛。

我们没饭吃了。两个活宝口袋里是揣着钱的，她们见了梁三天就会装穷喊饿，但她们不知道，梁三天的肚子也瘪瘪的，比肉市上卖的猪肚还要瘪。

那我们这就去吃饭。梁三天脑子转得飞快，他想带着这两个活宝，也许这坏事就能峰回路转变为好事。他一下子就忘了饥饿，一转身就带着野娇和花娇往县衙门口走去。进了县衙，刚好王庭奎县长在。梁三天扑通一声跪在王县长面前，一五一十地将三界地被范南雨和杨倌子一伙游击队攻占的前后经过讲了一遍。

当然王县长也听出梁三天的话有很多水分，但大体上跟龚书磊讲的差不多。看他那狼狈样，还真吃了不少苦头。

野娇和花娇从没见过这种场面，她俩不敢乱说话，只是陪着梁三天一同跪在王县长面前。王县长见两个美女不说话，就问：两位女士还有什么情况需要反映？野娇说：梁乡长都讲了，游击队占领三界地，凶得很啊。花娇也接过话头说：我们已经无法生活了，才跑到县城来找口饭吃。两个人话说得有点悲悲切切的，听起来像真的一样。王县长怜爱地望着眼前匍匐着的美人，他喜欢看野娇和花娇在那里娇滴滴地落几滴眼泪的姿容。美人哭了，说明什么？说明自己拥有权力，这权力真好，在这动乱的年代，想要什么，就来什么。

王县长天马行空地发散自己的想象力，但他还是真火了。他想，这帮泥腿子还想翻了天？政府的人也敢打，政府的枪也敢缴，这还得了，简直是癞蛤蟆想吃天鹅肉。他吩咐秘书，马上把警察局局长叫来，他要彻底剿灭这帮刁民。

不一会儿，魏朝安局长就来了，两人密谋了一番，看那样子还真雷厉风行，不一会儿，剿灭计划就敲定了。

王县长站起来，伸了个懒腰，他现在可以安心地带着梁三天和野娇、花娇去吃饭了。关心百姓疾苦，也应是他的工作范畴。地点很巧合也是环江酒店，看来县长父子俩都喜欢来这个地方吃喝玩乐。梁三天想，相同就好，免

生命源

了那些反复琢磨的程序，事情反而一下子就通了。

　　王县长上了年纪，远没有他儿子王子豪的酒量，还没喝几杯，就觉得醉眼蒙眬了。梁三天开了房间，吩咐野娇和花娇要好好服侍王县长，待回家一定重重有赏。

　　梁三天那一刻感觉自己的周边一下子围着一大帮人，那帮人觑着一张瘦嘴，发出一种古怪的嘻笑声，那笑声有点像狼嚎，又有点像猪叫，又有点像狗吠。他头疼得厉害，感觉天一下子就矮了许多，他的心脏突然就膨胀起来，走出了环江酒店，一个人朝丽春院走去。

　　第二天早上，天刚蒙蒙亮，梁三天睁开眼，发现自己躺在一个陌生的房间。他模糊记得一件事情，什么事情？他有些头疼，哦，是王县长——早上八点钟——渡口——警察局长——带路。他把这些信息串起来一想，马上从床上蹿起来，穿好自己的脏衣服，就往渡口跑去。

　　杨佰子带领队伍赶到梁通天家，才知道梁通天跑了。梁通天跑去了哪儿？只有两个地方——一个是峡口寨他的老窝，一个是大土匪龚大雷处。

　　从梁通天处出来，杨佰子一行经过龚书磊那破棚子前，就顺道进去看了看，发现棚子里空无一人。

　　杨佰子觉得很奇怪，他能去哪儿？去他父亲龚大雷处吗？虽然他平时很少到他父亲那里，但现在形势逼人，把他逼到他父亲那里也有可能。

　　杨佰子找不见龚书磊。范南雨觉得这龚书磊的行动很是诡异，他已经向上级领导反映了几次，要多方查查他的来龙去脉，特别是要到省城查查他那段读书的历史，但还未接到上面反馈的信息。

　　范南雨说：这件事我安排县城的同志调查一下，你带几个人，迅即赶往峡口寨，看看梁通天是否藏在他的老窝。另外，要仔细搜查，看看他家是否藏有枪支弹药。

　　杨佰子领着铁蛋等几个队员，立即动身，快速赶往峡口寨。范南雨接着指挥几个队员搜查梁记店铺。白捡得在楼下地窖的夹缝里，搜出两把驳壳枪，四杆长枪。

　　范南雨说：肯定在店铺的什么地方，还藏有枪支，大家仔细搜查，不要漏过任何可疑的地方。继续搜了一下，再也没发现什么，大家都在骂：这个老狐狸，太精了，把枪支弹药都藏到什么地方去了？范南雨笑着说：梁通天是狐狸精，你们也有孙悟空的火眼金睛啊，要不然怎么能发现这些枪支？

见梁通天的小老婆李月花在客厅里，范南雨上前厉声问：梁通天把枪支弹药都藏什么地方去了？

我从来没见什么枪啊。李月花连声否认着。

鸭蛋把搜获的枪摆在李月花面前厉声喝问：睁开你的狗眼看看，这是什么？

李月花见一堆枪稀里哗啦摆放在自己眼前，吓得话都说不出来，只是连连地摇手。

范南雨问：梁通天去了哪儿？

不知道啊。他去哪儿从来不跟我说的。

范南雨想，再问也是浪费时间与口舌，就警告李月花：如果梁通天回家，你一定要告诉我们，不然一切后果你自己承担。说完这句话，范南雨就走出了客厅，并把两个店小二喊到门外，叮嘱他们，如果有什么情况要及时向游击队报告。

范南雨带着大家回到乡公所大院。他预感到三界地这暂时平静的后面，正在酝酿着一场更大的风暴，觉得应该和上级领导联系一下，听听领导的意见。这时，恰好看见林川县地下联络员老张急匆匆地走进来。

范南雨把老张带到办公室，倒了一杯水给他。老张一口气把那杯水喝完，才缓过神来。他告诉范南雨：县警察局纠合近百人的队伍往三界地进发了，上级领导命令你们向九龙谷方向转移，不要和他们硬拼。

范南雨也将三界地近段时间发生的情况简明扼要地告诉了老张。

老张见时间紧迫，就快速转身走了，他要马上回林川县向上级领导汇报这里的情况。

范南雨和杨偁子觉得，敌人来势汹汹，志在必得，敌我力量悬殊，硬拼肯定吃亏。但是就这样把刚建立的政权拱手让给敌人，也太便宜了他们，必须让他们也吃点苦头。怎样才能让他们吃点苦头，又能保证我们队伍不受大的损失呢？

杨偁子提出两个方案：一是掏他们的老窝，突袭林川县城，打他个措手不及；二是伏击，要伏击关键是伏击点的选择。

白捡得说：阴风谷是通往三界地的必经之路，山谷盘绕在十几座陡峭的

———————————— 生命源

山峰之间，我们在那里伏击，居高临下，敌人全暴露在我们的枪口下。

杨偌子接着分析：就阴风谷吧，那里进可攻，退可绕道退向九龙谷。

范南雨觉得大家讲得有道理，就带领三十来人火速赶往阴风谷。杨偌子则带着铁蛋和几个队员，潜入林川县城，掏敌人的老巢。

到了阴风谷，这里的确是个设伏的绝佳地点，范南雨把三十来人分为三队，分别占据左中右三个山头，形成交叉火力点，封死那条盘绕在谷底的小路。这样敌人纵然有千军万马，到时也无法施展。

等了近一个多小时，才见谷口一队黑乌鸦似的人马开了进来。警察局局长魏朝安骑在一匹马上，他上任三年以来，从来没到过三界地，哪想到三界地的游击队越闹越凶，前几天还把乡自卫队灭了。这不是反了天吗？为此，王县长将他一顿臭骂，并且命令他马上夺回三界地，剿灭游击队。

他走到阴风谷口，觉得眼前这地势险要，就问梁三天：还有其他路吗？梁三天说：没了，就这条路，如果要绕道，走到天黑可能还到不了三界地。

那不行，天黑了走这山野小路，更危险。魏朝安想。他掏出望远镜，细心地观察阴风谷，没发现什么异常情况，遂命令队伍继续前行。

当队伍进入游击队的伏击圈时，范南雨一声大喝——打！霎时三个山头同时开火。长蛇似的乌鸦队顿时就四分五裂，他们被打蒙了，想往左边的山脚躲，刚好进了右边山顶的射程；想往右边的山脚下躲，则被左边山顶上射得鬼哭狼嚎。

白捡得拿着一杆长枪，他的枪口始终瞄准那个坐在马上的人。可惜范南雨枪一响，马受到惊吓，前脚抬起，刚好挡了白捡得那颗射向魏朝安的子弹。马应声倒地，魏朝安也被掀翻在路边的一块巨石后面，侥幸捡得一条命。魏朝安掏出手枪，高声命令他的乌鸦兵：不要慌，赶快找地方隐蔽起来，看准目标再反击。

正当双方僵持不下的时候，魏朝安突然听见左边山顶的后面传来密集的枪声。左边山顶游击队阻击的枪声立即稀下来。魏朝安觉得，山顶上阻击的队伍肯定是受到了什么人的袭击，要不然他们怎么掉转枪口往后射击了呢？但这援军是谁呢？

白捡得带队在左边山顶上阻击，他突然听见后面的山顶上有一帮人向他偷袭而来。那帮人在树林里腾跃跳动，身手敏捷，一看就知道是龚大雷的手下。白捡得马上把十个人分成两队，一队继续阻击山下的黑乌鸦，一队阻击龚大雷的偷袭队伍。但龚大雷偷袭的队伍不下三十人，他们居高临下，密集的火力压得白捡得几个人都抬不起头来。在对抗中，他的三名队员不幸中弹，倒在血泊中。白捡得气得差一点发疯了，他不断地调换射击的位置还击，一枪一个敌人，但情况还是越来越危急。

正在这时，一个骑着马的卫兵赶到阴风谷，向魏朝安报告，说游击队突袭县政府，县政府的大门被炸塌了，情况万分危急，王县长要他率领队伍火速回转县城救援。

魏朝安一听自己老窝被袭击，立即下令撤退。

龚大雷带着自己的喽啰，一步步向前方紧逼，哪曾想到，那帮乌鸦兵就像一堵泥墙轰的一声倒了，接着就溃不成军了。龚大雷一看情势不妙，立即招呼部下，借着复杂的地形往深山里溃退。

梁三天哪见过这种阵势，他吓得尿湿了裤子，还在那里哆哆嗦嗦。魏朝安看着就来气，他想这梁三天真是个窝囊废，这种人也能带兵打仗！他上去对着梁三天就是两巴掌，打得梁三天半天也找不到北。

你带的什么路？是不是故意把我们引进这帮游击队的包围圈的？

我哪知道这帮穷鬼会在这里设伏啊？梁三天哭丧着脸乞求魏朝安。

魏朝安冷静下来一想，觉得事有蹊跷，他命令小队长滚坤琳率领手下火速增援县城，务必歼灭混进县城的游击队，他则率领大部队，继续往三界地进发。

梁三天见魏朝安如此决断，既高兴又害怕。高兴的是魏朝安仍决心杀向三界地，害怕的是自己还要在前方带路。他知道"黑三飞"神枪的厉害，那些子弹神出鬼没，撞着自己小命就没了。但上了这断头台，就看自己的运气了，他战战兢兢地摸索着走过阴风谷，一颗枪子儿都没有向他射来，他松了一口气。走出阴风谷，地势遂比较平缓了。魏朝安也缓了一口气，他望着梁三天瞪着眼问，前面的路况怎么样？

前面没这样险峻的山谷了。

还有多远到三界地？

不远，也就十多里路。

魏朝安挥挥手，示意队伍继续往前走。

出了阴风谷，地势真没刚才的险峻，虽然还是山林，但视野开阔多了。可这帮乌鸦兵被刚才那阵火力猛烈袭击后，仍心存余悸，手里紧握着枪，眼睛紧盯着路两边的山林，生怕丛林里又飞出冷枪要了他们的命。

魏朝安没了马，爬了两道坡，腿就抽筋了。他歪咧着嘴巴躺倒在路边，两个手下拿着他的脚一点点摇动，隔了好一阵，才稍有好转。

就这样，走走停停，下午四点钟左右才赶到三界地。魏朝安在街尾集结好队伍，下达了攻击的命令。一队黑压压的乌鸦兵立即散开，悄悄摸索着往乡公所大院包围过去。当大队人马团团围住乡公所大院时，梁三天才冲着大院喊：范南雨，你听着，你们已经被包围了，赶快投降吧，要不然，魏局长手下的枪是不长眼睛的。

一连喊了好几声，大院里连一点响动都没有，梁三天壮着胆子从墙角里伸出头来，向魏朝安报告：魏局长，这帮穷鬼都跑了，里面鬼都没一个。

魏朝安挥手叫士兵推门进去，突然轰的一声响，几个乌鸦兵连哼都没哼一声，就被炸死在当街上。

后面的乌鸦兵立即趴在地上，一齐放枪，密集的子弹把乡公所大院射得瓦片叮当作响，木屑稀里哗啦乱飞。街上的鸡吓破了胆，躲在墙旯旮里颤抖着，平时胆大妄为的几只狗，早逃到街头那座风雨桥上，远远地叫着。

过了一把手瘾以后，乌鸦兵才幡然醒悟，这不过是一座空院子。他们又重新站起来，瞧着这炸塌了的院门和那被射得稀烂的大院门窗瓦檐，心有余悸。魏朝安看手下那个熊样，气不打一处来，放了一个响屁，一马鞭撂上那些"熊"屁股，"熊"们往前一拱，窜进了大院。

这帮乌鸦兵打仗不行，可是欺压老百姓、抢劫财物倒顶在行。他们见游击队被吓跑了，就立即四散行动。刚才那几条汪汪叫的狗，也成为他们射击的靶子。三界地整条街一时间陷入一场巨大的劫难中。

那天晚上，这帮乌鸦兵在乡公所大院里架上几口大锅，把抢劫得来的鸡、鸭烫好，放在锅里煮；煮熟了，把抢劫得来的几坛酒摆放在当院，在那里一边大块吃肉，一边大碗喝酒。

梁通天也回来了，他很大方地把家里窖藏了三年的两坛重阳酒也抬出来，献给魏朝安和他的乌鸦兵。

魏朝安望着梁通天，你就是梁三天的父亲？

是。

你是怎么当乡绅的？把个三界地拱手让给游击队。你是怎么教育你儿子的？害得老子损兵折将……

梁通天躬身站在那里，就像一头快死的猪，任由别人捅刀子。

就这两坛酒？我今天为你们可死了十来个弟兄，这些为三界地治安献身的弟兄，你们要负责把他们安葬。现在你去筹集两百块银圆明天一早给我送来，过两天我回去要发放抚恤金。

梁通天那一刻似乎要晕倒，他有些后悔自己无能，如果这狗屁局长没看见自己，自己何至于要被放那么多血，真冤！

哪知道更冤的事情还在后头呢。梁通天觉得这一下子筹集两百块银圆是不可能的——现在这帮乌鸦兵一闹腾，能跑动的人，早就跑上山躲起来了；不能跑动的，都是些榨不出油的老糠。等以后叫梁三天再慢慢收拾、一点点榨他们吧。

他回家后，从墙壁的夹层里取出两百块银圆，用一个布口袋装好，然后就闷闷地睡下了。

魏朝安喝了两碗重阳酒，笑着对梁三天说：你父亲这重阳酒真地道，哪天我回去，你可要送一坛给我啊。

这时，两个血肉模糊的乌鸦兵从外面踉跄着跌了进来，他们都用手抓着自己的命根处，咿呀呀地跌倒在大院地上。

闹了半天，魏朝安才搞清楚，这两人是想做采花大盗，突然被撞进来的几个大汉用枪逼住，最后两人都被割了命根。

两个血肉模糊的乌鸦兵哀求道：你们快去，要不然那几个弟兄可能也完了。

是什么人如此大胆？

还有谁？都是这帮不要命的穷鬼。

魏朝安立即叫梁三天带路，二十多个乌鸦兵紧随其后。他们沿着街道两边的房屋，挨家挨户地搜索，可连个人影都没看见。

走到街头那座风雨桥上，他们突然发现桥上躺着两个人，走近一看，原来是自己的弟兄。上前细看，他们的喉管处都被抹了一刀，胸前放着一张纸，上写一行字：欺压老百姓的下场！

梁三天一看那刀法，就知道是谁干的。他觉得这黑黢黢的夜里，周围不知有多少黑洞洞的枪口对着自己。他觉得好汉不吃眼前亏，还是先撤回大本营，明天天亮再作打算。那帮乌鸦兵见情势险恶，一个个都哆嗦着往乡公所大院跑。他们想，还是聚堆好，一枪打来，只要自己运气好，那颗不长眼的子弹兴许就斜过了一边。看来三界地这些刁民也是不好惹的，惹急了他们，他们下手的招数真是一招比一招狠啊！

这个狗屁魏局长，拿弟兄们的生命来显摆。乌鸦兵们都有些怨言，但到了大院，没有谁敢放个冷屁，他们只是选了一个安全的角落蹲在那里，心里不停地祈求着菩萨保佑自己平安度过这一夜。梁三天向魏朝安报告巡逻的情况，说：那死的两弟兄都是被一刀封喉的，没有半点挣扎的迹象。

魏朝安站在那里一言不发，他看见满院黑压压的手下，一个个咧着张油腻腻的嘴，神色惊惧、紧张、疑虑。看他们那怂样，真想让他们上吊算了。平时吃喝嫖赌那么凶顽，遇到打仗，一个个像猪一样，只知道伸着头给别人捅刀子。真他妈倒了八辈子霉，养了这么一大帮猪。

就地宿营，谁再乱跑，看我不打断他的腿！魏朝安大吼了一声，就窜上后院梁三天的行宫里去了。剩下那几十个乌鸦兵，把那几口锅摔过一边，把柴火扔进火堆，烧起大火，然后把门板什么的拆下来，怀抱着那杆破枪，就那么横七竖八地在大院里休息了。

山里深秋的夜晚不像县城那样，冷风一吹，冻得那帮乌鸦兵不停地打战，上下牙相互叩击，像乞丐在敲击破碗。无奈之下，他们只能抢着往火堆前挤，嘴里嘟哝着、骂着。但是他们那滴溜溜转动的眼睛，时刻都关注着大院的墙头，以及那被修补的破大门口的缝隙，他们担心会从那里伸出一支黑洞洞的枪管，只要砰的一声，他们的小命就会扔在这穷山恶水之处。到那时，自己的灵魂就进不了祖宗的祠堂啦。

突然，一阵大风刮来，那扇修补的门砰的一声翻倒在地，乌鸦兵们唰的一声迅即躺倒在地，朝着大门外一阵狂射。枪声把刚刚安睡的魏局长也惊醒了，他急忙套上衣服冲下来。原来是虚惊一场，对着那帮乌鸦兵又是一阵臭骂，悻悻地回转后院行宫去。但是他再也不敢脱衣就寝，叫梁三天给他准备一壶茶，独自在那里喝闷茶。他越想越不是滋味：我在这里拿身家性命在搏，你王县长得了两美女，在那里缠绵温柔，真不是个东西！

魏朝安越想越气，于是第二天早上，就率领他的乌鸦兵滚回了县城。他才懒得管梁三天这个烂摊子，他要回县城慢慢喝那坛重阳酒。

见梁通天站在街口躬身送别，魏朝安一脸的怒气：让你准备的两百块银圆呢？

梁通天诚惶诚恐不情愿地把手中的一布袋银圆递给了他。

魏朝安看着这老奸巨猾的梁通天，真想一枪毙了他。

第九章

原来，龚大雷在山上见到了梁通天，知道了梁通天的店铺和峡口寨的老窝都被游击队抄了，他差一点就气昏过去，自己在三界地混了几十年，从来没有哪个敢这样跟自己叫板，这帮穷小子，简直是活得不耐烦了。

龚大雷当即就派人下山打探消息，当得知魏朝安亲自率队来三界地清剿游击队时，心下一阵窃喜，觉得应该借着这把黑铲子把三界地这帮敢于与自己作对的游击队彻底剿灭。后来又接到梁通天的情报说，游击队在阴风谷设伏，要和县警察决一死战。他马上决定亲自下山，助魏局长一臂之力。他还想到了伍鼠和其他几股小土匪，他要拉上他们一起下山。哪知伍鼠这个老狐狸，推托身体不舒服。他哪里是身体不舒服，他是在坐山观虎斗。龚大雷恨得牙痒痒。

其实，伍鼠也想下山的，他何曾不恨这帮游击队。但是那天青石花捎信上山来，说有个发财的好机会，叫他务必走一趟。

发财的事情哪个不想！他遂打消了与龚大雷一起下山的念头。他悄悄溜进青石花茶铺，青石花却只管打油茶款待他，没谈什么发财的门路。伍鼠也懒得问，反正已经下山了，有茶就喝，有酒就饮，吃这种蹚刀口的饭，今天不知明天的事，还留着自己这张嘴干等什么？

伍鼠也知道青石花是什么人，但是那时是毛毛虫占着这个窝，他就很少正眼看这个女人。如今毛毛虫不知去了什么地方，这青石花就成了无名的野花。伍鼠斜睨着青石花，他觉得青石花今天特别地殷勤，徐娘半老的她，还是那么丰腴。她依偎在自己身边，细心地为自己添加茶水和酒水。见吃得差不多时，才款款地问：还想要点什么？那身上淡淡的香皂味，幽幽地窜进伍鼠的鼻翼。伍鼠贪婪地吸了一口，又吸了一口，他已经忘记了此番下山发财的大事了。

青石花笑嘻嘻地问：好闻吗？

常年流窜在山上的伍鼠，想女人了，就下山打点野食。这几年几个穷鬼闹起了什么革命，他就不常下山了，憋着也怪难受的。伍鼠也知道青石花名声不好，外号一箩筐，她的野男人很多。

他想，这个奇怪的女人，她的身上有什么魔力，能把这样多的男人击倒？

那一刻，伍鼠眼里突然燃起了一股欲火，他回答说：好好闻啊。说完他伸出自己皱巴巴的脸贴在青石花圆嘟嘟的脸上。

青石花顺势抱住伍鼠，她伸出自己的舌头，一点点地舔着伍鼠那张沟壑纵横的脸，她觉得有一股咸咸的味道刺激着她的舌尖，感觉味蕾很难受。她强忍住由胸腔翻拱上来的酸液，用手轻轻地把自己的衣服解开。

伍鼠那一刻，眼花了，也同时被熏晕了。他迷迷糊糊地就进入了一个迷幻的世界，他还想在这个迷幻的世界游逛一下，突然脚下一滑，就跌进一个深潭，挣扎了一会儿，看见一个阎王向他走来。他吓了一跳，出了一身冷汗，觉得眼前那两座雪白山峰好高好高，自己再也没有力气往上攀爬，软塌塌地躺在雪山的低谷，觉得浑身有些发冷，他叹了一口气。

许久，伍鼠方缓过劲来，语气就有些损：今天你叫我下山，就为这？

青石花很是伤感：占了便宜还这样说话，良心喂狗了？

伍鼠乜斜了一眼青石花：我是想问那发财的机会在哪儿。伍鼠有些不耐烦，他突然就对青石花有些厌恶。

青石花有些鄙视伍鼠，她才不管伍鼠的感受呢，她要的是自己的感受，自从毛毛虫死后，就再也没有男人来过，那个死鬼杨哈宝出走后，更是再也没回来。她每天晚上在床上翻来覆去睡不着，心里火烧火燎地难受。伍鼠这个老鬼，只知道钱钱钱，哪知道老娘心里正燃着一团火，这团火没有水能浇灭吗？

那你答应我，你得了钱，还要来这里住一个晚上啊。

来来来。伍鼠见青石花还风情万种地依偎在自己怀里，感觉心底又似乎有几只蚂蚁在慢慢地爬动，他有些难受起来。他想还是办正事重要，就把青石花推出了怀里。

青石花软塌塌地说：急什么？我这不正要告诉你吗？

青石花说她刚听到一件事，说的是寨上一个人，前两天到九龙谷打猎。他突然发现对面山脚有一个人在挖什么东西，感到有些奇怪，就仔细瞧。见那人挖了一会儿，挖上来一个坛子，还看见他从坛子里掏出一大抓银圆，那肯定是一坛银圆。

你猜这人是谁？

伍鼠摇摇头。

就是我们的死对头梁雪花。我估计，那坛银子还未转移，肯定收藏在家。这段时间，狮子岭的几个年轻人都下山跟杨佰子他们搞什么游击队去了，我们就趁这时间上山去掏了他们的老窝，把那坛银圆抢到手，也好出一口恶气。

伍鼠听青石花如是说，脸上立即漫上一层杀气。但他仍觉得这情报有点传说的味道。他疑惑地乜斜青石花一眼：不要像前次那样了，说看见什么玉石坛子，到头来，白忙活一场。

青石花有些不满：你有能耐，你从青舟那么远追过来，说什么那个老石匠携带着玉石坛子，没有你捕风捉影地说三道四，我会去那山冲偷窥梁雪花他们搬家？梁雪花是个人精，她不会把玉石坛子藏在一个什么地方吗？这能怪我吗？

伍鼠懒得回答青石花，他似乎有些焦躁。青石花觉得事情要夭折，又觍着脸嗲嗲地说：千真万确，不是传说啊，我亲自问过那个人的。

伍鼠觉得，既然已经下山了，就去看看，如果真找到就发了。他看时间已经中午过了一点，就带着三个喽啰飞快地往狮子岭走去。

这个时间，阴风谷的战斗正激烈地进行着。我和你爷爷在狮子岭山后挖红薯，听到阴风谷方向隐约传来一阵阵枪声，估计是范南雨率领游击队与敌人开战了。我们担心得不行，没有心思挖红薯，就抄近路往阴风谷方向赶。

伍鼠并不知道我和你爷爷不在家。当他们冲进家时，没关门大叔上山放牛去了，庞焕弟也去割猪菜了，只有庞树青老人独自在家。庞树青老人见闯进三个劫匪，就颤着胡子质问：你们想干什么？

啰唆什么，快把那坛银圆交出来！

什么一坛银圆？

伍鼠当胸抓住庞树青，一记耳光扇过去，大喝道：你个老不死的，还不老实，我一枪崩了你！

庞树青老人说：你就是打死我，我也没看见什么一坛银圆。

伍鼠见问不出什么，就喝令三个手下在楼上楼下翻找，家里面都翻了个遍，连火塘都挖了一个大窟窿，地窖也挖得稀巴烂，砖墙也有几处被砸烂了，折腾了好一阵子，只把那三个喽啰累得快要断气，可连一块银圆都没见到，更莫说什么一坛银圆了。末了，他们在堂屋角落发现一个空坛子，伍鼠拿着那个空坛子吼道：银子呢？

庞树青说：哪有什么银圆啊？那是雪花在后背山挖得一坛子的野淮山，我们吃了两天才吃完。

伍鼠看那坛子沾满泥土，更是气恨。临出门，他们把窝里那只孵蛋的母鸡也捉走了。庞树青老人上前抢夺，求告道：你们把母鸡抢走了，一窝鸡蛋就完了，你们行行好吧。

伍鼠见庞树青老人还敢上前拉拉扯扯，就回身一枪，庞树青老人往后一倒，重重摔在门口的石板上，头一歪，鲜血立即从胸前渗了出来。

伍鼠看都没看一眼，又窜进赵妈家，同样一无所获，只在火炕上发现一只烟熏干兔子还有点用，就一把扯下来。

刘瓦匠听见枪响，走出棚子。他远远看见庞树青老人倒在屋门前，又见三个劫匪窜进赵妈家，就大喊：快回来啊，土匪杀人啰！土匪抢劫啰！

伍鼠听见有人大喊大叫，又见捞不到什么油水，就往九龙谷方向逃窜而去。

这时没关门大叔刚好赶着牛回到岭头，听见枪声，就撇下牛，飞快往家赶，当他赶到家，只见庞树青老人躺倒在屋门前，胸口还在不停地流着血。

这时你母亲庞焕弟、边妹子、吴大爷、赵妈都赶来了。庞焕弟伏在庞树青爷爷身上伤心地大哭。赵妈连声地骂着：这千刀万剐的土匪，雷公怎么就不把他们劈死呢？对一个老人，怎么也下得了手！几人一起把庞树青老人抬进家里，平放在木门上，但此时的庞树青老人，已经永远地走了。

傍晚时分，我和你爷爷才回到家，大家含着眼泪，用木板拼凑成一口棺木，把庞树青老人装进棺木里。刚做好这一切，枫树坳口又走上来一帮人。大家以为又是土匪来了，正准备往后山躲，但听那些脚步声、看那些身影又觉得很熟悉，待稍近才发现是范南雨率领的游击队。

大家见土匪那么残忍，连一个手无寸铁的老人都不放过，都很愤怒。范南雨和杨倌子详细地听了大家的叙述，他们觉得，这不像是龚大雷的作为，倒很像是伍鼠干的。

现在伍鼠可能会在哪儿？

说不准，他就像一个幽灵，一个吃人的恶魔，什么地方能吃到人，他就有可能出现在那里。

范南雨说：看来我们的剿匪工作要走在土匪的前面，不能老是这样被土匪牵着鼻子走，我们要找准他们的痛处，不打则已，一打就要把他们打痛，消灭他们。

第二天一早，大家草草把庞树青老人埋葬了。

我万分伤心，想不到这一坛子野淮山，夺走了庞树青老人的命。

静心庵里夜深人静。静心师太却辗转难眠。白天她无意间听到又有香客在议论当年哥哥家被害的事，香客的话一直萦绕在她的脑海里。

那一夜，静心师太再没睡过，她干脆起来走进佛堂，团坐在蒲团上，面朝观音娘娘，双手合十，闭目参禅。但是她的心怎么也静不下来。几十年啦，她的心里像压着一座山。表面上她每天参禅念经，心静如水，每天念完佛经，还要接待来尼姑庵上香的香客，招呼这样那样的事情，面带笑容，和和善善。但实际上，她内心的一个角落，却有一个心结像钉子一样钉在那里，已经嵌入她的肌肉，无法拔出来。只有到了夜深人静之时，细心的人才会发现，静心师太喜欢一个人站在尼姑庵的廊檐前，手扶着栏杆，眼光迷蒙，静静地望着远处黑黢黢连绵起伏的群山。

又一天的黎明来到了大山，降临在这座大山深处深藏着的尼姑庵。尼姑庵的尼姑们又先后从尼姑庵里走出来，她们来到尼姑庵前的那条小溪，洗脸漱口。这是她们一天最惬意的时刻。也许是山光水色的美，也许是早起的小鸟的鸣叫声带给了她们欢愉的心情，大自然是心灵真正的净化剂，尼姑们面带笑容，步履轻松，相互说两句笑话。日复一日，这山溪水把她们的皮肤洗濯得雪白雪白的，像大山里清晨的雾，柔和、细腻、晶莹。

可今天的静心师太却不像往日那样和大家一起到小溪旁去共同分享大自然的馈赠。她一个人悄悄地收捡出门的行李。她决定，要下山走走，看看。几十年过去了，哥嫂一家被害，侄女生死不明，一直是她多年来的心结。

静心师太是她出家的法号，其实她叫梁静悦。她至今仍清楚地记得，有一天嫂嫂把她叫到房间，拿出一个玉佩给了她。嫂嫂说如果她哪天出嫁了，这个玉佩就留作念想；另一个一模一样的玉佩给了雪花。

她的家就在峡口寨，她已经几十年没有回峡口寨了。走进寨子，她并没感到陌生，她觉得一切仍那么历历如前。她突然想到了近日阅读的一首古诗——

> 枯枝锁旧堂，残月入寒窗。
> 何处风声起，哪堪蔓色苍。
> 山中度日夜，旧寨牵衷肠。
> 怯与佛参悟，孤枫依未央。

她一边默默地吟咏着诗句，一边徐步走着，一阵苍凉不知何时涌上了心头。村寨的小巷还是那么破败和邋遢，几只母鸡带着鸡崽在窄巷里刨食，每找到一只虫子，它就欢叫着招呼自己的鸡崽前来分享。那些孤独的狗，肚子瘪瘪的，慵懒地睡在廊檐下；见到陌生人，就懒洋洋地叫几声，陌生人走了，它们又继续躺下。很多瓦檐上，都生出厚厚的一层青苔。

走过隔壁王大爷家门口，却见不到王大爷。他喜欢坐的那个石凳，上面积着一层灰尘，看来已经有很多时日没人坐了。大婶刚好从屋里走出来，她望了一眼静心师太，也只是望了一眼，就拿着一把锄头往窄窄的巷道走去，她一直往前走，步履有些蹒跚，神情有些漠然。静心师太想上前问问她，但是她还是把那句话咽了回去，她已经不想回到现实的生活了。

记得几十年前的那一天，她到了哥哥梁通善家门口（现在是梁通天的家门口），只见大门紧闭，门口好多天都没人扫了，台阶上还撒着几张纸钱。看那样子，是家里新近死了人。看到这些，静心师太才相信了那些到尼姑庵上香香客的传言。

生命源

当时，她上完香，约了几位香客在尼姑庵门前的凉亭里喝茶，大家聊着田里种的庄稼、山里种的杂粮，都说这几年日子一年不如一年，旱灾、虫灾、匪灾……穷人哪还有活路？

一位香客说：只有像梁通天那样的大财主，家里囤积着大把粮食，大把银圆，他们才不愁。

一位香客说：梁通天什么狠毒的事情没做过，他的家产都是霸占了别人的。

到底怎么回事？梁静悦急切地问。

那位香客说：其实，寨上哪个不知道，梁通天原来就是一个不成器的败家子，吃喝嫖赌无所不为，父母亲留下的那点家产不出几年就败了个精光。父母亲也先后被他的恶劣行径活活气死了。后来不知道他堂哥梁通善家怎么就被劫匪杀了个精光，梁通天就趁机霸占了他堂哥的所有财产。但是人们都在传……

都在传什么？梁静悦问。

人们都说这件事就是他勾结山上的土匪头子龚大雷干的，那家的小女儿也并没有死，而是被梁通天给卖了，不过无凭无据的，也不足为信。但是梁静悦却把这些话牢牢地记在了心里，心想也许侄女梁雪花还活着。

静心师太没有决心走进家门，她恨梁通天，恨他对自己的堂哥被人杀了那种冷漠的态度，更可气的是，他把自己的侄女梁雪花弄去了哪儿。难道哥哥一家的惨死真与他有关？静心师太不敢再想下去。在没有勇气面对的痛苦中，她逃离了峡口寨，上了山，尼姑庵的师太收留了她，为她剃度，她当了尼姑。多年以后，师太撒手西去，她当上了尼姑庵的师太。

静心师太望了一眼那扇红漆大门，转身往寨巷外走，走到了寨口杨大爷家门前，停下步子。她发现杨大爷家门前那株红心李还在，只是树身已经千疮百孔了，她望望树上，枝丫上还挂着几个虫蛀的李子。她有点失望，想当年在李子成熟的季节，她每次路过门前，石大娘见到自己，总要招呼一声：静悦，快来尝个李子。这时，她会从院子里拿起一根竹竿往挂满李子果的树上狠劲一打，瞬时李子就会刷啦啦地往下掉。随便抓上一个一咬，一股鲜红的汁液就会溢出口腔，那种酥软、清甜的滋味令你都舍不得下咽。

静心师太站在李子树下，望望虚掩的那两扇破门，望望屋顶的那缕飘忽的炊烟，她想进家去看看两个老人。

她推开了虚掩的破门，走了进去，感觉屋子已经很久没有清扫了，一股霉烂的气味扑鼻而来。她继续往屋里走，这时一个苍老浑浊的声音传过来：谁啊？

静心师太立即答道：是我啊，我是经常吃您李子的梁静悦呀。

梁静悦？石大娘在烟熏火燎的火塘边颤巍巍地站了起来，她似乎在进行一个久远的回忆。她走上前，伸出手来，静心师太抓住她的两只手，四只手紧紧地交缠在一起。杨大爷站在一边，三人呆了好一阵，才开始说话。

孩子，你还活着？

活着，大娘。

回来看你堂哥？

不。我永远也不想见到他。

是啊，那种人不值得你挂念。寨上的弟兄都看得很清楚，只是没说出来而已。

静心师太听两个老人讲起往事，眼泪就啪嗒啪嗒地往下掉。

这些年你是怎样活过来的？孩子。

我没有地方去，就上山削发当了尼姑。

可怜啊，孩子。说着，说着，石大娘也抑制不住内心的感慨，伤心地流着泪。

唏嘘了好一阵，静心师太努力抑制住自己的伤悲，劝慰两个老人：大爷、大娘，感谢这么多年你们还惦记着我，我现在过得很好，你们不用挂念我了，你们千万要保重身体啊。

静心师太见时间不早了，就从口袋里掏出一个糖糕粑，递给石大娘：没什么给你们两个老人的，这个糖糕粑给你们尝尝。

石大娘激动地接过糖糕粑，一个劲地挽留静心师太：住一个晚上吧，那么远的路。

庵里还有事，我得回去。改天我再来看你们。

恰在这时，我从屋门口走了进来，一眼就瞧见了静心师太，立即激动地走上前，一把抓住静心师太的两只手：师太，好多年没见您，您怎么在这儿？

我回来看看，马上就走。静心师太眼神闪烁，似乎在有意回避着什么。

难道这是师太的家？我茫然地望着静心师太，在我的记忆里，石大娘没这样一个女儿呀。

石大娘被这突然的相遇弄蒙了，她一时间不知道怎样说，或者说什么。她很犹疑，感觉自己仿佛站在激流中的一个礁石上，进也难，退也难。她望望静心师太，又望望我，许多话涌到嘴边，竟不知从何说起。

石大娘纠结了好一阵才说：静心师太是我出家的一个女儿，已经很久没回家了。

女儿？我有些疑惑，但我还是热情地拉着静心师太往屋里走。静心师太看看天色不早，执意要走，就依依不舍地和大家告了别。

石大娘几次张了张嘴，想让静心师太再坐坐，把我介绍给她。但是老人并没介绍，她一脸的担忧。

我对石大娘欲言又止的行为感觉有点怪，但是并没有往深处想，而是说：大娘、大爷，好久没来看你们了，我想接二老去山上住一段时间，好吗？

石大娘听我这样说，泪水立即流出来，声音显得有些滞重：你的好意我们领了，我们在家住惯了，你拿来的米我们也还有。

杨大爷也说：我们在家挺好的。

说着话，石大娘用剪子把静心师太送的那个糖糕粑剪了一大块递给我。

您应该留静心师太住一晚上，她还是我的救命恩人呢。我就把静心师太留宿我的故事讲给二老听。

石大娘听了我的故事，默默地在那里叨念：我的女儿出家了，心也向善了，好人——好人啊——

梁通天站在二楼的窗子前，神情黯然。窗外的凉风一阵阵地往窗里挤，他把那戴在头顶上的帽子往下拉了拉。他已经站了很久了，那杆旱烟袋始终没离开他的嘴，他已经感觉不出这旱烟的苦味了。他的脸色有些虚浮，就像臭豆腐上面遮着的那块布，色泽暗淡，味道怪异。

这段时间三界地这帮穷鬼，一下子就像山洪暴发一样，来势那么凶猛，他的一切防范措施几乎化为乌有。两个家没藏好的枪支，几乎都被他们收缴去了。最不幸的是，他老婆在一惊一乍中竟撒手西去，以后这个家，他能放心给谁来操持？

想到这些伤心事，他就拼命地吸那旱烟斗，他幻想自己喷出的烟雾化作一阵阵毒雾，那些穷鬼被这些毒雾缠绕其中，他要用这些毒雾把那些敢于造反的穷鬼憋死，毒死！

他已经派出一人上圣山去告诉龚大雷，劝他不要做整天藏在洞里的王八，他应该像一头凶恶的狼扑下山，只有这样，那些牛呀、猪呀、羊呀才能乖乖地成为他口中的美食。

梁通天老婆出殡的那天，寨上很多人都站在自己的屋檐下，悻悻地瞧着送殡稀稀拉拉的几个人。这帮穷鬼，搁在平时，一个个都像狗一样跟在自己的屁股后面，讨好自己。现在有人领头革什么命了，他们觉得这天下就是他们穷人的了，真是不自量力！

梁通天孤独地站在楼上，像一头苍老的狼，在无边的荒漠之中爬行着。突然，他发现一个尼姑走到他的屋前，在屋前站了很久，定定地望着朱漆的大门，好像那大门上藏着什么秘密一样。一个尼姑干吗在自己的屋前站那么久？他百思不得其解。她又走到寨尾那个破房子前，停下了脚步，走进那房子，好久才出来。梁通天感觉这个人的身影有些熟悉，心里不觉一惊。

正在这时，狮子岭那个死对头梁雪花也到了那里。从第一眼看到梁雪花，他就觉得她像一个人。后来在惶恐与担忧中，他到九盘河走了一转，这一走，完全证实了他的猜想。原来杨倌子是韦家的一个长工，梁雪花是杨倌子从韦家救出来的。

梁通天不看则已，越看越气，把烟斗撂过一边，下了楼，开了朱漆大门。几天来，他还是第一次下楼。他走出大门，望望天，一种不一样的感觉立即涌上心头——他觉得躲在阁楼里就像关在笼子里一样，憋闷。走在外面多好，阳光灿灿地照着，他感觉眼有些花，很不习惯。

梁通天慢慢地往寨尾那座破屋子走去。

刚走到破屋子前，我刚好从屋子里走出来，梁通天走上前阴沉着脸问：你来这干什么？

我见梁通天突然蹿出来，很是怪异，说：我来这里干什么你管得着吗？

这里的土地是我的，我就管得着。

你的土地？我怎么就不觉得。

这时，石大娘藏在屋子里，想等梁通天走了再出来，哪知这个挨刀的竟然朝她的屋子里走来，难道又是来逼交租子的？她战战兢兢地从屋里走出来，蹒跚着步子一直走到梁通天面前，歉意地说道：不知梁老爷来，对不起，进屋坐坐。

梁雪花来干什么？梁通天问。

她来问那个碓坎的钱。

梁通天哼了一句：今年的租子你还没有交够，赶快交吧，到明年一担就要变两担了。他嘴上这样说着，心里却阴阴地想着，这两个老不死的和梁雪花来往这么密切，难免不会在她面前乱嚼舌头，看来得找个机会告诉龚大雷，要不然后患无穷。

梁通天走了，我仍站在原地，我被梁通天的霸道气昏了。简直是没了王法，连站的这一寸土地也是你梁通天的？我可要问问范南雨，是这样的吗？

石大娘很气愤，她很想说：这是你的土地吗？这是勾结土匪杀死你堂哥抢劫过来的土地啊，站在眼前这个人，才是这土地真正的主人！但是石大娘没这样说，她知道梁通天心狠手辣，不是他的对手，忍忍吧。石大娘上前劝我：姑娘，回家吧，以后少来这里，这个梁通天可是个杀人的魔王，惹他划不来。

没事。我想到了杨倌子、铁蛋、白捡得他们，也想到了自己的儿子盘石文拿着驳壳枪那个威武的样子，心底突然就涌起了一股豪气。我抓住石大娘的手坚定地说：我一定会来看您的，我不怕他。

龚大雷那天挨魏朝安要了一次，死了几个弟兄，心下很是气恨。他觉得和这种人合作，以后可得多长个心眼，但看着游击队势力逐渐壮大起来，他又觉得不能老在圣山吃老本了。听说范南雨率领的游击队往九龙谷方向撤，他觉得自己也应到那一带活动，寻找机会，把这几个穷鬼吃掉。

当他得知伍鼠打死了狮子岭的一个老人，心下忍不住一阵狂喜，他知道伍鼠从此以后就和狮子岭结仇了。和狮子岭结仇，就意味着和游击队结仇，因为他清楚，狮子岭和游击队有着千丝万缕的关系。他带着金爪、木蕨、水蜂下了山，直接朝九龙谷方向走。他想兴许能在九龙谷遇到伍鼠，再跟他说道说道，以后做什么事，兄弟之间要明着来，不要背后打小算盘，打小算盘，成不了大事，因为大家都是一条绳子上的蚂蚱。

其实伍鼠根本就没什么地盘，他纯粹是一只无家可归的野狗，哪里有残羹剩饭他就出现在哪里，吃了今天不顾明天。这时他哪在九龙谷，他正在青石花茶铺里住着呢。

他本来也不想在青石花茶铺里住的，但是他气不过，他觉得自己的干将毛毛虫倒霉就倒霉在青石花身上，如今活不见人死不见尸，够惨了。自己千不该万不该也惹上她，看来惹上她的男人，不死也得脱层皮。你脱我的皮，我就要吃你的肉。

他的两个打手蛇头、虎尾觉得老大住在这里不大安全，劝他还是去鬼哭崖那个石洞比较安全，那里还有几个弟兄。

伍鼠白了他们一眼说：你们两个猪头呀，去那里，吃什么？喝什么？在这里吃喝有这个倒霉的女人提供。安全嘛，你们就不用担心了，谁会想到我杀了人还不跑，就在他们的眼皮子底下住着。

龚大雷在九龙谷窜了几个来回，凭着他多年做土匪的经验，这个伍鼠的老窝绝不可能在这里。那他在哪儿？就在他想要撤回圣山的时候，出事了。在九龙谷通往圣山的暗道上，不知谁预先设下暗弩，射中了走在前面的两人。龚大雷揣测不出暗弩的主人，是猎人？不像，是伍鼠？也不像。如果是游击队，那可不是安几张弩的问题了。

龚大雷觉得这条暗道前方似乎布满了杀机，飞一般窜下山。

不到一顿饭工夫，他们几个人就到了青石花茶铺前。龚大雷觉得奔波了一天，肚子有点饿了。这个青石花茶铺的老板娘他认识，她打的油茶几条河都有了名头，就是人浪荡一点。浪荡一点也好，自己的金爪、木蕨、水蜂已经好久没开荤了，让他们放松一下也是好的。

但是，青石花茶铺的大门却紧闭着，拍了半天的门，那门才打开一条缝，从门缝里伸出一张惶恐的脸：谁呀？

你大爷。龚大雷早就不耐烦了，他一脚把门踢开，把青石花推过一边，进了茶铺。

其实龚大雷一喊门，青石花就知道是谁来了，她吓得什么似的。伍鼠倒挺镇静，叫蛇头、虎尾开后门在外面候着，自己则赖在房间不走。他想，龚大雷你有什么了不起的，大不了鱼死网破，把我逼急了，大家都别活了。

青石花看这阵势，吓得哆哆嗦嗦的，去开门时，不小心还撞翻了一个板凳。看着龚大雷一脸的杀气，青石花倚傍在他身旁，一个劲地道歉：不知是龚司令来了，对不起，对不起。

做饭，少啰唆。龚大雷命令道。

还好，这几天伍鼠他们几个在这里，各种菜肴也还剩点，青石花手脚也快，不消一刻，饭菜就上来了。

几个人饿了一天，看着香喷喷的饭菜，立即敞开肚皮，风卷残云般地把桌上的饭菜一扫而光。末了，每人还灌了一斤多红薯酒，抹抹嘴，摸摸肚皮，这时才想到身边还有个半老徐娘的老板娘。

龚大雷望了望青石花，和金爪说：想玩就玩会儿，不然我们就上山了。

金爪一把抱住青石花就往房间里走，到了房间就把青石花的衣服撕得一件不剩，山崩海啸地在那里颠鸾倒凤起来。这时，伍鼠在床下可就惨了，他听着头顶上的床板吱吱扭扭地响着，心里就一阵阵发毛。他知道这金爪，五大三粗的身板，胸口一团黑毛，一般都是闷声不响地护卫在龚大雷左右，龚大雷把他看作自己的生命一样，有什么好玩的，先让他玩个够。这个家伙，到底要玩到什么时候？伍鼠可有些撑不住了，他想窜出床底，一枪崩了这个狗杂种。但是他知道这样做的后果，还是强忍住这种屈辱的感觉。伍鼠就有点后悔了，如果刚才跟蛇头、虎尾一起走，现在就不会被逼着藏到床底下忍受这天底下最大的屈辱了。突然床板间隙掉下一点粉末，进了伍鼠的眼睛，他忍受不住，伸手擦了一把眼睛，不小心碰到一个盒子，响了一声。床上的金爪正在高潮处，听见床底一声响，立即翻身坐起来，抓起驳壳枪。青石花见状，立即挨上去，嗲嗲地说：紧张什么呀，一只偷油的小老鼠，都把你吓成这样子，还说是龚司令的五大金刚呢！

金爪顺从地把枪摆放在床头，又骑上青石花的身子，床板又继续咿咿呀呀地响了起来……

也不知过了多久，金爪倒在了青石花面前，翻着白眼，长长地吁了一口气，走出了房间。

木蕨犹豫了一下，也走进了房间。他一眼就看见床上一丝不挂的青石花，心想，难怪老大在里边待了那么久，原来这个半老徐娘还是有点看头的。但木蕨总觉得有点别扭，喉咙里有点腻腻滑滑的感觉。青石花在心里恨恨地想着，这个龚大雷，真不是人，怎么能这样对自己，哪天你要遭天打五雷轰的。

很快木蕨就从房间里走了出来，水蜂问：好玩不？木蕨说：好玩——那语气好像别人欠了他米还了他糠似的。水蜂听出了味儿，说那你带回家玩吧。

几人淫淫地笑笑，走出了青石花茶铺，一眨眼就消失在夜色里。

青石花仍赤裸着躺在床上，她浑身肌肉紧缩、瑟瑟发抖。伍鼠从床底爬出来，抖了抖身上的灰尘，连声地骂着：龚大雷你不得好死！他看见青石花还赤条条地躺在那里，身体被折磨得青一块、紫一块，心里感觉有点愧疚——都是自己不听龚大雷调遣，害她蒙受如此大的屈辱。伍鼠把棉被扯过来，盖在青石花身上，自己则走到铺子外面的空地上，他望着漆黑的暗夜，恨不得一枪崩了这个狂妄无忌的龚大雷。

这时，突然听见鸡公岭那边传来几声枪响，他吓了一跳，这枪声是谁放的？难道是……

这段时间，圣山周边三个县的土匪恶霸相当猖獗。范南雨组建的游击队遇到了很多困难，经过几次战斗，游击队的伤亡也很大，一些游击队员产生了动摇的思想。范南雨觉得不能再这样拼下去了，要保存这点革命力量，他把队伍拉到九龙谷，白天隐蔽，晚上行动。九龙谷地理环境优越，那里山高林密，山势险峻，大石洞连着小石洞，小石洞串着大石洞，绵延几十里，如果是外地人误入其中，很难辨别东南西北。听说多年前一个女人到九龙谷采蘑菇，误入其中的七星峡谷，结果蒙头转了几天，最后死在峡谷内。这些年，伍鼠时而出没在九龙谷，就很少有人再到这个地方打猎或者寻找山货了。

至于选择哪个石洞作为暂时的宿营地，这就不用范南雨操心了。"黑三飞"对这里的每一座山、每一个石洞都了如指掌。

范南雨把所剩的队伍成员编为三个组，第一组由杨偣子和你父亲盘石文负责，主要工作区域是三界地附近的村寨；第二组由范南雨和白捡得负责，主要工作区域是九盘河附近的几个寨子；第三组由铁蛋和鸭蛋负责，主要工作区域是鸡公岭、峡口寨等几个寨子。

范南雨强调在当前敌强我弱的情况下，工作的重心应该是全面发动群众，只有群众工作做好了，游击队才能获得生存的空间。

游击队没发现伍鼠的踪迹，却发现了龚大雷带着一大队人马窜到了九龙谷。范南雨见龚大雷来势汹汹，觉得还是避其锋芒，再寻找战机为好。杨偭子和铁蛋忍不住，在几个峡谷中设下一些机关，想让龚大雷也见识见识游击队的厉害。哪曾想到，这个龚大雷立刻就躲了。

　　杨偭子和你父亲盘石文下了山。他们路过狮子岭，你父亲见家里的窗户还透出灯光，他觉得奇怪，都深夜了，家里人怎么还不睡？几个人立即拔出枪，摸索着靠近了房子。到了楼下，杨偭子发现看门的狗也被人杀死了，便立即把房子包围起来。等了好一会儿，仍未见屋里有响动，你父亲盘石文就对着打开的那扇窗喊：妈妈，快开门，我是盘石文呀。

　　你母亲庞焕弟一直没睡，她听见你父亲盘石文喊开门，立即披衣下楼，打开了大门。我这时也下了楼，看见是杨偭子和你父亲，就问：你们这么晚去哪儿？杨偭子说：去三界地那一带。我顿了一下说：刚才好像龚大雷带人来过这里，刚过去两顿饭工夫，你们走在他们后面，要注意他们伏击你们。

　　妈，狗都被他们弄死了。你父亲指着那条死狗说。

　　我知道，当时他们人多，我不敢出声，后来没有响声了，也不敢出来，怕他们还躲在附近。

　　杨偭子他们翻过鸡公岭，没听见前面有什么人走动的声音，反倒听见后面有脚步声跟了上来。难道是龚大雷？他在鸡公岭那么久干什么？

　　你父亲说：可能他们去青石花茶铺那里了。

　　杨偭子觉得你父亲说得有道理，刚才我们为什么不去青石花茶铺看看。

　　杨偭子把组里几个人分为两组，分别埋伏在坳口两边的小山包上。

　　借着朦胧的月光，杨偭子模糊地瞧见，上来的果然是龚大雷。他们走走停停，一行好像有十多个人。这时山野静悄悄的，一只猫头鹰突然从树杈上突袭而下，朝一只在草地上玩耍的老鼠扑去。龚大雷他们像弹弓一样，立即飞蹿到草丛中，匍匐在那里，半天没敢动一下。后来，他们发现那只猫头鹰嘴里叼着一只老鼠又飞回树杈上，才惊惶未定地从草丛中爬了出来。

　　受了惊吓的龚大雷，再也不敢把驳壳枪插回腰间，他提着枪，两只耳朵竖着，两只眼睛鬼精灵地盯着路两边的灌木丛。

　　杨偭子看龚大雷进入伏击圈了，就一枪射了出去，走在前面的水蜂应声倒地。与此同时，你父亲和其他队员的枪声也响了。龚大雷他们像一条被打了一棒的毒蛇，很快就隐身在草丛中，子弹并没有射中他们。

龚大雷看两边山包都有伏兵，觉得眼前这阵势对自己极为不利，不能恋战，几个翻滚就钻进树林子里。金爪、木蕨也手忙脚乱地紧随龚大雷后面，一会儿就没入山谷中，十多个影子像幽灵一样，晃一下就没了。

你父亲站起来，想要追，杨倌子拉住他。等了好一会儿，他们才往前走去，从水蜂身上摘下那杆枪，就迅即转身朝三界地方向走去。

龚大雷连夜逃回圣山，心里的恶气几天都没消，想想自己的五虎上将平白无故就折了一个，他很痛心，气哼哼着几天都食不下咽，肚子也胀鼓鼓的难受。听着整天骨碌碌乱响的肚子，他骂开了青石花，认为就是这个青石花害他倒了霉，就是她那发霉的饭菜，害得自己吃不下，拉不出。

金爪说：老大啊，快别这样想啦，同样的饭菜，您看看我和木蕨的肚子。

看你那点出息，青石花那身肥肉迷住你了吧，说话都胳膊往外拐了。龚大雷不阴不阳地冷笑着。

金爪退缩到一边，不敢吱声，他觉得这老大就是老大，一句话就点到了他的死穴。这几天晚上，他好难熬，总想起青石花，想下山去找她。但他不敢，他知道龚大雷的规矩，不经他点头私自下山，会按规矩给办了。

正当龚大雷坐卧不宁时，火鸟押上来一个人，其人穿着一身黄泥巴般的衣服。火鸟行了一个礼：老大，这个人想要偷窥我们圣山的秘密，被我们当场逮住。

龚大雷命令火鸟把套在这个人头上的麻袋掀开。那人揉揉眼睛，半天才看清眼前是一个石洞，他有点分不清方向，就问：你们把我带到什么地方了？

龚大雷从来就不屑于回答这样的问题，他的语气冷飕飕的：你是谁？

我是谁并不重要，重要的是——我是来救你们的。

嚯，救我们？不是青天白日做梦吧。站在石洞里的匪众，都忍不住哈哈大笑起来。

笑什么笑，死到临头，还有心情笑。

金爪一把抓住这个口吐狂言的混蛋，从腰间抽出一把刀，顶住他的咽喉：你再说说，谁死到临头？

洞里的其他匪众，都齐声大喊：割了他的舌头，看谁死到临头。

叫什么叫，也不睁开眼睛看看外面的局势。共产党的军队都快要打到家门口了，你们还在这里四分五裂，盲目乐观。更为可怕的是，我听说你们几个山头的势力还在搞窝里斗，这不是找死是什么？

是啊，外面是这么传的：一帮乌合之众，看起来凶里吧唧的，但一听到解放军就快要打进来了，有些匪众就筛糠了。

他们脸上马上染上一层臭水沟的绿色，那怎么办呢？

怎么办？团结起来，把所有山头弟兄的力量集中起来，握成一个拳头，这样才能战胜对手。

刚才还蠢蠢欲动喊打喊杀的匪众，瞬间就安静下来，像只癞蛤蟆张着嘴在等待一只瞎眼的飞蛾撞进它嘴里。

"黄泥巴"看了这一帮蠢猪就觉得好笑，他把自己的声音提高了八度。

我是国民党上校团长周克雷，上峰亲自委派我到圣山一带组织一支部队，以圣山为屏障，阻击南下的共产党。

见一帮匪众还在那里疑疑惑惑，周克雷就从口袋里掏出一张委任状，在众人面前展示一下，并洋洋得意地说：算你们识相，如果惹恼了我的卫队，可有你们好受的。

接着，周克雷又从口袋里摸出另一张委任状，递给龚大雷。龚大雷一看，那上面写着：湘桂黔反共独立纵队司令龚大雷。龚大雷揉揉眼睛，再看看，确实是自己的名字。那一刻他的脑子有点乱，稀里糊涂的，难道自己的祖坟真的冒青烟了？

周克雷看见龚大雷那个熊样，心里掠过一阵冷笑，但嘴里却大喊道：弟兄们，你们的龚老大现在已经荣升湘桂黔反共独立纵队司令了，还不鼓掌恭喜一下。

洞里洞外立即响起了热烈的掌声，匪众胡乱地喊叫了一通，大家都兴奋地期待着司令发布点什么有实质性内容的指令。

龚大雷见大家高兴，一挥手吼道：杀猪，庆贺！说完，他回头吩咐火鸟去具体安排。火鸟招呼一帮馋鬼一哄走出了石洞。龚大雷又转身吩咐土鳖下山去把周克雷的卫队领上山。

这一切事情安排好以后，龚大雷才招呼周克雷、金爪、木蕨一起在石洞大厅里那张石桌旁坐了下来。

下一步我们应该怎样做，请周团长训示。龚大雷一下子就有了点司令的大将风度。

周克雷挺了挺腰杆，那神态一下子就威严了：谈不上什么训示，我只是想下一步我们应该召开一个湘桂黔交界处的反共联合会议，这个会议的目的，就是要把湘桂黔边界的反共武装力量有效地组织起来，统一由司令您指挥。这样才能击溃入侵的南下共产党军队。

龚大雷说：伍鼠他阳奉阴违，尽打小九九，不听指挥，这件事有点难办。

再难也要做，现在你就通知盘踞在九龙谷的伍鼠和占据着峡江上游的雪孩儿，三天后在三界地乡公所开会。

要不要通知三界地的乡长梁三天？

不用。梁三天这小子好酒好色，容易误事。现在风声紧，三界地的游击队活动猖獗，万一给他们知道就麻烦了。到时候我们兵临城下，他自然就知道了。

我心里很焦躁。盘石文可不能出事啊，他总是来去一阵风似的，现在他在哪儿？

其实，杨倌子和你父亲盘石文在鸡公岭阻击龚大雷后，就分手了。杨倌子必须尽快回到十里盘铁匠铺，他已经好几天没回那里了。他担心李冬冬、苦妹子和杨秀花的安全，也担心她们已经没了吃的东西，他要想办法找点粮食回去接济她们。

杨倌子则吩咐你父亲盘石文拐进三界地，去那里看看，这段时间土匪好像都集中在那里，要想办法摸清他们大致的活动情况，好制定下一步的行动计划。

天快亮时，你父亲就到了三界地附近。他听见街上人声嘈杂，不敢贸然进街，就爬上了三界地对面那座山顶。山顶有棵米锥树，有十来米高，他擦擦手，就朝树上爬。树上的米锥熟了，有的正裂开了小小的刺壳。跑了一夜，你父亲已经很饿了，他伸手采摘一些米锥，把刺壳剥掉，就现出白白的米粒儿。他一边剥着米锥，一边细心观察着三界地街道。这时，街道上来来往往走着的、闹哄哄的都是一些背着枪的人，那些应该是土匪。但是在他们中间，还夹杂着一些穿着黄色衣服的人。他们是什么人？看来斗争形势发生了新的变化。你父亲已经没有心思再去剥那些米锥了，他攀着树杈，快速下了树。他要尽快找到杨佲子和范南雨他们，将这一情况报告给他们。

你父亲刚落地站稳，就被一支枪管顶住了后脑勺，他伸手想拔腰间的枪，但是被一只手抓住，腰间的驳壳枪也被摸去了。

小子，你还想动，动就打死你。

你父亲的左右手被两个土匪紧紧抓住，反扭到身后，被一根过山藤紧紧地捆住，他感觉两只手像要断了似的疼。他想范南雨与杨佲子他们不知道这里的情况，万一误撞到这里，那情况就危险了。

很快你父亲就被三个土匪前后押着送到三界地乡公所大院。

周克雷和几个匪首正在议事，见外面吵吵嚷嚷，几个匪兵推着一个被五花大绑的人走进来。

龚司令，这个人在对面山顶偷窥我们三界地的军事情况，被我们抓住了。龚大雷一看，原来是梁雪花的儿子盘石文。他心里一惊，这盘石文也忒胆大了，竟敢闯到这里来，这不是找死吗？

伍鼠见是盘石文，心中一股恶气不觉轰地燃了起来，他想到了瞎了一只眼的蛇头，踪影全无的毛毛虫，快要到手的三百块银圆，现在还隐隐疼痛的手臂，这一切，都是这帮游击队搞的鬼。你梁雪花也有今天，这不能怪我，是你儿子自己送上门来的。他几步窜上前，当胸抓住你父亲，用枪顶着他的脑门，吼道：把这个游击队的密探拉出去毙了！

龚大雷一步走上前，拦住伍鼠：伍老弟，莫忙，先留着他，还有用。

周克雷也上前制止，看你这个副司令，火气那么大，要枪毙也不是这个时候。

周克雷阴沉着一张脸走到你父亲面前盘问：叫什么名字？

盘石文。

你到对面山干什么？

摘米锥。

带着枪摘米锥，谁信？

不信就算了。

看你细皮嫩肉的，嘴巴倒蛮硬的，等一下我让你开开眼界，就知道摘米锥的代价了。拉到后院关押起来，严加看守。

周克雷命人把门关起来，他神色严峻地说：看来游击队已经注意到我们的行动了，我们一定要赶在他们的前面，快刀斩乱麻，给游击队以致命的打击。

怎样打，各路匪首意见很难统一。龚大雷认为当务之急应该把清剿的重点放在圣山周围一带，巩固圣山这个反共基地。伍鼠则坚持要把清剿的重点放在九龙谷一带，因为最近一个时期，游击队主要在那一带活动，只有打得他们无立足之地，才能彻底消灭他们。雪孩儿虽然不是特别情愿，但还是被迫参加了这次行动。

周克雷反复权衡，觉得伍鼠提出的意见有一定道理，先围剿九龙谷，把游击队消灭在九龙谷一带。龚大雷思谋了一会儿，也点头同意了这个决定。他征求了一下周克雷的意见，当即决定立即组织人马，由伍鼠带领队伍正面进攻；雪孩儿则沿峡江往上，到达黑风坳处，从左翼发起进攻；龚大雷则率队绕到九龙谷后面，从后面进攻。明天中午三支队伍务必赶到进攻地点，十二点钟准时发起进攻。周克雷的卫队随机待动，打乱游击队的部署。

伍鼠觉得，龚大雷这个三面包抄的计划纯属无稽之谈，他就是想借游击队的手削弱自己的实力。但是周克雷这个狗屁特派员点头同意了，他也不好再说什么。半夜过一点，他的队伍就到达了鸡公岭。他想，这里距离九龙谷已经没多远了，弟兄们走了大半夜，又累又饿，何不进青石花茶铺歇歇脚，找口饭吃？

茶铺屁大的地方，一下子涌进三十多个人，连个坐的地方都没有。青石花一肚子的苦水，但脸上仍得媚笑着，生怕得罪了这帮快进阎王殿的人。

石麻子和吴疤子两人恰好就是鸡公岭的人，前段时间，他们在青石花茶铺认识了伍鼠，几盅酒灌下肚就灌昏了他们的头脑，两块闪闪发光的银圆就照花了他们的眼睛，连父母亲都不告诉一声，跟着伍鼠就走了。连日里，昼伏夜出，饥一餐饱一餐，潮湿的岩洞就是所谓的宫殿。他们好想回家看看，但他们又不敢私下乱走，他们知道，伍鼠是个心狠手辣的杀人魔头。

见青石花茶铺拥挤得很，石麻子趁机说：老大，我们回家歇息一会儿，等一下就来和你会合，行吗？

伍鼠说：明天早上六点钟准时在这里集合，不得延误时间。

好的。吴疤子回答。

两人刚走到门边，又被伍鼠叫住了，他盯着两人说：记住了出发时说过的事项了吗？

记住了。两人齐声回答。

如果走漏了风声，你们应该知道后果。

如果你不信，就叫人跟着我们好了。

伍鼠觉得这倒是个一举两得的好办法，就叫蛇头带着一个弟兄跟着石麻子和吴疤子，顺带弄点吃的。

朦胧的月光星星点点地洒在寨巷里，巷道里石板年久失修，踩在上面会发出细微的声响，后面的人都神经质地摸出了枪，紧张地环顾四周，生怕从那黑黢黢的巷道深处射来一颗子弹。巷道两边的阴沟臭烘烘的，每个人都屏住了自己的呼吸。

他们像贼一样蹑手蹑脚地行进，但还是逃脱不了狗们敏锐的耳朵。一只狗发现了寨巷里有异样，叫了一声引发了全寨狗的狂叫声，但是并没人敢开门出来探看。蛇头几个人刚开始有点紧张，都把上了膛的枪紧紧握在手里，转了两个弯，看整个寨子像没人住一样，又把枪插进腰间，大摇大摆地往前走。

但是他们并没发现，在寨中一座木楼的门缝里正有一双眼睛在紧紧盯着他们。这双眼睛就是铁蛋的眼睛，这家木楼就是农会主席吴老和的家。铁蛋在朦胧的月光中看见几个人往寨尾走去，走在中间的那人好像是蛇头，其他几个没看出来。吴老和说：走在前面的是本寨石老顺的儿子石麻子和吴老坪的儿子吴疤子，只听说他们前段时间离家出走了，哪曾想到他们却跟伍鼠混在了一起。

几个人走到寨尾，果然分头走进了石老顺和吴老坪的家。

石老顺被寨上的狗叫声吵醒了，他想，是不是儿子回来了。儿子离家已经有一个多月了，他担心得要命。他想起床看看，刚走到堂屋，就见儿子上了楼。那个独眼龙把一只死鸡扔到石老顺面前：快点做饭！石老顺一看那只鸡，不正是自己楼下孵蛋的那只母鸡吗？

石麻子，你这个败家子，怎么连母鸡也杀了吃？

你个死老头儿，找死呀！蛇头用枪顶住石老顺的脑门。

石麻子急忙上前拦住蛇头，一个劲地向他赔礼道歉，并使眼色给父亲，叫他快点去弄饭。

铁蛋在门外肺都要气炸了，他恨不得冲进去把蛇头一枪毙了。但是范南雨经常叮嘱他遇事要冷静，不要莽撞。蛇头是伍鼠的手下，他们来这里干什么？伍鼠在哪儿？

伍鼠十有八九在青石花茶铺里藏着。于是铁蛋留下鸭蛋在原地蹲守，自己带着几个人悄悄往青石花茶铺走。

稍近青石花茶铺，只见茶铺的板房缝隙里透出一丝光亮。铁蛋挑破窗户纸，看见茶铺里黑压压的全是土匪，他们乱七八糟地抱着枪坐在那里，有几个则围在桌子前大口啃着东西。青石花则在人缝里忙这忙那，好像这帮人是她的亲娘老子似的。伍鼠见大家都没闭上眼睛休息，就斥责道：明天要突袭九龙谷游击队的老巢，都他妈的给我……

铁蛋一看这阵势，就知道伍鼠此行的目的就是要来和游击队拼命的。他立即转身进寨，招呼鸭蛋，一行几个人悄无声息地撤出寨子，隐入鸡公岭后面的大山里。鸭蛋爬上山顶那株大松树，躲在茂密的枝叶后面密切注视伍鼠匪帮的行动。其余的人则坐在树下歇息。说是歇息，其实哪能入睡，夏天的夜晚，山间的蚊虫嘤嘤嗡嗡的，千军万马似的在大家身子周遭围攻。无奈中，铁蛋折来一大把樟木叶子，叫大家把樟木叶捣碎，涂在脸和手脚上，蚊虫嗅到樟木浓浓的味道，都被熏得团团转，只能在远处无奈地哀鸣旋转着。

铁蛋突然就想，一点樟木叶就能将这猖狂可恶的蚊虫制服，那么用点什么办法才能让伍鼠这帮匪众尝到一点苦头？

铁蛋站起身，把鸭蛋叫下树，带领大家抄近路火速往九龙谷走去。

伍鼠啃完那只蛇头带回的鸡，天已麻麻亮。伍鼠带一帮匪众摸到了狮子岭，他看见狮子岭几家人的屋顶上都冒出袅袅的炊烟，山间的浓雾正一团团地往山上翻滚，树林里那些鸟儿正东一声西一声地啼叫。伍鼠似乎嗅到一股农家饭菜的香味，对匪众说：这里是游击队的老窝，你们分头行动，见吃的就吃，见好东西就拿，行动要快。

这时你母亲庞焕弟刚打开大门，七八个土匪就撞了进来。伍鼠问：你就是盘石文的老婆？

你母亲点点头。

梁雪花呢？

她昨天下山去了。

一帮匪众，见你母亲年轻漂亮，一个个都挤上前，对你母亲动手动脚。你母亲奋力反抗。没关门大叔听见楼下吵闹，急忙下楼。他见众匪徒正在调戏你母亲，立即冲上前，大声呵斥：青天白日，你们这帮畜生！

蛇头听见没关门大叔骂他们畜生，心头不觉火气，拔出刀，一刀就向没关门大叔戳去。没关门大叔往后倒在地上，左边胸口迅疾流出一摊血。你母亲伏在没关门大叔身上，放声大哭。

伍鼠不想耽搁时间，就叫手下把火塘边刚煮熟的一鼎罐饭拿走，没事样地走出了屋子。

一帮匪众见伍鼠那么快就撤退了，就立即从各家各户把吃的东西全都掳来，一窝蜂跟在伍鼠后面，快速往九龙谷方向走。翻过一座山坳，伍鼠说：先把吃的东西消灭掉吧。虎尾在赵妈家抢得一碗干老鼠肉、一壶红薯酒，都给了伍鼠。伍鼠是个嗜酒如命的人，他抓起酒壶，咕噜咕噜一阵猛喝，呛得他翻起了白眼；接着他又抓起干老鼠肉啃咬，干老鼠肉是朝天辣焖熟的，辣得伍鼠的脸在那里蠕动。他有些不爽，把干老鼠肉扔给了虎尾。

其他匪众，就抢着吃饭，他们知道，有吃就吃，吃了这餐，还不知下一餐在哪儿呢。坳口一时间有点乱，饭菜撒了一地，酒壶甩在草丛中，鼎罐打碎在岩石下。

闹了一阵，抢来的东西都被吃光了，大家咂巴着嘴，感觉还不过瘾，眼巴巴望着伍鼠。伍鼠说：等攻占了九龙谷，我在三界地最好的客栈摆上几桌，让你们喝个够，撑个饱。

一帮匪众似乎又闻到了酒肉的阵阵香味，大家又振奋起精神跟在伍鼠后面，往九龙谷进发，很快就到了那座独木桥。几百年来，官军想要围剿造反的山民，都是被这座独木桥挡住的。

这些年来，伍鼠能啸聚九龙谷，也是凭借这道山谷的天险。他今天最担心的是能否顺利通过这座独木桥。如果游击队在桥对面的巨石后面阻击，想通过就难了。他想，如果过不了，就按兵不动，等龚大雷和混江龙攻进山，自己再进攻也未迟。这样想着，就到了桥头。伍鼠藏在桥头的石块后，仔细观察桥对岸，并没发现什么异常现象。他突然就冷笑了一声，觉得自己的胆子比兔子还要小，这次行动，出奇制胜，神不知鬼不觉，游击队可能都还在石洞里睡大觉呢，他们怎么可能来这里阻击我们？他驳壳枪一挥，蛇头带头冲上了独木桥，刚上去七八个弟兄，只听见啪啦一声巨响，木桥拦腰折断，冲上木桥的匪徒全都跌落峡谷绝壁之中。

伍鼠正要组织火力扫射，但是并没听见对面山上有阻击的枪声，他心下十分惊惧，这座桥刚修建没两年，结实得很，怎么说断就断了？难道是游击队在桥上做了手脚？他伸头往峡谷深处望了几眼，悲鸣了一声，跟随自己在三界地混了那么多年的蛇头，就这样不明不白地把命填进这万丈深渊里，冤啊！他瞬间红了眼，像一只疯狗一样，大吼一声，指挥自己的队伍迅速往后撤退了。

他想，就是那个老奸巨猾的龚大雷叫自己攻打前山，他却不知道死到什么旮旯去了。围剿个屁，害得老子损兵折将，干脆撤回三界地，填饱肚皮再说。他看看太阳，还火烧火燎的，中午刚过一点，自己为什么要逃跑，先坚守在这里，让那两个冤大头去和游击队折腾吧。

你母亲哭了一阵，没关门大叔竟睁开了眼，他告诉你母亲，快上楼去拿那袋药下来。你母亲赶快上楼，把那袋药拿了下来，慌乱地打开口袋，里面有很多小口袋，都装着各种药粉。你母亲不知道用哪一袋，没关门大叔艰难地伸手拿出一袋。你母亲接过药，慢慢把没关门大叔的衣服解开，把那袋药粉撒在伤口上。

后来我回来了，天天帮没关门大叔用药水洗伤口，用药粉敷伤口，半个月过去，没关门大叔的伤口竟奇迹般地好了。后来没关门大叔说：我看见蛇头那一刀来势汹汹，他的刀刚戳向我，我稍躲了一下，并没扎到心脏，要不，还有命吗？

我为这件事自责了好些日子。

龚大雷也按时发兵了。

一群乌合之众继续往黑风峡进发，沿途几个村寨就倒霉了。他们顺带进寨子里捞上一两件自己可心的物件，有些幸运的，还捞上几块银圆。龚大雷不想带部队按时到达九龙谷后山，他是去看热闹的。他知道九龙谷的后山山崖上那条盘曲而上的石径，上面只要有几个人把守，就休想上得去。自己就这点家底，傻瓜才会真刀真枪地去拼。伍鼠你这个老奸巨猾的家伙，今天叫你尝尝游击队枪子的滋味吧。

见自己的部队，沿途不停地捞外快，他想，只有让他们捞够了，才会给自己卖命。

我心里很急。听由三界地回来的人说：你父亲盘石文被土匪抓住，关押在乡公所的大院里。我到了三界地，街上没见什么土匪，只见两个穿着黄泥巴衣服的士兵提着枪站在乡公所大院的门口。我想往大院里走，看个究竟。两个黄泥巴鬼，用枪一挡，大喝一声：找死呀！

我伸头往大院里瞧，什么也没看见，在街上走了几个来回，没发现什么。我想，也许事情并不是那样的，就想去十里盘铁匠铺看看。我估计李冬冬她们应该知道杨偣子他们在哪儿。我朝十里盘铁匠铺方向走。翻过一座山，又登上一个山坳口，突然听见一个小孩的哭声，我循着哭声找去，见一个一岁多的小孩坐在一株大枫树下哭泣。旁边一个女人衣衫不整地躺在血泊里。

我急忙走上前，发现女人已没了呼吸，旁边散乱的包袱里只有一个小竹板和一封书信。

我抱起小孩，心里像刀割一样疼。肯定是这猪狗不如的土匪干的，他们怎么能这样对付一个女人！我背起小孩，不停地安慰着：别怕，奶奶带你去找妈妈。

我背着小孩，翻过两座山，见山腰的小径上走来一个人。我背着小孩闪身躲进了路边的灌木丛，待那人走近，发现来人竟是杨偣子，我背着小孩从树丛里走出来。

杨偣子回到十里盘铁匠铺，没见你父亲回来，就返身回三界地寻找，在树林里突然见到我，又见我背着一个陌生的小孩，觉得很诧异。

你一个人下山干什么？很危险的。

盘石文没跟着你？

他去三界地侦查土匪活动情况去了。

我听杨偣子这样说，眼泪立即流了出来，责备道：你是怎么带的盘石文？

盘石文怎样了？

快点想办法救救盘石文啊。

不急，慢慢说。杨佸子抓住我的手，我急迫的心慢慢平静了下来，告诉杨佸子盘石文可能被抓的事。到三界地什么也看不到，就想去十里盘铁匠铺看看，好跟大家商量商量。哪知在路上见到这个小孩，他说他的母亲不见了，估计是被土匪劫持走的。

杨佸子听了，沉思片刻，对我说：你带这个小孩，在对面那片树林等我。天黑后，我去三界地看看，如果盘石文被抓，肯定被关押在乡公所后院里，如果真在那里，我就设法救他出来。

杨佸子把我和小孩安顿在树林里的一个树杈上，他在树杈上搭了个简易的床，从背包里掏出一包糯米饭给我，飞身跳下树，一晃就消失在树林里。

杨佸子等到后半夜，才悄悄从邻家房顶飞身潜进乡公所大院，趁着夜色的掩护，逐一查看有可能关押盘石文的地方。大院门口两个"看家狗"连声打着哈欠，院里空无一人，前楼三层都住了人，鼾声都快要把窗户震破了。杨佸子立即往后院摸去。后院二楼的一个小阁楼门口，有一个提着枪站在那里的卫兵。他估计，盘石文应该就关押在里面。

杨佸子藏在门后，故意把一个石子扔在门旯晃后。那个卫兵听见声音，提着枪走过来查看，还未看清什么东西，咽喉就被抹了一刀，连哼都来不及哼一声，就被杨佸子放倒在地上了。杨佸子从卫兵身上摸出钥匙，打开房门。黑暗中，借着窗棂缝隙透进来的几缕月光，杨佸子看清了被绑在柱子上伤痕累累的盘石文。他环顾四周，才看清了这是一个秘密关押犯人的房间，房间中央这根柱子，就是为捆绑犯人专设的，那桌子上还摆放着各种刑具。看来这梁三天的毒招是越来越多了，老百姓平日里讲的都是实情啊。

杨佸子刚走进房间，你父亲盘石文就知道是谁来了，他太熟悉杨佸子的脚步声了。杨佸子抽出刀子，三两下就把捆绑你父亲的绳子割断，拉着你父亲摸进梁三天的后宫。此时，梁三天已经很疲累，正死猪样躺在床上，左右躺着野娇、花娇。杨佸子一把把他从被窝里拧了出来，梁三天一看是杨佸子，立即跪下一个劲地磕头。野娇与花娇惊醒了，见两个男人提着驳壳枪，吓得什么似的，钻进被窝里，大气都不敢透一口。

杨佸子低声喝问：暗道还通吗？

什么暗道？梁三天翻着白眼装糊涂。

生命源

杨信子掏出刀子，顶在他的脖子上，再次喝问：通不通？

通啊。梁三天哼哼唧唧的，他知道这次自己又白忙活了。

快点打开暗道门。杨信子命令道。

梁三天磨蹭着从地上爬起来，颤抖着走到后墙边，挪开墙壁边的壁柜，又推开几块活动的砖块，一个黑黢黢的洞口便出现在眼前。杨信子发现，这个洞口梁三天是改装了的，如果让自己来开，一时半会还不一定弄得开。

杨信子叫你父亲先钻进暗道，他则用枪顶着梁三天的后背，把他夹在中间。

瑟缩在被子里的野娇和花娇听见房间的人都走光了，才赤裸着从被子里钻出来。她们发现后墙有个洞，吓得什么似的。梁三天的生死未知，自己还能在这狼窝里生活下去吗？快逃命吧。两人也钻进暗道，悄悄地尾随在杨信子他们的后面，摸索着往洞外走。

杨信子押着梁三天出了洞口，把梁三天绑在洞口的一个树干上，用那块擦汗的毛巾塞进他的嘴巴。你父亲则飞快地搬动石头，把洞口堵死。杨信子解下腰间那个手榴弹，揭开后盖，用绳子系紧弹簧，安放在石块之间。临走，用枪点着梁三天的脑门警告：这次先留下你一条狗命，如果胆敢再跟游击队作对，第二次见面，你就去十八层地狱报到吧！说完，两人飞快地下了山。

野娇和花娇走到洞口，发现洞口被堵死，无奈只能往回走，把情况报告给周克雷。天还没全亮，周克雷看见自己的警卫士兵咽喉的那抹刀痕，心下惊异。就凭这功夫，来者不善呀！他觉得跑了个共产党的文弱书生，不值得这么大惊小怪的。他又转到梁三天的后宫，看了那个暗道，不由得心里窝火，这个梁三天，竟神不知鬼不觉地留了一手。这种人，让他落在共产党手里吃点苦头也好。周克雷吩咐部下，天亮再行动。

天大亮了，周克雷的卫队才小心翼翼地摸索着来到暗道的出口，见出口被石块堵死了，他们就摇动那些石块。轰的一声，走在前面的几个卫兵几声惨叫，有的被炸死，有的被崩塌下来的石块压得严严实实。后面几个见势不妙，撒腿就往后跑，待他们灰头土脸从暗道口爬出来，一个个三分像人，七分像鬼。周克雷一看自己的部下那个惨样，心里不由得火冒三丈。

暴跳之余，他猛然醒悟，急忙带着卫兵绕道往三界地后山跑去。上到后山腰，老远就见树干上绑着一个人，近前一看，果然是梁三天。匪兵如临大敌，猫着腰呈扇形包围上去。

梁三天只穿了一条短裤，山里蚊虫多，他浑身上下爬满了嗡嗡飞舞的蚊虫，满身的小红包一个挨着一个，密密麻麻的，有点像生了多年麻风病的人，怪吓人的。

很快，梁三天就被解下来。他下到山脚，伏在小溪边，不停地呕吐。杨佾子那块擦汗的毛巾实在太臭了，含在嘴里，那些臭汗全都吞进了肚里。他想把那些臭气吐出来，怎么也吐不出，只能用手去抠自己的喉管，哇啦啦一阵猛吐，直吐得眼睛都翻了白，才停下来。

三界地街上的民众，刚起床没多久，就听见后山轰的一声炸响。大家都吓了一跳，后来就再也没听见什么响声了。接着就见一帮国民党反动派残匪提着枪往后山跑去。大家都觉得一定是游击队打进来了，要不，这帮龟孙子不会那么紧张。

过了一阵子，那帮国民党反动派残匪就转回来了，在他们前面走着的竟是只穿一条短裤的伪乡长梁三天。待这帮人走进乡公所大院后，大家三三两两地聚集在街巷里议论着这件三界地从来没出现过的奇闻。

杨佾子和你父亲下了山，迅疾往我躲藏的那个山头走。他们不敢走大路，专捡小路走。

第十章

　　范南雨向军区汇报了这段时间敌我斗争的情况，并要求上级配备了一个加强排的兵力火速返回了三界地。

　　范南雨觉得还是先到十里盘铁匠铺看看。刚转过十里盘，就看见李冬冬、苦妹子和杨秀花从铁匠铺走了出来，肩上扛着铲锄。范南雨赶上一步问：三位弟妹，你们这是去哪儿啊？

　　李冬冬回答道：我们准备去峡口寨帮人铲茶山，顺带看看雪孩儿最近的活动，杨倌子说要尽量争取他，叫他不要跟龚大雷一起继续与人民为敌。

　　很好，但是你们要注意安全。

　　李冬冬掀开衣襟，拍拍插在腰间的驳壳枪：有这个，我们什么都不怕。

　　苦妹子还告诉范南雨，杨倌子可能是去九龙谷找铁蛋他们了。这段时间土匪闹得好凶，杨倌子他们三人不在家的时候，我们每天晚上都不敢在棚里睡觉。吃完晚饭我们就悄悄爬到后山腰那个石洞，在石洞里铺上一层稻草，在那里过夜。

　　李冬冬偷偷瞧了一眼范南雨身后那一队解放军。看他们那雄赳赳气昂昂的样子，李冬冬真羡慕。她觉得自己应该为他们做点什么，就急忙转身去水笕处接了一大桶泉水，拿出几个小碗，招呼他们舀碗泉水解解渴。

　　白捡得偷偷拉了一下杨秀花，两人转身走进铺里。范南雨谑笑道：才一个多月没见，就忍不住了。

苦妹子在一旁说：看范指导说哪去了，他们肯定煮红薯去了。

范南雨嘴上说着不用客气，但心里却很感激白捡得和杨秀花，战士们急行军一个晚上，肚子早就贴后背了，这个时候，要是有一个红薯填进肚里，那该多好啊！

苦妹子望望那些解放军，有些担心地问：范指导，解放军来了，还走吗？

范南雨说：不把土匪全部消灭，是不会走的。

李冬冬说：范指导，我们三姐妹也要加入解放军，和解放军一道与土匪恶霸斗。

好啊，我们湘桂黔游击队的觉悟就是高。李排长，你就收下这三个女兵吧。范南雨转头对李海浪排长笑着说。啊，忘了介绍了，这是李海浪排长。接着，他又把李冬冬、苦妹子、杨秀花介绍给了李排长。

李冬冬上前走了几步，抓住李海浪的手：李排长，你可要收下我们三姐妹啊，我们三姐妹再也不想过那提心吊胆的生活了。

叫我弟弟吧，姐。

弟弟？能吗？

姐，能，一定能的。谁说女人就不能当兵打仗，杀土匪斗恶霸？只要你们敢于拿起武器和他们斗，你们就一定行！

李冬冬和苦妹子听了李排长一番话，眼眶里贮满了泪水。她们望着那轮鲜艳的朝阳正冉冉从东边山尖上冒出来，火红的霞光染红了半边天。她们觉得眼前的景色很美，充满了希望。

不一会儿，棚里飘出红薯的香味。杨秀花把煮熟的红薯倒进一个竹篮里，提到棚子外面的地坪上，热情地招呼解放军战士。

解放军战士站在那里，没有一人上前吃那红薯。

范南雨见大家都不吃，就弯腰提起篮子，从篮里拿出红薯，分发给大家，每位战士一个，并笑着说：都是一家人，不要见外，吃饱了，我们马上出发。

吃完红薯，大家就出发了，队伍中间新增了三个穿着家织土布衣服的女兵。

部队行进到三界地附近，范南雨吩咐白捡得潜入街道侦察一下，看看

生命源

情况再决定行进的路线。白捡得侦察回来，说只有一小部分国民党残兵把守着乡公所大院，街道上一个土匪没见。范南雨当即决定，消灭这股国民党残匪。

可是当部队摸到街尾时，就被蹲守在街尾的暗哨发现，枪声一响，惊动了乡公所大院里的残匪。他们立即组织火力扑向街尾。必须马上击退敌人的进攻，李排长叫司号员吹响冲锋号，解放军战士以迅雷不及掩耳之势冲进街口。白捡得飞身上房，居高临下，把敌人的暗哨一枪毙了。敌人此时已被压缩到乡公所大院里，他们凭借大院坚固的青砖围墙，负隅顽抗。白捡得迅即靠近乡公所大院，他趴在屋梁上，连发飞镖，几个守卫在大门旁的敌人不明就里就倒下了。周克雷一看情况不妙，指挥部队逐一往后宫撤退。他暗自庆幸，自己已经事先把暗道疏通好，要不然就麻烦了。他命令梁三天前面带路，沿着暗道快速撤退。

当周克雷与部下钻出后洞口时，街头与街尾几个方向突然响起了激烈的枪声。周克雷知道是龚大雷、伍鼠、雪孩儿三支部队杀回来了。他阴冷地笑了一声：想置我于死地，今天我倒要看看鹿死谁手。他指挥士兵原洞返回，想杀游击队一个措手不及。梁三天听说要杀回去，战战兢兢地在那里哆嗦。周克雷一记耳光扇过去，打得梁三天几乎都找不到北了，他懵懵懂懂地跟在周克雷他们后面，摸索着往回走。

白捡得正准备杀进暗道追击，突然听见三界地四面八方响起了密集的枪声，听得出这是几股土匪从外面杀进来了。范南雨仔细听了一下枪声，觉得街头方向的枪声要弱一点，当即指挥部队往街头扑去。

这时，白捡得听见暗道里有响动，于是掏出一个手榴弹，塞进暗道里，只听暗道里闷响了一声，接着就传来鬼哭狼嚎般的惨叫声。随即他便腾跃到大院外面，紧随部队往镇外扑去。

进攻街头的是伍鼠，他本来就只有三十来个喽啰，进攻九龙谷又跌死了七八个。他等了半天，没见龚大雷和雪孩儿有动静，就往三界地撤，却发现游击队在围攻三界地。他在外围观察了好一阵，发现龚大雷也从圣山往下扑来，雪孩儿则从街尾方向围攻过来，他冷笑了一声：看你游击队往哪儿跑，便带着喽啰们，畏畏缩缩地向街头推进。

但是他发现，镇里的解放军突然全力向他扑来，恰在这时，他的身后也响起了枪声，几个喽啰接连应声倒地。他长叹一声，完了！立即带领还没被打死的二十来个喽啰，窜进树林子里，仓皇逃命。

这时，进攻街尾的雪孩儿的匪帮后面也响起了枪声。枪声在三界地周边的几个山头连连响起，雪孩儿看这情势，立即带领自己的匪众，悄悄溜了。

龚大雷狠狠地骂了一声：两个草包，后面就那么几个游击队，就把你们吓破胆了，贻误战机，该杀！

袭击伍鼠的是杨倌子和你父亲几个人。战斗打响之前，他们已经沿着大山，往狮子岭方向走了很远。突然得到范南雨将要带部队攻打乡公所大院的消息，杨倌子吩咐我在原地等着，他则带着你父亲往三界地突进，绕到伍鼠的身后袭击他。我背着孩子，跟在杨倌子后面。战斗打响了，我和孩子躲在后面，只听见子弹嗖嗖地在树林里飞。不一会儿，杨倌子见解放军已经朝街头方向突围了。他正准备后撤，却发现了我，他责备道：不是叫你们在后面等着吗？这里很危险的。我望着杨倌子，眼里满是担心的神色。杨倌子明白我心里想什么，就没再说什么，他从我背后接过孩子，背着孩子沿着山林摸索着去追赶解放军。

龚大雷实在没心情再打下去了，他不想争夺这个弹丸之地了，他要回他经营了几十年的老巢圣山去了。下山一趟不容易，总不能空手而归吧。他一挥手，指挥匪众冲进三界地街道，让他们蒙着脸，高喊伍鼠在此，快把钱物交出来，有敢违抗者，死路一条。一时间，街上乱成一锅粥，鸡飞狗跳、哭爹喊娘，一片狼藉。不到一顿饭工夫，整条街道的老百姓的财物全被洗劫一空。龚大雷看着他的喽啰，手上提的，身上背的，肩膀上扛的，鸡鸭鱼肉、金银财物……简直让人眼花缭乱。匪徒们嘻嘻笑着，望着龚大雷。龚大雷心想，这一仗没捞到什么，但这一抢收获倒蛮大，让这帮穷鬼去恨伍鼠吧。他觉得此地不可久留，遂率队向圣山逃窜而去。

杨倌子和我翻过三道坡，觉得有点累，就坐在坡上歇息一会儿。这时，只见三界地街市上空腾起一股浓烟。我说：不好了，土匪烧房子了！我经历过房子被烧的痛苦，就跟杨倌子说，我们赶快回去救火。杨倌子对你父亲说：你带着孩子去追赶解放军，请他们赶快来增援。

原来袭击雪孩儿后路的是铁蛋和鸭蛋他们几个人，雪孩儿本来就不愿打这糊涂仗，还没交手，就溜得影子都没了。几个人站在山腰，不知前面战事进展得怎么样了。

范南雨和白捡得带着解放军突出三界地，快速往狮子岭方向突进。离开没多远，就发现三界地街道方向浓烟滚滚。范南雨说：估计是土匪在那里烧杀抢劫，我们赶快回头，和这帮土匪拼了！

这时杨偌子和我刚好赶上解放军，大家会合一处，快速往三界地跑去。到了三界地，国民党反动派残匪早已逃得没了踪影。街道上遗弃的杂物一片狼藉，各家各户的门窗十有八九都被砸得稀巴烂，老人哭哑了嗓子，小孩吓得脸色铁青，躲在母亲的怀里瑟瑟发抖。小河边一溜儿几座楼房已经烧得差不多了，眼看着火势向大街这边燃烧过来，情况万分危急。青壮年都提着水桶、木盆到小河里舀水，竭尽全力灭火。

全靠解放军和游击队的奋力扑救，才控制了火势，只是小河边一溜儿五户人家全都被烧得只剩一堆红红的火炭。老百姓都上前来紧紧握住解放军的手，含着眼泪说着：感谢解放军，没有你们，我们三界地整条街就毁了。

是谁干的？解放军问。

还有谁，就是那个千刀万剐的恶霸土匪伍鼠。

我们要报仇雪恨！街道上的青壮年都群情激奋，他们都涌向范南雨，要求参加游击队，参加解放军。

三界地附近的几个村寨听说来了解放军，都聚集到三界地。大部分青壮年都要求参加游击队，杨偌子的游击队由原来的三十来人一下子就扩大到六十多人。

有了人，救灾的展开就容易多了。大家立即上山砍伐树木，街上的木工师傅也主动来帮忙。几天后，五户被烧了房子的人家都有了一个简易的房子。

我在救火中被燃烧的房梁砸伤了腿，杨偌子为我包扎好伤口，极力劝说我回狮子岭休养。但大家那么忙，自己怎么能就这样走了呢？我仍一瘸一瘸地跟着大家救灾。

范南雨将土匪抢劫纵火的情况向上级领导做了简要的汇报，请求调拨一些经费救济。他安排相关人员，立即用游击队有限的经费帮被烧房子的五户人家买了一些米和油盐，渡过眼前的难关。

经过短暂的休整，范南雨和李排长商议，决定让解放军主力留守在三界地，统领全局。游击队的编制则按原来的三个组扩充为三个小队，工作区域也不变。这样布局，主力部队解放军在中，三个小队分布在三个不同方向，形成相互联系、相互救助的格局。你父亲盘石文留在三界地总部，做解放军的联络员。

大家都觉得鸭蛋应该是第三小队的副队长，但是没听见范南雨念到他的名字。大家左右看看，也没发现鸭蛋的身影。鸭蛋去了哪儿？大家有点疑惑。范南雨说：他和两个弟兄去省城办事去了。

你父亲把我叫到一旁说：妈，你的腿好一点了吗？还没来得及问你，这孩子怎么回事？

我说：好一点了。于是，把捡到孩子的经过告诉了你父亲。

你父亲说：这里土匪随时都有可能来袭击，很危险，我送您和孩子回狮子岭吧。

我摸着孩子的头说：宝贝，你以后就叫盘柱子，就是我的孙子了。

其实，你就是路边的那个孩子。

我背着你，一步一瘸往狮子岭我们的家走去。

周克雷很生气。那么多人对付几个游击队员，却连根游击队的毛都没捞不到，还谈什么围剿！伍鼠立即分辩说：谁说我不出力了，我的部队死攻九龙谷前山，龚大雷和雪孩儿的部队却迟迟未到，不能形成合围之势，害得我伤亡了十多个弟兄。

龚大雷说：你自己笨，游击队把那独木桥锯了三分之二，你也不察看一下，摔死悬崖下，活该。怎么猪八戒倒打一耙，也不拿面镜子照照你那张老鼠脸。

雪孩儿坐在那里，嘴里只是冷笑，看都懒得看他们一眼。他对这圣山一点兴趣都没有。他说：龟缩在圣山上算什么好汉，玩不得玩，吃不得吃。在峡江多好，两岸全是高山密林，可守，可藏；过往都是大客商，做一票，够吃好一段时间。你个癫崽伍鼠，怎么能听龚大雷那个龟孙子的调遣呢？活该。

周克雷觉得这样吵下去只会内耗掉自己的锐气。他拿出一张电报晃了晃，朗声说道：胜败乃兵家常事，何况我们今天还打了胜仗呢？如果不是诸位从外面夹击游击队，这场战斗就很难决出胜负来。这是白长官发来的贺电，他要嘉奖我们，计划空投一些武器弹药和物资给我们。见大家情绪上涨了一点，他转头对梁三天说：你准备一下，今天晚上我们开个庆功宴。

伍鼠和雪孩儿对白长官的嘉奖没半点兴趣，他们感兴趣的是那空投的武器弹药和物资。

伍鼠这场战斗亏损太大，他吩咐他的喽啰：晚上多留个心眼，黑灯瞎火的，草丛呀、石缝呀，都是藏东西的好处所，如收到总部，那个黑心的龚大雷还会给我们吗？

雪孩儿带着两个心腹，悄悄潜入空投地点，仔细察看了周围的地形，他要做到心中有数，也要捞一把。

龚大雷可不是个吃素的家伙，他要演一场大戏，这场戏需要很多角色。他把金爪、木蕨、火鸟、土鳖叫到他的密室，吩咐晚上金爪、木蕨率领一支精悍队伍去收捡空投的物品，不给任何人机会。火鸟跟土鳖则负责在庆功宴会喝水。火鸟问：怎么不是喝酒？龚大雷说：吩咐弟兄们，要喝酒以后有机会，今天晚上必须喝水，要不然你们怎么能把伍鼠和雪孩儿的弟兄全灌醉。火鸟这才明白了龚大雷的用意。

梁三天在洞里捡得一条命，只是左腿被震下来的石块砸伤了。他瘸着一条腿，在那里颠前跑后，忙得满头大汗。幸好新近投奔的鸭蛋和豆角芊倒很听话，杀猪、剁肉都很内行。

酒席有些摆在石洞里，有些干脆摆在树林下。他们觉得解放军已经被他们打跑了，这个晚上可以安心地喝个大醉了。

一时间，叫骂声、猜码声、狂笑声，洞里洞外，群魔乱舞，乌七八糟的声音几乎要把圣山闹崩了。经过若干个回合的较量，伍鼠和雪孩儿的部下全都东倒西歪了。

周克雷的部下也是好多时日没沾酒了，他们被一阵阵酒香所吸引，也拿起了筛满酒的碗，一碗碗地猛喝。周克雷想，就让他们乐一乐吧，这些把脑袋挂在裤腰带上跟着自己干的弟兄，不容易啊。

仙湖旁那个大草坪就是今天晚上约定的空降地点，伍鼠和虎尾假装喝醉了，东倒西歪躲过了众人的视线，早早就来到了仙湖旁。他们躲在半山腰，乘着朦胧的月色，时而盯着湖边的大草坪，看看有什么动静；时而侧耳听远处天际是否传来飞机的轰鸣声，但是他们什么都没听到。大草坪上倒是来了十来个人，看那样子，听那嘀嘀咕咕说话的声音，很像是雪孩儿一伙人。大家各心怀鬼胎，又等了一会儿，才见龚大雷带着一帮人来到了草坪，他们都伸着头望着天空。就这样挨了好久，一个个望得脖子都抽筋了，眼看天都快亮了，连飞机的影子都没见。

龚大雷说：这个白长官，把我们当猴子耍了，他悻悻地走了。

雪孩儿明白，这样的好事是不会轮到自己的，他带着部下，趁着天没亮，下山了。

伍鼠觉得这里不是自己的地盘，他见雪孩儿走了，也招呼自己的喽啰走了。

看那龚大雷和周克雷两人，把空投那么重要的一件事情弄得像玩游戏一样，鸭蛋半信半疑。鸭蛋嘱咐豆角芊下到半山，把字条放在龙谷寺前的红锥树下，叫杨偌子带几个人上山来看看再做定夺。李排长看了鸭蛋传来的消息，觉得这是周克雷和龚大雷虚晃的一枪。也许，白长官会调拨一点武器给他们，但是他们现在节节败退，自顾不暇，哪还有什么飞机搞什么空投？

李排长说：如果真有什么武器弹药，很可能他们早就被运到一个什么地方了。今天晚上，他们很可能跟我们玩一把声东击西的把戏。

范南雨说：最好让杨偌子带几个人上仙湖旁看看，再决定下一步怎么走。

杨偌子带着几个人，到了仙湖旁，他看见土匪们在草坪上等了两个多小时，最后什么也没等到，一个个骂骂咧咧地走了。

第二天，范南雨又接到鸭蛋的一张纸条，纸条上说，金爪和木蕨带着二十来个土匪不知去了哪儿。

李排长说：看来龚大雷这个老狐狸，的确跟我们玩了个声东击西的把戏。那他这击西在哪呢？

林川县靠近贵州，通林县靠近湖南，庆远县靠近龙州，范南雨在地上用棍子画着、比着。李排长在一旁突然就看出了门道，他说：这击西应在通林县。

范南雨用棍子敲了敲地图上通林县三个字说道：就是这里。

杨偌子也拿起一根棍子，在圣山与九龙谷之间写了黑风峡三个字。接着他解释说，由圣山到通林县要经过九龙谷，圣山到九龙谷走小路要经过黑风峡。黑风峡在圣山东面，其中一条山溪水，峡谷边一条小径，弯弯曲曲，高低错落，很难行走。峡谷幽深，阴冷潮湿，平日里很难见到阳光，故得名黑风峡。一般行人，哪敢走这条道。这些年都是那些吃刀口、蹭刀口的人才敢走。

范南雨说：我们就在黑风峡这里伏击由通林县折回的敌人，待圣山的敌人来救援，我们就可迅速撤退到九龙谷。如果敌人胆敢贸然进入九龙谷，我们就在九龙谷与他们周旋并消灭他们。

很快一个二十来人的阻击队就组建好了，范南雨和部分解放军留守三界地继续训练新兵。出发时，你父亲跟在队伍的后面，杨倍子跟李排长说，就让他去锻炼锻炼吧。

铁蛋和白捡得早就到通林县打探了，他们发现，金爪、木蕨把那些武器弹药装在麻包里，用几匹马驮着，乘着夜色往黑风峡走来了。

金爪和木蕨绝对没想到，这黑风峡谷正有无数支枪口瞄准着他们，他们一路嬉笑着往峡谷走来。当他们完全进入伏击圈，李排长一声猛喝——打！树林、岩石后的枪口都同时喷出了火花，二十来个敌人连哼都来不及哼一声，就东倒西歪地倒在了峡谷中。

你父亲一枪打中金爪的大腿，金爪往前一倒，你父亲飞身已到了他的后面。金爪一个鲤鱼大翻身，一枪射中你父亲的左腿，你父亲的身子摇了摇，举枪向金爪射击，但是他的枪声还未响，就听见啪的一声，金爪举枪的那只手就被一颗子弹射中。

你父亲大叫一声，一枪把金爪打死在石板上。

现场没有找到木蕨的尸体，难道木蕨没有来，不可能呀，在通林县铁蛋和白捡得还亲眼看见他跟金爪在一起的。

李排长指挥大家清理战场，清理出的武器弹药，马驮了一部分，余下的每人背着扛着，迅速往九龙谷飞奔而去。

李排长带着人马走了很久，木蕨才从溪中的水潭里爬出来，沿着黑风峡没命地往山中逃窜而去。

李排长带着队伍，没在九龙谷停留多久。他见你父亲的伤口还在不断地流血，就一直赶到狮子岭，并建议你父亲暂时在狮子岭调养一段时间，待伤好后再归队。

杨倌子带着李排长见过我。李排长说：早就听说您这位英雄的母亲了，您的儿子盘石文在这次拦截土匪的战斗中负伤了，现在斗争非常残酷，他就暂时留在家里养伤，伤好后再归队。

我说：你们就放心去打土匪吧，盘石文的伤没有什么大碍的。

杨倌子站在一旁，好像有很多话想对我说，但他一句话也没有说，就急着跟随部队往三界地赶。

没关门大叔查看了你父亲的伤势，立即到后山挖了草药回来，把药捣碎。他对你父亲说：子弹打在大腿处很深，药很难把子弹逼出来，只能开刀取出来，这会很疼的，怎么办？

你父亲说：用绳子把我的手脚捆起来吧。

你爷爷找来两根棕绳，狠着心把你父亲绑在那张结实的书桌上。你母亲站在一旁，心疼得浑身发抖，眼泪簌簌地往下掉。

你父亲笑着说：这一次战斗，我们夺得很多枪支弹药，往后与土匪的战斗就好打了。我负这点伤，值得。这大好的事，你们为什么不笑呢？

开刀前，你母亲把自己做新娘时买下的一块手绢放在你父亲的嘴里，你父亲感激地望了你母亲一眼。你父亲还是第一次那么近距离深情地望着你母亲。你母亲的心在那一刻突然颤动了一下，她含着笑望着你父亲，眼里早就贮满了晶莹的泪水。

你爷爷盘石头自始至终都站在没关门大叔身旁，他一句话也没说，心里像翻油锅样难受。

我不忍心看没关门大叔那把锋利的刀一点点切进你父亲的肌肉，背着半篓谷子到屋底小溪。小溪里有一个水碓，水碓里舂的米已经好了。我把舂好的米从水碓里掏出来，把篓里的谷子倒进水碓里。我打开水闸，水顺着大竹笕，直冲挂满竹筒的转盘，转盘由慢而快，带动转轴飞快地旋转，水碓在转轴的带动下咿呀咿呀地舂起米来。我觉得舂米的过程有点像人的生活一样，只要有一个环节断了，生活就出现了问题。我想到了盘石文，这根链差一点就断了。我感觉自己的心很痛、很痛。也不知过了多久，我才背着舂好的米回到了家。

这种原始的开刀方法，几乎耗尽你父亲生命的能量。结束时，你母亲揩擦你父亲额头汗水的毛巾都用了好几条。你父亲自始至终紧咬着那块手绢，他感觉手绢有一股微微的香气，这股香气渗进他的心里，他觉得疼痛似乎就轻了一点。

结束后，大家扶着你父亲躺在床上。这些年来，你父亲还是第一次睡在这张床上，大腿虽然很疼，但是他还是隐隐地感觉有一块尖利的石头刮了他的心一下。他的身子颤动了一下。这微妙的颤动，似乎也感应到了你母亲的手上，你母亲扶着你父亲的那只手也微微颤动了一下。也就是那么一下，你母亲很快就镇定了下来，她在没关门大叔的指导下，细心地把捣碎的药敷在你父亲的大腿上。

那天晚上，你母亲睡在书桌上，但她真正意义的睡眠很少。你父亲的伤口很疼，天气很闷热，山里的蚊子又多。你母亲只能坐在床边，拿着一把蒲扇，为你父亲扇凉驱赶蚊虫。

扇着扇着，你父亲竟嘤嘤地哭了起来。你母亲吓了一跳，急忙问：疼得很吧？

你不恨我？你父亲答非所问。

你母亲并没有回答你父亲的问话，她转过头，偷偷地抹去那些涌到眼眶中的泪水，然后走到书桌前，默默地站了一会儿，就爬上书桌，背对着你父亲，她不想看到你父亲的那双眼。

你母亲蜷缩着身子，一点睡意都没有。

我接着奶奶的话继续说。

寨上的赵板栗、刘心儿，听说奶奶捡到一个孙子，都争着来看我。后来，我大一些了，盘石武他们几个就经常带我到屋后山坡上去玩。山坡上路两边有一种野果，像一颗颗黑豆一样。刘心儿摘了一把给我吃，那口味有点甜。我吃完一抓还要，吃得一张嘴变成了黑猫的嘴巴。赵板栗则在草地上窜来窜去的，活像一只小狗，我扑哧一声就笑了。

野果并不能填饱我的小肚子，反而感觉越吃越饿。母亲早就在家为我准备了美食，她用石磨磨了豆子，小木桶里那豆腐脑好诱人啊。她盛了一碗，放点黄糖，细心地拌几下，递给我。我很快就吃完了，还想要。

母亲马上又舀了一碗递给我，我望了一眼她，她眼里噙着的那团泪花似乎正晶莹透亮地照着我。我感觉幸福极了。

母亲蜷缩在那里，她一定又想到了我，在我进了这个家的每一个晚上，我都是依偎在母亲的怀里，听母亲哼着摇篮曲。在母亲呢喃的歌声中，我睡得很安稳。

奶奶又接着往下说——那些年，土匪闹得很凶。大家晚上都睡得不大安稳，生怕土匪什么时候就闯进来。赵板栗办法很多，他带着盘石武、刘心儿在三条进出狮子岭的小路上都安装了一个竹梆子，白天撤掉竹梆子的机关，晚上才开启。如果晚上有土匪偷袭狮子岭，只要他们踩中这个机关，竹梆子就会自然落下来，敲在石板上，发出当的一声响。寨上人们听到这响声，就会快速撤离寨子，藏进深山里。

有一个晚上，人们清晰地听见狮子岭对面山岭上那个竹梆子敲了一声。我背着你，你爷爷扶着没关门大叔往后山逃去。你父亲的大腿还不能走，你母亲背着你父亲摸黑往后山走，盘石武跟在后面。

没想到那天晚上来的不是土匪，而是杨佶子和铁蛋等几个游击队员，他们是专门拿治伤的药给你父亲的。杨佶子没见到大家，就往后山走，一路走，一路大声喊着你父亲的名字。我们藏在山坡上的灌木丛中，听见是游击队员的喊声，才敢走出来。大家虚惊了一场，你母亲坐在山坡上，长长地吁了一口气。

铁蛋拍了拍赵板栗的头，说：你个鬼精灵，害得大家连夜折腾，你倒好，像猴子一样溜了，只可怜吴大爷和没关门大叔。

吴大爷把赵板栗拉到怀里摸着他的头，说：这孩子聪明，我们都愿意折腾，一想到土匪那些残忍的手段，我们一个晚上跑几次都愿意。

杨佶子说：土匪是秋后的蚂蚱，没几天蹦跶的日子了。解放军很快就要打到这里，在这节骨眼上，你们可要学赵板栗小朋友，多几个心眼，和土匪斗。

你父亲说：老是这样提心吊胆地东躲西藏的，也不是办法，如果你们能配几杆枪给我们，我们就不跑了，我们把大门关上，把房子当作碉堡，土匪如果来侵犯我们，我们就给他们点颜色看看。

铁蛋望着杨佶子说：正好前几日围剿金瓜那帮土匪缴获了不少武器弹药。就拿三支长枪给他们吧。

杨偌子也这么想的，就欣然同意了。

三支枪，你爷爷、刘瓦匠、吴基各拿一支。

你父亲腿上的伤还没有痊愈，就拄着拐杖下到门前的场地上，他要教手下这几个兵。你母亲不放心，总要上前扶着他。

那段时间，你父亲教得认真，几个兵也学得认真，大家一有空闲就拿着枪比画瞄准。

一天晚饭，大家听到对面山梁传来竹梆子当的一声响，立即放下碗筷，吹熄了灯。你父亲和你爷爷拿着枪，藏在廊前的角落里，眼睛紧紧盯着通往家门前的那条小路。

在朦胧的月光下，一拨人摸索着往狮子岭走来。越走越近，已经能听到他们说话的声音了。那声音很熟悉，应该是伍鼠和他的喽啰。你父亲觉得很怪异：这个伍鼠，我们又没挖他的祖坟，怎么总是和狮子岭过不去？

不想则已，一想，你父亲心底就腾起一股怒火，他一枪射出去，走在前面那个匪徒应声倒地，后面的土匪立即散开，伏在草丛中。隔了好一阵子，没见有什么动静，伍鼠手一挥，虎尾提着枪，气哼哼地弓着腰冲在前面。也就在这个时候你爷爷的枪声响了，虎尾身子一歪倒下了。伍鼠见虎尾被击中了手臂，指挥其余匪众分散向我们进攻。子弹把我们家的窗户都打烂了。你爷爷见几个匪徒已经靠近楼下，换了杆鸟枪，看准那些靠近大门的土匪，一枪射下去。那射出的铁砂，一撒一大片，屋前立即传来鬼哭狼嚎般的哎哟声。我、盘石武和你母亲也抓起板凳之类硬物，狠命砸向那些靠近屋前的土匪。

你父亲看你母亲完全暴露了身子，很危险，就站起来拉你母亲。就在那一瞬间，你母亲发现有一个土匪正拿着枪对准了你父亲，你母亲转身扑向你父亲，她举起的手臂被射来的子弹击中。你母亲和你父亲同时倒在了地上。我扑向前，抱起你母亲。你父亲站起身，大喝一声：我跟你们拼了！他连发了几枪。

狠毒的伍鼠，见硬攻损失太大，就命令匪众把点燃的火把扔向大门。眼看大门就要被火烧坏，这时，突然在屋子左右黑黢黢的林子里射来了几枪，打得伍鼠都蒙了。我想，那肯定是吴基和刘瓦匠从两翼包抄过来的。

伍鼠知道，这段时间，游击队兵力主要驻扎在三界地，九龙谷的老窝肯定是空了的。他还在垂涎着这块易守难攻的风水宝地。他四处漂泊了好多年，吃尽了苦头。他痛定思痛，想重新潜回九龙谷，建立自己的地盘。今夜，他只是想神不知鬼不觉地借道狮子岭，顺便抢点什么回去，哪知又撞着游击队，算倒霉了。再这样耗下去，这点家底就完了，到时候自己死都没有葬身之地，还是三十六计，走为上。

伍鼠狠狠地骂了一句：哪天再来找你们这帮穷鬼算账，就夹着尾巴逃了。

土匪被打跑了，我们才来得及看你母亲的伤势，没关门大爷摸摸你母亲的手肘说，手肘节骨被子弹击碎了。尽管没关门大叔有神奇的药，你母亲的那只左手从此还是落下了残疾。

那夜，你父亲一夜没睡，他坐在床沿。你母亲躺在床上，一脸的平静，她觉得这样很好，很幸福，很温馨。你父亲看着一脸平静的妻子，心里觉得很歉疚。庞焕弟这个女人有什么不好？自己给过她尊重的脸色吗？没有。而她却毫无怨言，忙里忙外地操持着这个家，自己还想什么？想摘天上的月亮，还是想捞海里的珍珠？自己书没读成，打仗又不像个男人，还要女人来为自己挡枪子……

奶奶顿了一下，又接过前面的故事说。

枪支弹药和一批物资被游击队劫走，这可是一件大事。龚大雷被周克雷一顿臭骂。龚大雷在三界地混了几十年，有哪个敢骂他，这个周克雷算个什么鸟？有功就抢，有祸就推。于是，龚大雷大骂道：你有能耐，还不是被共产党赶到这深山老林来。几个残兵，充什么大蒜头！当初排兵布阵时你脑子进水了？干吗不把你的神机妙算显摆出来？现在出事了，就想一推二五六。你这种人算什么，又想进妓院，又怕沾梅毒。

一阵咬牙切齿后，两人很快又言归于好。这样机密的事情怎么会走漏了风声，看来是自己的内部出了问题，但问题出在哪儿呢？

龚大雷说：我最担心的就是梁三天的部下，上次梁三天被击溃，他的自卫队大部分就反戈一击，投了游击队。现在新招的那些保安队，看哪个都不顺眼，问题可能就出在这儿。

周克雷说：以其人之道。还治其人之身，难道你龚大雷就没有一点招数了吗？

龚大雷冷笑了一声：有没有招，要看以后，是麻子总要上脸的，你就等着看吧。

周克雷说：难道我们被游击队夺去那么多武器就这么罢了？

龚大雷说：那就下山走走吧，不要整天躲在这深山老林里等着天上掉下一个大馅饼，坐吃也会山空的。

周克雷听着龚大雷那些带刺的言语，心里很是窝火，但他不能再发火，因为他知道这圣山是龚大雷的地盘，这个老谋深算的奸诈家伙，是什么事情都干得出来的。

周克雷说：好吧，就按你的意见办，我们怎么打？

龚大雷说：接到线报说游击队这段时间已经分散到各个村寨斗争恶霸地主，分田分地去了。

周克雷问：什么线报？可靠吗？

龚大雷冷笑一声，心想，我能告诉你这是我儿子龚书磊捎来的情报吗？也不照照你那张驴脸。龚大雷扬了扬眉毛说：我们应该组织一支精悍的"黑蛇队"，搞几次"黑蛇行动"，专门在夜晚下山袭击他们，一个村寨一个村寨地吃掉他们，顺带捞一把，要不以后我们吃什么，用什么？

周克雷和龚大雷斗了半天嘴，最后终于听见他那张破嘴里吐出几句像点司令讲的话。

第一次"黑蛇行动"定在九盘河，九盘河是紧靠圣山比较偏远的一个村寨，这段时间游击队和土改工作队正在那里搞清匪反霸工作。"黑蛇"们半夜时分到达了九盘河寨子边，他们派两人先摸进寨子，游击队的暗哨发现了他们，双方立即交上了火。这个游击小分队是范南雨和白捡得负责的。游击队和工作队加起来不足二十人，他们被"黑蛇队"的火力压得抬不起头来。白捡得利用飞檐走壁的绝技，频频击毙进攻的"黑蛇"。但我们也牺牲了几个游击队员。范南雨看情势危急，立即指挥大家利用房子与房子之间的缝隙，辗转腾挪，很快就突出寨外，消失在寨后的山林里。

范南雨觉得很奇怪，敌人并没有追赶上来。他有点不放心寨子里的群众，他眼前似乎又浮现出上次三界地被土匪疯狂抢劫的情景。范南雨马上叫白捡得潜回寨子，刺探情况。白捡得应了一声，带着名叫老枪的新兵飞奔下山去了。这叫老枪的新兵，是在圣山专门以打猎为生的，自从龚大雷占了圣山，就把老枪几个猎户赶出了圣山。老枪无家、无地，生活困顿，后来遇见白捡得，白捡得就把他拉进游击队。他也是一身武艺，天上飞的，地上跑的，都很难躲过他的枪口。参加了游击队，他领得了一把驳壳枪，更是如虎添翼。范南雨觉得有老枪跟着去，最合适。

见两人消失在山林里，范南雨又叫一名游击队员赶快回三界地报告李排长，叫他带兵火速增援九盘河。

果然不出范南雨所料，"黑蛇队"见赶跑了游击队，就三五成群地窜进群众的家里，翻箱倒柜，搜找他们想要的金银首饰等值钱的东西，但寨子里大部分都是穷苦人家，哪来的金银首饰？没金银首饰，粮食总该有点吧？没粮，那鸡鸭总该有几只吧？可怜笼里还在睡梦中的鸡鸭，也被这帮匪徒拧着脖子捉走了。

但还有那更惨的呢！白捡得从寨头进，老枪从寨尾进。两人把驳壳枪插在腰间，白捡得手持利刃，在寨头第一家他就听到了悲惨的呼救声，他顺房檐攀缘而下，发现房间里两个匪徒正在欺负一个妇女。白捡得摸到窗前，嗖嗖两只飞镖飞向那两个匪徒，匪徒应声倒地，那个女人吓得抖成一团。白捡得在窗外压低声音说：我是游击队，快逃往后山！

白捡得一转身又继续往另一家摸索而去。很快他就到了一户大户人家，这时几个土匪正大包小包地提着东西往外走，一对老年夫妇从屋里跟踉着追出来，他们身后跟着一个哇哇叫的傻子。那对老年夫妇跪在土匪面前，苦苦哀求：看在我们两老和一个傻儿子的分上，那袋银圆就留点给我们活命吧。

留给你们活命，我们就没命了。那个匪徒话还没说完，旁边那个匪徒就飞起一脚把两老踢翻在地。那个身后的傻子看见父母亲被打了，立即哇啦啦冲上前，匪徒举起枪正准备射击。

白捡得认出这家人就是杨倌子以前放牛的东家。他了解这家人的狠毒，但是他更看不惯土匪的残暴行径。他掏出飞镖，把飞镖钉在那个举枪匪徒的手上，让他长长记性，做人不要那么张狂，那么狠毒。

几个匪徒看自己的同伙中了飞镖，觑了一眼黑麻麻的屋外，扔下抢来的东西，没命地往外逃。

后来白捡得跟我讲到这件事时，说他当时就后悔了，这种人不值得去救。我听了，心里翻油锅似的难受，顿了许久，我才说：有什么值得后悔的，他不是人，难道我们也不是人？白捡得点着头说：是这个理。

老枪同样也把驳壳枪插在腰间，他用的是飞石，长年累月在山中打猎，为了节省弹药，他练就了飞石的绝技，树上的鸟儿、草丛中的兔儿，他一打一个准。他进了第一家，只见这家人都跌坐在院里，伤心地痛哭。他估计，匪徒已经抢劫过了，就飞快地继续前行。突然他听见隔壁的院子里传来骂声：你这个挨千刀的，棉被你们也抢去，我们怎样活啊。

接着一阵拳打脚踢：我让你号，我让你叫！

老枪趴在院墙外一看，三个土匪正在屋子里翻箱倒柜。老枪连发三颗石子，三颗石子全都击中三个匪徒的脑袋，三个匪徒像三头挨了刀子的肥猪，颤抖着歪在地上弹了几下，咽了气。

家里面那两老人，吓得目瞪口呆，望望墙头，见是游击队来了，就急忙打开门。老枪说：快往后山森林跑，那里有游击队。两老人牵着一个孙子，歪趔着步子，往山后的森林逃去。

周克雷则带着十来个自己的亲信，在寨巷里巡逻，他担心，这游击队会杀个回马枪。

果不出所料，他发现寨头的房子上有一个"飞人"，看那身手，绝不是龚大雷的手下。他拔出枪，一枪射过去，那人从房檐上跌了下来。待他带着人冲到近前，只见地上留下一些血迹，人却不见了。他命令部下，沿着血迹搜索。

正在这时，他的两个部下不知什么原因，一前一后跌倒在地。周克雷上前一看，发现两人均已毙命，他大吃一惊，马上闪身藏在寨巷的阴暗处，但他并没有发现任何可疑的人。他找到了龚大雷，叫他召集部下尽快消灭已经潜进寨子里的游击队。他则带领一部分夜袭队把守寨子的各个出口，他想通过这拉网清理的方式，把混进寨子的游击队消灭掉。

范南雨见白捡得与老枪去了那么久，仍未回来，心下很急。恰在这时，李排长带着二十来个解放军突然出现在了他的眼前。

范南雨说：你们怎么这么快就得到信息？

李排长说：是山上得来的信息，他们只说有部分土匪下山，具体什么地方并没讲，我们派出几路侦察兵，发现敌人是朝着九盘河方向来的。可巧我们走到半路，遇上了一位游击队员，情况我们已经基本了解。

范南雨说：敌人多，我们不能硬拼，况且寨上还有群众。

李排长说：你带领部分解放军与游击队到寨前寨后突击，尽量造大声势，把敌人逼出寨子，我则带领其余部队埋伏在匪帮撤回圣山的必经之路，打他一个措手不及。

寨子里的匪徒正在挨家挨户地搜索，突然听见寨头寨尾响起了雄壮的冲锋号和密集的枪声。周克雷一愣，难道三界地驻地的解放军来了？如果不是他们，哪来的冲锋号声。他想，这寨子里有游击队，外面有包抄的解放军，自己还能活命吗？事不宜迟，他立即率领部下，向寨尾扑去，因为寨尾那条小路是直通圣山的。龚大雷的部下，看这阵势，一个个吓得屁滚尿流，把那些抢到手的东西，扔得满寨巷都是。

九盘河去圣山，必须先经过青龙谷，周克雷望望四周的山势，对龚大雷说：这些解放军真是蠢，如果他们在这山谷两边埋伏一支部队，居高临下伏击我们，那我们今天就死定了。

周克雷的话未说完，青龙谷两边便传来了密集的枪声。"黑蛇队"一时间都吓蒙了，还来不及找到藏身之处，就倒下几个人。

周克雷看情势危急，命令他的部下冲在前面，企图冲出火力网。正在这时，来路冲过来一支队伍，他们向伏击在青龙谷两边的解放军发起了猛烈的进攻。解放军看见敌人的增援部队来了，就一边打，一边悄悄地往后撤退。

周克雷也是个老谋深算的家伙，他吩咐副官李成光和土鳖，如果"黑蛇队"下半夜四点钟还不回来，就率领一支小分队火速增援。李成光问了土鳖九盘河与圣山的距离，他觉得如果一切正常，"黑蛇队"也很难在下半夜四点钟返回圣山。怎么办？为了保险，他和土鳖晚上十二点钟刚过就悄悄出发了。

这次下山，什么没捞到，反而损兵折将，抢得一些财物，仓皇逃跑时早就扔掉了。清点一下，少了二十来个弟兄，周克雷的卫队也少了四人。真是偷鸡不成蚀把米。如果不是李成光和土鳖提前行动，就凶多吉少了。

为了褒奖李成光和土鳖，周克雷就任命李成光和土鳖为"黑蛇队"的正、副队长，每人奖给二十块银圆，还把野娇和花娇也赏给了他们。土鳖一高兴，就连夜带着几个弟兄下山，抢得一头肥猪，两坛酒，那天晚上"黑蛇队"一个个都醉生梦死了一回。

雪孩儿觉得跟龚大雷这个老土匪在一起，没意思，下了山，就再也没上过圣山。山上通知他去开会，他用种种借口推托不去。

这段时间，他总觉得很烦闷，带着两手下走到了静心庵。也不知从什么时候起，他只要有烦心事，就会到静心庵去找静心师太说说话。在这个世界上，除了静心师太他已经没有其他亲人了。

他从懂事起就没见过父母亲，一个人孤独地过着流浪的生活。那年冬天，湘桂黔边界天降大雪，他在三界地沿街乞讨，讨到了梁记店铺前。梁通天见一个小叫花子，拿着个破碗上门乞讨，就命令手下一顿追打，一直把雪孩儿赶出了三界地街尾才罢手。雪孩儿饿着肚子，在冰天雪地里走呀走，后来就昏倒了。待他醒来时就躺在静心师太的床上。那天如果不是静心师太下山化缘，救下他，他早就没命了。静心师太叫他雪孩儿。

若干年后，雪孩儿在峡江一带混出了一点名堂。

我认识雪孩儿也是一个偶然的机会。那年八月十五，我已经好久没去看望静心师太了，就在屋后摘了一些桃子、李子，提着一包月饼，背着一口袋糯米往静心庵走。到了静心庵，恰好雪孩儿也来看望静心师太。经静心师太介绍，我认识了雪孩儿，知道了雪孩儿和自己一样也是一个无依无靠的孤儿，心一下子就揪揪的难受。后来雪孩儿就叫我雪花姐，我叫雪孩儿雪儿弟。两人来往不是很多，但每次见面，我都苦口婆心地劝说雪孩儿弟弟不要再干那土匪的勾当。他总是勾着头，说等等看吧，看那样子仍舍不得土匪那营生。这件事遂成了我的心病。

这次不是什么节日，我去静心庵，是范南雨安排的。

我很赞同范南雨的想法，动员雪孩儿下山参加游击队。见了雪孩儿弟弟，我又说：雪儿弟，姐姐还是那句老话，做什么不好，非要做土匪？和我一起开荒种地吧，你看姐不是活得好好的吗？

雪孩儿望了我一眼：雪花姐姐，你那一大家子，够你受的，我就不麻烦你啦。

我说：那你就下山参加游击队吧？

雪孩儿说：参加游击队，我这样的人？雪花姐姐，你不是要拿我这颗人头去领赏吧？

你怎么能这样说你姐呢？突然，庵门外走进来一个人。这个人四十来岁，肤色白皙，精神矍铄，穿着一身灰布衣服，腰间插着一把驳壳枪。一听说话声音，雪孩儿就知道进来的是范南雨。

范南雨说：我和雪孩儿已经是老朋友了，还记得我们联手在峡江口围歼小日本的那件事吧？

雪孩儿点点头。

你是个有正义感的人，我们湘桂黔游击队要谢谢你。

雪孩儿不知怎么应答，他一脸的赧色。

范南雨接着说，上次在三界地围剿我们，你带领的土匪在外围只放枪，没进攻。如果你也像龚大雷和伍鼠一样往死里打我们，那我们今天就不能坐在这里谈话了，我们就不是朋友而是敌人了。

静心师太一直坐在佛堂诵经，她听见前堂有说话声，就走了出来。她对雪孩儿说：你就听姑姑一句劝吧，平日里你做什么我不知道，但是你上次帮助龚大雷围攻游击队就做得很不对，那个龚大雷可是个杀人的魔王啊！这种人，也值得你出手相助？……静心师太还想继续说下去，但是她已经泣不成声了，我扶住静心师太，让她蜷伏在自己的胸前。

雪孩儿跪在静心师太面前颤着声说道：姑姑，您别这样，我听您的还不行吗？

望着极度悲伤的静心师太，雪孩儿知道自己是伤透了她的心。他知道，姑姑恨透了龚大雷。她为什么这样恨龚大雷呢？雪孩儿几次试着问静心师太，她都缄口不语。望着眼前这位救命恩人，他心里矛盾极了。

现在三界地各村寨已经开始土地改革，穷苦的老百姓很快就要分得土地了。可是，龚大雷、伍鼠、梁通天这些土匪恶霸，他们是不会答应的，他们会和翻身的穷苦人争夺这些土地的。你手下大部分的弟兄都是被逼无奈才走上这条路的，你们不是想要土地吗？拿起你们手中的武器，和我们一起把恶霸土匪消灭掉，你们才能有土地。

雪孩儿很认真地听着范南雨讲的每一句话，有些话他听不懂，但是他听得出来，跟着游击队干，才可能有田地。他龚大雷算什么？只想拿自己的弟兄去充当炮灰，明明峡江两岸是自己的势力范围，他仗着国民党那个狗屁团长的势，竟然敢到自己的地盘抢食，真是欺人太甚！

雪孩儿思索了许久，说：我答应你们，但是容我回去跟弟兄们再商量商量。

静心师太见雪孩儿思想转过弯，很高兴。她拉着我和雪孩儿走到厨房，你们姐弟俩帮个忙，我们做几个素菜，给范同志尝尝。

我说：我拿了几斤黄豆来，要不，我们打一板豆腐好吧？

听说打豆腐，范南雨很高兴，大家立马开始泡豆子，磨豆子，熬豆浆，冲豆浆，装盒压板……

雪孩儿说：平日里，只知道豆腐好吃，哪知道这豆腐的生产程序还这么复杂。

范南雨说：是啊，这可口的豆腐，吃时爽，做时难啊。

临别，范南雨对雪孩儿说：回去做做弟兄们的思想工作，要像做豆腐一样有耐心、讲方法，才能把豆腐做成。

静心师太送走了范南雨和雪孩儿，我也想回家。静心师太拉着我的手，她舍不得让我走，只要我说声走，她的眼泪就不由自主地下来了。我见静心师太掉眼泪，那句回家的话就像个圆溜溜的鹅卵石一样沉在心底了。

晚饭后，静心师太领着我向庵侧那座小山下的凉亭走去，这是我每次来必做的一门功课，好像学生上学学习一样，没去，就感觉心里有点空落落的难受。凉亭旁边一左一右两株几百年的红枫树，现正值深秋时节，红枫树叶飘飘洒洒，凉亭上、小山上到处都铺着一层厚厚的落叶，空气中飘逸着枫树叶清香。枫树下的岩石缝隙，一股清冽的泉水一年四季冒着氤氲的雾气。泉水下面一圆溜溜的石槽，像天然的浴缸安放在那里。

静心师太和我面对面坐着。这时，太阳快要落山了，只见红枫树叶上好像撒了一层金子，一阵秋风拂来，那些下坠的落叶，在空中自由地翱翔了几个来回，就自然地回归大自然了。有些落叶轻飘飘地滑落在石槽里，像一艘艘金色的小帆船一样自由地在这清纯的泉水里游来荡去，它们时而还调皮地轻吻着泉水中舒坦泡着的两双脚。它们觉得水中那双脚已经很老了，那皱裂开的皮肤，有点像那株红枫树的老皮一样粗糙。

我弓下腰身，慢慢地揉搓静心师太的那双脚，想让泉水把静心师太脚上那些褶皱抚平。揉着，揉着，我挂在脖子上的那块玉佩掉了出来，静心师太看见了，仔细端详我那块玉佩，越看越觉得惊异，越看越笃定。

这么些年来静心师太一直在心底做着判断，从那一刻起，答案得到了证实，她心里的惊喜与不安在相互撞击着。

自从周克雷来了，圣山上一下增加了那么多人，开支够大的，袭击九盘河又损兵折将，偷鸡不成蚀把米，算倒霉了。龚大雷很烦，突然他想起梁通天该给的份子钱，今年分文还未给。他决定下山走走，一来探探风声，二来把份子钱搞到手。

龚大雷在峡口寨见到了梁通天，梁通天觍着一张苦瓜脸求饶道：龚司令，哪来的份子钱啊，这帮穷鬼经游击队和工作队一鼓捣，交的租像羊拉屎一样，稀稀拉拉的，佃户在那里哭穷喊冤，说什么风不调雨不顺，哪有什么收成？东家，你就缓缓吧。这还算顺气的，有些干脆硬扛着不交，真气死人。这叫我怎么办啊？

当然，梁通天心里明白，龚大雷上门，哪能让他空着手出门？龚大雷阴着一张脸接过梁通天递给他的一包银圆，掂了掂，觉得也就是五十块银圆的样子。他说：打发乞丐呢？梁通天又叫管家添了二十块银圆，龚大雷才悻悻地走了。

龚大雷走在寨巷里，他觉得，就这点东西也下山一趟，那还当这司令干什么？总该还做点顺手牵羊的事情吧？木蕨和土鳖明白主子的意思，他俩蒙着脸一前一后又走进了杨进财家。杨进财正和老婆在屋里谋划着自己的银圆该藏在哪儿。他们都觉得游击队似乎正盯着这些银圆，感觉这银圆就是那惹祸上身的干柴，只要游击队一来，点燃这干柴，自己还能活命吗？正在谋划无果的情况下，两蒙面大汉提着枪进来了。

你们是谁？

游击队。

你们要干什么？

把你们家的银圆交出来！

我们没银圆呀。

我们拿命跟土匪搏斗，你们出点钱不应该吗？快，要不然就定你们一个通匪罪。

这些乡巴佬经不住吓唬，一吓唬他们就爱哆嗦，一哆嗦那些藏在柜子底层的银圆就会哗啦啦地蹦出柜子，跳到木蕨提着的那个口袋里。

龚大雷看着木蕨提着的那袋银圆越来越重，那张阎罗王一样阴沉的脸一下子就闪闪发光了。

这个周克雷，尽干那些折老本的买卖，哪赢得了我这匹我行我素的天马，到山下游了半圈，小日子就有了着落。

他们三人很快就溜进了寨后的树林里，进了树林，就等于进了他们的家。他们觉得在这无边的森林里，你游击队再有能耐，我哧溜一声，连影子你都摸不着。

人一得意，脚下的步子就胡乱地在山间窜动，这一窜，就窜到了静心庵前。望着静心庵屋子上袅袅的炊烟，龚大雷突然就觉得饿了。他手一挥，土鳖与木蕨很快就窜进了静心庵。庵里的小尼姑正在烧香，见两个提着驳壳枪的大汉凶神恶煞般地闯进来，早就不敢言声，只是弓着头在那里点香。

木蕨上前，伸手一把把尼姑扳转身，见尼姑衣服下突出的两个部位，就像一层薄薄的泥土下面，盖着两个大红薯。木蕨马上伸出两只黑爪，奋力一刨，两个红薯立即现出了地面，但不是红色的，而是雪白雪白的，像银子一样耀人眼睛的那种白。

小尼姑凄惨地大喊一声，转身就往庵堂里跑，但是她能跑得脱吗？

这时静心师太与我正坐在凉亭上说着话，泡着脚。小尼姑这一声喊，把静心师太吓了一大跳。她来不及穿上鞋，赤着脚往庵堂里跑。龚大雷恰好走到庵堂外的地坪上。静心师太一眼就认出了这个杀死了自己哥嫂的杀人魔鬼。

静心师太冲到龚大雷面前，铁青着脸大声叫道：滚，你给我滚出这里！

呦，奇了怪，你是什么人，在三界地，我还没听见谁敢用这口气和我说话呢，难道这里是阎罗殿不成？今天我就不滚，看你又能怎样我？说着话，龚大雷那张爬满褶皱的脸顿时就像臭水沟遇到一阵阴风一样，竟漾起了一阵淫荡的涟漪。

静心师太看着眼前这个无耻龌龊的仇人，新仇旧恨一齐涌上心头，她一口气提不上来，往后一倒。恰好我从后面赶来，一把扶住她，才不至于跌倒。

我拿眼睛瞪着龚大雷：龚大雷，你横行乡里还不算，连这手无寸铁的尼姑你也不放过，你迟早要挨天打五雷轰的！

你少管闲事。龚大雷不理我和静心师太，径直往庵堂里走。

这时土鳖已经从厨房里把饭菜端出来，两人把饭菜摆在庵堂一旁的桌子上，就开始大吃起来。龚大雷说：这斋饭还蛮好吃的，特别是这豆腐，又香又甜。

土鳖说：这茶油、这豆腐，难道不是她们几个尼姑用自己的色相骗来的吗？

龚大雷说：吃饱了就走，这个地方好像有一股杀气。

正在这时，龚大雷听见一阵异样的脚步声朝静心庵走来，他放下碗，跳到庵门旁，瞧见范南雨带着几个人已经到了门口。他手一挥，带着土鳖往后院窜。

范南雨送雪孩儿下山，又走了几个寨子，到了几个组约定在九龙谷集中的时间了。他们想走静心庵这条路到九龙谷稍近一点，哪曾想到，刚走到静心庵前，范南雨一眼就瞧见我正抱着静心师太蹲在庵前的地坪上，他立即带着白捡得几个人冲上前。

我见范南雨几个人冲进来，用手指了指庵堂。白捡得一个箭步冲进庵堂。只见庵堂一旁那张桌子上的饭菜还冒着热气。几个人提着枪往后院冲。这时，后院的厢房里传出拼命厮打的声音。

白捡得一脚把那厢房踢开，只见木蕨正骑在一个尼姑身上。木蕨听见门被人撞开，翻身从尼姑身上跳到地上，还没摸到枪，白捡得就扣动了扳机，一声枪响，这个恶贯满盈的木蕨就翻身倒在了厢房里。

白捡得返身冲出厢房，发现通往后山的那扇门大开着，他冲出门外，发现龚大雷已经爬上了对面的那个小山坡。

范南雨在后面说：让他多活几天吧。

静心师太喝了一口水，那口气才慢慢提上来。大家见静心师太醒了，那颗悬着的心才放下来。

也不知狂奔了多少道山坡，龚大雷觉得自己实在走不动了，他一头扎进山坡上的茅草丛里，躺在那里，不停地喘气，痴呆的两眼望着莽莽群山，耳畔仿佛还轰鸣着那声尖利的枪声，那声尖利的枪声夺去了跟随他多年的木蕨的命。更让他心痛的是那包费了九牛二虎之力才弄到手的银圆。他紧咬着嘴唇，脸色乌青，一言不发，那翻着的白眼中射出一股杀气，那样子，怪吓人的。

　　土鳖折了几根树枝，站在龚大雷身旁，有气无力地为他扇着风。他一脸的沮丧，犹如死了亲娘老子似的。

　　龚大雷霍地站起来，伸手把土鳖手中那树枝扯过来，扔在草丛中，横了他一眼，又躺下了。

　　想夺回那包银子吗？隔许久，龚大雷才闷着声问道。

　　想。土鳖应答的声音有点像哭丧似的。

　　龚大雷又横了他一眼。那张嘴撇了撇，不知他又撇出什么阴谋。

　　小尼姑哭得什么似的，静心师太把另一间房清理干净，换了被褥让小尼姑住。但是小尼姑始终浑身不停地颤抖着，眼泪不停地簌簌往下掉。她哑着声不停地说着：让我去死吧，让我去死吧……

　　范南雨和白捡得几个人则把木蕨的尸体弄出了庵外。

　　白捡得说：扔到山沟里喂狼去得了。

　　范南雨说：这样不妥，土匪也是人，你留在庵里，要多留个心眼，我们几个在后山找个僻静的地方把他埋了。

　　白捡得想：自己就一个人，如果龚大雷果真惦记那包银子，来个回马枪，自己就很难照顾周全了。他拿着那包银子，问静心师太有什么可藏银两的地方。静心师太想了想，就带着白捡得到庵旁那个柴棚，她把柴火搬开，现出一块石板，撬开石板，下面有一个地窖。静心师太说：这是前几年我冬天收藏红薯、芋头的地窖，这几年很少用了。地窖的墙壁上，还暗设了一个壁柜。静心师太打开壁柜，把里面那一小包银圆挪过一边。这一小包银圆，是静心师太一辈子的积蓄，在这兵荒马乱的年月，这点银圆就是静心庵众尼姑的救命钱。静心师太收好白捡得递给她的那包银圆，爬出地窖，又重新把柴火放置上面。

　　果不出所料，土鳖来了。他还是从后院来的，这个蠢猪，一露头，就被白捡得发现了。但奇怪的是，他一听见响动，掉头就往山后跑。看他那熊样，还说是龚大雷帐下的一员五虎上将呢，狗屁都不是。白捡得心想这次可不能放虎归山了。他往山上追去。但追着追着，土鳖竟然不见了。白捡得觉得有点怪，这时，他听见了两声枪声，便立即转身冲下山，待冲进庵里，发现静心师太和我倒在庵前的地坪上，身下汪着一摊血。白捡得急忙跑上前，扶起静心师太。这时，几个小尼姑才战战兢兢地从庵里走了出来。

静心师太睁开眼，吃力地说：快去追龚大雷，他抢走了我们的全部银圆。

白捡得跑到柴棚一看，发现地窖打开了，壁柜里的银圆全不见了！白捡得心里猛地腾起一团怒火，飞身就往前山追去。

原来，龚大雷和土鳖到了静心庵前的山坡上，看见范南雨几个人抬着木蕨的尸体往后山走了，心下暗喜。土鳖立马就想冲进庵里。龚大雷说：再等等。一袋烟还未到，就见静心师太和白捡得提着那包银圆走进了柴棚，好一会儿，他们又出来了，但手上那包银圆却不见了。龚大雷眉头一皱，让土鳖把白捡得引开后，他才窜进柴棚，抢走了两包银圆。提着沉甸甸的两包银圆，龚大雷心下一阵狂喜，和我斗，你们还嫩点！

看着龚大雷提着两包银圆从柴棚里窜出来，静心师太简直气昏了，她什么也不顾，就冲上前，抓住那两包银圆，死都不放。

龚大雷说：你找死啊！他一脚把静心师太踢翻在地，静心师太还想爬起来，龚大雷拔枪扣动了扳机，子弹正好击中静心师太的胸口。我此时正在后院安抚那个小尼姑，听见前院的枪声，就急忙跑出来。见静心师太倒在血泊里，龚大雷提着枪和两包银圆正准备逃出静心庵，我冲上前，一头撞向龚大雷。龚大雷猝不及防，一个狗啃屎，倒在地上，他急忙翻身往后一枪。随着枪响，我也倒在了地上。龚大雷来不及细看，就没命地往前山跑，他知道，只要翻过前面这座大山，我们再想找到他就如同大海里捞针一样难了。

他听见后面有追赶的脚步声，回头一看，见白捡得如飞一样向他逼来。情急之中，他把两包银圆塞进草丛中，自己拼命地往山上跑。到了山顶，龚大雷发现，山顶前面是个绝壁，绝壁下是滚滚的峡江水。

白捡得已经追杀到后面了，他迟疑了一下，纵身跳下悬崖。也就在这时，他身后的枪声响了。

白捡得追到山顶，望着山顶下的万丈悬崖，以及悬崖下湍急的峡江水。他没看见龚大雷的踪影。他想，难道自己的那一枪击中了这个罪恶累累的匪首。他不敢断言。

龚大雷那一枪只擦伤了我的小腿，我忍着伤痛，爬到静心师太身旁，用力把静心师太抱在胸前，哭着喊：师太，您醒醒，您醒醒。静心师太艰难地睁开眼，从胸前掏出那块玉佩递给我，有气无力地说：这是你母亲送给我的，我是你姑姑梁静悦。

我掏出自己胸前的那块玉佩，竟和静心师太的一模一样。我含着一眶泪水，颤着声叫了一声姑姑，就泣不成声了。

稍顿片刻，姑姑又艰难地继续说：是梁通天和龚大雷合谋杀害了你父母。她睁着眼，望着我咽了气。

我手中抓着那块玉佩，头脑里浮现在峡口寨遇到姑姑的情形。我一遍又一遍地回忆和姑姑相处的每一个细节，避难、疗伤、帮买家具、玉佩，以及刚才姑姑那声微弱的呼唤，都清清楚楚的啊！我的姑姑啊，我们刚相认，你怎么就忍心抛下我啊？为什么不早点和我相认啊？我这么多年寻找的杀害父母的凶手，原来就是梁通天和龚大雷，你们这两个挨千刀的，要挨天打五雷轰的！

范南雨听见庵堂里的枪声，飞也似的回转静心庵，见我浑身鲜血抱着静心师太坐在庵堂前的院子里。范南雨发现，静心师太已经走了，我的小腿处还在流血。范南雨把自己的衬衣撕成长条，把我的伤口包扎好。

不一会儿，白捡得从山上回到庵堂。听了白捡得的叙述，范南雨觉得，龚大雷抢走的那两包银圆很有可能就藏在他逃跑的路上。现在有两种可能：一是龚大雷死了，那我们就要想办法找回那两包银圆；二是他没有死，他还会回来取走那两包银圆。所以我们要先找到藏那两包银圆的地方，找到了，不要动它，等龚大雷来取。

范南雨劝慰哭得死去活来的我，又吩咐几个尼姑找来静心师太的衣服，帮静心师太换好衣服。我把那块玉佩戴在静心师太的胸前，眼泪像屋檐水一样滴滴答答不停地往下掉，颤着声叫了一声：姑姑，你走好啊，你的仇，我们一定会为你报的。

龚大雷从山崖上跳下峡江以后，随着湍急的峡江往下游漂流一段以后，就靠了岸。他趁着天黑摸进了峡口寨，摸进了寨尾那间破房子。

这间破房子恰好是石大娘的房子。她听见有人敲门，就爬起来问，谁呀？

龚大雷说：开开门呀，我是路过这里的人，不小心跌进河里，很冷，想烘烘火。

门吱呀一声打开了。但是在开门的一瞬间，石大娘就被一把刀捅进了胸口，软塌塌倒在了地上，血汩汩地从她的胸口流出来。杨大爷见状，刚想喊，脖子就被抹了一刀，也倒在地上。

龚大雷把石大娘手上那只玉石手镯脱下来，收进口袋里，径直走进屋里，翻箱倒柜找到了杨大爷的一套衣服，换了，就走出了屋外。

趁着漆黑的夜幕，龚大雷像个幽灵般地又往静心庵方向走。隔老远，他就看见静心庵前那个搭起的灵棚，灵棚里几盏摇曳飘忽的守灵灯，忽明忽暗地眨着眼，似乎在诉说着这人间的冤屈。龚大雷心里一阵寒战，他不敢靠近，绕着道往山前走去。

走到山前，龚大雷看着黑黢黢的山林，觉得那黑暗下面正有几支黑森森的枪口对着他。他停下步子，想回家避避风头，然后找个合适的时间再来取银子。他很少回家，即便回家也是晚上。

在家挨了两天，他心里总是记挂着那两包银圆。他想，如果能取回那两包银圆，就金盆洗手不干了，让周克雷那帮乌龟王八蛋在那里折腾做替死鬼吧。他觉得那帮穷鬼，绝对没有这样的耐性，他们绝不可能还在那里守株待兔的。他在夜幕的掩护下，又潜回了静心庵门前的那条山梁。凭着超人的记忆，他很快就找到了藏银圆的地方。正当他把手伸向那两包银圆时，黑暗中一支冰凉的枪管顶住他的脑袋，同时，腰间的两支驳壳枪也被抽走了，那双罪恶的手也被反扭到背后。这个横行三界地几十年、恶贯满盈的匪首，立即瘫软在地，他有点懊恼，想自己英雄一世，怎么就栽在了这两包银圆上了呢？

白捡得几个人押着龚大雷下到静心庵，把龚大雷按在静心师太的灵柩前，掏枪就想一枪崩了他。范南雨按住他的枪说，他这条狗还有用，暂时留着吧。

范南雨和白捡得马上就要走了，范南雨对四个眼泪汪汪的尼姑说：你们不用怕，土匪很快就要被我们消灭了。

四个尼姑忧心忡忡地说：你们一走，土匪再来报复，怎么办？

范南雨说：放心吧，我们会派人蹲守在这里的。

四个尼姑听范南雨这样说，脸上的忧戚才逐渐散去。

范南雨问：你们都叫什么名字啊？

那稍大一点的尼姑回答说：我们四姐妹我最大，叫静世，老二叫静态，老三叫静炎，老四叫静凉。静心师太都这样叫我们的。她说世态炎凉，你们几个苦命的姐妹，可要相依为命地生活下去啊。

范南雨把那包银圆交给静世，说道：这是静心师太用生命换来的养命钱，你们就留着养命吧。以后有什么困难，跟我们说，我们一定会尽力帮助你们的。

范南雨见我瘸着一条腿，关切地问：伤口还疼得厉害吗？要不派人去县城要点药？我连连摇手，不用的，没关门大叔的枪伤药很好的，不几天伤口就会好的。范南雨知道没关门大叔和我会用草药治疗枪伤，前次老枪在九盘河负了伤，他们还把老枪送到狮子岭去疗伤。

范南雨见我说没事，心下就宽慰了许多。他转过身，对留守静心庵的富贵和富才交代了几句话，就押着龚大雷下了山。

一行人刚走不久，雪孩儿就带着几个弟兄来到了静心庵。富贵与富才见是雪孩儿，就让他们进了静心庵。

雪孩儿问我：雪花姐，谁干的？

我说：龚大雷。

雪孩儿从腰间拔出驳壳枪，怒道：我非亲手宰了他不可！

我告诉雪孩儿，龚大雷已经被游击队抓住了，现在正押往三界地，准备在那里召开公审大会。

雪孩儿恨恨道：活该！

我说：静心师太的后事我来操办，范南雨知道你会来看静心师太，他叫我传话给你，叫你赶快去找他，有重要事情商量，十万火急，你赶快下山去吧。

雪孩儿跪在静心师太的灵柩前，磕了三个头，烧了三炷香，扔下一包银圆给我，转身下了山。

我把那包银圆交给静世，便抹着眼泪细心清理姑姑的遗物，真是睹物伤心啊。清理中突然在箱子底发现了一张很精细的刺绣图，图上绣着四个人，其中一个是姑姑，另一对中年夫妇，他们中间有一个小女孩，我知道这小女孩就是自己，那对中年夫妇应该就是我的父母亲。我想，姑姑早就认出了我，那她为什么不当面和我说清楚呢？

我一直想了好多年，后来才逐渐明白了姑姑的良苦用心，她是不想让自己的亲人担惊受怕，再处于险境。

姑姑后事处理完后，我就和几个小尼姑告别，下山去了。

我走到半山，恰好遇见几个上山劳动的人，他们劝我不要一个人走山路，说这段时间土匪活动很猖獗，前两天峡口寨的杨老山夫妇在家里就被土匪杀了，够吓人的。我听了这个不幸的消息，心里的那座大山瞬间就崩塌了，心想哪个挨千刀的土匪，连两个老实巴交的老人都不放过。我的心像煎在油锅里一样难受，就加快了脚步，往峡口寨奔去。

到了杨大爷的屋前，二老已经被寨上弟兄送上山了，一座破房子空荡荡的立在那里。杏花姑娘泪痕满面地迎了出来，她扑进我的怀里号啕大哭。我一边劝慰杏花要节哀，保重自己，自己的眼泪也禁不住连珠似的往下掉。

是谁干的？大家都很气愤。

我突然就想到了被抓捕的龚大雷。那天，他穿着一身破旧衣服，当时我就很奇怪，这个杀人魔头去哪里要了这身衣服，原来是杀了杨大爷抢来的。

我告诉大家：杀死杨大爷和石大娘的凶手应该是龚大雷，他已经被游击队抓住了，过几天就要在三界地开公审大会。

三天后，在三界地召开公审大会，枪毙双手沾满人民鲜血的土匪头龚大雷。四乡八寨的乡亲都从村寨里走出来，他们一个个奔走相告，心下想，只有除了这个恶魔，晚上才能睡个安稳觉。

这个消息急坏了龚书磊，他叫来吴烟枪。吴烟枪原是梁三天手下自卫队的一个队员，后来投诚到游击队，可他受不了游击队的艰苦与严明的纪律，一天不抽大烟就难受得满嘴冒白沫。这一来二去，就被龚书磊发现了，龚书磊为他提供了烟土烟枪。吴烟枪感激涕零，保证以后听从龚书磊的话。从那以后，吴烟枪就成了土匪安插在游击队里的一个卧底。

送一个信息，十块银圆；送要命的信息，二十块银圆。这样一来，吴烟枪，又成了名副其实的烟枪。有时烟抽足了，他还能找个女人发泄一下。这比当游击队员快活滋润多了。背着其他人的时候，他得意地哼着家乡的小调，他在想，自己怎么就这么幸运，真是老鼠掉进粮仓里了。

吴烟枪把信息送往圣山，把它放在那株古樟树的树洞里，周克雷早就有了预感。土鳖回来说，他和龚大雷走散以后，就再也找不见他，他暗自琢磨，龚大雷应该早就回到了圣山，哪知他还没回来。周克雷把土鳖一顿臭骂，立即分派几个人下山四处寻找。

周克雷接到龚书磊传来的信息，觉得机会来了。他冷笑一声：这帮土包子，也想搞什么公审大会，决不能让他们这公审大会开成功。他叫火鸟与土鳖分头去通知伍鼠和雪孩儿，要他们务必在公审大会召开时赶到三界地周边的山头，伍鼠从街头突进，雪孩儿从街尾包抄，圣山上的主力部队则从三界地后山压下来，形成三面合围之势，游击队就是有天大的本事，也会成了瓮中之鳖，看他们还开什么公审大会。

这一切，当然没有逃过鸭蛋的眼睛，他把土匪的行动报告给范南雨。范南雨长吁了一口气，这个奸诈的周克雷终于上钩了。他和李海浪排长当即决定，秘密去湖南调集一个连的解放军过来协同作战。此时，先让这帮国民党残兵与土匪去折腾吧，千万不要惊动他们。

公审会场定在三界地街尾的榕树坪，榕树坪旁边是一座鼓楼，鼓楼旁有一座戏台，审判台就定在那个戏台上。

中午还未到，来观看审判的群众早就到了三界地，大家挤在戏台前，但始终没见有人押解龚大雷出来。

这时，三界地后面山上响起了密集的枪声，枪声一阵阵地往三界地压过来。满街的群众立即慌了神，不知怎么办好。

范南雨站在戏台上，高声对神情慌乱的群众喊：这里马上就要打仗了，你们往街尾撤退吧。

这时街头那个方向也响起了枪声，但那枪声比较远。奇怪的是镇内的解放军和游击队并没有回应，任由敌人放枪，好像这场战斗与他们无关一样。三界地后面的敌人很快就突到了三界地的后山。他们在后山上架起了两挺机关枪，疯狂地往三界地街上扫射。

我看战斗就要打响了，就想留下来帮游击队做点后勤工作。范南雨对我说：你带着群众撤走比在这里更重要。快，要不然敌人围上来，群众就危险了。

我听范南雨这样说，赶紧对着慌乱的群众大声喊：听游击队的安排，我们往街尾长蛇谷撤退。说完这句话，我拉开大步，带头往街尾走去。惶惶不安的群众有了主心骨，像流水一样跟着我往长蛇谷奔走。

刚走到长蛇谷口，就发现长蛇谷两边山谷已经被土匪占领了。我仔细看那些土匪，原来是雪孩儿的部队。我已经顾不了许多，吩咐身后的群众暂时隐蔽起来，自己一人向土匪走去。雪孩儿见是我，立即站了起来迎着我走来。我阴沉着脸质问：当初说得好好的，为什么出尔反尔？

雪花姐姐，不是这样的。

那你为什么带着队伍来包围三界地？

我是来协助解放军游击队打土匪的。你们快走吧，这里马上就要打仗了。

我望着焦急的雪孩儿，心下犹疑着。这时伤好了的你父亲和老枪从后面跑上来大声喊，快一点带着群众撤出长蛇谷，雪孩儿是自己人。

我一招手，躲藏在路两边的群众立即快速跟着我通过了雪孩儿的防区。

群众安全撤出，范南雨长长地吁了一口气。他听着后山的枪声和街头不远处的枪声，意味深长地笑了。

范南雨和李排长早就把解放军和游击队的兵力全部布置在三界地的出入要道和靠近外围的房屋上。两人逐一检查，并告诉大家，一定要等敌人进入伏击圈才打，要一打一个准，弹不虚发。不要暴露自己狙击的位置，打一枪换一个地方，让顽匪有来无回。

李排长还强调：只要我们坚持四个钟头，我们的主力部队就会到。到那时，我们内外夹击，一举歼灭这股顽匪。

听了范南雨和李排长的话，所有参战的人都觉得信心满满，大家都觉得憋屈了这么长时间，也该让这帮猖狂的顽匪尝尝我们手中武器的厉害了。

周克雷自认为棋高一着，趾高气扬地亲自在后面督战，气势汹汹地往三界地扑来。他有些奇怪，伍鼠和雪孩儿两个方向只是稀稀拉拉响着枪声，连个屁大的人都没见突进来。这两个老奸巨猾的家伙，一旦动真格的，他们就成缩头乌龟了。

周克雷手下那些兵油子，倒能打些仗，但解放军和游击队凭借街道的围墙和房屋的掩护，那些兵油子也捞不到半点便宜。几个冲在前面的，一个个都摔进沟坎下再也起不来。后面的蹲在那里，吓得不敢伸出头来，生怕子弹掀翻自己的天灵盖。

僵持了三个多钟头，突然从圣山方向传来了密集的枪声，周克雷一听这枪声，脸色立即惨白得像一张纸，他果断地一挥手：撤！两百多匪众，立即猫着腰往后跑。

李排长见敌人撤退了，知道铁蛋带着那连解放军已经得手了。他只留下七八个游击队员镇守三界地，其余的一路往圣山上追击败退的敌人。

往山上败退的敌人，还没有退到老巢，就被迎面一阵排子枪打蒙了，冲在前面的土匪像被割韭菜一样，齐刷刷地倒在林地里。排子枪还未完全停下来，就响起了冲锋号，解放军像一只只猛虎从山上冲下来。周克雷带来的那点残匪，不是被击毙，就是被打伤。龚大雷的部下哪见过这阵势，一个个吓得屁滚尿流。土鳖肥胖，稍微慢了一点，被飞来的子弹射中，一个倒栽葱摔下悬崖，连一点响声都没传上来。

周克雷脸色乌青，问火鸟：哪里有近路，我们必须去投奔雪孩儿，到峡江一带去开辟新地盘。

火鸟说：近路有。

火鸟在前面引路，一群乌合之众在密林里乱窜着。突然，斜刺里杀出三个女游击队员，叭、叭、叭三声枪响，就有三个土匪倒下了。周克雷火了，他想自己走南闯北，难不成栽在这三个土包子女人面前？他手起枪响，李冬冬应声倒下。苦妹子和杨秀花见李冬冬倒下，立即俯下身子去抢救她。

杨倌子和铁蛋隔老远就看见这边的情形，他们飞一般往这边赶。杨倌子到了现场，李冬冬胸口的血正在汩汩地往外涌。杨倌子一把抱住李冬冬，嘴里喊着：你要坚持住啊。李冬冬睁开眼，抓住杨倌子的手，眼里噙满泪水，断断续续地说道：对不——起啊，我以后——不能——照顾——你了，我们——下辈子——还做——夫妻——好吗？

杨倌子喑哑着声音答道：好的，好的。

杨倌子的话还未回答完，李冬冬的头一歪，就在杨倌子的怀里闭上了眼。

范南雨和李排长都很气愤，指挥着队伍迅即往前追去。但是他们要求不要过于靠近敌人，免得敌人狗急跳墙，伤了我们的人。追赶的战士明白了，只是时近时远地紧盯着逃敌。周克雷心里直犯嘀咕：这些共产党军队是怎么了？打又打不上，甩又甩不掉，像糯米粑粑一样难缠。

狂奔了一个多小时，周克雷他们到了圣山西面的长蛇谷，当初和雪孩儿约好就是要他从这里突进三界地的，按说他的部队还应在这一带。但是怎么一点声息都没有？难道他们回峡江去了？

正在踌躇之际，长蛇谷两边山梁上突然响起了枪声。密集的枪声把周克雷他们压在山谷里。周克雷从树丛后观看，发现两边山头上打伏击的人竟然是雪孩儿，他知道这雪孩儿是投共了。他感觉眼前的形势万分危急，如果不能突出长蛇谷，全部人马很快就会完蛋。

周克雷当机立断，将余下的一百多名残兵败将分成两组，火鸟和梁三天率领一个组进攻左边山头，周克雷率领自己的二十来个亲信进攻右边山头。

敌人的垂死挣扎，凶猛异常，山梁上雪孩儿的部队眼看就顶不住了。在这千钧一发之时，铁蛋、白捡得带领解放军已经追杀到后面了。解放军吹响了冲锋号，敌人被上下夹击，顾头不顾尾。周克雷那二十多个残兵，一会儿就只剩下几个了。他已经无心恋战了，带着李成光和一个亲信窜进密林里，死命地往前仓惶逃命。

火鸟和梁三天带着他们的自卫队，正缓慢地向山顶突进。他们本来就不想用自己这条小命去打这糊涂仗，突然身后响起了冲锋号声，解放军又从后路杀过来了。大部分自卫队员都跪在地上举起双手投降。火鸟和梁三天举枪击毙了两个自卫队员，凶狠地威逼大家往山上突围。

突然两声枪响，子弹射中火鸟和梁三天，两人几乎同时栽倒在山梁上。至此，龚大雷的五虎大将金爪、木蕨、水蜂、火鸟、土鳖全被击毙了。

是谁开的枪？惊愕中，好一阵大家才明白，原来是新近加入自卫队的鸭蛋和豆角芋。两人威风凛凛地站在队伍中，大家都很惊诧：敢一枪把阴险狠毒的火鸟和梁三天击毙，他俩吃了豹子胆？

鸭蛋高声喊：我们是湘桂黔游击队的，还不赶快放下武器投降。

豆角芋举着枪，眼睛紧紧盯着那些犹疑中的匪众。

听到雄壮的冲锋号声，雪孩儿的部队立即从山上压了下来，他和解放军很快合围起来，漫山遍野都是缴枪不杀的呼喊声。余下的匪众，眼看大势已去，一个个都吓得不辨了东西南北，跪在草地上，举着枪，低着头。

打扫战场，遗憾的是没发现周克雷和李成光的身影。

撤退出长蛇谷的群众，狂奔了一段路程，翻了三座山，又到了一个山坡上。你父亲见那里很开阔，就说：大家休息休息吧，我们就在这儿等着歼灭土匪的胜利消息吧。

大家都怀疑你父亲的话。一个中年男子说：看你说的消灭土匪就像喝凉粉一样轻松，那我们还这么没命地跑干什么？

这还不是为了大家的安全吗？

也是。大家听着远远传来的枪声，对游击队心存感激，就不再说什么了。

见大家还在那里将信将疑，你父亲说：我保证，再过几个小时三界地就会传来歼灭全部土匪的胜利消息，你们信吗？

这些群众都受尽了土匪的残害，他们都希望尽快消灭这帮作恶多端的土匪，还老百姓一个安定的日子。大家都在心里祈祷着。

一顿饭时间过去了，鸭蛋从山下飞一样冲上山来，他高声喊着：范指导请大家转回三界地，马上要召开公审龚大雷的大会了。

土匪被消灭了？有群众问。

只跑了几个，其余全被消灭了。

你父亲说：我说得没错吧，快走吧，要不然公审大会就结束了。

你爷爷见我好几天没回家，很担心，他知道龚大雷这个恶魔心狠手辣，是什么事情都干得出的。

这时传来消息，要开审判龚大雷的大会。你爷爷有些不相信，但狮子岭的大部分人一早就赶往三界地，你爷爷就跟着寨上的人一起往三界地出发。

你爷爷走着走着，感觉肚子有些疼，他闪身进了树林，蹲在树丛后方便。突然，他听见对面山谷传来了说话的声音，声音不大。他起身顺着声音搜寻，发现在山谷旁那株樟树下，有两人正在挖坑，身边摆着一个坛子。

挖了一会儿，一个坑挖好了。一个男子从坛子里取出几块银圆放在手中掂了掂，又放进坛子里，然后用刀割自己的手指，让手指的血滴进坛子里。滴完血，盖好坛盖，就把坛子放进坑里，挖泥土盖好，上面重新铺上草皮，草皮上找些落叶撒在上面。做好这一切，两人就走了。

你爷爷看得都呆了。这两人的身影有些熟悉，他们干吗要把这么多银圆拿来山上埋？事不宜迟，得尽快把这里的情况报告给游击队。你爷爷想着，便立即转身往小路上走。

你知道的也太多了。你爷爷突然听见身后传来一声魔鬼般的低吼。他刚回头看，头就被重重一击，身子一歪，倒在地上。

我见赵妈、边妹子几个人到了三界地，就问她们几个人：柱子他爷爷为什么还不来?

赵妈说:柱子他爷爷说肚子疼,进树林子去方便,但也应该到了。

范南雨觉得情况有异,他和你父亲赶紧往来路奔去,很快就发现被打伤倒地的你爷爷,他身边的草地上流着一摊血。你爷爷已经不省人事,我伏在他身上,大声呼叫他,但你爷爷一点回应都没有。

你父亲提着枪在树林里乱窜,他喊叫着:是谁干的,有种你就出来,我一枪崩了你!

范南雨吩咐你父亲带着几个人,赶快把你爷爷送到三界地抢救。

范南雨想:凶手是谁啊?是周克雷?不可能,周克雷不会做这种自我暴露的蠢事的,那只有伍鼠了。伍鼠为什么要对一个老实巴交的农民下毒手呢?是仇恨,也有可能;是你爷爷发现了他们什么秘密,也有可能。

范南雨吩咐游击队员分散搜索,看看能否发现点什么线索。

铁蛋和鸭蛋腿脚快,很快就搜索到了山谷中那株樟树下,他们一眼就发现这个地面有人动过。两人立即刨开地面的落叶,把伪装的草皮掀开,下面全是新土。他们用树枝和石块把新土全刨出来,现出个坛子,把沉甸甸的坛子捧出地面,打开一看,竟是一坛银圆!

范南雨思忖:这又是谁干的?在三界地,谁有这样多银圆?只有梁通天。这个梁通天,叫他上交剥削得来的财产,他在那里哭穷喊冤,背地里却把这么多的银圆藏起来。

看来伍鼠是冲着这坛银圆来的。这个贪婪的家伙,他容不得你爷爷也知道这个秘密,就对他狠下毒手。范南雨估计,这伍鼠走不远,公审大会可能要往后挪一挪,发动来参加公审大会的群众一起来围剿伍鼠,看他往哪儿跑。

留下部分游击队和解放军守卫三界地,其余解放军和游击队全部出动,很快这片大山就被包围起来。来参加公审大会的群众,听说要协助解放军和游击队围剿土匪头伍鼠,个个都摩拳擦掌,拿着棍棒、大刀、鸟枪等武器,跟随解放军和游击队往山上搜索。

伍鼠的手下本来就二三十人,他们见龚大雷和周克雷都被解放军和游击队消灭了,眼看大势已去,还不如散伙回家种地去。几天过去,跑的跑,溜的溜,身边就没剩几个人了。

这天，听说要公审龚大雷，伍鼠和几个喽啰也想混进三界地，探探风声，哪知道却看见了梁通天这个财神爷在那里埋银圆，真是歪打正着。伍鼠想要把银圆挖出来拿走时，却撞上你爷爷。为了独吞这坛银圆，他残忍地向你爷爷下了毒手。

正当伍鼠准备把银圆起走时，哪知范南雨他们就来了，他立即窜进了树林里躲起来。游击队起走了那坛银圆，他躲在树林后直恨得牙痒痒。更令他胆寒的是他发现解放军、游击队和群众分成众多小队把这座大山包围了。一时间漫山遍野的全是搜山的人，自己能藏到什么地方去呢？他想到了金蝉脱壳。他告诉虎尾带着余下的几个喽啰往东边山坳走，自己则往西边山坳走。

虎尾和几个喽啰刚走到东边山坳，就被搜山的游击队发现了，解放军和游击队就立即包抄过去，虎尾和几个小土匪不消一刻就束手就擒了。伍鼠换了一件农民老大爷的衣服，趁乱混进搜山的队伍，大摇大摆地往山下走。

范南雨赶过来一看，投降的几个人没有伍鼠。伍鼠去了哪儿？一个搜山的群众说：好像刚才有个农民样的人往山下走，神色有点慌张。

范南雨问：从哪儿下的山？

从西边山坳口那里。

快，伍鼠从西边山坳口那里溜下山去了，大家快追！范南雨果断一挥手。

赵大木拉了一把吴根，两人飞快往九龙谷跑去。

伍鼠混出了包围圈，不敢走大路，沿着山林，翻山越岭朝青石花茶铺走去，他已经很饿了，他想到青石花茶铺吃点东西，然后再上九龙谷。

青石花这段时间也是惶惶不可终日，游击队和寨上的民兵经常到她的铺子里查问：有土匪来吗？如果有土匪来，要及时报告。

伍鼠一跨进铺子，青石花就吓得直打哆嗦。她说：都什么时候了，你还敢来这个地方。

伍鼠掏出枪指着青石花的脑袋，阴沉着那张鼠脸：怎么，想去告发我？

青石花辩解道：哪个想去告发你，是寨上的民兵查得紧，怕他们发现啊。

武鼠很不耐烦：快弄点吃的东西，我吃完马上走。

青石花听了，手忙脚乱地进厨房煮饭、炒菜。饭还没有好，伍鼠就打开鼎罐盖，舀了一碗，哈着气在那里紧吃慢咽。他还没有吃完一碗饭，就听见铺外传来了脚步声，他撂下饭碗，拔出枪，走进了青石花的房间。

朝青石花茶铺走来的是苦妹子和杨秀花。她俩这几天被指派到鸡公岭组织民兵开展斗争，刚走到寨头，就看见青石花茶铺屋顶上冒出来的炊烟。现在还不到做饭时间，难道青石花茶铺来了客人？两人到了青石花茶铺看见门关着，更觉诧异，大白天，关什么门？两人把枪上了膛，苦妹子上前敲门，隔了好久才听见青石花在里面应道：来了。

门开了，苦妹子和杨秀花一前一后进了铺子，屋里没见其他人，一碗还没吃完的饭正冒着热气。苦妹子望着青石花问：天还没黑就关起门来吃饭，怕土匪来啊？

今天没吃午饭，就赶早把夜饭吃了。土匪哪敢来啊，到处都是民兵游击队的。青石花那张嘴变得也够快。

杨秀花见后门半开着，就到后门看了看，后门没关好。她望了青石花一眼：小心啊，土匪会从后门进来的。说着话，两人就转身走出了铺子。

青石花见两人走了，捏了一把汗。她为自己打开后门这点小聪明得意，两个山妹子，也在老娘面前耍聪明。

伍鼠躲在房间里，有那么一刻，他想冲出房间，把这两女人杀死。但是他不能那样做，那样做虽然解恨，但无疑也给自己挖了一座坟墓。

他从房间壁板的空隙往外面看，确认外面已没人，才从房间里走出来。他望着青石花说：我欠你一条命，如果有机会报答，我会用我的命来报答你的。

青石花很淡然：别说这些啦，快吃饭，吃了饭你快走，这里太危险了。

伍鼠又重新坐回桌子前，一口气刨了三碗饭。吃完饭，他抹抹嘴，抱了一下青石花，就朝后门走去。

伍鼠沿着小溪攀援而上，他跟弟兄们讲了，两天以后全部到九龙谷集中。走到半溪那块平滑的石板上，他有点累，就躺在石板上休息。这时天色渐渐暗了下来，小溪里一些山蚂拐也先后叫起来，听得他有些烦躁。他想，当初在这块石板上他是多么快活，寨上哪家妹崽漂亮，就把她抢来，扛到这块石板上，快活风流一夜。天快亮了，自己则顺着山溪溜得影子都看不见，那些妹崽，为了名声，从不敢吭声。

现在，青石板上空落落的只自己一个人，他望着头顶上几颗忽明忽暗的星星，似乎感觉这青石板就是他的坟墓。

他突然就改变了去九龙谷的主意，转身又折回青石花茶铺。

青石花听到后门响了三下，她惊惧着走到门旁，就着门的空隙一看，见是伍鼠。这个丧门星，真想把自己拖进阎王殿？

青石花想归想，脸上仍堆满盈盈的笑意，把伍鼠迎进屋里。伍鼠一想到刚才在青石板上的幻影，就一把抱住青石花，把青石花压在板凳上像疯狗一样撕扯着青石花的衣服，青石花像一个死人一样，并不像以前那样全力配合。伍鼠在上面折腾了一阵，已经累得气喘吁吁，有点力不从心的样子。

青石花在下面突然说道：留点力气逃命吧，不要在这里穷折腾了。

是啊，这是什么时候，这是什么地方，还迷恋这个臭婆娘。伍鼠感觉一阵恶心，他爬起来，吐了一口唾沫，幽灵一样溜出了茶铺。

山沟沟的夜色，说上来就上来，鸡公岭小寨一下子就笼罩在黑沉沉的夜色里。伍鼠突然没在这夜色里，就像把自己投进一个黑色的大染缸里一样，什么都看不见，只是估摸着峡江口的方向，高一脚低一脚地往前走。

在夜幕下，却有两双眼睛紧紧盯着伍鼠。苦妹子和杨秀花在这里蹲守了近三个钟头。她们下午到青石花茶铺查看，虽然查不出什么来，但是总感觉有点异样。为了不打草惊蛇，她们假装什么也不知道的样子，出了茶铺，走进寨子。她们只是在寨子里打了一个转，就悄悄地来到茶铺近处的一座楼房里，躲在窗子后面紧紧地盯着茶铺里的动静。

果然，黑暗中，她们见一个人从茶铺里走了出来，那个人一直往峡江口方向走去。两人紧盯着那个黑影，尾随着到了峡江口。

峡江口是一个渡口，经常有过往商船靠岸停泊，或是捎上几个人，或是捎上点货物什么的。可今天，竟一只船都没有。伍鼠望着黑黢黢的码头，心里像冰一样凉得打战。正在踌躇时，身后传来一声喝问：谁？举起手来！

伍鼠飞快地掏出枪来，回身就叭叭两枪，杨秀花靠前，两枪都射中她的身子。苦妹子见杨秀花中枪，立即朝着黑影开枪。随着枪声，黑影即扑通一声跳进江里。

这时，白捡得、杨佫子、雪孩儿等人从峡江的下游跑上来。赵大木、吴根等人从鸡公岭方向追下来。

大家见杨秀花倒在血泊里，都很伤心。

白捡得纵身就想往江里跳，雪孩儿拉住他：黑麻麻的，你跳进江又能看见什么呢？

铁蛋说：还是赶快找一只船，沿江搜寻，或许还能发现伍鼠。

大家立即分头寻找，功夫不负有心人，果然在一处竹丛下，发现一艘小船。几个人上了小船，手忙脚乱地划着船，紧盯着水面，往下游搜寻而去。

白捡得背着杨秀花，沿着江边，往峡江下游走。几个游击队员见白捡得很吃力，都要抢着背杨秀花，白捡得没有答应他们，只是说：你们快往前查看吧，要防止伍鼠爬上岸逃走。几个游击队员听白捡得这样说，就快步往前走去。

白捡得走走停停，他在想，杨秀花这一辈子怎么就这么苦，跟自己还没过上几天好日子，就这样被土匪枪杀了。此仇不报，我就不是白捡得！

突然，白捡得听见江边的竹丛下发出一点细微的声音。他轻轻地把杨秀花放下，猫着腰一步步往江边摸去。借着朦胧的月光，他看见一个湿漉漉的身影正从江里往岸上爬。白捡得蹲下身子，等那个身影爬到近旁，他发现，往岸上爬的人正是他们追捕的匪首伍鼠。他一个飞镖射出去，击中了伍鼠握枪的手腕，驳壳枪应声落地，伍鼠的左手又飞速地从腰间拔出另一把驳壳枪，还未扣动扳机，手腕又中了一支飞镖。白捡得一个箭步冲上前，用枪顶住伍鼠的脑袋，喝道：还有什么招就快使出来！不然我一枪打死你！

此时，我也追到了江边，见白捡得用枪顶住伍鼠，要伍鼠跪在杨秀花的面前。我拿着一根木棒，上前一顿乱棒砸上伍鼠，伍鼠被打翻在地，哎哟哟地叫唤。我愤怒地高喊：你这个狼心狗肺的杀人魔头，我打死你！

这时范南雨带着几个游击队员来了，他上前拉住我，命令其他游击队员把伍鼠捆绑起来。

范南雨说：有什么冤屈、愤怒，等到在公审大会上再控诉吧。

那天夜里，范南雨、杨偣子和牛连长、李排长又连夜开了个紧急会议，会议主要研究怎样抓捕周克雷。大家分析，根据这几天三界地各个出口检查的情况看，周克雷极有可能往灵州方向逃跑，因为那一带已经有了他们的行踪。可这几个阴险狡诈的家伙，万一他们来个声东击西往龙州方向逃窜到境外，我们该怎么办？最后大家议定，重点排查通往灵州和龙州的几个通道，力争在这几天抓住周克雷。

方案议定后，大家兵分几路，范南雨和杨偣子、铁蛋、白捡得到双龙峡拦截。

正如大家分析，周克雷的确是带着李成光到湖南和灵州边境打了一个转，并且故意扔了一些随身带的东西，又转回圣山。李成光说：干吗不去灵州？周克雷说：去那里，就等于自投罗网。我只是给游击队设个迷魂阵，明天我们就抄小路赶到峡江乘船下龙州，然后去越南。

可是机关算尽，有一点周克雷却没有算到，那就是他的一举一动恰好被我发现了。我并不认识周克雷，但我认识那一身黄泥巴一样的衣服，我还认识夹在三个黄泥巴中间的龚书磊。龚书磊为什么也和他们搅在一起？龚书磊这个人的城府太深了，在他深沉的眉宇间，经常隐隐透出一股阴冷的杀气。经过那么多事情，他狰狞的面目也就越来越清楚了。但今天他又跟这"黄泥巴"搅和在一起，他想干什么？

龚书磊觉得自己做了这么多坏事，再留在三界地肯定是死路一条。他找到了惶惶逃窜的周克雷，帮他策划了逃跑的线路。

看着龚书磊跟随几个"黄泥巴"往九龙谷方向急行而去，我悄悄地跟在他们的后面。走了没多远，看见龚书磊带着周克雷他们走到了黑风峡，胡乱扔了些东西就折回九龙谷，快速穿过九龙谷，经狮子岭，他们不敢走大路，而是走小路绕道往峡江口走去。

我沿大路下山，经鸡公岭，火速赶到峡江口。峡江口上正好有个摆渡的老大爷。我说：大哥，你赶快把船摇到对岸，等一下有几个残匪要抢船逃走，你千万不要摇船过来。那个摆渡的老大爷听了我的话，立即把船摇到了对岸。我沿着峡江往下，发现江边有一艘船，我跳上船，摇着船沿江往下行进，沿途只要见到船，我就把船解开放走。

龚书磊带着周克雷三人，仓皇地赶到峡江口，只见峡江对岸有一艘船，但喊破喉咙也没见船舱里走出一个人来。无奈中，他们又如丧家犬一样往峡江下游逃窜，一直走到峡口寨也没见岸边有一艘船，却看见江中有三艘船往下漂流。龚书磊大声喊：那摇船的，快把船摇过来，我们给你十块银圆。

我站在船上望了一眼龚书磊，也对着他喊：你们是跑不掉的。

龚书磊这才看清船上的人是谁，他想，原来这船是被这个冤家对头放走了。龚书磊狠狠吼道：那得问我的枪同意不同意。

周克雷按住龚书磊摸枪的手，制止他：你一开枪，我们就完蛋了。

这时江边恰好有两匹马在那里吃草，他们四人立即蹿上马，沿着江岸的大路往下游狂奔。

从峡口寨下去没多远就是峡江与龙江的汇合处，这地方叫双龙峡，两岸石崖陡峭险峻。据说在很久以前，峡江的黄龙和龙江的青龙为了争夺一颗夜明珠，在这两江汇聚的地方进行了一场恶斗。恶斗时山摇地动，峡谷迸裂，形成了今天险峻的双龙峡。由于地理位置特殊，千百年来，南来北往的商贾总喜欢停靠在这里，这里的南岸就自然形成了一个集镇。人们在这里乘船下龙州，也可在这里乘船上贵州。南北商贾，社会三教九流，地痞流氓，迎来送往，甚是复杂。

勾连南北两岸的是一艘艘渡船。

这时太阳已经一竿子高，东边山尖上的雾霭已经染上了一层淡淡的粉红色。隔老远，周克雷就看见了那艘渡船停靠在江边。他心中暗喜，快步上前。一个胡子拉碴的船老大见有过渡行人来，佝偻着背，从船舱里走出来，瞟了一眼四个人：过渡？

是的。话未说完，周克雷就带头跳上船，李成光与卫兵也相继上了船，龚书磊是最后上的船。

几个人还没站稳，船舱里又走出一位船老大。他戴着一顶破旧的草帽，站在船尾，一划桨，船就离开了码头，三桨两桨，船就到了江心。这时风大浪急，渡船在风口浪尖上上下颠簸，那样子，船随时都有可能来个底朝天。周克雷三个人，吓得脸乌青乌青的。周克雷掏出枪，指着船老大，喝问：你想干什么？船老大嘻嘻地笑着说：风急浪大，那你来划啊。话未说完，又一个大浪打来，两个船老大借着浪头的涌动，脚下一使劲，船身差不多倾斜起来。周克雷和两个手下猝不及防，先后翻下江里。三人扑腾腾在江里挣扎着，只见他们三个黑乎乎的头颅沉浮在江里。他们向船老大伸出手喊救命，可巨浪又把他们那句未喊出的话狠狠地压在他们的咽喉中。

这时从船舱里又走出一位船老大，三个船老大把草帽一扔，胡子一拨，站在船上，哈哈大笑着：你这个国民党特派员，好好的渡船不坐，偏偏要跳到江里去洗澡？

周克雷一瞧，方认出这三个船老大原来就是威震三界地的"黑三飞"。他想，今天栽在这三人手里，想活命是难了。但他心有不甘，挣扎着从腰间抽出手枪，朝船上的人射去，但汹涌的浪涛撕扯着他，那子弹也不知射向了什么地方。

杨偣子见周克雷临死还那么凶恶，一枪射向那颗罪恶的头颅，只见水面上涌上来一股黑血，人就被卷进浪底去了。接着铁蛋和白捡得的枪声也响了，李成光和那卫兵，翻了一个滚，也被浪花压进江底，连影子都看不见了。

龚书磊见不可一世的周克雷就这样一瞬间完蛋了，他的心像被如来佛的紧箍圈套住了，骤然紧收，几乎要窒息。他心有不甘，他知道周克雷也是秋后的蚂蚱，挣扎不了几天，但和他一起逃走，倒是个好办法……哪曾想到，自己聪明一世，弄得如此下场。一丝悲凉袭击着龚书磊，他身子摇了摇，也想跳进江里，一走了之，但转念一想，自己还没山穷水尽，何必自绝于天地？他镇定地坐在那里，他倒要看看，这土包子"黑三飞"凭什么抓他？

怎么？还要我们一一列举你的罪证吗？这时，范南雨从船舱里走出来，他轻蔑地望了一眼龚书磊。

你与伪县长王庭奎狼狈为奸，干了不少残害百姓的事情；更为可恨的是，你竟敢勾引日本鬼子到三界地抢夺宝物，绘制九龙谷地图，妄图把九龙谷变为日本侵略者的军火库；在剿匪中，你多次给土匪通风报信，给游击队造成了很大的伤亡……

这时，我摇着船飞快地赶到双龙峡口。

龚书磊扭头望了我一眼，阴笑着，突然从腰间掏出枪，他想一枪把我打死。

可是，还未等他的枪响，他的身上已连中了三枪，身子一歪，倒进了江里。

至此，三界地的土匪和国民党反动派残部相继被歼灭了。一推再推的公审大会终于召开了。

榕树下那个戏台上捆绑着四个人：龚大雷、伍鼠、梁通天和虎尾。

三界地及周边的群众一早就赶到这里，集市从来没有今天的人多。

公审大会一项项进行着。你爷爷、赵妈、杏花姑娘、苦妹子、鸭蛋、吴大爷、静世、静态、静炎、静凉……大家争相上台揭露这些土匪恶霸的罪行，一个个声泪俱下。现场口号声此起彼伏，人们一致要求严惩这四个土匪恶霸。

突然，大家见鸭蛋和豆角芋押着吴烟枪走上了审判台。群众都不甚明白：这吴烟枪可是游击队里的人呀？他犯了什么事？经鸭蛋和豆角芋的揭露，大家才知道，这吴烟枪原来竟是残匪安插在游击队里的奸细。

台下一时议论纷纷。

枪毙的地点定在长蛇谷。人们拥向长蛇谷，都想亲眼看看这几个横行三界地的恶霸土匪的罪恶下场。

隔了一会儿，只听见长蛇谷方向传来几声枪响，我长长地吁了一口气，是啊，枪声之后，我的几个仇人都死了，大仇大恨都得报了，我的眼里渗出两行泪水。这时候我突然就想到了家。我想回家，回狮子岭那个家，还是回峡口寨那个家？我知道，峡口寨那个家我是永远都不能回去了，因为那个家的人已经全部离开了这个世界。我悲苦地跌坐在榕树下的那张石凳上。

第十一章

　　好久没到圣山烈士陵园，还有两天就要到清明节了，我带上香纸、酒肉赶到圣山。我先来到你叔叔盘石武的坟前，想想他小时候曾被绑架差点丢了性命，最后我还没有看到他结婚生子，却要白发人送黑发人。当初他执意要上战场，和你父亲、白捡得、铁蛋、鸭蛋、老枪、吴根参加了抗美援朝。结果只有你父亲和白捡得活着回来了，我差点哭死过去。在铁蛋、吴根的坟茔前，我特意地筛了三杯酒，我知道，他们喜欢喝酒，也能喝酒……铁蛋的坟茔里只有一件黑色的对襟土布衣服，这件衣服还是铁蛋在狮子岭喝醉酒弄脏被我洗了收起来的。鸭蛋与老枪牺牲时，什么东西都没留下，我在铁蛋的坟茔旁做了两个土堆，其实里面什么都没有，只是留个念想而已。

　　我接着来到李冬冬的坟茔前，摆好酒肉，拜了三拜，嘴里喃喃着：冬妹呀，你当年为什么走得那么突然啊，扔下杨偌子一个人，他好苦啊！林川县那么多事情，他一个县长忙得过来吗？我劝他再找一个，他不愿意……接着我又到了杨秀花的坟茔前，我在杨秀花坟茔前突然想到了白捡得。白捡得抗美援朝回国以后，回过一趟三界地，后来就再没回过，听说已经当了团长。我说：弟妹呀，如果你还活着，那该多好啊……

　　不知什么时候，我发现自己身边多了一个人，那个人在每位烈士的坟茔前都献上一束刚刚采摘来的映山红，那神情沉重而虔诚。

　　这个人最后朝我走来，他手里剩下最后一束映山红。

　　我接过那束映山红，哭了。

自从这个革命陵园建好后，我和杨偌子好像约好似的，每年都是这一天，我们准时来到这里。

解放后，赵大木在三界地人民公社当社长，很少回家。边妹子在机关里打杂，赵板栗本来应该到县中读书，但留了几次级，仍在圣山中心校读书。

杨哈宝前几天当选鸡公岭的大队长了，大家都觉得很诧异，猜测其中应该少不了青石花的"功劳"。

狮子岭现在就赵妈、吴大爷、没关门大叔三个老人。你爷爷几个月前就已经被大队抽去修龙谷水利工程了，刘瓦匠也被抽调到大队砖厂烧砖去了，几个孩子有的读书，有的跟随父母在外读书，你则跟着母亲在大队妇产院住。

赵妈觉得近来赵大木办的一些事，与法、与理、与情都不合，简直就不是人办的。她越想越气，一口气接不上来，缩在那里喘成一团，浑身颤抖。我吓得连忙叫没关门大叔掐赵妈的人中，隔了许久，赵妈才缓缓透过气来。

我见赵妈病情有些异样，就让人去三界地公社告诉赵大木，要他赶快回家一趟，就说他母亲病重，想见他一面。

赵大木赶到家时，赵妈已经气息奄奄躺在床上。赵大木一脸焦虑地站在床前，一声接一声地问：妈，您怎么了？妈，您怎么了？

赵妈喘着气叮嘱道：大木呀，妈不想你当这个官。

看儿子嘴上虚虚地应答着，赵妈悲悲地想着，与其这样人不人鬼不鬼地活着，还不如死。从那一天开始，赵妈就再也不进食。本来就虚弱的人，哪经得起这样的折腾，第四天傍晚，赵妈就带着遗憾永远地闭上了眼睛。

边妹子狠狠地骂了赵大木一顿，就再也不理赵大木。一直到送赵妈上了山，边妹子始终没说过一句话，她的双眼哭得都红肿了。

赵大木埋葬了母亲，一句话也不说，转回三界地了。

这些事情你父亲一直不知道，当时他在林川县中学教书。

你爷爷那段时间正在龙谷水利工地当砌工，几乎和外界失去了联系。摆弄石头是你爷爷的绝活，那些有棱有角的石块，经你爷爷那双手一摆弄，砌到墙上，就严丝合缝了。他砌出来的墙，该弯则弯，该直则直，就像天然生就一样。

你爷爷全身心地投入到水利工程的建设中。他的手皴裂了，像百年的老

　　　　　　　　　　　　　　　　　　　　　　　　生命源

枫树皮那样粗糙；他的身子晒黑了，有点刀枪不入的样子。他明显地消瘦下去了，两个颧骨高高地耸起，眼眶深深地凹下去，使他的脸有了高低起伏的风景。

后来，指挥长就派人把你爷爷送回了狮子岭。

你爷爷一到家，就躺在床上，再也爬不起来。

怎么办呢？家里什么东西都没有了。

我扛着一把锄头朝后山走去，那时正是野淮山发芽的时候，看看能否找到一株。我走了两个山冲，一株野淮山也看不见。无奈之中，我走进了一片细竹林，想找一把竹笋回家，熬点红薯笋粥，对付一餐也好。

我发现细竹林里有一个新挖的竹鼠洞，洞口塞着，旁边一堆小小的泥土。我二话不说，就狠命地沿着竹鼠洞穴一路往前挖。这个竹鼠是刚刚搬来的，洞不深，没几下就被捉住了。

回到家，我很快就烫好了竹鼠，在米缸底刮得两抓米，把竹笋剥了皮，拗断，一起放进锅里和竹鼠熬煮。煮了好一阵子，我用筷子戳那竹鼠的皮，感觉刚好合适，就把煮好的竹鼠捞出来，待稍凉，放在砧板上切好，装在一个大海碗里。

我盛了一碗坐在床边，没关门大叔扶着你爷爷坐起来，我舀了一汤匙竹鼠粥送到你爷爷嘴边，你爷爷把汤汁含在嘴里，怎么也吞咽不下。你爷爷摇了摇头，泪水从他那深凹的眼眶里渗了出来。

没关门大叔见你爷爷连汤汁都吞咽不下，心里很难受，拿着一把锄头走出了大门。我问：天都快黑了，您去哪儿啊？没关门大叔说，去找点药。

不一会儿，没关门大叔就把药找回来了，我煎好药，拿到你爷爷的床边。你爷爷望了望那碗药，哽咽着：雪花呀，跟我这一辈子，让你受苦、受屈了。

我说：不说那些伤心话了，你先把这碗药喝了吧，病会慢慢好起来的。

你爷爷摇着头：药我不用喝了。

我说：药你要喝一口啊。我知道你这一辈子心里不好受，这一辈子都是我骂你，你就不能骂我一两声吗？我心里清楚，自己这一辈子欠着你爷爷的情，欠着你爷爷的债。我还能为你爷爷做点什么呢？我想到了收藏在那个神秘石洞里的玉石坛子。

我说：我去拿那玉石坛子给你看看，那可是你留给我的宝贝啊。

你爷爷只是静静地听我说着：听着，听着，他的眼里不知何时也滚动着一团浑浊的泪水，他的嘴唇翕动着：不用的，玉石坛子早就装在我的心里了，你就好好珍藏着吧。

也不知过了多久，你爷爷才断断续续地说道：我好想看一眼石文啊。

我说：我去喊他，你在家等着啊！

我说完这句话，就转身走出了房间，回身望了一眼你爷爷睡的房间，眼泪禁不住扑簌簌地往下掉。

没关门大叔见我伤心，也感觉找不到一句合适的话来安慰我。是啊，能有什么话来宽慰我此时悲伤的心情呢？

第二天一早，我就踩着露水下山了。

我到了林川县门口，对门卫说我要找杨倌子县长。门卫拦住我，疑惑地望着我，说杨县长现在很忙，没时间见我。我说我的事很急，门卫还是不让我进去。我急得就哭了。

恰好这时杨倌子从办公楼里走出来，见我站在大门外伤心地抹眼泪，即上前问门卫这是怎么回事。门卫说：这位大娘想见您，我怕您没时间，就拦住了她。

杨倌子点了点头，径直走到我面前：雪花，什么事，那么急？

我说：我去学校找盘石文，门卫说他已经不在学校工作了，具体去了哪里不知道。你能联系上盘石文吗？他老爸快不行了，咽气前想见见他。

杨倌子见门口人多，就招呼我走进他的办公室。

杨倌子招呼我坐好，倒了一杯开水放在我面前，就在那里打电话。隔了好一阵才打通电话。他把话筒递给我：是石文，你接吧。

我接过话筒，哽咽着：石文吗？话筒那头传来了石文的声音：是呀。我说：石文你快回来一趟，你爸快不行了，想见你一面。说完这句话，我就放下了话筒，眼泪啪啪地往下掉。

我觉得不能耽搁，就走出了杨倌子的办公室。我要尽快赶回家，我不放心你爷爷。我还想找在大队妇产院的你母亲。

我找不到你母亲，在大队部见到了民兵营长石光腚。他问我什么事。我说：麻烦你给庞焕弟递句话，就说柱子他爷爷快不行了，看她有时间回家没？石光腚说庞焕弟当天跟青年突击队在田间搞深耕生产，可能要很晚才收工，她回来我一定转告。我感激地向石光腚鞠了一躬，就快步往狮子岭走。

我突然觉得这往狮子岭的山路很陌生，甚至觉得比当初来狮子岭开荒种地时还要陌生。

我一路走，一路想，你爷爷喝药了吗？那竹鼠汤他能喝点了吗？……我想，等下儿子、媳妇、孙子回家了，吃点什么啊？

这几天下了几阵雨，狮子岭下那条小溪水汪汪地流着，溪里干净清爽，溪岸两边水旱菜翠绿翠绿的在水花中摇摆着，叶片上都润湿着点点晶莹的水雾。我蹲下身子，飞快地扯了一大把，我想，这一大把水旱菜总可以填一下空落落的肚子吧。

我突然发现小溪石头缝中的那些水姜蒲被什么东西咬得只剩下一些根部了。我记得没关门大叔曾给我讲过，只要看见溪里的水姜蒲刚被咬断，就说明这上下几个溪潭里会有乌龟。

我想，如果能捉到一只乌龟，炖了给你爷爷喝，那可比喝那草药水管用多了。我感觉疲累一下子就像早上的雾水一样飘散了，甚至来不及挽一挽裤脚、捋一捋衣袖，就急忙跳进了溪潭里。我弓着腰，一块石头一块石头地翻检，一个石洞一个石洞地掏摸，最后在一个石洞里发现了一只乌龟。我刚把手伸进石洞里，就被它狠狠咬了一口，我忍着剧痛把乌龟捉住了。

到家了，我没见没关门大叔，只见火塘旁边还煨着那罐草药。我估计没关门大叔也是刚出的门。

我叫你爷爷，没听见你爷爷回应，就急忙往你爷爷的房间走去。看见你爷爷躺在那里一动也不动，我吓了一跳，近前伸手摸摸你爷爷的额头，觉得额头冰凉冰凉的，我心里咯噔一下，又急忙用手附在你爷爷的鼻翼下，感觉鼻翼里还有微弱的气息。

正在这时，你爷爷开口说话了：不用怕——我会——等你——回来的——石文——石文呢？

我突然听见你爷爷断断续续的说话声，还真吓了一跳。我说：儿子很快就会回来的，你放心。我在屋底小溪里捉得一只乌龟，先去炖碗汤给你喝。

正在这时，没关门大叔回家了，他在后山装了几把竹夹，今天还算小有收获，夹得两只老鼠。

没关门大叔见我回来，仍一脸的担心：雪花，你回来了，都让我担心死了。

没事，我这不回来了。

没关门大叔说：快拿药给石头喝。

我说：我摸得一只乌龟，先去炖乌龟汤。

没关门大叔想不到我在这个关键时候捉得一只乌龟，他知道，这乌龟既清凉又大补，你爷爷虚弱的身子，喝点这种汤，该多好啊。

龟汤熬好了，我舀了半碗，坐在你爷爷身边，舀了一汤匙，放在嘴边轻轻地吹着，待那汤汁微凉，才小心送到你爷爷嘴边，让汤汁慢慢地流进你爷爷的嘴里。你爷爷很难吞咽那汤汁，我把汤碗放在一边，轻轻地拍你爷爷的后背，让你爷爷能舒服一点，你爷爷终于吞下了一口龟汤，我小孩一样地笑了，又舀了一汤匙龟汤……

你爷爷喝着喝着，眼里竟流出了两行浑浊的泪水。我说：他爷爷啊，你快别这样了，我们什么苦没吃过，什么难没经过，九九八十一难都挺过来了，你要相信自己，多喝几口这龟汤，身子就恢复了。

你爷爷点了点头，又张开嘴喝了好几汤匙龟汤。

很快，那半碗龟汤就喝完了，我站起身还想去火炉房盛一碗，你爷爷说：你就别去了，你奔波了一天，也该歇歇了。

我坐在你爷爷床边，想这一辈子，甚至都找不到一个时间能这么平静地和你爷爷说话。我们都在为生活奔波忙碌，哪有时间坐下来说话？

你爷爷见我一直望着自己，就从被窝里伸出手，抓住我的手。你爷爷还是第一次握我的手，他感觉我这只手粗糙干枯了。

你爷爷张了张嘴，他似乎在想在这人生弥留之际，自己还应该说点什么。

雪花，这一辈子对不住你啊。你爷爷那句想说的话到了嘴边又变成了无根无据虚无缥缈的客气话。

见你爷爷欲言又止的样子，我的眼泪扑簌扑簌地往下掉。我握着你爷爷枯干的手，颤着声音说道：老伴啊，都到了这个时候，你还憋屈什么呀，想说什么就说吧。

你爷爷也紧紧抓住我的手，很吃力地说道：雪花啊，我没有什么想要说的，遇上你是我前世修的福分，我盘家终于有个续接香火的后人了。

我接着说：是啊，我们有了自己的儿子，有了自己的孙子，我们已经没有什么遗憾了。

这时门外传来几个人的脚步声，你爷爷立即面露喜色，他想，肯定是石文回来了。你爷爷想挣扎着坐起来，但是他拼尽全身力气，却不能坐起来。

可走进屋子的人却不是你父亲盘石文，而是杨倌子县长，他提着一袋面条，递给我。我见了那一袋面条，估计有五六斤。这真是救命的面条啊！

杨倌子也坐在你爷爷身边，他看见形容枯槁的你爷爷，心里很是难过。他觉得自己这一辈子，最对不起的就是眼前这个老实巴交的石匠。

我拿着那袋面条走进火炉房，煮了一大锅面条，舀了一碗，端到你爷爷面前。不知是什么力量，你爷爷竟坐了起来。在我的帮助下吃了一大碗面条。

杨倌子见你爷爷稍有好转，就下山了。临下山，他叮嘱你爷爷说：一定要保重身子，我回县以后，一定催促盘石文回来，你就安心在家养病吧。

你爷爷一个劲点头，眼里溢满泪水。

故事讲到这，奶奶顿了一下，我想让她休息一下，就接过奶奶的故事说下去。

那天，母亲刚从山上回来，石光腚就告诉她，柱子爷爷病重了，叫她请假回去一趟。母亲听了，急忙请了假，带上我就往山上走，到家已是半夜。爷爷见我们回家，很高兴，他竟坐起来，摸着我光溜溜的头。那段时间，母亲很忙，没时间督促我洗头，满头的虱子，痒得我嗷嗷直叫。母亲急了，就把我的头发全剃掉了。

爷爷说：光头也好，只要好好读书，以后一定能光宗耀祖的。

我们都觉得很饿很饿了。您当然知道我们饿，早就煮了一大锅面条，母亲准备盛一碗给爷爷吃。您说爷爷晚饭刚吃过。母亲说他可能又饿了吧，母亲就端着一碗面给爷爷吃，爷爷又吃完一大碗面条。看他那样子还能吃，母亲又进火炉房打了一大碗给爷爷吃，爷爷又吃完了那碗面条。看他那样子，还能吃，母亲怕撑坏爷爷，就说明天早上再吃吧。

第二天早上，太阳都升起来了，我还没起床。突然，我听见楼下传来哭声。我急忙起床，下楼一看，原来哭声是从爷爷房间里传出来的。

我冲进爷爷的房间，只见您和母亲伏在爷爷的身上伤心地哭泣着。我爬上床，上前摸了摸爷爷，发现爷爷的手脚已经冰凉，难道爷爷不在了？我迅即打开门窗，早上的阳光射进了房间，我发现爷爷已经走了，他的嘴边还残留着没有完全吞咽的一根面条，他的肚子高高地顶着。

看着爷爷的样子，我的心仿佛吞进了一颗锐利的长钉，横不成、竖不就，硬生生卡在那里，揪心地疼！眼泪不听话地往外涌，我也号啕大哭起来。

母亲怕我担惊受怕，牵着我走出了房间。

奶奶见我一边说着，一边伤心地流着泪，她又接过我的话头说：是啊，你走后，我仍坐在你爷爷身边，我感受到了从来没有过的孤独，脑子一时间像一张白纸一样，没了思维与记忆。我当时该做点什么？又能做点什么？很是茫然。

没关门大叔站在我身边，极度悲伤地劝慰我节哀，他一边劝着，一边也老泪纵横着。这么些年来，都是我和你爷爷照顾他，现在竟白发人送黑发人！

我见没关门大叔也陪着自己伤心落泪，很担心他的身体，就强压住内心的悲伤，牵着没关门大叔走出了房间。

我走出了你爷爷的房间，在门口站着，一句话也不说。

吴大爷听见哭声，也从那边岭颤巍巍走了过来，他站在你爷爷身边，声长声短地在那里叹气，一句话都说不出来。

也不知过了多久，我毅然离开了没关门大叔，拿着一把锄头到屋当头那条小山梁，目测一下方位，选定一个位置，埋头就挖。

你母亲也找来一把锄头，一起帮挖。挖了好一会儿，一个墓穴就挖好了。

我又找来木板、铁钉，准备钉一口棺木。没关门大叔连忙上前制止，棺木就不用钉了，用我那口棺木不就成了。我说那不成啊，那要留着你百年之后用的啊。

吴大爷见我和没关门大叔还在那里推让，就劝我说：还是先用那口棺木吧，我们老的老，小的小，怎能钉一口棺木呢？

我也觉得吴大爷说得有道理，就自己，能钉出一口棺木吗？

我不停地想，用什么办法才能把这沉重的棺木搬到墓穴里去呢？我想只有采用蚂蚁搬家的办法了，把棺木拆开，一块块地扛到墓穴去，再安装。

我和你母亲在吴大爷和没关门大叔的帮助下，费了好大劲才把棺木弄到墓穴里。

我和你母亲帮你爷爷换了一件干净的旧衣服，你母亲背着你爷爷，我在后面扶着，没关门大叔和吴大爷左右帮撑着，大家齐心合力，把你爷爷搬到棺木里放好，盖好棺木。大家都舍不得铲土盖那棺木，坐在墓穴旁边，沙哑着嗓子，在那里伤心落泪。

看看太阳都要落下西山去了，没关门大叔就劝我，还是赶快铲土盖棺吧。

西坠的红日很快就被淹没了一半的身子，那残留着的半边虚弱的脸，望着狮子岭这座孤零零的新坟。

第二天，你父亲盘石文没回家。

第三天，你父亲盘石文仍没回家。我和你母亲牵着你，拿着香纸，端着一碗面。按照当地的风俗，我们要去你爷爷的新坟祭奠他。

边妹子不知道从哪知道你爷爷不在的消息，她心里很难过。边妹子觉得再也不能等了，她要回狮子岭看看我，下午她和一起在公社食堂煮饭的小林把晚饭做好了，并跟小林说自己要回狮子岭老家看看，就走了。

天擦黑，边妹子就到了狮子岭，她一眼就看见那座新坟。她没进家，蹲在你爷爷坟前，一边哭一边嘴里不停地数叨着：石大哥呀，您怎么说走就走了呀……

哭声惊动了我，我跑出屋一看，急忙跑到坟前，也蹲在边妹子身边，抱着边妹子伤心地痛哭。也不知哭了多久，边妹子把我扶起来，她觉得自己不能再这样悲伤了，这样会惹我更伤心的。

边妹子知道我这段时间不容易，要操持着一大家子的事情，你爷爷又在水利工地不得回家，谁想到回来没多久就撒手西去了。边妹子紧紧抓住我的手，她发现我步子有点轻飘飘的，不能把持自己的身子，就挨在我身子旁边。边妹子看着我手背凸起的一根根青筋，浑浊而呆痴的双眼，心像刀割一样疼。

她把半口袋米递给我。我说：你哪来的米啊，这样不行，往后你们的日子怎么过？

边妹子说：雪花姐，你不要管那么多了，现在最要紧的是要想办法活下去。要想办法找到食物，收藏食物，要不就活不成了。

进了家，边妹子没见没关门大叔，我说他上山去了。边妹子说：这么大年纪还上山，危险啊。

我说：劝了他好几次，他都不听。想想也是，能有什么办法啊，与其坐在家里饿死，倒不如上山找点野菜、野果什么东西填填肚子。

边妹子看看我那蓬头垢面的样子，心里酸酸的。她想起那年自己饿昏在路边，被赵大木捡回家时的情景，那情景和现在我的样子也差不多。边妹子说：雪花姐啊，那年我连换洗的衣服都没一件，穿的是你的衣服；后来生赵板栗时，没有鸡吃，吃的是你为过年养的几只鸡……

边妹子打开自己的包裹，从里面拿出一套衣服递给我：雪花姐，你去洗个澡，换件衣服吧。我连说不用：这样挺好的，在这山野之中，有谁看啊。

但我还是拗不过边妹子，边妹子已经打好洗澡水在洗澡房了。看着边妹子在那里忙上忙下，我心里像有一股春风在轻轻抚慰着，觉得很熨帖。

很快我就洗好澡，我都记不清楚自己到底有多少时日没有洗澡了。我穿好衣服，走到屋门口。

恰在这时，没关门大叔回来了。没关门大叔今天收获还不小，他挖来好几节猫头蕨，还割得一大把臭菜。边妹子急忙上前接过猫头蕨，看着这个曾经救过很多人命的老人，一脸疲惫的样子，边妹子抹着眼泪哽咽着说：大叔，那么久都没来看您，对不住啊！

没关门大叔也抓住边妹子的手，眼泪禁不住一个劲地往下掉。

我扯了一下边妹子的衣角，边妹子明白我的意思。她立即抑制住了自己那不听话的眼泪，笑着说：不伤心了，大叔，我们煮饭吃去。

边妹子把那半口袋米拿到火炉旁，她准备多煮一点，舀了两筒米，想再舀第三筒，没关门大叔立即上前制止：妹子啊，你给我们拿的这点米，是我们两个月的口粮啊，节省着用吧。等下我们多煮些野菜，对付一餐得了。

晚餐煮了一大海碗臭菜。每个人一碗白米饭，我还盛了一碗送给吴大爷。

晚饭后，天还没黑，边妹子就朝自己的房子走去。自从赵妈走后，她已经好久没回家了，家里面肯定已经成了老鼠的天下了。

我也跟着边妹子到了她的家，家里很乱。我说：弟妹，这么脏乱，就算了吧，反正你们也不会再来这里住，何必这么费事去清扫它。

边妹子说：雪花姐呀，我可能很快就要回这里来陪伴你了。

我说：看你，放着个官太太不当，回这山沟沟来吃野菜、啃老鼠？

边妹子凄然一笑：雪花姐，你不欢迎？

我真心实意地劝道：我们姐妹就不说那见外的话了，只是你有大好的前程，可千万不要任性，要听赵大木的话啊。我知道，自从赵妈走后，边妹子就和赵大木面和心不和了，我真担心他俩同床异梦啊。

边妹子在狮子岭陪我住了一天，我就催她赶快去公社上班，担心她因陪我而耽误了工作。

边妹子在我的催促下，依依不舍地离开了狮子岭。她知道我这时最需要人陪着，可是这亲人都哪去了？边妹子觉得这下山的路很难走，七拐八弯的，她觉得这路也怪怪的，怎么和往常不一样了。

挨到中午过一点，边妹子到了三界地公社，她有点饿了，就朝公社食堂走去。小林见边妹子回来了，急忙上前把她拉过一边，悄声对她说：边大姐，你走的这几天，听说赵社长和学校的曾秀兰老师走得很近。你多留点心吧。

边妹子望着一脸真诚的小林，心里很感激，低声说了声谢谢，就走出了公社的大门。她站在公社门口，犹豫了一阵，最后还是往圣山中心小学走去。边妹子认识曾秀兰老师，她年轻漂亮，在县中读过书，也到过他们家，是个很招人喜欢的妹崽。她是怎样认识赵大木的，边妹子就不大清楚了。她从来就不过问赵大木在外交往的事，更没有心思去刨根问底。她想，自己和赵大木是患难夫妻，还有什么不能相信的。边妹子就这样犹犹豫豫地走到了圣山中心小学门口。这时，她看见赵大木从学校走出来，旁边还跟着曾秀兰老师。他俩挨得很紧，边走边说着话，曾秀兰还不停地向赵大木抛着媚眼。

边妹子想冲上去大骂一顿这两个不要脸的男女。但是她没有。到自己是赵大木在路边捡来的，有什么权力与他理论？路边捡到的东西，他爱要就要，现在自己人老珠黄了，没什么价值，就扔了呗，这有什么可奇怪的，自己冲上去又有什么用呢？

边妹子想到自己的儿子，她想去把他领走，但是自己能带他去哪儿呢？自己现在泥菩萨过河，再怎么舍不得，也不能害了自己的儿子。这样一想，边妹子就横下一条心，拖着沉重的双腿走出了三界地。

她没有犹豫，她想自己一辈子老实本分，唯有昨天打扫狮子岭那个家，她多少也算有一点未卜先知的小聪明。一想到这，她又想到我说的我们现在有点像野人那句话，边妹子就有点乐起来。她想，能和我一起在狮子岭那片土地上做野人，就是死，也值！

我正拿着削好的猫头蕨，在一块打有无数细洞眼的铁皮上反复磨，已经磨得蛮多了。明天天一亮再拿那些粉末去木桶里过滤，粉浆滤到木桶里，渣滓则在滤筛上。待粉浆沉淀后，把多余的水倒出去，把桶底的粉末铲出来，放进锅里一煮，就可食用了。

我最先听见有人敲门，心想莫不是石文回来了。遂问：谁啊？

雪花姐，开门啊，我是边妹子。

我急忙打开门，心里闪过一丝不祥的念头。

你没回三界地？

我想回狮子岭陪你做野人。

开玩笑。

你也嫌弃我。

我听出了边妹子语调里的委屈，就不再吱声了，连忙让边妹子进了屋。

没关门大叔早已帮边妹子舀了一碗猫头蕨巴巴，黑乎乎的装在碗里。

吃了一碗猫头蕨巴巴，边妹子收拾了碗筷，就邀约我一起往对面岭她的木房子走去。要到家了，屋当头有株苍老的红锥树，树下是那个土地庙。以前，几家人还在的时候，逢年过节，大家都拿着煮好的鸡鸭来这里祭祀土地爷。这几年，大家作鸟兽散，这土地庙也冷火秋烟了。

边妹子说：雪花姐我们在这坐坐吧。我望望边妹子说：好啊，坐坐就坐坐。我知道边妹子有话要说。

边妹子还没有说，眼泪就流了下来。她说：赵大木在外面有女人了，我跟他过不下去了。

我静静地听着，有些不敢相信，一对患难夫妻，怎么说断就断呢？官才几年没当，就喜新厌旧了。这人啊，还真看不透。

　　山里的四月天，晚上仍很凉，山下一阵凉风吹来，我颤抖了一下，叹了一口气，轻轻把抽泣中的边妹子往自己身边揽了揽，一时间不知说点什么。我还有很多事情弄不明白，又叹了一口气，缓缓地劝慰着边妹子说不要伤心，伤心也没用。山不绝人，难道这么大的山，还养不活我们几个野人？

　　是啊，这么大的山……边妹子重复着我的话，脸上竟有了笑意。她拉着我，双手合十跪在土地庙前，我们心里默默地祷告，祈求土地爷保佑我们找到食物，能活下去。

　　那夜，我陪伴边妹子睡在她的木屋子里，两人断断续续地说着话，也不知什么时候，边妹子沉沉地睡去，她的眼角，有着干涩的泪痕。

　　过了好久，我才迷迷糊糊地睡去。

　　杨倌子前两天才听说你爷爷走了，他心里难过了一阵子，想再抽个时间来看看我，但身边的事情像牛毛一样多，而且没有一件是省心省力的。

　　有一天，青石花茶铺突然就着了火。人们在废墟里找到了青石花，她已被烧得只剩一个骨架了。那天晚上也不知怎么回事，青石花就睡死过去了，人没有跑出来。杨哈宝正好有事外出了，不在家。

　　杨哈宝回来，听到这个消息，头一歪，就昏了过去。这样的结局杨哈宝当然没想到，他哪有心思在床上躺着，他要料理青石花的后事。杨哈宝忍着伤痛，从家里面扛了几块木板，钉成一个长盒。可青石花的衣服都烧光了，去哪里帮她找一件衣服呢？杨哈宝发现身边一个人都没有，感觉一阵悲凉，他跌坐在“棺木”旁，弓着头，很无奈。

　　不知什么时候，杨哈宝发现身边站着一个人，他抬起头，发现是我。我说：青石花一辈子都喜欢穿衣打扮，总不能让她光着身子入土吧，这是一套半旧衣服，拿去吧。

　　杨哈宝站起来，他的心里五味杂陈，他怎么也想不明白，我竟会有如此善举。那一刻，杨哈宝哭了。不知他是因为感动的哭，还是因为良心受到谴责，我不得而知。

　　我没有顾及杨哈宝表情的变化，只是说：等什么？还不快给青石花穿衣。

杨哈宝应着，和我一起快速给青石花穿衣、入棺、盖棺。寨上的人，见我在那里帮忙，过意不去，都纷纷前来帮忙。他们把青石花葬到一个很偏僻的地方，大家都说：让她躺在这深山老林里，免得再祸害鸡公岭的父老乡亲。

奶奶讲的这些事我一点都不知道，那时我和母亲去了县中父亲那里。校长见我们可怜，就安排母亲在食堂做工友。后来父亲不知何故，就下乡了。那时候，学校乱乱的，学生们无心读书，走了不少。母亲背着一小口袋干锅巴，带着我回到了狮子岭。

奶奶突然问，你父亲呢？

不知道他去哪儿了。我回答。

母亲见奶奶那挂心的样子，就告诉奶奶说前段时间还有父亲捎来的话，说要集中学习，可能短时间回不了家，可近段时间就没得到他什么信息了。母亲还说，不要挂心石文，他不回来我们照样过年。

奶奶想想也是，儿子肯定是有事，要不然他不会不回来的。奶奶也在自我宽慰着。

好久没见奶奶，我还在留恋着奶奶的后背，感觉半躺在奶奶的后背，非常舒坦，就像躺在一块会流动的白云上一样，柔柔地在天空中飘游。

奶奶接着说，那个年代，最要紧的是找食物。我每天都在忙碌中，要准备过年吃的东西啊。狮子岭的山山岭岭上到处是人，大家恨不得把树叶都捡回家当食物吃。山下几个寨子的人一天到晚都在大山里转，大家都没了吃的东西，都想到这大山里来寻找点续命的食物。可是时值隆冬，万物萧条，哪有什么食物可寻啊。大家就挖马蹄蕨、猫头蕨、芭蕉根……

我率领你母亲和边妹子、石梅花，先把山冲里的芭蕉芋全部挖回家，放置到地窖里。因为慢了一点，还被山下的人偷挖了好几背篓去。你妈妈说要去抢回来。我说：大家都饿疯了，不然，你就是送他一背篓芭蕉芋他们也懒得背下山的。

抢得最凶的是蕨根，凡是有蕨根的山坡，都布满了挖蕨根的人。那段时间有一个奇怪的现象，就是那些野猪都不怕人了。人在这边山坡上挖蕨根，一帮帮野猪则在山坡那边拱蕨根，人和动物一样，饿疯了，什么都不顾！

挖蕨根，人们当然挖不赢我。因为养育了我几十年的这块土地告诉我，哪里的土层最肥沃，哪里就生长着粗壮的蕨根。天还未亮，我就带着狮子岭几家人去占领这块土地。一天二十四小时，我们起码挖了十多小时。山下的人见我们都说，狮子岭这几个女野人，简直疯了！

疯抢了一阵子，山山岭岭，就只剩下稀稀拉拉几根茅草和几棵瑟瑟发抖的古树了。就是古树人们也不放过，他们只要发现树上有个洞眼，就会想尽一切办法掏摸，希冀从里面掏摸出几粒米锥或者鸟柿子什么的。

经过好一阵子的拉网搜寻，人们再也无法在山上找到一丁点食物，就调转目光，朝萧瑟空旷的田垌走去。他们去田垌掏老鼠洞，把老鼠藏在洞里的过冬粮食也抢了。那一年，田基都被挖烂了。我想，第二年还怎么种田？

年关很快就要到了，天气也出奇的冷，大家再也提不起精神进大山去寻找什么食物了，都瑟缩在家里，勒紧裤腰带，准备过年了。

狮子岭的几家人在我的带领下，搞到很多食物，有鸟柿子、九皮红树子、沙糖子、冬笋、猫头蕨，特别是芭蕉芋和蕨根挖得最多。接下来就是把蕨根加工成蕨粉的事了。看着堆在各自家里的食物，大家的脸上就有了笑意。

年前那几天，我舂蕨根，滤蕨粉，一天到晚总在小溪里忙。但是一到傍晚，我总要看看狮子岭对面那个山坳，希望你父亲从那山坳上冒出来。

腊月二十八那天，我看见一个人从山下登上了对面的山坳，看样子很疲惫。他坐在那株光秃秃的枫树下，呆涩的眼光一直看着狮子岭，像一个陌生的外地人。

我看见那个人，走到屋旁，走到那座新坟前，跪在新坟前磕头。我似乎听见那磕头的响声，那响声仿佛震得那座新坟都晃动起来。我始终怀疑自己是否又产生了幻觉，就揉了揉眼睛，朝那个人走去。我抓住那个人，猛地一巴掌扇过去，那个人跌倒在新坟前。他爬起来，跪在我面前，声泪俱下地哭了：妈，只要您能消气，就打吧，都是不孝儿子的错。

我又举起了手，可是那举起的手却停在半空，没有落下。我突然垂下手，放声大哭起来，我的哭声震得狮子岭的地皮都发麻了。大家都被这突如其来的哭声吓了一大跳，都走出了屋子，寻那哭声。吴大爷和没关门大叔也走出屋子，蹒跚着步子向我走来。

当时大家都希望你父亲带回一点米，大家已经好久没吃过一餐米饭了。那晚，我特意加工了蕨粑。大家都很高兴，感觉蕨粑和大米粑也没差多少，大米粑白，蕨粑黑，当然蕨粑要把它漂白也可以，但是大家都舍不得漂白，因为漂白的过程就是减少蕨淀粉的过程。黑就黑一点吧，我们只要数量，质量就暂时不去追求它了。

我舀了一碗很大的蕨粑给你父亲，你父亲低着头大口地吞咽着。我们都懒得搭理他，他吃完那碗蕨粑，就上楼休息了。

若干年后，我才知道，那段时间是你父亲最难熬的日子，因为一些原因他在县中的工作也丢了。

第二天早上，天空突然飘起了雪花，你父亲起得很早，他望了望漫天的雪花，就拿着你爷爷的那杆鸟枪往外走。

是啊，这件事我记得，我接过奶奶的话。

当时我已经忘记父亲没有帮我买礼物的怨恨了，扯着他的手，非要他带我去打猎。

父亲望望我，眼里闪过一束兴奋的火花，他点点头。

父亲带着我就朝九龙谷方向走，我说：去那么远呀？父亲说：怕了？怕了就不要去。

谁怕了？我嘴上胡乱应答着，早已跑到父亲的前面去了。我曾听爷爷说过九龙谷那里有很多野猪、野兔、寒鸡……我最担心的是等下万一打得一头野猪，我们父子俩怎么抬回家？

雪越下越大，天地间灰蒙蒙的。这时候风不是很大，雪花飘飘扬扬的，群山逐渐披上一层雪白的外衣。山坡上那些枫树却仍把它光秃秃的手伸向飞舞的雪花里。

鸟儿不像人，它们并不惧怕这些雪花，它们叽叽喳喳地在山坡上、雪地里嬉戏着，或者寻觅着没有完全被雪覆盖的食物。父亲好像一个雪人，对身边发生的这些事，一点兴趣都没有。

我们小心翼翼地爬过九龙谷口的那座独木桥，继续往九龙谷腹地走去。我们在奇峰突起的山峰之间转了好久，我都不知道转到什么地方去了。父亲

生命源

突然叫我停下脚步，我们放轻脚步朝那洞口走去。到了山腰那个洞口边，父亲小声对我说：嗅到野猪的味道了没有？我吸了吸鼻子，没嗅到什么野猪气味。

父亲叫我站在洞口等他，他打开鸟枪的扳机，摸索着往洞里走。没多久就听见洞里响了一枪，接着就传来父亲招呼我的声音。

借着洞口微弱的光亮，我快速往洞里走，手里握着一把勾刀。心想如果野猪出来，我就一刀劈死它。往洞里走了十多米，看见父亲站在那里，我心里一颗悬着的心才放下来。在父亲前方不远处，一个野猪窝旁边躺着一头被打死的野猪。我们把野猪拖到洞口，野猪不大，估计也就七八十斤。父亲在山上砍了一根藤，把野猪的四只脚捆起来。捆好后，父亲艰难地把野猪扛到肩上，蹒跚着步子往山下走。

这时候，雪更大了，山道上铺了一层厚厚的积雪。父亲单薄的身子，不停地摇晃着，他深一脚浅一脚地走着。我跟在后面，雪地上留下一大一小的两对脚印。

父亲艰难地移动着脚步，望着漫天飘扬的雪感叹着：好雪呀。我说雪有什么好坏。父亲告诉我：如果不是这场雪，我们怎么能打到这头野猪？我更糊涂了：这和我们打野猪有什么关系呀？父亲说：如果不下雪，野猪就不会钻窝，只会满山跑，我们就是再能跑，能追上野猪吗？

那一刻我突然被这天感动了，我跪在雪地上，默默地对着雪蒙蒙的天空磕了三个头。

父亲看着我那动作，一时间僵在那里，他放下野猪，一直就那样望着我。我见父亲脸颊上流下了两行泪水。父亲怎么就哭了？我觉得父亲应该高兴才对呀。

父亲说他好高兴，好高兴。他说不是因为打得野猪高兴。那是什么才使父亲高兴得流下了泪水呢？若干年后和父亲的那番对话，我才明白父亲哭的真实原因。

记得当天晚上我还问奶奶您。您没回答我，却一把把我抱住，我感觉到您胸前在微微颤动着，您的泪水濡湿了我的脸颊。当时我就觉得您的神态很是特别。我蜷伏在您怀里，觉得您的胸怀舒适而又深沉，当时您好像有话要跟我说。

奶奶并不续接我的话，继续讲着。那年，狮子岭的大年过得很特别，没有饭吃，但却有野猪肉吃。大家都集中在我们家，把野猪头和脚砍下来和芭蕉芋、冬笋一起炖了一大石锅。大家围着火炉，吃着蕨粑和野猪肉，说着话，就这样守着这漫漫长夜，一直到初一的早上。

　　你父亲回狮子岭这件事，过了几个月杨佝子才知道。

　　杨佝子到县中把你父亲的事情跟石仁礼校长一说，石校长说没问题。石校长找到人事局的副局长秦和山和组织部部长马宗汉，说：县中紧缺语文老师，当初你们把盘石文这个语文老师调走，我就只好暂时把这门课停掉，现在你们不用，就把他还给我。秦和山和马宗汉知道现在县中急需语文老师。两人就点头同意了。

　　不久，你父亲回到了阔别好久的县中。

　　奶奶眼睛迷蒙地望着石洞顶上透进来的那一缕亮光，过了一会儿，她叹了一口气。

　　那段时间，赵大木被罢了官，公社里面的工作暂时由杨瘦猴负责。

　　于是他便收捡东西，他想自己赤条条来，还赤条条回去，自己有两只手，狮子岭有的是土地，混一口饭吃，那还不是喝碗豆腐脑般容易。

　　赵板栗好久没见母亲，见爸爸收捡东西要回家，高兴得上前瞎帮忙。父子俩折腾了好一阵，才把东西全塞进箩筐里。赵大木看看空落落的房间，一时间有点伤感。

　　傍黑，赵大木父子俩回到狮子岭。边妹子简直不敢相信自己的眼睛。她有点语无伦次，有点手足无措，瞎转悠了一阵子，她才想到要把这个喜讯告诉我和吴大爷知道。

　　我第一个到了边妹子的家，一把把赵板栗揽到怀里，亲昵地抚摸着他的头，连声地说：回来就好，回来就好。

　　很快，吴大爷、刘瓦匠、没关门大叔几个人都来了。大家寒暄了一阵子，都觉得有好多家长里短的话想说，但又不知从何说起。赵大木说：不急，我这次回来就不走了，以后我们有的是时间。

　　什么，不走了？吴大爷很不相信。

赵大木不置可否，他不想马上把这些不愉快的信息告诉大家，他翻开自己的那一担家当，从里面找出一包黄糖，笑着招呼大家：对不起大家，我这个穷官，只能用这点黄糖熬一点粥款待大家了。

边妹子立即生火、刷锅、淘米，打点熬粥的事情。

吴大爷的身体已经大不如前了。他见赵大木一家团聚，就自然想到孙子吴基。他说吴基可能会转业到地方工作，但不知要等到什么时候，说着说着，就有点伤感。

我也说：如果吴基回来就好了，我已经好多年没见他，听说他已经当了团长。

话还没有轮个儿讲完，边妹子就把一锅热乎乎的黄糖粥端上桌子。大家一家人似的，都拿着碗自己盛粥。夏秋之交的狮子岭，白天热、晚上凉。大家端着一碗粥，走到门口，对着星空，对着光秃秃的山岭，哧溜哧溜地喝着。喝着喝着，大家都不说话了。因为他们突然想到，明天喝点什么呢？

我见大家很消沉，就说：怕什么，狮子岭上到处都是我们的粮仓，饥一餐，饱一餐，总能拖到明年。

我说：只要大家还在就有希望。

大家都觉得狮子岭的生产做得像模像样，虽然田少山多，但大家互帮互助，把十多亩水田种好，每年禾苗长得旺，谷穗饱满，收成高。粮食少一点，就问山上要。值得庆幸的是解放初那几年，大队集中所有地主、富农和坏分子到狮子岭后面的山坡上垦荒，他们只把地挖在那里，并没有种上杂粮或者树木。我和狮子岭留守的几个人，觉得这开垦出来的土地搁置在那里很可惜，就抓紧时间，在那些土地上，种上各种杂粮。杂粮收成后，就种上茶树、桐子树，还间种了松树和杉树。到现在，那些种下的茶树、桐子树均已长大，我们只要把杂草铲掉就有收成了。在回忆中，大家的脸上都闪着光，跳跃着希望。

这些话题大家越讲心里就越痛，最后大家觉得不能这样瞎折腾了，先种好田地，养活自己才是正事。

那段日子，狮子岭的日子过得紧巴巴的。几户人家，相互接济，共渡难关。过了年，阳春来了，园里的辣椒、瓜豆，山上的野菜都疯长起来，饭少菜来补。吃饱了肚子，田里、山上的耕作才会做得更细。看着田段的稻谷和山上的杂粮以及那些新开垦的茶地、桐子地那勃勃的长势，大家心里都乐滋滋的。

赵大木也重操旧业，开始上山打猎。说到打猎，在那几年剿匪战争中，赵大木多少也跟杨侉子、铁蛋、白捡得学过射击和飞刀、飞石的技巧。只可惜荒废日久，已经没有当年那么得心应手了。但那几年，很少人上山打猎，山上的野猪、山羊、刺猬、野兔、山鸡……多得很。它们甚至不怕人，见了人也不躲。

我接着奶奶的话头接着说。

那时县中上课也不正常，逢着周末我又回到了狮子岭。赵大木见我回来，就带着我和赵板栗往九龙谷走去。赵大木前头走，他肩上背着那杆鸟枪，口袋里装着几个圆溜溜的石头。那做派，倒真有点猎人的样子。

翻过一座山坳，又翻过一座山坳，见了很多鸟，有叫得上名字的，如斑鸠、老鹰、野鸡、画眉……更多的是叫不上名字的。我觉得很新奇，就缠着赵大木问这说那。现在想起来，好多都是他在那里瞎吹糊弄我的，不管怎样，我们都觉得很神秘，睁着一双眼睛，认真聆听他的胡编乱造。

吹牛间，一只野兔从草丛里窜出来，赵大木还沉醉在吹牛的幻觉之中，没有反应过来。我在一旁提醒，快呀！他恍惚间，掏出圆石向野兔投掷过去，那块飞石连兔子尾巴都没擦着。我咽了一口口水，白了一眼赵大木，从那一刻起，我觉得赵大木的飞石特技也不怎么样，也和我们几个臭屁孩的技艺没多大差别。

我和赵板栗消沉了好一阵子，两人没精打采地在山坡与山谷里颠簸着，觉得眼前的花草树木都失去了诱惑力。我们觉得赵大木特像一头笨熊，你想，跟随一头笨熊能捞到什么好处？

可是世界上还真有料不到的事情。在我们唠唠叨叨的埋怨声中，突然传来"笨熊"的一声大叫：你们两个多嘴麻雀，快看，那是什么？

我和赵板栗被这一声大叫吓了一跳，以为遇到凶猛的野兽了。哪知顺着赵大木的手指一看，原来是一头被铁夹子夹住的山羊卡在两根树杈间。我们快速往前攀爬，到了近处一看，山羊已经死了。看来赵大木装铁夹子还真有两下子。

我们敬佩地看着赵大木。赵大木这时候好像乘坐在一朵云彩上，就轻飘飘起来了。他说装铁夹子可不是说会就会的。当年自己曾三上圣山，在深山里遇到了一位装铁夹子的高手。他教给我观察法、伪装法、隐身法。最关键的是隐身法。用了隐身法，野兽就看不见你装铁夹子的身影了。赵大木越讲越神秘，搞得我俩都糊涂了。我说：那你教我隐身法吧，有了这隐身法，我就不用上学了，就可天天上山捉野兽，奶奶也不用养猪、养鸡、养鸭了。

赵大木不同意：我师父告诉我，以后你收徒弟，一定要年满十八岁才把真功夫教给他，安心读书吧，你这个鬼精灵。赵大木那笑，有点高深莫测。

那两年，我们狮子岭的几个小孩，都盼望着放假回狮子岭。在学校，就那一口饭，菜很少，很多时候就一桶酸菜汤。街上粉店里的粉、油条、馒头好香，但只能闻闻那气味。回到狮子岭情况就大不同了，屋前屋后的桃子、李子、柿子……，山坡上灌木林里的野葡萄、酸枇杷、算盘子……，小溪里的螃蟹、花鱼、虾子、乌龟……

奶奶接着往下说。

刘瓦匠原来在大队砖瓦厂劳动，一年四季都必须踩着钟点上下班，一年下来，也就混得一张嘴。女儿刘心儿回家也只能回砖瓦厂，砖瓦厂没她的同伴，她总吵着回狮子岭。刘瓦匠就从大队砖瓦厂回来了。他一回到狮子岭，就加入我们的互助组，今天帮你做，明天帮我做。有领导下乡来到这里，看着在田间劳动的几个男男女女，还真认为我们是一个生产队呢。可这个生产队，没有记分员，没有会计、保管员。一年下来，各家田地收成归各家，省了很多麻烦事。刘瓦匠觉得在狮子岭生产劳动，就像神仙一样，自由自在。

大家这段时间已经很少见杨瘦猴人前人后地瞎蹦跶了。不知道他怎样瞎折腾的，竟给自己折腾了一个社长当。

第十二章

春节后不久的一天，鸡公岭山下戏台边那株大榕树下，来了一位军官，身边一左一右站着两个警卫员。

我、吴老和、赵大木还有石梅花，正走在回狮子岭的路上。我感觉那军官有些面熟，脑海里浮现出吴大爷的影子，我一下子就想到了吴基。是他，就是吴基！这个吴基，回来也不打声招呼。

这时，吴老和也认出了吴基，我俩快步向吴基走去。吴基也认出了我们，在戏台前，我们拥抱在了一起。

好久，吴基才从回忆中拉回现实：婶婶，我爷爷他还好吗？

好，他很好。我说。

吴老和望着吴基，激动地说：你爷爷多亏你婶婶的照顾，真不容易啊。

感谢您啊，婶婶。我们回狮子岭看我爷爷去吧。

赵大木还呆立在那里的时候，吴基就朝着他走去。赵大木觉得眼前朝他走来的人越来越清晰，他恍然大悟，快步上前，一把抱住吴基：吴基侄子，今天是什么风把你这大官吹到这山沟沟里来了？

春风啊。你们春耕生产的春风啊！

说话间，吴基在人群中发现了嫂嫂石梅花，他见嫂嫂瘦了、老了很多，心里就酸酸的难受。吴基问：侄女吴香草在家吗？

石梅花回答说：她在县中读书。

吴基说：读书好，读书好。

一大帮人一边说着话，一边朝狮子岭走去。

那天，吴大爷一大早就起床了，他昨夜一直睡不踏实，总感觉要有什么事情发生。他想到了吴香草。吴香草在县中读书，他很不放心。他伸着指头掐算，今天是星期六，香草可能会回家吧？他拿着张板凳坐在门口。县城到家约三十公里路程，吴香草不到半天就可到家。现在已经中午过了一点，她应该回家了吧？

吴大爷在屋门口等不来自己的曾孙，却等来了自己日思夜想的孙子吴基。十几年了，吴基是第一次回家。吴大爷那两只颤巍巍的老手，摸着吴基的头，他觉得吴基长得比他年轻时还要魁伟。他紧紧抓住吴基的双手，半天也不松开，那样子，生怕一松开，吴基就走了。

我回转家里，抓了只大公鸡杀了。边妹子回家，把火炕上那一腿腊山羊肉洗干净。刘瓦匠回家，把他那唯一的一块腊肉拿下来。大家一起在吴大爷家忙开了夜饭。

吴基的两个警卫员也忙着从口袋里掏出糖果、饼干……

听奶奶说到这里，我不得不插一句。

当时，我一听吴香草说要回狮子岭，我也不请假，只写了一张字条给班长，说我要回家，就跟着吴香草往狮子岭走。我们为了赶时间，就走小路。哪知小路上好玩的事情多得很，我们喜欢掏鸟窝，又担心鸟窝里有蛇。曾经有一次还真捅出一条扁头风毒蛇，吓得我们没命地跑。从此我们再也不敢去掏鸟窝了，我们选择到茶地里摘茶泡吃。满山满岭的茶树，那些像果子一样的茶泡，东一个、西一个地挂在上边，白里透红的，很诱人。攀上茶树，摘一个，塞进嘴里，一咬脆嫩清甜。这一吃，就忘了时间，看看太阳都西斜了，才从树上窜下来，你追我赶地往狮子岭跑。

我们旋风般地往狮子岭狂奔，一眨眼，就窜到了狮子岭。一时间，呼唤亲人的呼叫声就杂乱地在狮子岭的上空响着。这响声把一位解放军军官叫了出来，他一把把吴香草揽进怀里，紧紧地抱住吴香草。我站在一旁对吴香草说：快叫叔叔呀。

叔，您怎么现在才回来呀？吴香草说着就哭起来。

叔工作忙，脱不开身来看你，对不起，快别哭，快去口袋里拿糖分给你的同伴吃。

吴香草依偎在吴基身旁，告诉吴基说她在学校吃不饱饭，有时半夜被饿醒，翻来覆去睡不着。叔叔啊，我不想读书了。

吴基沉思了一会儿说：就是再苦再累再饿，书还是要读的。这样吧，我跟爷爷说，等哪天归队我带你去部队旁边那个学校读书。

吴香草问：真的？

吴基把吴香草揽进怀里说：当然是真的，叔叔什么时候骗过你。

晚饭后，吴基把赵大木叫到屋外，他问：我记得鸡公岭没有杨瘦猴这个人啊，他是从哪里冒出来的？

大家并不知道杨瘦猴的来历，只是觉得这个人积极得很，是领导身边的红人。他是杨哈宝在半路上从死人堆里捡到的一个半死的人。杨哈宝救了他的命，就随了杨哈宝的姓。杨哈宝好像捡了个金元宝，高兴得不得了，回到家，还摆了三桌酒菜，请族上人吃了一餐饭。族上老人看这个尖嘴猴腮、瘦得像竹竿的人，就赐给他一个名号，叫杨瘦猴。杨哈宝觉得蛮贴切，就应允了。杨瘦猴也乐哈哈地接受了这个名号。也不知怎么搞的，杨瘦猴就当上了三界地公社的社长。

吴基说：我要到杨县长那里去核实一下这个杨瘦猴，总觉得他像一个人，但又不敢确定。

两人商定，明天一早就去找杨倌子。

杨瘦猴远远地站在戏台边也看见了吴基。一帮人都上去和吴基打招呼，杨瘦猴却悄悄溜到戏台后边，他的脸吓得惨白，两只手不停地抖动。跟随而来的小刘见状，关心地问：杨社长，你怎么了？

没有，没有，只是觉得有点累，我们回三界地吧。杨瘦猴一句话没说完就掉头走了。

杨瘦猴脑海里不停地闪过吴基射向他那犀利的目光，那目光像一把利剑直刺向他的命门。他觉得自己不能坐以待毙，他要争取一点主动，要想办法寻找一个避风的港湾。当初自己找到了杨哈宝这个护身符，在这个护身符的保护下躲过了一劫。现在撞上了吴基这个死冤家，这个护身符还能起作用吗？杨瘦猴感觉很惶然。他收拾了一点衣物，塞进一个帆布袋里，背上，就出门了。

杨瘦猴去了县城，到了县委领导钱江的办公室，他对钱江说自己这段时间头痛得厉害，想去省城看看病。

赵大木和吴基找到了杨侲子。吴基望着杨侲子问：你不觉得那个杨瘦猴有点面熟吗？

我似乎在哪见过，但想不起来了。

那天我在鸡公岭看见他，就想到了曾经在通林县遭遇土匪的情景。那次若不是瘦猴样那个土匪小头目发现了我们，我们不至于死了三个兄弟。

你是说那个像瘦猴样的土匪就是杨瘦猴？

很像。

是有点像。杨侲子拧着眉头在那里思考，他觉得这件事非同小可，应向上级汇报一下。

杨叔叔，这件事您暂时不要管，由我跟通林县沟通一下，叫他们了解一下那个瘦猴样的土匪解放后是不是被镇压了，现在人又在哪里。

赵大木坐在一边，一直没说话，他前后联系起来一想，觉得事情很严重。他说：那次去通林县执行任务我没去，但是自从杨哈宝领回这个杨瘦猴，我总觉得这个人不是一个普通的农民，他是一个灾星，只要有他在的地方，就会无端生出很多事情来。

吴基说：先不要想那么多，这几天我抽个时间到通林县走走，跟那边的公安局联系一下，要他们尽快查明那个像瘦猴样的土匪的去向。

可第二天吴基还来不及去通林县调查，就接到部队的通知，要他当天赶回部队。吴基不敢耽搁，带着侄女吴香草赶往部队。

尽管忙，在路过林川县时，他还是到了县委和钱江说了杨瘦猴。吴基说：有些群众反映，您还是派人查查杨瘦猴的身世吧。钱江说一定安排人过问这件事。

吴基看时间不早，就乘车赶往部队了。

钱江立即拨通了三界地公社的电话，接电话的是杨坤天。他吩咐杨坤天尽快通知赵大木来县委一下。

没过几天，杨瘦猴被撤职，赵大木被重新启用。

官复原职的赵大木又回到了三界地。他一回到公社，就和杨坤天商议，决定召开各大队长紧急会议。会议议题是各大队长汇报春耕生产的具体措施。通过各大队长的汇报，他基本了解了各大队春耕生产的进度与情况。他也听出大部分大队的汇报有水分，弄虚作假。他和杨坤天分头下乡调查核实，要把种田这个工作落实到实处。

赵大木撤去了滚油鼠大队长的职务，任命石光腚做大队长。

那一年，鸡公岭以及三界地全公社的粮食都获得了增产。三界地集市又恢复了往日热闹的景象。

狮子岭田少地多，我和大家把被砍坏了的竹山重新修理，去掉杂树杂草，那些新开垦的荒地，在种植粮食的同时还间种了树苗，好多事情，忙得我头发又白了许多。

吴彤映调来政府办公室当秘书，并不认识几个人。一天下了班，她独自往峡江边走。吴彤映每天下班都爱来这里走走，吹吹江风，看看江面上下盘旋的白鹭。她也喜欢坐在江边，把脚伸进江水里，让那些小鱼儿来叮啄自己的脚丫。此情此景，她就想，如果身边能有一个男朋友陪伴她那该多好啊！正当吴彤映坐在江边石块上想入非非之时，峡江的上游下暴雨，江水暴涨，一米多高的洪峰迅猛向下游扑来。

你父亲下课后，想到江边买点鱼仔。他在峡江边的沙滩上走着，连个渔船的影子都没见。你父亲往峡江上游望去，这一望不打紧，渔船没发现，却发现了一个可怕的景象。峡江上游一股洪峰正排山倒海般地向下游扑来。可令人惊惧的是，江边的石块上还坐着一位姑娘，正神情专注地望着江水，她对上游奔涌而来的洪水，全然不知。

你父亲大喊：那位姑娘，赶快离开江边，洪水冲来啦！可那姑娘根本就没听见。情急中，你父亲赶紧朝那姑娘跑去。当他拉着那姑娘的手往岸边跑的时候，凶猛的洪水也刚好冲到了他们面前，那姑娘一下子就被迅猛的洪水冲倒，你父亲眼疾手快，一把抓住那姑娘的手，牵着她顺着洪水，拼命往江边游。两人被洪水冲了一里多路，终于抓住岸边的一棵树爬上岸。

这件事情后，吴彤映就喜欢上了你父亲。接着，她和你父亲之间就传出了风言风语。

后来杨倌子也知道了这件事。杨倌子听了你父亲的陈述，沉吟良久，最后建议你父亲把你们母子俩从鸡公岭大队妇产院接来中学，一家人住在一起，也好有个照应。这样，你母子俩就进城了。只是你母亲当时并不知道吴彤映这件事，如果她知道，是不会进城的。

你父亲觉得，随着时间的推移，吴彤映该不会来打扰他的生活了。谁知道，两个人阴差阳错又碰面了。

钱江去了省城党校学习以后，吴彤映在林川县就再也没有一个亲人了。

那天晚上，吴彤映一个人穿着件单薄的衣服在峡江边上散步，突然一阵暴雨，把她全身浇了个透湿。

她急忙往宿舍跑，哪知还未到宿舍，就看见宿舍区冒出一股浓烟。等她跑到宿舍前，宿舍已经被大火吞没了，救火的人们正端着水往火海里泼。吴彤映一下就跌坐在地上，这下可怎么办呀，自己是真正无家可归了呀。

当时，你父亲也在救火现场，他看见吴彤映跌倒在地，就急忙上前抓住吴彤映的手，把她扶起来。你父亲感觉吴彤映的手滚烫滚烫的，他伸手一摸吴彤映的额头，她的额头也烫得厉害。

你父亲关切地劝说：你发烧了，得赶紧去医院打针。

那天晚上吴彤映一直发高烧，你父亲脱不开身，没法回家告诉你母亲。你母亲在家里一个晚上都没睡。

世界上没有不透风的墙，你母亲很快就知道了那天晚上你父亲是在医院陪着吴彤映。吴彤映生病了，在县城没个亲人，陪护她，这也在情在理，难道我庞焕弟是那种不通情理的人？只是为什么就不能说一声呢？你母亲也没说什么，就回了狮子岭。

我见你母亲回到家，一脸的忧寂，也不知道发生了什么事。我什么也不说，就立即生火煮饭，还杀了一只鸡，把边妹子、石梅花叫来。边妹子问：长住还是短住？

你母亲忧寂着脸回答：长住。

边妹子拍着巴掌说：长住好啊，以后我们几个姐妹就有伴了，你说这不好吗？

你母亲凄然地笑了笑：那当然好。

石梅花打趣道：我那么久都没男人，不也这样过来了，你就忍忍吧。

你母亲拍了一巴掌石梅花，无限幽怨地说：梅花姐姐，看你说得那么难听，我一辈子不沾男人都可以。

说说笑笑，真真假假地瞎胡闹了一通，我就把饭菜端了上来。好丰盛啊，有黄花倒水莲蒸鸡、黄豆炖干笋、酸鱼。

你母亲问我：哪来的酸鱼？

我说：田里养的。

已经好久都没有吃到这酸鱼了，真香！你母亲一边说，一边有滋有味地咀嚼着嘴里的酸鱼。

边妹子一脸的豪情：我才不羡慕那城里，我们这里的生活，神仙都向往。

我也说：在家也好，我们娘俩养头大肥猪，养点鸡鸭等着他父子俩回家过年。

你母亲说：只怕他早就忘记了这狮子岭啰。

石梅花说：哪能呢？他们会回来的。

我低着头，狠劲地撕咬那只鸡脚。

杨倌子一直在忙。待这一切稍有头绪以后，他才想到好久没见你父亲，他想去看看你父亲。最近沸沸扬扬的一些传言时不时也传到他耳朵里。

杨倌子到了县中，见到你父亲，却没看见你母亲。

杨倌子问：怎么回事？

你父亲答：没什么事。

杨倌子说：没事就好。

可那天还真有事。杨倌子刚离开你父亲的家，想顺道去拜访一下石仁礼校长，就看见吴彤映走进了你父亲的房间。

杨倌子站在桂花树下，他有些焦躁，叹了一口气，才朝石仁礼的办公室走去。

还有两天就放假，杨倌子又到了你父亲那里，也不知他说了什么，就匆匆地走了。

放假了，你们回到家，你父亲却没回来。

奶奶停下了话头，眼睛迷蒙地思索着什么。我想让奶奶缓口气，就接过奶奶的话头。说到放假，我和小伙伴们很快就收拾好衣服，准备回狮子岭。父亲说：你们先走吧，我随后就到。

我们刚走到渡口，就看见杨倌子也站在那里。我们齐声问：杨县长好。

杨县长望望我们背的书包，关切地问：放假了？

我们兴奋地说：解放啰，杨县长，你好多年都没去狮子岭了，今年去我们那里过年吧。

说着话我们就上了渡船，杨县长走到摆渡大爷面前关切地说：大爷，我来摇吧，您歇歇。

摆渡大爷说：杨县长，你客气了。

杨倌子说这有什么，他拿起桨，娴熟地摇着桨，那条船立马就像一条鱼儿一样顺溜溜地往河对岸游去。我们都很诧异，会当县长，又会打仗，还会划船，他还会什么呢？

摆渡大爷对我们说：杨县长会的事情多得很，你们一路上问问他吧。

一路上，杨倌子县长和我们讲着解放前和土匪恶霸斗争的故事。以往，我们觉得走这六十多里山路很漫长，今天走，怎么一下子就到了枫树坳口。我站在枫树坳口，大声喊您：奶奶，您看谁来了？

没见您出来，倒反见母亲庞焕弟手脚麻利地从屋里走出来，她望着站在枫树坳上的我们，也看见了杨倌子县长。隔老远，我仍能看出母亲神情很是激动，她好像用手在擦拭她的眼睛。

到了家，没见您，母亲告诉我您昨天去三界地买年货了。到现在都还没到家，不会有什么事吧？

杨县长说：焕弟呀，你跟孩子们在家等着，盘石文等一会儿就到家了，我去三界地看看，没事的。

母亲说：杨县长，您难得来一趟狮子岭，怎么能让您去看呢？要去还是我去。

杨县长说：焕弟，你听话，盘石文马上就到家了，你在家煮饭，准备一下。

母亲说：他不会回来的。

我觉得母亲有点冤枉父亲，父亲买了那么多年货，他能不回来吗？

杨倌子说：相信我，他会回来的。说完这句话，杨倌子就进屋了。没关门大叔在屋里听到杨倌子的声音，正要往屋外走。杨倌子上前，抓住没关门大叔的手，扶着没关门大叔坐在堂屋的板凳上，关切地问：大叔，你身体还好吗？都怪我，好久没来看你了。没关门大叔说：你那么忙，就不要操心我了。杨偝子把一件新棉衣递给没关门大叔：没什么给您过年，送这件棉衣挡挡寒吧。没关门大叔心情很激动地接过棉衣，嘴唇颤抖着。

杨偝子见天不早了，就对没关门大叔说：我沿路去看看雪花，你们在家等着吧。

没关门大叔说：有你去我就放心啦。

我们都想留杨偝子住，把家里养的那头大肥猪杀掉来款待他，看来，今天晚上这计划是泡汤了。我们都希望您能在回家的路上把杨县长拦住，劝他回家，那就好了。

我站在屋外，望着消失在枫树坳口的杨县长，心里想着您，想着父亲。

是啊，我为什么就不及时回家呢？奶奶有点遗憾地接过我的话头。

我那天到了三界地，在供销社门前，看到了昏倒在地的一个乞丐。我用手在他的鼻翼边探探，还有呼吸，我想，这乞丐肯定是饿坏了，就拿出装水的葫芦，倒了一点水进他的嘴里。他喝了两口水，竟然就醒了。我又从口袋里掏出一包荷叶糯米饭，拧了一团，塞进他的嘴巴，他吃完一口说：还要。我又拧了一团递给他，他很快就又吞进肚里，说还要。听他发出的声音，我觉得很耳熟，仔细看了看那乞丐的脸，我的脸一下子就惨白起来，我认出了眼前这个乞丐，他就是几十年前自己的童养媳丈夫！我迅疾把那包糯米饭塞进他的手里，站起身，急忙往供销社里走。

我转了一圈，买了一点布料，准备过年给全家每人缝制一套衣服。我走出供销社，突然就想再看看傻子丈夫，可满街一望，连他的影子都看不见。

我沿着街道一直往街尾走去，在街尾那株大榕树下，我发现了傻子丈夫。他正坐在榕树下的石凳上，有滋有味地吃着那包糯米饭呢。

前几年，我就听说自己当童养媳时的家公韦守财、家婆吴氏都死了，傻子丈夫一个人孤零零地生活，我望着天空，长长地叹了一口气，这都是命啊！

我向榕树下走去，傻子丈夫并没认出我。他对着我喊：我还要糯米饭，我还要糯米饭……我说：我们回家要吧。说了这一句，我就上前牵着傻子丈夫的手，往九盘河寨的方向走去。我知道，傻子丈夫如果还在三界地这个人生地不熟的地方待，不被饿死也要被冻死。我还能为他做点什么呢？到了九盘河寨前那个坳口，我对傻子丈夫说：你回家吧，我上街帮你买糯米饭去。傻子丈夫咿咿呀呀地应答着，跌跌撞撞地往寨里走。我站在坳口，望着傻子丈夫离去的背影，心里很酸很疼，好像打翻了五味瓶一样，不知道从眼眶里涌出的泪水是什么意思。

杨倌子到了三界地，直接就到了公社找赵大木。赵大木说：没见到梁雪花呀。

杨倌子很诧异，他跟赵大木说自己从狮子岭沿路走来，如果梁雪花回狮子岭，肯定能撞见她的。

赵大木说：你不是不知道，去狮子岭有好几条路，有大路，有小路，你们两人肯定走岔了。

杨倌子想想也是，就对赵大木说：你说得也是，那我就回县里啦，后天还要召开一个全县安全防火会议呢，你明天去报到。杨倌子说完，就走了。

杨倌子走到十里盘铁匠铺，这里四通八达，往左可走九盘河、走贵州；往右可走长龙峡、走峡江；中间直达林川县。当年这里的铁匠铺，已不复存在，人们为了纪念这个让土匪恶霸胆战心惊的十里盘铁匠铺，就在铁匠铺旁修建了一座凉亭。凉亭的横额上写着"三飞亭"三个大字。

杨倌子感觉有点累，就坐在凉亭上歇息。凉亭旁山崖石嘴处喷流着泉水，杨倌子站在水笕下，接了一瓢凉水，那瓢水早已倒掉，但是他却浑然不知，仍痴痴地站在水笕边，出神地听着泉水溅下的声响。也不知何时，我来到了杨倌子身边。我不想惊动他，悄悄地用另一个水瓢舀了满满一瓢水，递到杨倌子面前说：先喝口水，再接着发呆吧。

杨倌子突然听到我的说话声，吓了一跳。杨倌子苦笑一下：对不起，我想起了往事，就没注意到你来。

杨倌子接过水，一口气把一瓢水全喝了。

我问：快过年了，你还是一个人，要不，就到狮子岭来过年？

杨倌子说：也可以，但是年边还有很多事要安排。

杨倌子急着要赶回县里，我很是不舍，这么多年来，能和杨倌子单独在一起说说话的机会，可以说寥寥无几。我站在凉亭前，望着杨倌子完全消失在山坳那边，我还站在那里，不知何时两只眼里已经蕴满了泪水。

第二天，我回到了家。可你父亲一直没有回家，我对你父亲的说话不算话很不以为然，我们狮子岭那么多人，难道还杀不死那头猪？

可是，越临近春节，我脸上的笑容越少了。大家知道原因，都懒得说。一直到三十那天上午，你父亲才冒着大雪回到了家。他走到枫树坳口，看见我们堆砌的雪人，脸上的笑容比漫山遍野的银白世界还要灿烂。

你父亲也像个雪人站在那里，许久，许久。

你父亲一进家，就说自己是个雪人。大家看他那样子，倒真像个雪人，都乐了。其实你父亲的话是说给你母亲听的，你父亲说完这句话，还特意望了一眼你母亲。遗憾的是你母亲并没有注意到，更没有往深处想。她是个善良的人，她觉得你父亲回来，就好了。

我叫你母亲接过你父亲肩上的年货，这个家，立即就有了年的气氛。

我很快就把赵大木、吴大爷、刘瓦匠三家人都叫来。四家人聚起来也就是十多个人，就像一个大家庭。我觉得四家人分开过年不像个年，合起来过年才像个年。

你父亲、赵大木和刘瓦匠三人杀猪，你母亲、边妹子和石梅花打豆腐。忙了一年的我站在那里，一下子就成了一个闲人，像个小孩一样乐呵呵地指挥你们几个小屁孩贴春联。四家人的门口，都贴上鲜红的春联和门神。

吃饱了晚饭，大家围坐在火塘边，红彤彤的火塘，映照着一张张幸福而快乐的笑脸。

等来了新年，大家才回家休息。

你父亲已经很久没走进他那个房间了，他看了一眼那张长长的桌子，发现桌子上已经铺好垫被，一床折叠好的棉被整齐地放在那里。你父亲突然觉得那张桌子是一个屏障，一个阻碍自己和庞焕弟的障碍，他准备把这张桌子送给你。

你父亲对着坐在床边的你母亲说：我像个雪人吗？

你母亲并没有应答。

我和吴彤映之间没什么的，她已经去省里了。

吴彤映去哪儿和我有什么关系？你在外面和谁好，和我也没关系。

我们是夫妻啊。

我已经没有家，只能赖在你们家了。你母亲说完这句话，已经泣不成声。

你父亲上前拿出一块手绢，轻轻为你母亲揩去泪水，并轻声劝说道：大过年的，一家人团聚，多不容易，以前都是我不对，要打要罚由你。

谁要打你罚你啦？

打是爱，罚也是爱，我乐意啊。

你母亲娇憨地捶打了你父亲一下，那击打的拳头像一团棉花，软绵绵的。你父亲接过那团软绵绵的花团，捏在手心里，他忽然觉得这团棉花很像一团洁白的雪花，你父亲生怕这团雪花融化了，他很小心，很小心。

你母亲等了那么多年，终于等来了这个时刻。

初一早上，雪停了，风也停了，天际似乎有一丝亮光透露出来。你母亲起得很早，她把火炉烧得旺旺的。

我想要奶奶歇一歇，就接过奶奶的故事往下讲。是啊，奶奶，那天早上我和几个小玩伴也起得很早，大家相约到雪地里用鞭炮炸雪。我一起来，看见火炉烧得旺旺的，就舍不得走了。母亲脸红红的，笑眯眯地递给我一个压岁的红包。她变得随和、幸福而快乐了，是那种从内到外的快乐。

我扑进母亲的怀里，欢喜地笑了，是那种从内到外欢喜的笑。

母亲说：笑什么？

我说：不告诉你。当然这是个秘密，因为昨天晚上我起床走过母亲的房门口，偷听了父母亲的私房话，这我能告诉母亲吗？

母亲才不想深挖我的什么秘密呢，她见我高兴，就牵着我乐颠颠地向狮子岭的后山走去。我问母亲去干什么，母亲说到了我就知道了，那样子挺神秘的。其实，我早就知道了母亲的秘密。这时，天空更亮了，我站在雪坡上大声呼喊几个玩伴的名字，他们几个听到我的呼喊，都从暖乎乎的被窝里窜出来。我们几个和母亲在雪坡上窜呀找呀，其实我们哪有用心寻找柴火，只有母亲一人认真，她费尽了周折，才帮我们每个人找到一节柴火。大家每人扛着一节柴火，由雪坡上一路狂奔下坡，我们得柴（财）了，我们发柴（财）了！狮子岭的几户人家，都大开着门户纳柴（财）。奶奶您也站在门口乐呵呵地迎接着我们扛着柴（财）回家。

故事讲到这里，奶奶额头的皱纹也似乎舒展开了一点。奶奶说，好多年都没有这样高兴过了。那天中午刚过一点，我们都集中到赵板栗家准备晚餐，这是大家商议好的。

大家都沉浸在快乐的情境里。可我仍在等一个人，我在等杨倌子。这个杨倌子也是的，一县之长，怎么说话也不算数。

其实杨倌子是想来的，只是接了一个人的电话，才不来的。这是你父亲后来说的。那个打电话给杨倌子的人是范南雨，那是范南雨在弥留之际打给杨倌子的最后一个电话，他说他好想念他和白捡得。

杨倌子放下电话，就和军区的白捡得联系，两人赶到湖南，气息奄奄的范南雨等着他们。

过了初一，我想去红卫公社走走。你母亲知道，我每年总要在这一天去看望苦妹子，她早早为我准备了携带的礼品。你母亲有点不放心，就说要陪我一起前去。我说：你是一家之主，怎么能走呢？我一个人上了路。其实是两人，你这个调皮蛋偷偷地跟在我后面。

是啊，我能不跟着吗？雪那么大，奶奶您万一跌倒了怎么办？跟着走了好远，奶奶您才发现了我，您一把抱住我，嘴嚅嚅动着，似乎想说什么，但您什么也没说，您那泪水流下来，把粘在我脸上的雪花也融化了。

杨瘦猴的来龙去脉很快就查清了，他原来是国民党反动派的一名特务，潜入湘桂黔边境，混入土匪之中，与游击队对抗。后来国民党反动派溃败，土匪被剿灭，为了逃避镇压，他伪装成一个乞丐，刚巧被杨哈宝遇见，收为干儿子。他被押回林川县审判。法院判决那天，鸡公岭的群众去了很多，连杨哈宝也去了，杨瘦猴被判了无期徒刑。宣判结束后，杨哈宝呆立在那里，他万万想不到，他收养的这个干儿子，原来竟是一个特务！他觉得对不起鸡公岭的父老乡亲，从那一天开始，他就很少说话了。

那天我也去了，但走到县城不知什么时候就和你母亲、边妹子、石梅花几个人走散了。

是啊，那天我们走着走着，一眨眼，就不见了您，我们还到处找您呢。我接过奶奶的话。那天我们几个小辈跟着狮子岭的几个大人在一起，看完公审大会，就去县中父亲那里住。我们几个小辈则上街找您，但转悠了林川县的大街小巷，哪有您的身影？我们估计您已回狮子岭了。

第二天早上，边妹子一再劝母亲留在父亲那里，母亲说以后再说吧，奶奶老了，她要回狮子岭照顾奶奶。

一到家，母亲发现您也到了家，就问您昨天去了哪儿了，您说去看望苦妹子了，她也不容易。

母亲则把开会宣判的事情转述给您听。

没多久，钱江也被停职了。

一说到杨倌子，奶奶就揪心地难受。我想缓解一点奶奶的伤悲，就说：奶奶您还记得那年高考的事情吗？奶奶说：记得一点。

我说：恢复高考那年，我约上赵板栗和刘心儿去参加高考，这两人无精打采的，都觉得自己老大不小了，还跟那帮小青年去读什么书？我说去县城玩玩不好吗？他俩说：既然这样说我们就陪你去走走。哪想到他俩根本就没答卷。那年我出名了，考得全县文科第一名，他俩也出名了，考得两个鸭蛋。我去领录取通知书那天，赵板栗与刘心儿也说陪我一起去。到了三界地，两人神秘地消失了，我还要赶到县城，就不理他们了。

第二天，我赶回狮子岭，您告诉我，赵板栗和刘心儿今天晚上准备拜堂成亲了。

那天晚上我参加了赵板栗和刘心儿的拜堂仪式，赵大木也回来了。婚礼虽然简单，但也有模有样。大家把新郎新娘送入洞房的那一刻，我的心突然觉得好孤独好孤独。我想这人一大，为什么就会生出这样多的事情来，出嫁、结婚、分别、孤独、无聊……

过了二十多天，吴香草也从她叔叔吴基那里回来看望吴爷爷。您说，您已经跟吴大爷商议好了，要我和吴香草也把婚礼办了，您还说办了婚礼再去读书。我想我和吴香草只是玩伴，她也是姐姐。这怎么一下子就成了夫妻？您说是玩伴、是姐姐又怎么了？那就更应成为夫妻。您说吴香草已经不读书了，她想留在狮子岭，陪伴家里人。我们原本就是一家人，现在亲上加亲不是更好？您唠唠叨叨讲了很多理由，但我始终没同意。您见劝说无效，无限伤感地说：我老了，你们都走了，我也想有个伴。听您这样说，我百感交集，我说：我不去读书了，在家陪着您。您立即说：我不孤独，你小妹妹盘盼盼已经五岁多了，还有狮子岭那么多人陪着，一点都不孤独，你就放心去读书吧。

这件事是我一辈子的歉疚，我对不起您。

要上学的那几天，赵板栗和刘心儿来看过我几次，大家都有点依依不舍。我问刘心儿：吴香草为什么不来坐坐？刘心儿说：我都还想问你呢，你倒问起我来。我的脸瞬间就热辣辣的，感觉很难受。一时间，我们也不知道说点什么好，坐了一会儿，他俩就回家了。一连几晚，他俩再也没来玩。

临走那天晚上，杨偣子县长、父亲、赵大木都回了家。我很感动，特别是杨偣子老县长年纪那么大，还来看我。

您和母亲忙着杀鸡杀鸭，狮子岭几家人也一起过来帮忙。那夜，吴大爷特别兴奋，他说狮子岭这块风水宝地好啊，出了县长、团长、乡长、校长，现在柱子又考取大学，明年，后年……

您接过吴大爷的话：是啊，狮子岭的明年后年将是什么样子呢？解放前，土匪恶霸一次次追杀我们，想要灭掉我们狮子岭，结果怎样？我们都活过来了。如今我们要把狮子岭建成一个美丽的家园，比都市还要美的家园。

但是那天晚上吴香草没来，我懒得思考这么沉重的问题，趁大家兴奋之际，悄悄往隔壁吴大爷家走去。

吴香草听见有人走上楼，伸头从窗口望了一眼，噗一声吹灭了灯。我站在门口，望着黑黢黢的房屋，觉得很委屈，也觉得吴香草有点过分，我这不是要去读书吗？如果跟你拜堂成亲了，这书还能读吗？

第二天早上，我背着简单的行李踏上了求学的路。临走，大家送我到枫树坳口，我站在枫树坳上，与狮子岭的父老乡亲依依话别。突然我发现，吴香草正站在她家门口，眼睛定定地望着我。我突然想到了后山上那些桃花，想到了坳前那株红枫树，想到了南飞的大雁……

大学毕业后，我留校任教。那年吴香草还未出嫁。几年后我认识了我的妻子孙秋霞，后来，我们就结婚了。我不敢操办什么婚礼，只是叫上几个老师在饭店里聚了一下，就算完婚了，我觉得对不起您。那年，您突然叫我回家：说是吴香草入赘了一个男人，新郎叫王大有，就是当年多次关心我的王大伯的孙子。听了您的吩咐，我有些犹豫，那段时间的确太忙了，我怎么有时间回家呢？

奶奶接过我的话头说道：怎么没时间回家？这件事情是我一桩未了的心愿，也应是你的一桩未了心愿。这几年我每年都去九盘河看望傻子丈夫，每次去自然要到王大伯家坐坐，一来二去，就更加亲热了。王大爷三个孙子，最小那个孙子王大有已经三十来岁了，高不成，低不就，至今仍未婚配。我想到了吴香草，就和王大伯提及此事，哪想王大伯立马就应允了这门婚事。孙子啊，吴香草是你的玩伴，难道你就不应该回来一趟吗？

因为吴香草我已经伤透了奶奶的心，这次我还有什么理由再伤她的心呢？奶奶一辈子真不容易，我要做奶奶您的好孙子，我请了假，带着孙秋霞从省城回到了狮子岭。

那年公路已经修到鸡公岭了，由鸡公岭到狮子岭也修通了机耕路，高顶棚也能开到山上。我把小车停放在鸡公岭村前。石光腚叔叔看是我，立即拉着我到他家坐坐。寨巷路面都硬化了，给人的感觉整洁舒爽。

石光腚叔叔很快就端上了一锅太阳鱼，看那锅头竟是石头凿成的。我有点好奇，就问：石叔叔，你去哪儿买的石锅？怎么和我家里那口石锅一样？

石光腚叔叔笑着说：都是你爷爷凿的，肯定一样了。

好多年没吃到太阳鱼了，品尝着它的味道，让我想起了圣山仙湖，想到了狮子岭上那桃花与金黄金黄糯稻禾散发出的清香，想到金黄稻谷下肥美的荷花鱼，品尝后很久都还回味无穷。

吃饱了，石叔叔开着高顶棚把我送到了狮子岭。

这几年圣山仙湖与九龙谷已成为湘桂黔交界旅游的重点开发地，路都四通八达了。上山的路窄一点，弯多一点，石叔叔说村里面正准备筹钱把这条路硬化，到那时，圣山仙湖、狮子岭、九龙谷、鸡公岭就连为一体了。望着沿途山坡上的柑橘园、肉桃园、李子园，还有那些翠竹、松杉以及那些隐藏在大山深处的原始森林，满眼一片绿海。很快就到了狮子岭，这时陆陆续续归家的牛羊，园地里摘菜的大嫂，招呼孙子回家的婆婆，一幅自然和谐的生活风景立即映入了眼帘。

在吴基叔叔的关照下，吴香草的婚礼比起赵板栗与刘心儿的婚礼要喜庆得多。新房很大，铺着一张新床，床上被褥都是清一色棉织品，窗口贴着一张很大的红双喜，床左面的桌面上还摆放着一台二十九英寸电视……

新郎王大有高大健壮，一看就是一把劳动好手。他对吴香草是言听计从、妇唱夫随。两人笑微微地招呼我们。我也随了礼。吴香草笑微微地说：柱子弟弟能回来参加我的婚礼，我已经很高兴了，哪能还要你随礼呢？我望着吴香草，感觉几年不见，她变得漂亮了，也变得更成熟了。

您很惊讶我带回来的孙秋霞。还没回家，我们就盘算好了，我们的婚姻还未得到您的认可，不管您说什么，我们都不可和您争执。

回到家，秋霞跟帮忙的姑娘一起干起了洗碗、洗菜、摆桌、端菜的活儿。

边妹子、石梅花和母亲看着秋霞的表现，都很满意地小声议论着：不错啊，柱子有福气啊。

父亲时不时也和秋霞聊上一两句，但多是教学上的事情。他说：你们大学老师也应该到中小学搞一点调研，要不你们培养出来的教师就很难适应第一线教学的要求。秋霞说：爸爸您说的极是，这个问题普遍存在啊。说着话，秋霞又忙着洗碗去了，一点大学老师的架子都没有。我看父亲的眼光就知道，父亲很满意眼前这个儿媳妇。

我们都期待着您这个主审官的审判，一直等到客人散去的那个晚上。我们和您一起坐在堂屋，我靠着您说：对不起啊，奶奶，没有征得您的同意，就把秋霞带回了家。您没有回答我的话，走进房间，转身关了房门。

第二天，我和秋霞要回校了，您早就上山劳动去了，没有送我们。母亲送我们走到枫树坳，叮嘱我们不要生您的气，婚姻大事，怎么也应该和奶奶商量一下。等放假了，叫我们再回来，慢慢和您说说，您会同意的。我不停地点着头，心里不断地感叹：母亲啊，您一辈子都是那么善良。

妈，有空您也要带着妹妹经常到县城去看看父亲啊。

母亲说：能扔下奶奶一个人在家吗？过了一会儿，母亲又说：你们到了县城，顺道去看看你父亲吧。

到了县城，我们直接到了县中，看望了父亲。离开县中，我们搭乘红卫乡的班车，很快就到了秋霞的家，秋霞的家在红卫乡的街头。房子比较破旧，秋霞的父亲去世已经好几年了，母亲龚玉秀靠一点微薄的收入，好不容易才供女儿秋霞念完大学，哪有闲钱打理房子。这几年，落雪又加霜，她有胃痛，又有关节炎，治了胃病，风湿又发作了。那天我们到家，不见她在家，问隔壁邻居，才知道她还在卫生所吊着针呢。我们都很担心，急忙往卫生所走去。

我坚持接岳母去省城跟我们一起住，但岳母始终不同意。

那年春节，我和秋霞回老家，奶奶的态度发生了明显的变化，她满脸笑容，还特意为我和秋霞举办了隆重的婚礼，秋霞都感动得哭了。

奶奶又突然讲到了杨哈宝。

杨哈宝每天都要到青石花茶铺的旧屋场坐坐，他有点痴呆呆的，似乎并没有听到人们的嘲笑。他把青石花茶铺屋场前那些红彤彤的石块整饬一番，垒砌成一张长长的石凳，他坐在石凳上，茫然的眼睛呆望着远处的山坳。刚开始，人们还不知道他为什么要在那里呆望，后来就明白了，原来他望着的那远处群山之处正是埋葬青石花的墓地。他望着望着，眼睛就会蒙上一层泪水，不知不觉中，竟嘤嘤地哭了。哭累了，他就蜷缩在那凹凸不平的石凳上，很久很久都不起来。

有一天，大家发现杨哈宝家的大门闩着。石光腔上前喊门，没听见杨哈宝回应，他从门缝里往里瞧，发现杨哈宝吊在堂屋的房梁上。大家破门而入，几个年轻人手忙脚乱把杨哈宝解下来，发现他已经断了气。

后来大家一起筹钱，把杨哈宝的后事办了。

自从我知道了自己的身世后，就重新修整了父母亲和杨大爷夫妇的坟茔，每年清明前后总要去上上坟，这几年腿脚不方便了，每次下山总由你母亲陪着。

讲完这些，奶奶长长地叹了一口气。

过了一阵子，奶奶才缓缓地说：年纪越大，日子过得就越快，我感觉自己都快老得走不动了，我想就着自己还能走动，到龙谷寺上上香，拜拜菩萨。我选择走小路。从狮子岭到圣山的龙谷寺，如果走小路，一个多小时就到了。如果绕道走三界地则要半天时间。解放前这条小路只有少数人知道，那是个秘密，解放后，这个秘密已不复存在了。为了便于行走，我们狮子岭的男女老幼，在农闲的日子一起动手，修整这条隐蔽的小路，路面全铺了青石板。但三个山峡怎么办呢？架简易的木桥，过往又不大安全。无奈之下，我打电话给白捡得，让他想想办法。也多亏白捡得办法多，也不知他怎样筹措到的钱，三个峡谷上都修建了风雨桥。桥头还立了一块石碑，上面记录着圣山仙湖的传说，记录着湘桂黔游击队清匪反霸的革命斗争经历。

从那以后，这条隐蔽的小路遂成了一条红色的革命教育之路，每年清明节，一拨拨的青少年扫完圣山革命公墓，总要走过峡谷，一边欣赏林荫下幽静的青石板小径，聆听着树梢上五花八门鸟儿的鸣叫，一边感悟当年"黑三飞"清匪反霸斗争的英勇事迹。

祖孙俩在那个神秘的石洞里坐了一天一夜。奶奶也断断续续讲着故事。饿了，就用温泉水泡荞麦粉喝。温泉一小部分刚好流经石凳下面的石槽，我们时不时把脚放在温泉里浸泡一下，全身就热烘烘的了。

故事讲完了，奶奶把那个玉石坛子递给我：故事都藏在坛子里。几十年来，很多人都说我有一个无价的玉石坛子，都想动它的歪脑筋，命都不顾。奶奶长长地叹了一声。今天我老了，我也不知道这玉石坛子值不值钱，都说它价值连城，如果真是这样，你就把它献给国家，我相信你爷爷、你爷爷的师父在九泉之下也会心安的。

我接过奶奶递过来的玉石坛子，答应着。我小心翼翼地捧着，生怕磕碰了它。看着晶莹剔透的玉石坛子，我深知它不菲的价值，但更令我动容的是这玉石坛子里珍藏的故事。

故事讲完了，奶奶有些疲惫，但她仍很精神。一天多来，我不知劝了多少次奶奶，要她回家补充点营养再继续讲，可是奶奶始终絮絮叨叨地讲着她的故事。我们祖孙俩走出了那个神秘的石洞，下到了仙湖。这时，我发现杨佰子老县长正焦急地从山下走上来。

我们来到了湖边的凉亭上，杨佰子老县长扶着奶奶坐在凉亭的板凳上，我则依偎在奶奶身边。

杨佰子老县长那双浑浊的眼睛始终盯着奶奶那爬满岁月沟壑的脸，他从自己的内衣口袋里掏出一个鸡血石小人儿，对着奶奶深情地说道：看看吧，这可是你亲手送我的信物。见杨佰子手上拿着的那个鸡血石小人儿，奶奶的眼神立即温和起来。她也从内衣口袋里摸出了那个鸡血石小人儿，把两个鸡血石小人儿一同握在手掌心，不时拿着它们轻轻地挨着自己的脸颊。我万分惊异，两个鸡血石小人儿乍一看，竟一模一样！这时，奶奶嘴角浮上一层浅浅的笑意，好像那遥远的天际突然飘来的一丝云彩。我真担心，那丝云彩会转瞬即逝，我不敢说话，静静地候着奶奶。

奶奶说：我要再看看仙湖。那一刻奶奶很平静，平静得像仙湖一样。

也不知过了多久，奶奶又颤巍巍地站起来，用手指了指狮子岭方向：我要回家。

我小心翼翼地扶着奶奶和杨偌子老县长穿过峡谷。在那块石碑前，奶奶站了好一会儿，我扶着奶奶坐在石碑旁的石凳上，这时黑风峡谷很静，森林细微的响声都能清晰听见。奶奶抓着我的两只手，她的眼里始终蕴着一层浑浊的泪水：孙儿啊，奶奶要走了。

杨偌子老县长站在一旁，他苍老的眼窝里也包蕴着一团泪水。

也不知过了多久，我们祖孙三人才相扶相牵地穿过峡谷，来到九龙谷山口。山口那独木桥还在，在它旁边又新建了一座风雨桥，风雨桥头新建了一座凉亭，这些都是吴基在部队筹钱建的。山坳旁边的石缝里有一股泉水。这凉亭、风雨桥、泉水就成了奶奶的最爱，也成了仙湖的一道独特风景。

站在九龙谷山口往下看，狮子岭前后左右都被果园、翠竹和森林层递地环绕着，说狮子岭是世外桃源一点也不夸张。现在的狮子岭不止四户人家，已经增加到十多户人家了。在奶奶的倡议下，大家还在狮子岭建造了一座鼓楼，在两条小溪上建了两座风雨桥。

奶奶醉心地望着这片自己奋斗了几十年的家园，她的脸上漫上一抹愉悦的微笑。她有些舍不得这片她洒满血汗的土地，她颤巍巍地离开凉亭，在树林边抓了一捧泥土，把它握在手心，又回到了凉亭上。

这时，左边灌木林下突然走出来一群寒鸡，它们站在林边，停下了啄食的动作，友善地望着我们。接着，右边的山坡上走出来三只野山羊，它们在草地上停止了追逐打闹，也静静地望着我们。

听寨上的人说，狮子岭的野生动物和奶奶都成了好朋友。这些年，在奶奶的倡导下，狮子岭执行封山育林，不许捕杀狮子岭周边山地森林的动物。奶奶经常说，以前我们为了活命，就不给这山林、动物活命，结果山林、动物没命了，我们也没命了。为了我们能更好地活，我们首先得让山林和动物活得快乐。狮子岭的人有了那么多的感触，他们一下子就明白了过来，鸟枪已经成为一件挂在墙壁上的古董，赵大木那些铁夹子早就锈迹斑斑了。山下人被处罚了几次，再也不敢上狮子岭偷猎了。

如今，这些动物成了人们的亲密伙伴。奶奶这些年，体力劳动很少做了，但她还经常走山，久而久之，这些动物只要看见奶奶来到凉亭，就会三三两两从森林里走出来，看看这个友善的邻居。

我见奶奶静静地坐在那里，慢慢地闭上了双眼。

也不知过了多久，父亲、母亲、边妹子、石梅花从山下急匆匆地走了上来。

奶奶走得很安详，大家站在那里久久不能平静，默默地流着眼泪。

突然我发现杨倌子老县长神色很异样，我颤抖着手，摸摸他的脸，脸是冰凉冰凉的，杨倌子老县长也走了。

我慢慢地从杨倌子老县长怀抱里接过奶奶，说：我背奶奶下山吧。父亲说：我来背老县长吧。大家小心翼翼地往狮子岭走。

这时候，我发现山坡上那些寒鸡和山羊都还未走，它们望着我们，那眼神很是悲哀。

晚上我们按照当地的风俗，请来法师做道场，在一声声唢呐与鼓锣的悲戚声里，我们都万分悲痛。大家一圈圈围绕着奶奶与杨倌子老县长的棺木，迈着沉重而滞缓的步子，哀哭声几乎把狮子岭的空气都凝固了。那株挺立在坳口的千年古枫也伤感了，不停地摇摆着它的枝丫。早上，人们惊异地发现，一夜之间，那株红枫树，已掉光了叶子。

我们把奶奶和杨倌子老县长都葬在九龙谷山口。我把两个鸡血石小人儿各自安置在奶奶与杨倌子怀里，就让他们永远怀抱着自己的所爱，做那永生永世缱绻难忘的梦吧。我想到了孤独、辛劳、悲苦一生的爷爷，我不能让爷爷一个人孤单地长眠在狮子岭。大家都同意我的想法，我们把爷爷的坟也迁移到奶奶的身边。就让他们一起长眠在这个美丽的九龙谷山口，看着一天比一天美丽的狮子岭的变化。

尾　声

好多年过去了，我断断续续地记着奶奶叙述的故事，但总感觉还遗漏了点什么。

趁着假期，我和秋霞又回到了狮子岭。我邀约父亲一同来到黑风峡谷那座风雨桥头，我想问父亲，却欲言又止。何必再翻这陈年老账，问出自己的身世，于事何补？

父亲并不感到惊异，他语调很平静地说：儿啊，当年捡到你的时候，我们都以为你身边死去的女人是你的妈妈，后来，打开那封信才知道并不是。你的亲生父母是地下党员，被国民党反动派暗杀了，连尸首都没找到。几十年来不告诉你，就是怕你伤心难过。儿啊，对不起！

那一刻，我想到了我的亲生父母，我为他们感到骄傲；我又想到了奶奶、养父、养母以及狮子岭的父老乡亲，他们养育我的大恩大德我这辈子能用什么报答他们呢？

几天后，我邀约父亲、秋霞去了仙湖旁那个神秘的石洞，进了洞，透过通天洞口透进来的亮光，我打开那个神秘的玉石坛子，把一件件物件从坛子里掏摸出来。

两块玉佩、一张全家绣图、一张狮子岭绣图、一封信、一块小竹板……掏着、掏着，我似乎听见洞壁间又回响起奶奶那平静的话语声，感觉那些零零碎碎的生活片段更加清晰了。我继续侧耳倾听，那话语声似乎又向更远的地方飘去。

过了许久，我才发现自己手里还紧紧握着那块小竹板，我的眼里已经蕴满泪水。

我突然想起了什么，仔细端详捧在手里的玉石坛子。

后来经专家鉴定，这个玉石坛子属于三国时的文物，我知道这个玉石坛子的价值，把它捐献给了国家。后来，它成了南国博物馆的镇馆之宝。